3

삼보태감三寶太監
서양기西洋記 통속연의通俗演義

(명) 나무등 저

홍상훈 역

明文堂

● 일러두기

1. 이 번역은 [明] 羅懋登 著, 陸樹崙·竺少華 校點, 《三寶太監西洋記通俗演義》 (上·下), 上海 : 上海古籍出版社, 1985 제1쇄의 소설 본문을 저본으로 했다.

2. 원작에 인용된 시문(詩文)과 본문 중의 오류는 역자가 각종 자료를 참조해 교감하여 번역했으며, 소설 작자의 창작된 문장이 많이 들어간 상소문이 나 서신 등을 제외한 나머지 인용문들은 한문 독해 능력이 있는 독자들의 이해를 돕기 위해 최대한 원문을 함께 수록했다.

3. 본 번역의 주석에서는 작품에 인용된 서양 풍물에 대한 묘사들은 대부분 마환(馬歡)의 《영애승람(瀛涯勝覽)》과 비신(費信)의 《성사승람(星槎勝覽)》, 공 진(鞏珍)의 《서양번국지(西洋蕃國志)》, 《명사(明史)》 〈외국열전(外國列傳)〉 등 의 전적에 담긴 내용을 변용한 것이지만, 본 번역에서는 특별한 경우가 아 니면 원래 기록과 일일이 비교하여 설명하지 않았다. 이에 관한 좀 더 전 문적인 비교 분석은 본 번역의 저본 말미에 〈부록〉으로 수록된 샹다[向達] 와 자오징선[趙景深]의 논문을 참조하기 바란다.

4. 본 번역의 역주는 필자의 역량으로 접근할 수 있는 범위에 한정해서 수록 했기 때문에, 일부 미흡하거나 오류가 있을 수도 있다.

5. 본서의 번역 과정에서 중국어로 표기된 외국 지명을 확인하는 데에는 인 터넷 학술 사이트인 남명망(南溟網, http://www.world10k.com/)으로부터 많 은 도움을 받았다.

6. 본 번역에서는 서양의 인명을 가능한 한 실제 역사서에 등장하는 인물의 이름을 찾아 표기했고, 가상 인물일 경우에는 중국어 발음을 고려하여 서 양인의 이름에 가깝게 번역했다. 예) 쟝 홀츠[姜忽刺], 쟝 지니어[姜盡牙], 쟝 다이어[姜代牙]……

7. 본 번역에서 전집류나 단행본, 장편소설 등은 《 》로, 그 외의 단편소설이 나 시사(詩詞), 악곡(樂曲) 등의 제목은 〈 〉로 표기했다.

차례

● 일러두기 • 3

{제27회} 두 명의 지휘는 함께 무저동과 맞서고 장 천사는 양각진인과 세 차례 싸우다〔二指揮雙敵行者 張天師三戰大仙〕• 8

{제28회} 벽봉장로는 실수로 흡혼병에 갇히고 병을 깨어 벽봉장로가 탈출하게 되다〔長老誤中吸魂瓶 破瓶走透金長老〕• 33

{제29회} 벽봉장로는 혼자 양각동을 찾아갔다가 곧장 동천문으로 올라가다〔長老私行羊角洞 長老直上東天門〕• 58

{제30회} 양각도덕진군은 하늘나라로 돌아가면서 비단 주머니에 계책을 남기다〔羊角大仙歸天曹 羊角大仙錦囊計〕• 82

{제31회} 쟝 지네틴은 세 가지 묘책을 쓰고 장 천사는 요사한 병사를 소탕하다〔姜金定三施妙計 張天師淨掃妖兵〕• 126

{제32회} 금련보상국은 항복하고 빈동룡의 국왕은 통관문서를 바치다〔金蓮寶象國服降 賓童龍國王納款〕• 154

{제33회} 함대가 나곡 왕국을 지나면서 계책으로 세븐빈을 격파하다〔寶船經過羅斛國 寶船計破謝文彬〕• 185

{제34회} 자바 왕국은 강한 힘을 믿어 굴복하지 않고 교해건은 강한 무력을 믿고 출전하다〔爪哇國負固不賓 咬海乾恃强出陣〕• 217

{제35회} 대장군은 연이어 세 차례 승전하고 교해건은 연패하여 달아나다〔大將軍連聲三捷 咬海乾連敗而逃〕・248

{제36회} 교해건은 이웃나라에서 군대를 빌려오고 왕 신녀와 도중에서 만나다〔咬海干隣國借兵 王神姑途中相遇〕・271

{제37회} 왕 신녀는 호위를 사로잡고 낭아봉 장계가 왕 신녀의 목을 베다〔王神姑生擒護衛 張狼牙䤵斬神姑〕・298

{제38회} 장 천사는 왕 신녀를 사로잡고 왕 신녀는 일흔두 가지 변신술을 부리다〔張天師活捉神姑 王神姑七十二變〕・323

{제39회} 장 천사는 계속해서 요사한 술수에 미혹되고 왕 신녀는 실수로 염주를 목에 걸다〔張天師連迷妖術 王神姑誤掛數珠〕・348

{제40회} 벽봉장로는 경솔하게 왕 신녀를 용서해 주고 왕 신녀는 화모에게 구원을 청하다〔金碧峰輕恕神姑 王神姑求援火母〕・375

삼보태감三寶太監
서양기西洋記 통속연의通俗演義

두 명의 지휘는 함께 무저동과 맞서고
장 천사는 양각진인과 세 차례 싸우다

二指揮雙敵行者　張天師三戰大仙

山人騎鹿雲中行	산속의 신선 사슴 타고 구름 속을 가는데
手拾翠華餐玉英	손에는 깃발[1] 들고 옥영(玉英)[2]을 밥으로 먹지.
欲捫星辰辨南北	별자리 쓰다듬으며 남북의 방향 구별하고
紫霄峰上坐吹笙	자소봉 위에 앉아 생황을 불지.
野客尋眞跨鹿行	은자가 신선의 도를 찾아 사슴 타고 가니
洞天寥廓秋雲晴	훤히 트인 별천지에 구름 떠가는 가을하늘 맑구나.
布袍草履無相問	베옷에 짚신 신고 살며 찾아오는 이도 없었는데

---

1 원문의 취화(翠華)는 원래 천자의 의장(儀仗) 가운데 푸른 새의 깃털로 장식한 깃발 또는 수레 덮개를 가리킨다.

2 옥영(玉英)은 옥의 정화를 가리키는데, 옛날에는 이것을 먹으면 불로장생할 수 있다는 설이 있었다.

嘯弄干戈夜戰征　　　휘파람 불며 무기 들고 밤중에 출정을 나
　　　　　　　　　　섰지.

양각진인은 가장자리에 검은 띠를 두르고 소매에 푸른 천을 댄
도포를 걸치고, 허리에는 수화쌍환대(水火雙環帶)를 매고, 가죽에
자주색으로 물들인 삼 줄을 장식한 장화를 신고, 태아검(太阿劍)을
찬 채 여덟 갈래 뿔이 난 사슴을 탔다. 그리고 신선의 몸이 된 무저
동을 대동한 채 제자들에게 분부하여 양각동을 내버려 두고 양각
산을 떠나 상서로운 구름을 몰아 허공으로 날아오르더니 순식간에
금련보상국에 도착했다. 그는 곧 구름을 내려서 황량한 풀이 우거
진 언덕 아래로 갔다. 그러자 쟝 지네틴이 다가와 땅바닥에 엎드려
말했다.

"사부님, 멀리까지 와주셨는데 마중을 나가지도 못하고 접대가
소홀했습니다. 부디 용서해 주십시오."

"애야, 이리 와서 내 얘기 좀 들어봐라."

"무슨 분부가 있으신지요?"

"전쟁이란 속임수를 마다하지 않고, 장수는 적절한 때와 기미를
알아야 하는 법이다. 오늘은 첫 전투이니 경솔하게 덤빌 수 없지
않겠느냐?"

"그럼 어쩌면 좋겠습니까?"

"네가 먼저 나서면 중국의 장수들이 겁을 먹고 덤비려 하지 않을
게다. 그러니 무저동에게 먼저 나가서 저들의 의표를 찔러, 미처

방비하지 못한 사이에 장수 몇 명을 잡아 오도록 하자꾸나. 그러면 저들의 사기를 꺾을 수 있지. 그리고 내가 나서서 몇 가지 실력을 보여서 승려와 도사를 사로잡아 네가 공을 세우게 해 주마."

"좋은 가르침을 주셔서 정말 감사합니다."

양각도덕진군은 곧 무저동을 불러 분부했다.

"바닷가의 중국군 진영 앞으로 가서 '나하고 붙어볼 장수가 있느냐?' 하고 소리를 질러라. 그리고 그쪽에서 어떤 장수가 나오거든 정신 바짝 차리고 결전을 벌이도록 해라."

"저는 빈손밖에 없는데 어떻게 싸웁니까?"

"당연히 내가 무기를 줘야지."

"예. 하나 빌려주십시오."

양각도덕진군은 수화화람에서 조그마한 호로를 하나 꺼내 들었다.

"이리 오너라. 이 무기를 주마."

무저동이 그걸 보고 희미하게 웃으며 물었다.

"사부님, 이건 아닌 것 같습니다! 이런 호로는 약재로나 쓸 수 있지 어떻게 이걸로 창칼에 맞서라는 겁니까?"

"모르는 소리! 자, 봐라!"

양각도덕진군은 곧 그 호로에 신선의 기운을 불어넣으며 "변해라!" 하고 소리쳤다. 그러자 호로는 즉시 한 길 여덟 자 길이의 유엽창(柳葉槍)으로 변했다. 무저동이 그것을 받아 들고 나는 듯이 달려 나가려 하자, 양각도덕진군이 불러 세웠다.

"잠깐 돌아오도록 해라. 당부할 게 있다."

"사부님, 김새게 만드시는군요."

"명심해라. 결전을 벌이기 직전에 반드시 '사부님!' 하고 외쳐야 하느니라!"

"알겠습니다. 제자가 사부님을 부르지 않으면 누굴 부르겠습니까?"

무저동은 즉시 창을 들고 달려 나와 크게 소리쳤다.

"중국군 가운데 나하고 붙어볼 장수가 있느냐?"

그렇게 왔다 갔다 하면서 소리를 지르자, 호위병이 사령부에 보고했다.

"오랑캐 진영에서 키가 석 자쯤 되고 곱상하게 생긴 조그마한 도사 하나가 긴 창을 들고 나와서 싸움을 걸고 있습니다."

그러자 삼보태감이 말했다.

"어린 도사 놈이 얼마나 재간이 있겠어?"

그러면서 즉시 명령을 내렸다.

"누가 나가서 저 어린 도사를 잡아 오겠는가?"

그 말이 끝나기도 전에 대열 가운데서 장수 하나가 나오며 대답했다.

"제가 재주는 미천하지만 제가 홀로 나가 보겠습니다."

"관등성명(官等姓名)을 밝혀라."

"저는 원래 남경 금의위 진무사(鎭撫司)의 정천호(正千戶)로 있던 사언장(沙彦章)이라 하옵니다. 제 조상의 관적이 서역의 회회(回回) 지역인지라 서양에 대해 잘 알고 있습니다."

"무엇을 잘 안다는 게냐?"

"서양에는 초선(草仙)과 목선(木仙), 화선(花仙), 과선(果仙)들이 있고 또 벼락신[雷師]과 비의 신[雨師], 바람신[風師], 구름신[雲師]뿐만 아니라 산의 정령과 물의 정령, 돌의 정령 등 온갖 요괴들이 무수히 많습니다. 저 어린 도사도 분명히 무슨 괴물 가운데 하나일 것입니다."

"그렇다면 조심해서 실수하지 않도록 하라."

"알겠습니다."

그는 즉시 채찍을 들고 말에 올랐으니, 그 모습은 이러했다.

上世功勳滿鐘鼎	조상의 공적 길이 빛나고
後崑風骨總侯王	후손의 기개는 제후가 될 만하지.
金鞭響處無強敵	황금 채찍 울리면 아무리 강한 적도 물리치고
立地妖兒束手降	요괴들은 즉시 꼼짝없이 항복하지.

사언장이 채찍을 들고 홀로 말을 달려 누런 풀이 우거진 언덕 앞으로 가서 보니, 정말 키가 석 자쯤 되고 곱상하게 생긴 어린 도사가 긴 창을 들고 소리를 질렀다.

"너는 누구냐?"

"이 몸은 명나라 사령관 휘하의 정천호 사언장이다. 너는 어디서 온 하룻강아지, 산골 짐승인데 감히 여기서 주둥이를 함부로 놀리면서 우리 군대를 귀찮게 하느냐? 어느 나라에서 보낸 첩자인지 솔

직히 불면 봐주겠지만, 허튼소리를 했다가는 구름과 안개를 삼키는 이 자금편(紫金鞭)으로 당장 명줄을 끊어놓고 말겠다. 그러니 후회할 짓은 하지 마라!"

"하하, 솔직히 얘기해 주마. 나는 다름 아니라 양각산 양각동에 계신 양각도덕진군의 제자로서, 사부님의 명을 받고 너희 중국 장수들의 목을 따러 왔느니라. 그러니 당장 말에서 내려 얌전히 목을 내미는 게 칼맛을 보지 않는 지름길이니라!"

"가소로운 잡것, 감히 그따위 허풍을 늘어놓다니!"

사언장은 즉시 무저동의 머리를 향해 채찍을 휘둘렀다. 원래 창칼을 다루는 재간이 없는 무저동은 사언장의 채찍이 살벌하게 날아오자 미처 막지 못하고 머리에 그대로 한 대 맞아서 목이 뻐근할 정도로 아팠다. 그는 너무 아파서 참지 못하고 소리를 질렀다.

"사부님, 구해 주셔요!"

그런데 그 '사부님'이라는 말이 떨어지자마자 즉시 세 개의 머리와 네 개의 팔이 나오면서 키가 세 길 남짓으로 늘어나고, 주사를 바른 듯이 시뻘건 머리카락과 검푸른 얼굴로 변하면서 무시무시한 모습이 되었다. 그 모습에 너무 놀란 사언장은 정신을 차리지 못하고 그만 말에서 떨어져서, 순식간에 달려든 오랑캐들에게 붙들려 가고 말았다. 그야말로 넘실거리는 강물에서 놀고 있던 용이 놀림을 당하고, 평지에 내려온 호랑이가 개한테 무시를 당한 꼴이 되고만 것이다. 사언장은 어쩔 수 없이 분을 참으며 훗날을 기약할 수밖에 없었다. 그러자 양각도덕진군이 소리쳤다.

"붙잡기만 하고 죽이지는 말라!"

한편 무저동은 다시 중국군의 진영 앞으로 와서 도사와 승려를 사로잡겠다고 큰소리로 외치며 싸움을 걸었다. 삼보태감이 그 소리를 듣고 수하에게 물었다.

"사언장은 어찌 되었는가?"

"어린 도사의 계략에 걸려서 생포되고 말았습니다."

"뭣이라! 이런 어린아이도 당해 내지 못하면서 어찌 바다를 건너 오랑캐를 진압할 수 있단 말인가?"

그리고 즉시 명령을 내릴 때 쓰는 화살을 하나 집어 들고 뚝 부러뜨리며 말했다.

"장수들은 잘 들어라. 저 어린 도사를 사로잡고 금련보상국을 점령하지 못한다면, 이 화살과 같은 신세가 될 것이니라!"

장수들은 사령관이 진노하는 것을 보자 다들 전전긍긍하며 말에 올랐다. 개중에는 남경 금오전위도지휘(金吾前衛都指揮)의 직책을 맡고 있는 김천뢰(金天雷)라는 이가 있었다. 그는 키가 석 자인데 어깨너비가 두 자 두 치였으며, 갑옷도 입지 않고 투구도 쓰지 않은 채 오로지 신도 보면 통곡한다는 임군당(任君鐺)이라고 불리는 무게 백오십 근의 삼지창 하나만을 들고 있었다. 그리고 사령관이 분부를 내리기도 전에 남경 표도우위도지휘(豹韜右衛都指揮) 직책을 맡고 있는 황동량(黃棟良)이라는 장수가 나섰다. 그는 키가 한 길 두 자에 어깨너비가 다섯 자인데, 붉은 두건을 쓰고 녹색 전포를 입고 황금 허리띠를 차고, 쇠못이 튀어나온 각반(脚絆)을 매고 있었다. 그의 무기는 귀신도 보면 시름겨워한다는 질뢰추(疾雷錘)라는 길이 세 길 여덟 자의 쇠망치였다. 사령관이 그 두 장수를 보니 하나는 꺽다리이고 다른 하나는 난쟁이였으나, 사실은 대단한 이들이었다.

둘 다 용감하고 살벌하기 짝이 없다.

다들 고강한 무예 익혔고, 무과에 급제한 몸들이라 건장하다.

신도 보면 통곡할 임군당 있으니 갑옷 입은 적인들 무서우랴? 귀신도 보면 시름겨워할 질뢰추 있으니 적들의 창칼 날카로운들 무슨 상관이랴?

살기등등하게 너부터 나부터 나서서 동시에 육정신(六丁神)[3]도 겨루어 이기고, 영웅의 기개 늠름하여 너부터 나부터 나서서 머리 세 개 달린 귀신도 물리친다.

깃발 펼치며 호령하면 벼락이 치는 듯하고, 말을 타고 두 눈썹 치켜세우면 사나운 곰이나 호랑이 같다.

호리호리한 꺽다리는 선봉으로 나선 개로신(開路神)에게 덤벼들며 네까짓 게 크면 얼마나 크냐고 호기 부리고, 작달막한 난쟁이는 토지신과 맞닥쳐도 키 작다고 우습게 보지 말라고 호통친다.

---

3 육정신(六丁神)은 육갑신(六甲神)과 더불어 도교의 호법신(護法神)들 가운데 한 부류이다. 육정신은 정묘(丁卯), 정사(丁巳), 정미(丁未), 정유(丁酉), 정해(丁亥), 정축(丁丑)의 여섯 신으로서 이들은 모두 으신(陰神)에 해당한다. 한편 육갑신은 갑자(甲子), 갑술(甲戌), 갑신(甲申), 갑오(甲午), 갑진(甲辰), 갑인(甲寅)의 여섯 신으로서 이들은 모두 양신(陽神)에 해당한다.

一般勇猛, 無二猙獰.

都則是操練成的武藝高强, 那些個揀選過的身材壯健.

神見哭的任君鑱, 怕甚麽甲伏鱗明. 鬼見愁的疾雷錘, 誰管他刀槍鋒利.

騰騰殺氣, 你你我我, 同時賽過六丁神. 凛凛英雄, 阿阿儂儂, 一地撇開三面鬼.

旗開處, 喝一聲響, 令似雷霆. 馬到時, 撑兩道眉, 威如熊虎.

長的長窈窕, 撞着開路先鋒, 咱說甚麽你的長. 短的短婆娑, 遇着土地老子, 你說甚麽咱的短.

그야말로 이런 모습이었다.

重重戈戟寒氷雪	겹겹이 세운 창들 얼음과 눈처럼 차갑고
閃閃旌旗燦綺霞	번쩍번쩍 펄럭이는 깃발들 노을처럼 찬란하구나.
九里山前元帥府	구리산 앞의 사령관 막사
崑陽城外野人家	곤양성(崑陽城)[4] 밖 야인의 집

삼보태감이 말했다.

"출전해서 실수하게 되면 군법으로 다스릴 것이다!"

---

4 곤양(崑陽)은 지금의 저장성[浙江省] 핑양현[平陽縣] 동쪽에 있는 지역으로서, 옛날에는 나양(羅陽) 또는 형양(衡陽)으로도 불렸다.

두 장수는 "예!" 하는 대답과 함께 말에 올라 앞으로 달려나갔다.

어린 도사는 다시 키가 석 자에 곱상한 얼굴로 긴 창을 들고 소리쳤다.

"나와 붙어볼 장수가 있느냐?"

김천뢰가 버럭 화를 내며 왼쪽에서 눈처럼 서슬 퍼런 임군당 삼지창을 찔러가자, 황동량은 오른쪽에서 빗방울이 쏟아지듯 질뢰추 망치를 휘둘러 공격했다. 자고로 '아무리 용감한 사내라도 양쪽의 적을 감당하기 어렵다.'라고 했는데, 무저동은 믿는 구석이 있어서 웅얼웅얼 사부를 불렀다.

"사부님, 구해 주셔요! 사부님!"

그러자 즉시 세 개의 머리와 네 개의 팔이 나오면서 키가 세 길 남짓으로 늘어나고, 주사를 바른 듯이 시뻘건 머리카락과 검푸른 얼굴로 변했다. 그 모습을 보고 김천뢰가 소리를 질렀다.

"황 장군, 머리가 세 개이든 팔이 네 개이든 상관없으니, 저 잡것을 쓸어버립시다!"

황동량도 김천뢰를 향해 소리쳤다.

"시퍼런 얼굴에 송곳니가 삐져나왔다 한들 상관없으니, 저 잡것을 박살 내버립시다!"

이렇게 양쪽으로 삼지창을 찌르고 망치를 휘두르자 얼굴 시퍼런 그 귀신은 몸 둘 곳이 없어졌다. 왼쪽으로 피하자니 삼지창이 흉험하게 찔러오고, 오른쪽으로 피하자니 망치가 무시무시하게 달려들었다. 그것은 마치 두 명의 종규(鍾馗)[5]가 귀신 하나를 때려잡는 듯한 모습이었다. 그 모습을 본 양각도덕진군은 깜짝 놀랐다.

'명나라의 장수들이 용맹하고 병사들도 강하니 경시하지 말았어야 했는데, 이번에는 내가 잘못 생각했구나.'

그때 옆에 서 있던 쟝 지네틴이 말했다.

"사부님, 빨리 사제를 구해 주셔요!"

양각도덕진군은 수화화람에서 한 가지 보물을 꺼내 들고 주문을 외며 허공으로 던졌다. 그러자 그 보물은 번쩍번쩍 빛나는 수많은 강철 칼들로 변해서 허공을 가득 채우더니 두 장수에게로 쏟아졌다. 하지만 그들은 임군당과 질뢰추를 휘둘러 칼들을 쳐냈다. 그것은 마치 버들 솜이 바람에 어지러이 춤추는 것 같았고, 복사꽃이 강물에 떠내려가는 것 같았다. 양각도덕진군은 혀를 끌끌 찼지만, 어쩔 수 없이 칼들을 거두고 시퍼런 얼굴의 귀신을 데려갔다.

명나라의 두 장군은 말을 몰아 진영으로 돌아왔다. 그들이 타고 갔던 말들도 한 마리는 뒷다리에 다른 한 마리는 꼬리에 작은 상처를 입었다. 호위병이 중군 막사에 보고하자 삼보태감이 무척 기뻐하며 말했다.

---

5 종규(鍾馗)는 당나라 초기 장안(長安) 종남산(終南山) 사람으로서, 표범 같은 머리에 부리부리한 눈, 시커먼 얼굴에 덥수룩한 구레나룻을 기르고 있어서 생김새가 기괴했지만 재능이 뛰어나고 호기롭고 정직하여 존경을 받았고, 죽은 후에는 민간에서 재앙을 가져오는 나쁜 신을 잡고 집안에 복을 가져다 주는 신으로 모셔졌다. 일설에 따르면 '종규(終葵)'를 잘못 써서 종규(鍾馗) 라고 했고, 그것을 실제 인물에 갖다 붙여 이야기가 만들어졌다고도 한다.

"굴하지 않는 무용을 발휘할 수 있어야 진정한 장수라고 할 수 있지."

그 말이 끝나기도 전에 어린 도사가 다시 와서 말도 안 되는 소리를 늘어놓으며 도사와 승려를 사로잡겠다고 싸움을 걸어왔다. 그러자 삼보태감이 말했다.

"아무래도 장 천사가 나서야 저놈을 끝장낼 수 있겠구먼."

그리고 즉시 장 천사를 불러오게 했다. 장 천사가 말했다.

"저 어린 도사 녀석은 어디서 온 놈이오?"

삼보태감이 대답했다.

"며칠 전 천사께서 쟝 지네틴이라는 요사한 계집을 도력으로 물리치셨지요. 그런데 그 계집이 이번에는 무슨 양각산 양각동의 양각도덕진군이라는 작자를 불러왔습니다. 이 작자는 그 계집의 사부라고 하는데, 신통력이 크고 무궁한 변화를 부릴 줄 아는 모양입니다. 그자가 저 어린 도사를 선봉으로 내세워 놓고, 머리가 셋에 팔이 네 개가 달린 시퍼런 얼굴에 송곳니가 삐져나온 모습으로 변하게 해서 우리 장수를 놀라게 했습니다. 먼젓번에는 정천호 사언장을 잡아갔는데, 나중에 김천뢰와 황동량이 나가 맞서서 승기를 잡았습니다. 그런데 그때 양각도덕진군이 하늘 가득 강철 칼을 날려서 두 장군에게 쏟아지게 하는 바람에 도저히 이길 수가 없게 되었습니다. 지금 또 어린 도사가 와서 싸움을 걸면서 천사와 맞붙어 보겠다고 하니, 이렇게 존장을 모독하는 놈에게 본때를 보여주시기 바랍니다."

"저따위 요괴쯤이야 뭐 대단할 게 있겠습니까? 제 가문은 한나라 때부터 지금까지 여러 왕조를 거치면서 수많은 법사(法師)를 겪었습니다. 개중에는 물론 버젓이 차려입은 어른도 있었고, 심지어 세 살짜리 아이도 신통력을 부리고 변신술을 썼지요. 또 사람뿐만 아니라 닭이며 돼지, 거위, 오리까지 신통력을 부리고 변신술을 쓰곤 했습니다."

"거 참 대단합니다. 대단해요! 어쨌든 천사께서 수고를 한번 해주셔야겠습니다."

"그러지요."

장 천사는 즉시 진영 앞으로 나가서 나는 용이 수놓아진 두 개의 깃발을 세우고, 왼쪽에는 스물네 명의 악무생에게 풍악을 울리게 하고, 오른쪽에는 스물네 명의 도사에게 칼과 부적을 받들고 있도록 했다. 그리고 중간에는 '강서 용호산 인화진인 장 천사'라는 글씨가 커다랗게 수놓아진 깃발을 세워 놓았다. 이윽고 진영 입구의 깃발들이 은은하게 펄럭이는 가운데 장 천사가 푸른 갈기의 말을 타고 나왔다.

어린 도사는 한 무리 인마가 몰려나와 북을 울리고 깃발을 흔들며 달려들자, 상대가 누구든 상관하지 않고 불꽃무늬 날이 달린 창을 들고 가슴을 찔러 갔다. 장 천사는 한쪽 소매로 창을 비끼고 다른 한 손으로 칠성보검을 들어 공중으로 던져 그의 목을 베려 했다. 그 순간 양각도덕진군이 허공의 구름 위에서 칠성보검을 잡아 버렸다. 그러니 장 천사가 한참을 기다려도 보검이 내려오지 않았다. 그때 어린 도사가 세 개의 머리와 네 개의 팔, 시뻘건 머리카락과 시퍼런 얼굴, 송곳니를 드러냈다. 세 개의 머리에 달린 세 개의 입으로는 모두 장 천사를 사로잡자고 소리치면서, 네 개의 손으로는 네 개의 창을 휘둘러 장 천사를 공격했다. 그 모습을 보자 장 천사는 우습기도 했지만, 어쩔 수 없이 짚으로 엮은 용을 타고 공중으로 날아올랐다. 그런데 머리 위에 양각도덕진군이 기다리고 있는 것이 아닌가! 진군이 고함을 질렀다.

"어디로 도망치느냐!"

"내 앞길을 가로막는 너는 누구냐?"

진군은 장 천사가 흉험하게 달려들자 감히 경시하지 못하고 황급히 수화화람에서 보물을 하나 꺼냈다. 그것은 예사로운 보물이 아니라 헌원황제(軒轅黃帝)의 두개골로서, 둥글둥글한 모습이 마치 거울 같았다. 게다가 그것은 태양의 정화가 뭉친 것이라 흩어지지 않았고, 뒤쪽에는 오악(五嶽)과 사독(四瀆)이 있고, 앞쪽에는 사직과 산천이 있어서 허공의 달처럼 만 리를 환히 비추는 것이었다. 그 빛을 쐬면 사람이든 귀신이든 신선이든 가리지 않고 즉시 본래 모습을 드러내게 되는 것이었다. 또 비바람을 부르고 구름과 안개를 타는 술법도 그 빛을 쐬는 순간 스러져 버리고, 하늘 신장들이 달려들어 온갖 술법으로 장막을 쳐서 가두더라도 그 빛을 쐬는 순간 물리쳐버릴 수 있었다. 설사 별자리를 옮기고 하늘을 떠받치는 손을 가졌다 해도 그 빛을 쐬는 순간 멍한 바보처럼 변해 버리는 것이었다. 양각도덕진군이 헌원경(軒轅鏡)이라고 불리는 이 보물을 꺼내

빛을 비추자, 장 천사는 어쩔 수 없이 본래 모습을 드러내고 짚으로 엮은 용과 함께 아래로 떨어지고 말았다. 그런데 아래쪽에서는 일월쌍도를 뽑아 든 쟝 지네틴과 세 개의 불창을 휘두르는 시퍼런 얼굴의 귀신이 기다리고 있었다. 그 꼴이 우스웠지만 장 천사는 어쩔 수 없이 머리에 찔러놓았던 옥비녀를 뽑아 던졌다. 그러자 "쌩!" 하는 소리와 함께 옥비녀가 하얀 용으로 변해서 장 천사를 태우고 바다로 가 버렸다.

한편 양각도덕진군은 첫 번째 싸움에서 이기자 무척 기뻐하며 여덟 갈래 뿔이 난 사슴을 타고 하늘나라의 보검을 챙긴 다음, 왼쪽에는 일월쌍도를 뽑아 든 쟝 지네틴을, 오른쪽에는 세 개의 불창을 든 무저동을 거느리고 무리를 지어 왔다 갔다 하며 고함을 질렀다.

"천사라는 놈이 패해서 도망치다니! 다시 나와 싸울 재간이 있느냐?"

"무례하기 짝이 없는 요괴 놈!"

장 천사는 즉시 말을 타고 나와서 나는 용이 그려진 깃발이며 검푸른 깃발, 악무생, 도사 따위는 동원하지 않고 홀로 푸른 갈기의 말에 탄 채 칠성보검을 뽑아 들고 큰소리로 꾸짖었다.

"거기 사슴을 탄 짐승하고 머리 세 개 달린 귀신 놈, 너희들 정말 얼굴도 두껍구나! 사람이 천지간에 태어날 때 양기의 정화를 지니게 되면 남자가 된다. 남자란 바깥에서 똑바로 행동하여 아내에게 모범을 보여야 하는 존재이거늘, 어찌 여섯 자 체구의 당당한 남자

의 몸으로 구차하게 요사한 계집의 유혹에 넘어가 휘둘림을 당하
느냐? 아낙에게 휘둘리는 것들은 저자에서 매질을 당해야 마땅하
다. 하물며 네놈들은 밤낮을 막론하고 남녀가 뒤섞여 지내니, 그게
도리에 맞는 일이더냐? 아무리 큰 공을 세우더라도 이런 치욕을 씻
지는 못할 것이다!"

그 얘기를 들은 양각도덕진군은 기분이 몹시 상해서 억지로 변
명했다.

"패장이 무슨 용맹을 들먹이며 주둥이를 놀려 정신 사납게 만드
느냐?"

그 말이 끝나기도 전에 쟝 지네틴이 왼쪽에서 일월쌍도를 휘두
르며 장 천사에게 달려들었고, 오른쪽에서는 푸른 얼굴의 귀신이
세 개의 불창을 쥐고 달려들었다. 장 천사가 급히 막았으나 앞쪽에
서 또 양각도덕진군이 그의 머리를 향해 보검을 내리치고 있었다.
장 천사의 그 칠성보검은 그야말로 대단한 것이었다.

찌르고 부딪치고, 탁탑천왕(托塔天王)이 광활한 들판에서 요사
한 마귀 무찌르는 것쯤은 비할 바가 아니다. 막고 받아치고, 게제
신(揭帝神)[6]이 저승의 음산(陰山) 앞에서 도깨비들 잡는 것도 대수
롭지 않다.

창 대 창, 칼 대 칼, 검 대 검이 부딪치니 조금도 쉴 틈이 없구

---

6 게제신(揭帝神)은 게체신(揭諦神)이라고도 하며 불교의 호법신(護法神) 가운
데 하나이다.

나. 비껴치고 내리찍고 앞으로 찌르며 도무지 한 치의 오차도 없구나.

저놈이 아무리 재주 부리며 위세를 떨쳐 함성이 진동한다 해도, 내 뛰어난 무예 펼치니 전마의 포효도 전혀 아랑곳하지 않지.

팔방을 움직이며 무기 휘두르니 건(乾), 감(坎), 간(艮), 진(震), 손(巽), 이(離), 곤(坤), 태(兌)의 방위가 분명하고, 여덟 곳에 위세가 일어 저들의 휴문(休門)과 상문(傷門), 두문(杜門), 절문(絶門), 경문(驚門), 개문(開門), 생문(生門), 사문(死門)[7]을 타파해 버리지.

바람을 몰고 우레를 부리니 수미산(須彌山)도 겨자씨처럼 여기거늘, 철벽의 단단한 성인들 무슨 걱정이랴? 신속하게 부적 날리니 설사 대라전(大羅殿)이라 한들 눈앞에 둘 수 있거늘, 네깟 흉신 악살쯤이야 어찌 두려우랴?

나 용호산 용호아(龍虎衙)의 용호진인(龍虎眞人)이 백만 마리 비휴(貔貅)를 통솔하는 줄 누가 모르랴? 가소롭구나, 하찮은 서양 양각산 양각동의 초선(草仙) 양각(羊角)이여, 너희쯤이야 한낱 노루 떼에 지나지 않도다!

一衝一撞, 說甚麽李天王降妖魔於曠洞之野. 一架一迎, 那數他揭帝神收魍魎於陰山之前.

槍對槍, 刀對刀, 劍對劍, 管敎他難尋半點空閑. 撒處撒, 捺處捺, 長處長, 到底是不爭分毫差錯.

---

7 이것들은 모두 제갈량이 처음 설치했다는 구궁팔괘진(九宮八卦陣)의 방위와 문들을 가리키는 말들이다.

一任他一二三, 抖擻威神, 怎般的喊聲震動. 但憑俺七八九, 設施武藝, 全不見戰馬咆哮.

舞八方, 儼然是個乾, 坎, 艮, 震, 巽, 離, 坤, 兌之位. 威生八面, 竟然打破他休, 傷, 杜, 絶, 驚, 開, 生, 死之門.

風行雷令, 就是須彌山卽如芥子, 何愁他鐵遞金城. 火速符飛, 縱然大羅殿就在目前, 豈懼你凶神惡煞.

誰不道我龍虎山龍虎衙龍虎眞人, 統領着貔狳百萬. 却笑你小西洋羊角山羊角洞羊角草仙, 牽連得麂獐一班.

그야말로 이런 격이었다.

走入邊崖石徑斜	변방 벼랑에 달려가니 돌길 비스듬한데
無端魍魎竟揄揶	까닭 없이 도깨비들이 야유하는구나.
豈同三戰劉先主	어찌 유비(劉備)가 싸웠던 것과 같겠는가?
直是鐘馗把鬼拿	그저 종규가 귀신 잡듯 손쉬울 뿐이지.

어쨌든 양각도덕진군은 장 천사의 기세가 심상치 않아 보이자 돌아서서 수화화람에서 보물을 하나 꺼냈다. 하지만 눈썰미 좋은 장 천사는 일찌감치 낌새를 알아채고, 재빨리 부적을 하나 꺼내서 보검 끝에서 불을 붙이더니 두어 마디 주문을 외고 호통을 쳤다. 그러자 즉시 네 명의 하늘 장수가 앞에 나타났다. 그때 양각도덕진군이 예의 그 헌원경을 다시 꺼내서 장 천사를 비추었다. 그는 장 천사가 전번처럼 말에서 떨어질 것으로 생각했는데, 뜻밖에도 장

천사는 여전히 말에서 떨어지지 않았다. 오히려 시커먼 얼굴에 송곳니가 삐져나온 조(趙) 원수(元帥)가 휘두른 채찍에 머리를 맞은 양각도덕진군은 흐르는 물에 떨어진 꽃잎처럼 멀리 날려 가버렸다. 조 원수가 다시 왼쪽으로 채찍을 휘두르자 당황한 쟝 지네틴은 채찍 끝에서 일어나는 불길을 따라 땅속으로 도망쳐 버렸고, 오른쪽으로 휘두르자 무저동은 세 개의 머리 가운데 하나만 남고 네 개의 팔 가운데 두 개만 남아 창을 끌며 필사적으로 도망쳤다.

장 천사는 하늘 장수와 작별하고 개선했다. 삼보태감이 말했다.

"천사님의 도력 덕분에 적들을 물리치긴 했는데, 그것들을 하루아침에 잡을 수도 없고 이 나라도 하루아침에 항복할 것 같지 않으니, 무슨 계책을 써야 할까요?"

"오늘은 날이 저물었으니, 내일 제가 다른 방법을 써보겠습니다."

이튿날이 되자 장 천사가 나서기도 전에 양각도덕진군이 또 쟝 지네틴과 푸른 얼굴의 귀신을 데리고 찾아와 싸움을 걸었다. 장 천사는 이번에는 나름대로 방책을 정하고 출전했다. 양각도덕진군은 장 천사를 보자 보검을 비스듬히 찔러왔다. 장 천사는 칠성보검을 들어 재빨리 막고 치고받으며 대결했다. 그런데 둘의 싸움이 한창 무르익었을 때, 쟝 지네틴이 왼쪽 옆구리 쪽으로 일월쌍도를 비스듬히 휘두르며 달려들었다. 그러자 왼쪽에서 다른 장 천사가 나타나서 칠성보검을 들고 맞섰다. 다시 둘의 싸움이 무르익었을 때, 이번에는 오른쪽 옆구리 쪽에서 머리 셋에 팔이 네 개가 달린 귀신이 세 자루 불창을 들고 찔러 들어왔다. 그러자 오른쪽에서 또 다른 장 천사가 나타나서 칠성보검을 들고 맞섰다. 그렇게 한창 싸움이 무르익었을 때 양각도덕진군이 고함을 질렀다.

"제법이구나, 도사 놈! 네가 분신술을 쓴다면 나라고 못 할 줄 알았더냐?"

그 말이 채 끝나기도 전에 양각도덕진군의 몸이 하나에서 열 개로, 열에서 백 개로 늘어났다.

"하찮은 초선(草仙) 따위가 제법이구나! 나도 분신술을 써 주마!"

그러자 장 천사의 몸도 하나에서 열 개로, 열에서 백 개로 늘어났다. 앞 번에는 백 명의 양각도덕진군이 황량한 풀 우거진 언덕 앞을 가득 메웠는데, 이번에 다시 백 명의 장 천사가 더해져서 그 언덕을 겹겹이 둘러싸고 호통을 질러댔다. 백 명의 양각도덕진군은 백 자루의 칼을 날리고, 백 명의 장 천사는 백 자루의 칠성보검을 휘둘러 뒤엉켜 싸웠으나 어느 쪽도 우세를 보이지 못하고 승부도 나지 않았다.

이렇게 되자 양각도덕진군이 생각했다.

'양쪽에서 분신술로 겨루는 것쯤이야 대단하다고 할 것도 없지. 어쩔 수 없이 보물을 꺼내서 저놈을 놀려줘야겠군.'

그는 수화화람을 집어 들고 한 손으로 보물을 꺼냈다. 하지만 장 천사의 신통한 눈은 이미 그것을 발견하고 재빨리 보검 끝에서 부적을 사르며 소리쳤다.

"나타나라!"

이때 양각도덕진군이 헌원경을 꺼내 비추자 양쪽의 분신술이 모두 사라져 버렸다. 그러자 그는 재빨리 달려들어 장 천사를 잡으려 했다. 그런데 갑자기 왼쪽 허공에서 "휙!" 하는 소리가 들려서 돌아보니 세 개의 눈이 달린 거대한 사내가 불덩이가 이글거리는 벽돌을 든 채 수화화람을 들고 가 버렸다. 양각도덕진군이 뭐라고 입을 떼기도 전에 오른쪽 허공에서 또 "휙!" 하는 소리가 들려서 돌아보니, 쇠로 만든 둥근 모자를 쓰고 강철 채찍을 든 거대한 사내가 헌원경을 집어가 버렸다. 그리고 양각도덕진군이 미처 몸을 돌리기도 전에 그 두 사내는 상서로운 구름을 타고 공중으로 날아가 버렸다. 양각도덕진군도 재빨리 구름을 타고 쫓아갔다. 이렇게 해서 보물을 들고 가려고 하는 두 사내와 빼앗으려는 양각도덕진군은 공중에서 서로 뒤엉켜 실랑이를 벌였다.

한편 양각도덕진군이 떠나 버리자 언덕에는 쟝 지네틴과 푸른 얼굴의 귀신만 남게 되었다. 그러나 이 둘이 어찌 장 천사의 적수가 되겠는가? 장 천사가 입을 한 번 오므리자 그 둘은 못이 박힌 듯이 꼼짝도 할 수 없게 되어 버렸다. 장 천사가 왼쪽을 향해 호통을 내질렀다.

"천한 계집! 그 잘난 일월쌍도를 왜 휘두르지 못하느냐?"

쟝 지네틴은 두어 번 그를 흘겨보았으나, 꼼짝도 할 수 없으니 어쩔 수 없었다. 장 천사가 또 오른쪽을 향해 호통을 쳤다.

"가소로운 귀신 놈! 그 잘난 불창을 계속 휘둘러보지 그러냐?"

하지만 푸른 얼굴의 귀신은 눈만 두어 번 부릅떴을 뿐 꼼짝도 할 수 없으니, 그 또한 어쩔 수 없었다. 그러자 장 천사가 말했다.

"관 원수, 저들을 잡아 오시오!"

그러자 관 원수가 봉황 같은 눈을 부릅뜨고 누에 같은 눈썹을 치켜뜨고 그들을 잡아 왔다. 장 천사는 하늘 장수와 작별하고 그 둘을 끌고 가서 중군 막사의 사령관에 바쳤다. 삼보태감이 물었다.

"너희 두 놈은 누구냐?"

"금련보상국의 장수 쟝 지네틴이다!"

"양각도덕진군의 제자 무저동이다!"

"네놈들은 죽음을 면치 못할 것이다. 다만 너희 왕을 위해 죽었으니 충성심은 가상하구나."

쟝 지네틴이 말했다.

"여자의 몸으로 충성을 다했으니 풀어줘야 마땅하지 않소?"

"그럴 수는 없지! '상(商)나라의 의로운 선비는 주(周)나라에 굴복하지 않는 완강한 자가 된다.'라는 말이 있지 않더냐?"

삼보태감은 또 측은한 마음이 조금 들었다.

"여봐라! 저 둘에게 각기 술 한 병과 고기 한 덩어리를 주도록 해라. 죽기 전에 배불리 먹고 취하도록 말이다."

쟝 지네틴은 고개조차 돌리지 않았다. 하지만 푸른 얼굴의 귀신은 한입에 술 한 병을 벌컥 마셔버리고, 또 한입에 고기 한 덩어리를 꿀꺽 삼켜버렸다. 그러자 삼보태감의 수하들이 물었다.

"어떻게 그리 빨리 먹을 수 있지?"

"내가 무저동 즉, 바닥없는 동굴이라는 걸 몰라서 물어?"

"그런데 저 여자는 왜 안 먹지?"

"저기는 여장부라서 동굴에 바닥이 있거든."

"그렇다면 사람을 빠뜨릴 수 없잖아?"

"그러니까 바닥 있으면서 사람을 빠뜨리는 구덩이라고 부르는 게지."

그 말이 끝나기도 전에 명령을 전하는 화살이 내려와서 두 사람을 막사 아래도 끌고 오라고 했다. 삼보태감이 말했다.

"원문(轅門) 밖으로 끌고 나가 목을 베어 효수하라!"

그러자 왕 상서가 말했다.

"잠시만요!"

"아니 왜요?"

"목을 베는 것은 저급의 전쟁이고 마음을 굴복시키는 것이 상급의 전쟁이지요. 효수하더라도 마음을 굴복시킬 필요가 있습니다."

"저들이 마음으로 굴복했다는 것을 어찌 알 수 있습니까?"

"각자에게 진술서를 쓰게 하여 마음을 살펴보면 됩니다."

"옳으신 말씀이십니다."

이에 즉시 두 죄수에게 진술서를 쓰게 하면서 물었다.

"너희 둘은 오늘 죽게 되는데, 마음으로 굴복했느냐?"

그러자 둘이 일제히 "그렇소!" 하고 대답했다.

"그렇다면 각자 그 내용을 적은 진술서를 바치도록 하라."

쟝 지네틴이 물었다.

"진술서라는 게 무엇이오?"

"여봐라! 진술서 쓰는 양식을 보여주도록 하라."

쟝 지네틴이 양식을 받아서 보니 이렇게 적혀 있었다.

<진술서>

　성명: 쟝 지네틴

　본인은 금련보상국 대장군 쟝 홀츠의 딸로서 부친과 함께 중국 천자의 군대에 저항함으로써 스스로 죄를 짓고 일을 그르쳤습니다. 중국에는 성인이 있어 모든 나라가 그 은덕을 누리고 있습니다. 천자의 군대가 서양에 왔으니 군대를 동원하여 저항하지 않았어야 했는데, 결국 전쟁에 패하여 포로가 되었으니 마땅히 목이 베여 효수되어야 합니다. 하늘에 거스르는 자는 망하기 마련이니 무슨 말을 다시 하겠습니까! 이에 사실대로 진술하는 바입니다.

푸른 얼굴의 귀신에게 보여준 진술서 양식은 다음과 같았다.

　성명: 무저동

　본인은 양각산 양각동 양각도덕진군의 제자로서 사부와 함께 요사한 술법으로 선량한 백성을 현혹하고 스스로 무거운 죄를 저질러 못된 짓을 하였습니다. 천자의 치하에서는 온 천하가 한 가족이니, 어찌 한 구석이라도 타인이 차지하는 것을 용납할 수 있겠습니까? 당연히 요사한 술법으로 백성을 현혹하지 말았어야 했는데, 천자의 군대에 저항하다가 나라와 백성을 다치게 하고 재물을 소진했으니, 이는 누구의 잘못입니까? 요사한 말을 퍼뜨리는 자는 참수되어야 마땅하나니, 자신의 이익을 위해 나쁜 짓을 저지르기 때문입니다. 이 죄를 어찌 피할 수 있겠습니까? 이에 사실대로 진술하는 바입니다.

삼보태감이 진술서를 보고 말했다.

"이 둘은 과연 진심으로 굴복했구먼."

왕 상서가 말했다.

"진심으로 굴복을 얻어냈으니 비로소 우리는 하늘에 순응하고 백성의 바람에 응하는 천자의 군대라고 할 수 있습니다."

이에 기패관(旗牌官)[8]이 그들을 원문 밖으로 데려가 목을 베어 효수하려 했다. 하지만 쟝 지네틴은 목에 칼을 맞자 한 줄기 검은 연기로 변해 하늘로 사라져버리고, 푸른 얼굴의 귀신은 단칼에 두 조각으로 갈라지더니 하얀 연기로 변해 땅속으로 사라져 버렸다. 기패관이 중군 막사에 보고하자, 삼보태감이 말했다.

"어서, 쟝 천사께 무슨 일인지 여쭤보도록 하라."

쟝 천사가 무슨 고견을 가지고 있어서 그들이 금선탈각(金蟬脫殼)의 술법을 부려 도망친 수법을 알아내게 되는지는 다음 회를 보시라.

---

8 명·청 시기의 기패관(旗牌官)은 제왕의 명이 담긴 깃발과 패를 받아 여러 가지 특권을 지닌 관리였다. 청나라 때는 총독(總督)이나 순무(巡撫), 제독(提督), 총병관(總兵官) 등 지방의 고급 관리 또는 흠차대신(欽差大臣)을 나타내기도 했다.

벽봉장로는 실수로 흡혼병에 갇히고
병을 깨어 벽봉장로가 탈출하게 되다
長老誤中吸魂瓶　破瓶走透金長老

爲問西洋事有無	묻노라, 서양에 무슨 일이 있었는가?
猙獰女將敢模糊	사나운 여자 장수 감히 허튼짓했지.
防風負固終成戮	바람 막겠다고 험한 형세 믿다가 결국 죽임을 당하고
儼狁强梁竟作俘	사나운 오랑캐[1]도 결국 포로가 되었지.
可汗頭顱懸太白	왕의 머리는 태백에 걸리고
閼氏妖血濺氍毹	왕비의 요사한 피 양탄자에 뿌려졌지.
任君慣脫金蟬殼	그대가 아무리 금선탈각의 계책을 쓴다 한들
難免遺俘獻帝都	포로가 되어 천자의 도읍에 바쳐지는 것 피하기 어려우리라!

---

1 본문의 엄윤(儼狁)은 본래 중국 산시성[陝西省] 징양현[涇陽縣]의 서북쪽에 자리 잡고 있던 이민족을 가리킨다.

그러니까 삼보태감은 원문 밖에서 칼을 맞아야 할 죄수들이 사라졌다는 소식을 듣자 잠시 어찌 된 영문인지 몰라 장 천사에게 문의했다. 장 천사가 말했다.

"검은 연기는 불의 장막이고, 하얀 연기는 물의 장막입니다."

삼보태감이 믿기지 않아서 다시 물었다.

"그런 걸 할 줄 안다면 애초에 왜 붙잡혀왔을까요? 또 진술서는 왜 쓴 것일까요?"

왕 상서가 말했다.

"그렇게 묶어놓았는데 어떻게 빠져나갔을까요?"

"두 분 사령관께서 믿지 못하시는 모양이니, 당장 가서 보시지요."

그 말이 끝나기도 전에 호위병이 보고했다.

"여덟 갈래 뿔이 난 사슴을 탄 요사한 도사가 보도를 들고 쟝 지네틴과 푸른 얼굴의 귀신, 그리고 오랑캐 기마병들을 거느리고 와서 배를 불태워 버리겠다느니, 장 천사쯤은 아무 것도 아니니 벽봉장로를 사로잡겠다느니 하면서 싸움을 걸고 있습니다."

원래 양각도덕진군은 신선의 명부에 이름이 오른 이였기 때문에 마 원수 및 조 원수가 그와 한바탕 다투긴 했지만 결국 수화화람과 헌원경을 돌려주었던 것이다. 삼보태감이 말했다.

"정말 이놈의 오랑캐들은 죽여도 죽지 않으니, 상당히 처치가 곤란하군요."

장 천사가 말했다.

"지금은 날도 저물었으니 휴전을 나타내는 패를 내걸어놓고, 내일 새벽에 다시 대책을 생각해 봅시다."

그런데 양각도덕진군은 휴전하자는 패를 보고 고함을 질렀다.

"귓구멍이 있다면 똑똑히 들어라. 오늘은 날이 저물어서 잠시 돌아가지만 내일 다시 올 테니, 그때는 벽봉장로인가 뭔가 하는 작자더러 나오라고 해라. 나머지 놈들은 필요 없다!"

삼보태감은 그 소리를 듣자 마음이 무척 무거웠다. 그리고 이튿날 아침, 왕 상서와 함께 상의했다. 왕 상서가 말했다.

"오늘 요사한 도사가 다시 오면 우리하고는 말이 통하지 않을 겁니다. 시비를 따지러 오는 작자는 꼭 그런 작자니까요. 그저 국사께 처리해 주시라고 부탁하는 게 낫겠습니다. 그렇지 않으면 우리까지 목숨이 위태로워지겠습니다."

그 말이 끝나기도 전에 요사한 도사가 다시 와서 싸움을 걸었다. 그는 다른 사람은 필요 없고 벽봉장로만 나오라고 요구했다. 왕 상서가 말했다.

"어쩔 수 없이 국사님께 가봐야겠습니다."

삼보태감도 동의했다.

"지당하신 말씀이십니다."

두 사람이 찾아가자 벽봉장로가 말했다.

"며칠을 연이어 싸웠는데, 승부는 어찌 되었습니까?"

삼보태감이 말했다.

"이놈의 금련보상국이라는 데가 왜 이리 고생을 시키는지 모르겠습니다."

"무슨 말씀이신지요?"

"저번에 무예도 뛰어나고 신통력도 대단한 몇 명의 오랑캐 장수들은 폐하의 홍복과 국사님의 불법 덕분에 이미 제 수하의 장수들에게 목숨을 잃었습니다. 그래서 그 일로 국사님을 번거롭게 해 드리지 않았던 것입니다. 그런데 요즘 장 지네틴이라는 장수가 여자이긴 하지만 일흔두 가지 변신술을 부리는 혼세마왕(混世魔王)에 견줄 만큼 아주 대단합니다. 정말 엄청납니다! 그래도 장 천사의 청정한 도덕 덕분에 몇 차례 물리치긴 했는데, 뜻밖에 그 여자가 양각산 양각동에서 양각도덕진군인가 뭔가 하는 자를 불러왔습니다. 그자는 여덟 갈래 뿔이 난 사슴을 타고 하늘을 나는 보검을 지닌 채 어린 도사 하나를 데려왔습니다. 그 어린 도사는 머리가 셋에 팔이 넷으로 변신하는데, 팔 하나가 세 길 남짓 늘어나고 머리카락이 시뻘겋게 변하고 얼굴에 시퍼런 물감을 칠한 것처럼 변합니다. 그것들이 계속 찾아와 싸움을 거는데 우리 장수들이 도저히 당해 낼 수 없었습니다. 어제 장 천사께서 요사한 도사와 세 차례 싸웠는데, 비록 크게 패배하지는 않았지만 크게 이기지도 못했습니다. 그런데 오늘 그 요사한 도사가 또 싸움을 걸어오면서, 장 천사는 필요 없으니 국사님더러 나오라고 난리를 피우고 있습니다. 그래서 제가 어쩔 수 없이 이렇게 간청하러 왔습니다."

"오, 선재로다! 저는 출가인으로서 자비를 바탕으로 상황에 맞추어 교화하는 몸인데, 어찌 출정 같은 것을 할 수 있겠습니까? 평소에 마당만 쓸더라도 혹시 개미가 상하지 않을까, 나방이 등롱에 달려들어 상하지 않을까 걱정하고 있습니다."

그러자 삼보태감이 속으로 생각했다.

'이거 일을 떠밀겠다는 소리 아닌가?'

왕 상서도 생각했다.

'국사께서 일을 떠밀면 서양에 온 일이 솜방망이로 으름장 놓은 꼴이 되고 말 텐데.'

그때 옆에 있던 마 태감이 나섰다.

"국사께서 나가지 않으시겠다면 배를 돌려 돌아가서 폐하께 아뢰고 나서 다른 대책을 마련하는 편이 낫겠습니다."

"아미타불! 그게 무슨 말씀이시오?"

"군사를 부리는 전략은 진격이 아니면 물러서는 것뿐입니다. 이제 진격할 수 없다면 후퇴하는 게 낫지요. 이러다 만약 진퇴양난의 지경에 빠지게 되면, 그때는 후회해도 늦을 테니까요!"

"아미타불! 다들 진정하시구려. 일단 제가 나가서 그 선인이 어떤 인물인지 살펴보도록 하겠습니다."

마 태감이 말했다.

"살펴보기만 해서는 아무 소용도 없습니다."

"예로부터 '삼교(三敎)는 본래 한 집안'이라고 하지 않았습니까? 제가 그를 만나 좋은 말로 잘 달래서 돌려보내도록 해보겠습니다."

"도사는 도교를 믿는 인물이라서 자비를 바탕으로 상황을 살펴서 교화하는 불교와는 다릅니다. 그러다가 괜히 화만 자초하는 게 아닐까요? 국사께서 인과응보를 설명하시며 하늘 꽃이 비처럼 쏟아지도록 이런저런 얘기를 많이 하시더라도, 그자가 한 마디도 믿지 않고 딴청을 피우면 어쩌겠습니까? 차라리 제 어리석은 소견처럼 잠시 경사로 돌아가는 게 낫겠습니다."

"폐하의 명에 따라 병사를 이끌고 서양으로 왔는데 어찌 중도에서 그만둘 수 있겠소이까? 일단 제가 그자를 설득해 보고 어찌 나오는지 보도록 합시다."

벽봉장로는 자리에서 일어나 둥근 모자를 돌려서 쓰고 옷자락을 털더니 한 손에는 자금 바리때를, 다른 한 손에는 구환석장을 들고 "아미타불!" 염불을 외면서 수염을 한 번 쓰다듬고 배에서 내려갔다. 그러자 왕 상서가 다가와 물었다.

"국사님, 어디 가십니까?"

"그 도사를 설득해서 산으로 돌아가라고 하겠습니다."

"아니, 국사님 목숨은 목숨이 아니랍니까? 불교에서는 자기 살을 잘라 호랑이와 독수리에게 먹이로 주는 것이 정과(正果)를 이루는 일이라고 하긴 하더군요. 하지만 이렇게 갑옷도 무기도 없이 맨몸으로 강한 적을 만나러 나가시는 것은 맨손으로 호랑이를 상대하고, 배도 없이 황하를 건너려는 무모한 일이 아니겠습니까? 그러다가 혹시 무슨 일이라도 생기면 어쩌시려고요?"

"무슨 일이 생기겠습니까?"

"상대를 너무 가볍게 보시는 것 같습니다. 어제 장 천사께서는 수많은 인마를 대동하고 영패와 부적까지 지니고 가서 하늘 신과 하늘 장수의 도움을 받았고, 또 짚으로 엮은 용을 타고 하늘로 날아오르기까지 하셨습니다. 하지만 이렇게 큰 능력을 지니고도 그 도사를 이기지 못했습니다. 그런데 국사께서 지금 맨손으로 혼자 가시는 것은 호랑이 아가리로 들어가는 양처럼 스스로 죽음을 재촉하는 일이 아니겠습니까? 제 어리석은 소견으로는 그래도 부대를 하나 이끌고 가서서 위세를 펼치시고, 또 장수도 두어 명 데려가서 호위하게 하시는 게 좋겠습니다. 어떻게 생각하시는지요?"

벽봉장로는 한참 동안 고개를 숙은 채 생각에 잠겼다.

'장 천사가 겉으로는 그럴싸하게 포진했겠지만, 속에 담긴 능력이야 어찌 내 불법의 힘에 비교할 수 있겠는가?'

잠시 후 그가 입을 열었다.

"저는 인마도 필요 없고 호위 장수도 필요 없습니다."

그러자 마 태감이 말했다.

"그렇다면 말이라도 한 필 타고 가시지요."

"그것도 필요 없습니다."

삼보태감이 말했다.

"다들 너무 자잘한 것에 신경을 쓰시는구려. 국사님, 다녀오십시오! 부처님의 무한한 법력만 믿으시면 됩니다. 저희는 그저 개선하시기만 기다리겠습니다."

벽봉장로는 고개를 슬쩍 끄덕이더니 그대로 배에서 내려갔다. 그가 떠나자 마 태감이 말했다.

"국사께서 가시긴 하셨는데, 우리 장수들과 수십만 인마의 목숨이 모두 그분께 달렸습니다."

왕 상서가 말했다.

"그게 무슨 말씀이시오?"

"우리야 애초에 무슨 서양이니 보물이니 하는 게 있다는 것조차 몰랐는데, 장 천사와 국사께서 폐하께 아뢰는 바람에 오늘 같은 일이 생기게 된 게 아닙니까? 이제 그야말로 정원에 과일은 가득해도 저 두 사람만 신나는 꼴을 구경만 해야 하는 상황이 되었군요. 어제 장 천사가 그렇게 큰 신통력을 보였는데도 승리하지 못했는데, 오늘 국사께서 나가셨으니 승부가 어찌 될까 걱정입니다. 승리하시게 되면 우리 명나라의 홍복이지만, 그렇지 않은 경우에는 저들이 우리 배를 공격해 올 것이니 우리 목숨도 지키기 어려워질 게 아닙니까?"

왕 상서가 말했다.

"지당하신 말씀이긴 하지만, 이제 일이 이왕 벌어져 버린 마당이니 괜한 기우(杞憂) 같은 것은 하지 맙시다."

"저한테 한 가지 대책이 있습니다."

"무엇이오?"

"사령관께 말씀드려서 정찰병 쉰 명을 보내 적군의 상황을 정탐하게 하십시오. 만약 국사께서 승리하셨다는 소식이 전해지면 영접할 잔치를 준비해야지요. 하지만 승리하시지 못한다면 장수와 군마를 더 많이 파견하여 그분을 구출해야 하지 않겠습니까? 국사께서 힘이 약하셔서 저 요사한 도사에게 사로잡히신다면 정찰병들에게 신속하게 보고하라고 해야지요. 그러면 우리도 전차들을 묶고, 닻을 끌어올리고, 돛을 펼쳐 경사로 돌아가서 다른 대책을 마련해야 하지 않겠습니까? 상서님, 어떻게 생각하십니까?"

"그건 사령관께서 결정하실 일이지요."

왕 상서의 얘기를 들은 삼보태감이 고개를 끄덕였다.

"좋은 생각입니다."

그리고 즉시 쉰 명의 정찰병을 보내 탐문하게 했다. 그런데 중국의 정찰병들이 어떻게 서양의 군사 정황을 탐문할 수 있었을까? 알고 보니 삼보태감은 회족(回族) 출신이기 때문에 서양 말을 할 줄 알았다. 그래서 휘하의 한 부대에서는 서양 책을 읽고 서양 말을 공부해 놓았기 때문에 이 정찰병들도 탐문 임무를 잘 수행할 수 있었던 것이다.

어쨌든 이 쉰 명의 정찰병들이 배를 떠나 뭍으로 달려가니, 벽봉장로는 벌써 그것을 눈치챘다. 원래 서양은 사방이 사막이라서 숲이 우거진 산이나 굽이굽이 이어진 고개도 없었기 때문에, 쉰 명이 달리면서 일으키는 먼지를 보고 알아챘던 것이다.

'사령관이 마음이 놓이지 않아서 내 상황을 알아보라고 파견한 이들인 모양이구나. 하지만 나도 미리 방비를 좀 해야겠다. 왜냐? 나는 지금 인간의 몸을 빌려 속세에 내려와 있는데, 저 양각도덕 진군이 요사한 강도 정도라면 괜찮겠지만, 어느 곳의 신선이나 어느 시대의 조사(祖師)라면 어쩔 수 없이 하늘 병사를 동원하고, 한 길 여섯 자의 내 본래 모습을 드러낼 수밖에 없지. 그러면 저 정찰병들이 내 정체를 알아챌 테지. 정체를 알아채는 거야 별 게 아니지만, 너도나도 내가 승려가 아니라 부처라고 떠들어 대면 곤란하지. 진인(眞人)은 본모습을 드러내지 않고, 본모습이 드러나면 진인이 아니라는 옛말도 있으니, 내가 남경 용금문 밖에서 사람의 몸을 빌려 태어난 것을 헛수고로 만들 수는 없어. 게다가 앞으로도 여러 나라를 지나야 하는데, 곳곳에 요사한 도사나 승려, 도깨비가 있을 게 아닌가? 그러면 다들 나더러 나서서 해결해 달라고 할 테고, 그렇게 해서 매번 내가 나서게 된다면 이번에 서양에 온 장수들은 공을 세울 기회가 없지 않겠는가? 남에게 손해를 끼치며 제 이익을 챙기는 것은 출가인의 도리가 아니지. 그러니 나도 방비를 해 둬야겠어.'

벽봉장로는 무한한 법력을 발휘하여 손가락을 들어 동쪽을 한 번 가리켰다. 그러자 동쪽에서 신장(神將)이 하나 내려와 부처님 주위를 세 바퀴 돌고 여덟 번의 절을 올렸다. 그 신장은 봉황 무늬가 장식된 은빛 투구를 쓰고 쪽빛 전포 위에 황금 허리띠를 두르고 있었으며, 손에는 무게가 천이백 근이나 되는 항마저(降魔杵)를 들고 있었다. 그는 바로 불교의 호법신인 위타존자(韋馱尊者)[2]였다.

"번거롭게 해 드려서 미안하구먼. 내 육신을 단단히 보호해서 천기가 누설되지 않도록 해 주게."

"삼가 부처님의 명을 받들겠나이다!"

---

2 위타존자(韋馱尊者)는 위타보살(韋馱菩薩)로도 불리는 불교의 호법신 가운데 하나이다. 그는 본래 인도 바라문교(婆羅門敎) 신화에 등장하는 하늘 신이었다. 그는 나는 듯이 잘 달리는 것으로 유명하다.

벽봉장로가 다시 손가락으로 서쪽을 가리키자, 서쪽에서 상서로운 구름이 서리더니 흰 구름 하나가 황량한 풀이 우거진 언덕 아래로 내려왔다. 그 구름에 타고 있는 신의 모습은 이러했다.

頭戴槍風一字巾	머리에는 일자 두건을 쓰고
四明鶴氅越精神	해와 달과 별들처럼 빛나는 학창의 더욱 빼어나구나.
五花鸞帶腰間繫	오색 꽃무늬와 난새 문양 허리띠 단단히 조여 매고
珠履凌波海外人	구슬 장식한 장화로 파도 건너는 해외의 존재라네.

"그대는 어떤 신선인가?"

그 신선이 땅에 엎드려 말했다.

"저는 백운도장(白雲道長)이라 하옵니다."

"번거롭게 해 드려서 미안하네. 팔백 개의 흰 구름으로 우리 명나라 군사들의 이목을 가려서 천기가 누설되지 않게 해 주게."

"삼가 부처님의 명을 받들겠나이다!"

그러자 순식간에 하늘 가득 먹구름이 덮여 버렸다. 이렇게 되자 영채에 있거나 배에 타고 있던 군사들은 그래도 괜찮았지만, 쉰 명의 정찰병은 모두 숨을 죽이고 웅성거렸다.

"정말 이상하군! 하늘은 풍운을 예측할 수 없고 사람은 아침저녁의 재앙과 복을 알 수 없다더니, 조금 전까지 맑은 하늘에 해가 쨍

쨍하다가 왜 갑자기 이렇게 먹구름이 끼는 거지? 아마 큰비가 내일 모양인데, 그러면 대책이 없잖아? 어쩔 수 없이 이 골짝에 피신해야겠어."

한편 벽봉장로는 천천히 걸음을 옮겨 언덕 아래의 풀밭으로 내려갔다. 양각도덕진군은 진즉 그 모습을 보고 있었다. 널찍한 이마와 커다란 귀, 넓은 얼굴과 단정한 입을 가진 승려가 한 손에는 바리때를, 다른 한 손에는 석장을 하나 들고 혼자서 휘적휘적 걸어오고 있었던 것이다.

'저자가 바로 명나라의 무슨 벽봉장로인가 하는 작자인 모양이구나. 그런데 벽봉장로는 명나라 황제가 몸소 용상에서 내려와 무릎을 꿇고 여덟 번 큰절을 올리며 호국국사로 모신 인물이라고 하던데, 왜 병졸을 이끌고 북을 울리고 깃발을 흔들며 오지 않는 거지? 아무래도 그 작자가 아닌 모양이야.'

그러다가 잠시 후 또 이런 생각이 들었다.

'우리 서양에는 승려가 없으니, 그 작자인 게 분명해. 뭐 그 작자이든 아니든, 일단 한 번 불러서 어떻게 나오는지 보자.'

그리고 큰소리로 물었다.

"그대가 명나라의 벽봉장로인가?"

원래 삼교 가운데 불교가 가장 선한 종교였기 때문에 벽봉장로가 차분한 목소리로 대답했다.

"그렇소."

양각도덕진군은 그의 초라한 행색을 보자 이런 생각이 들었다.

'소문은 믿을 게 못 된다고 하더라니! 쟝 지네틴의 얘기로는 명나라 벽봉장로가 신통력이 바다와 같고 명망이 하늘처럼 높다던데, 알고 보니 이런 비실비실한 작자잖아? 이런 작자를 사로잡는 것쯤이야 탁자에 놓인 고기를 먹고, 닭장에 갇힌 닭을 잡는 것처럼 쉬운 일이지!'

그리고 제자를 불렀다.

"무저동, 가서 저 중을 잡아 오너라."

무저동은 진술서를 썼던 치욕을 어디다 풀어낼 길이 없었는데, 그 말을 듣자 갑자기 속에서 불길이 치밀어 오르면서 독한 마음이 들었다. 그는 불창을 집어 들고 날아가 대뜸 벽봉장로를 찔러 갔다. 그걸 보자 벽봉장로가 말했다.

"아아, 선재로다! 출가인인 이 몸이 어찌 이 창을 막으라는 말인가!"

그가 부처의 법력을 발휘하여 손가락 끝을 살짝 구부리니 무저동은 두 발이 땅에 못 박힌 듯 꼼짝하지 못했고, 창은 진흙으로 빚은 것처럼 변해 버렸다. 무저동은 달려가려 해도 발이 들리지 않았고, 벽봉장로를 공격하려 해도 창을 들 수 없는지라, 어쩔 수 없이 고함을 질러댔다.

"사부님, 구해 주셔요!"

그러자 즉시 그의 키가 세 길로 늘어나고, 세 개의 머리와 네 개의 팔이 나오면서 머리카락은 주사를 물들인 듯 시뻘겋게 변하고,

푸른 물감을 칠한 듯한 얼굴로 변했다. 벽봉장로가 그걸 보고 픽 웃으며 말했다.

"사람인 줄 알았더니 사람도 아니고, 신인 줄 알았더니 신도 아니고, 귀신인 줄 알았더니 귀신도 아니로구나."

그러면서 무저동의 그 무시무시한 모습에 전혀 신경을 쓰지 않았다. 잠시 후 벽봉장로가 다시 살펴보니 무저동의 정수리 위에서 석 자나 되는 불길이 치솟는 것이었다.

'상종하지 못할 작자로구먼.'

그러더니 그가 신으로 바닥을 한 번 쓱 쓸자, 소매 안에서 작은 승려가 하나 나왔다. 키는 한 자 두 치 정도에 머리는 민둥민둥 깎았고, 맨발에 작은 저고리를 입은 채 커다란 염주를 걸친 그 승려는 벽봉장로에게 절을 올리며 물었다.

"부처님, 무슨 일로 부르셨사옵니까?"

"저기 저 이름도 없는 귀신을 물리쳐 버려라."

키는 작아도 능력이 뛰어난 그 승려는 앞으로 나아가 호통을 쳤다.

"이름도 없는 귀신아! 당장 물러가지 못할까?"

무저동은 어이가 없어서 웃으며 말했다.

"젖비린내 나는 녀석이 그래도 중이랍시고!"

"주둥이 함부로 놀리지 마라! 기어이 내가 손을 써야 물러갈 셈이란 말이냐?"

그 승려는 즉시 한 자 두 치 길이의 쇠로 만든 자를 꺼내 무저동의 정강이를 탁 쳤다. 그러자 무저동은 사지를 위로 향한 채 벌렁 자빠져 버렸다.

양각도덕진군은 그가 무저동을 쓰러뜨리는 것을 보자 기분이 몹시 상해서 큰소리로 외쳤다.

"출가한 몸이라면서 저리 흉악하다니! 감히 내 제자를 해쳐?"

그는 황급히 여덟 갈래 뿌리 난 사슴을 몰아 벽봉장로에게 달려와 보검을 휘둘렀다.

"받아라!"

그 보검은 처음에는 아래에서 위로 올라가더니, 다시 위에서 아래로 내려오면서 벽봉장로의 두개골을 노렸다. 하지만 벽봉장로가 손가락을 슬쩍 구부리자 보검은 풀밭에 떨어져 버렸다. 그 모습을 보자 양각도덕진군은 깜짝 놀랐다.

'칼에 맞지도 않고 오히려 애를 먹이다니, 이 중은 어제 그 도사와는 한참 다르구나! 어쩔 수 없이 보물을 꺼내야겠다.'

그는 황급히 수화화람에서 헌원경을 꺼내어 벽봉장로에게 비췄다. 그런데 이 헌원경은 거짓 형상보다는 진짜 형상을 드러내게 하는 용도가 있었으니, 벽봉장로의 한 길 여섯 자 부처의 몸이 어찌 거기에 비치지 않겠는가? 다만 벽봉장로가 진인은 본래 모습을 드러내지 않는다는 생각을 하고 있었기 때문에, 재빨리 들고 있던 바리때를 허공으로 던졌다. 하지만 바리때가 헌원경과 부딪치니 돌아오지 않을 수 없었다. 하나는 불교에서 하늘에 두 개의 해가 없다고 내세우는 보물이요, 다른 하나는 도교에서 나라에 두 명의 왕이 없다고 내세우는 보물이니, 둘은 그런대로 적수가 되었던 것이다. 이에 벽봉장로와 양각도덕진군이 각기 바리때와 보물을 거둬들이게 되었다. 이렇게 되자 양각도덕진군이 생각했다.

'이 중은 과연 명나라 황제가 여덟 번 절을 올리고 국사로 삼을 만큼 재간이 뛰어나구나. 별 것 아닌 나로서는 상대가 안 되겠어. 어쩔 수 없이 계책을 써서 맛을 한 번 보여줘야겠구나. 이렇게 내 능력을 보여주지 않으면 쟝 지네틴이 나를 부른 보람이 없어질 테니 말이야.'

이렇게 생각을 정한 후 그가 소리쳤다.

"김벽봉, 듣자 하니 네가 명나라의 호국국사라면서? 유일한 황제의 스승이자 문무백관의 우두머리라고? 아주 신분이 거창하구나. 그런 거창한 명성이 있다면 거기에 어울리는 재간이 있겠지?"

"아미타불! 출가인에게 무슨 재간이 있겠소이까?"

"쟁쟁한 명성도 오래 가지 않는 법! 이제 진정한 적수인 이 몸을 만났으니 재간을 좀 드러내야 할 게다!"

"아미타불! 무슨 재간을 보여 드릴지 말씀만 하시구려."

"좋다. 내가 '김벽봉!' 하고 부르면 대답할 용기가 있느냐?"

원래 벽봉장로는 인간 세상에 강림한 부처의 몸인지라 불법이 무한해서, 되고 안 되고 아무 상관이 없었다. 그래서 누가 키를 키워보라고 하면 바로 했고 작아져 보라고 해도 마찬가지로 전혀 신경 쓸 필요가 없었다. 심지어 상대가 팔천왕(八天王)이라 하더라도 그의 몸을 해칠 수 없었다.

"아미타불! 질문이 있으면 대답이 있는 법. 내 이름을 부르는데 대답하지 않을 리 있겠소?"

"남아일언중천금!"

"출가인으로서 어찌 말 한마디라도 농담을 하겠소?"

"그래? 그럼 어디 보자. 벽봉장로!"

"여기 있소. 왜 부르시오?"

그러자 양각도덕진군이 들고 있던 세 치 길이의 병이 벽봉장로를 쏙 빨아들여 버렸다. 그걸 본 쉰 명의 정찰병이 중군 막사에 보고하자, 마 태감이 말했다.

"어서 배에 올라 전차를 묶고, 닻을 올리고, 돛을 펼쳐 경사로 돌아가십시다! 상황이 급하게 되었으니 머뭇거려서는 안 됩니다. 예로부터 삼십육계가 상책이라 하지 않았습니까?"

왕 상서가 말했다.

"그게 어찌 당당한 우리 대장군들이 할 일이겠소?"

삼보태감이 말했다.

"대장부는 전장에서 죽어 말가죽에 시신이 싸이는 것을 마다하지 않는 법이오. '사람이 태어나 죽지 않는 이 어디 있으랴? 충심을 남겨 역사책에 비추리라!'³ 라고 하지 않았소? 그런데 어찌 '삼십육

---

3 이것은 송나라 때 문천상(文天祥)이 쓴 〈영정양을 지나며[過零丁洋]〉에 들어 있는 구절이다. 원작의 전문은 다음과 같다. "천신만고 끝에 명경과(明經科)에 급제했건만, 전쟁에서 포로 되어 네 해를 보냈구나. 산천은 부서져 버들 솜처럼 바람에 날리고, 이 몸의 신세는 비 맞는 부평초가 되었구나. 황공탄 여울에서 불안하고 두려운 마음 털어놓고, 영정양에서 외롭고 쓸쓸

계'를 들먹인단 말이오?"

그 말이 끝나기도 전에 소식을 들은 비환이 찾아왔다. 그는 그 보고가 사실인지 의심스러워서 이렇게 말했다.

"사실이라 할지라도 그분께서는 빠져나올 계책이 있을 겁니다. 또 어쩌면 의혹에 의혹을 덧붙이고, 적의 계책 속에서 다른 계책을 쓰시려는 것인지도 모르지요."

삼보태감이 말했다.

"일리 있는 말씀이십니다."

이야말로 스승을 아는 이로는 제자만 한 이가 없다는 격이었다. 삼보태감은 즉시 명령을 내리는 화살을 하나 꺼내어 각 병영에 전파하며, 정황을 거짓으로 보고하는 자는 즉시 목을 베어 효수하겠노라고 선언했다.

한편, 양각도덕진군은 그 병에 뚜껑을 닫고 소리쳤다.

"쟝 지네틴, 이리 오너라!"

쟝 지네틴이 황급히 무릎을 꿇었다.

"사부님, 무슨 분부가 있으십니까?"

한 신세 한탄한다. 사람이 태어나 죽지 않는 이 어디 있으랴? 충심을 남겨 역사책에 비추리라![辛苦遭逢一經, 干戈寥落四周星. 山河破碎風飄絮, 身世浮沉雨打萍. 惶恐灘頭說惶恐, 零丁洋裏歎零丁. 人生自古誰無死, 留取丹心照汗靑.]" 영정양은 지금의 광둥성[廣東省] 주하이강[珠海江]의 어귀를 가리킨다. 황공탄(惶恐灘)은 곧 장시성[江西省] 완안현[萬安縣]을 흐르는 공강[贛江]에 있는 황공탄(黃公灘)을 가리킨다.

"내 오늘 너를 위해 이처럼 큰 공을 세워주었다."

"대체 어떻게 그자를 잡은 것입니까?"

"그자가 무저동을 쓰러뜨리는 걸 보고 화가 치밀어, 이런 독한 계책을 쓰게 되었다."

"사부님의 신선술에 감사합니다. 이 중을 잡았으니 다른 장수들은 말할 것도 없지요."

"얘야, 이걸 가지고 너희 왕에게 가서 공로에 대한 포상을 받도록 해라."

"이 병은 약간 고약한 데가 있어서 저는 감히 가져가지 못하겠습니다. 번거로우시더라도 사부님께서 조정에 함께 들어가서 바치도록 해주십시오. 그래야 사부님께서도 하산하신 보람이 있을 거 아닙니까?"

양각도덕진군은 가려 하지 않았으나, 쟝 지네틴이 한사코 함께 가자고 하는 바람에 결국 그러기로 했다. 그는 여덟 갈래 뿔이 난 사슴에 탄 채 왼손에는 보검을 들고, 오른손에는 그 병을 들었다. 국왕은 의자에서 내려와 맞이했다.

"과인이 무슨 덕이 있어서 감히 조사께서 어려운 걸음을 하시게 만들었는지 모르겠습니다. 미처 마중 나가지 못한 점을 용서해 주십시오."

"제자가 부탁하는 바람에 어쩔 수 없었습니다."

국왕은 용상 위쪽에 자리를 권하고 자신은 아래쪽에 앉았다.

"힘써주셔서 감사합니다. 덕분에 이 중을 잡고 과인의 사직과 강산을 굳건히 지킬 수 있게 되었습니다. 이후로 이 나라가 누리는 모든 시간은 촌각을 막론하고 모두 조사께서 베풀어 주신 것으로 여기겠습니다."

"대왕의 홍복과 저의 미천한 재주 덕분에 이 중을 잡기는 했지만, 정말 어려운 일이었습니다."

"그런데 잡아온 중은 어디 있는지요? 저도 한번 보고 싶습니다."

양각진군이 병을 하나 들어 보이며 말했다.

"이 안에 있습니다."

"어떻게 중을 그 병에 담을 수 있습니까?"

"이 병은 예사로운 것이 아닙니다."

"무슨 내력이 있는지요?"

"이것은 원시천존께서 단약을 제련하던 솥으로서, 안쪽에는 만년 동안 꺼지지 않는 진정한 불과 영원히 사라지지 않는 진정한 정기(精氣)가 담겨 있습니다."

"얼마나 오래된 것인지요?"

"반고가 천지를 나누기 전에 이미 억만년 이상 단련된 것입니다. 그리고 반고가 천지를 나눈 후에도 천만년 이상 단련되었습니다."

"그게 어떻게 사람을 잡아먹을 수 있는 것입니까?"

"사람을 잡아먹는 게 아닙니다. 천지간에는 진정한 정기가 있으니, 그것을 풀어놓으면 온 세상을 가득 채우지만, 거둬들이면 한 줌도 되지 않습니다. 하나의 진정한 기운이 모이면 모든 것을 남김없이 쓸어 담을 수 있습니다."

"그 중은 어쩌다가 거기에 들어가게 되었습니까?"

"제가 병마개를 열어놓고 그의 이름을 불렀을 때 그가 대답했습니다. 무릇 목소리라는 것은 단전(丹田)에서 나오는데, 목소리가 나오면 기운이 이르고, 기운이 이르면 정기가 이르게 됩니다. 그러니까 그자를 빨아들이게 된 것이지요."

"이 병의 이름은 무엇입니까?"

"혼을 빨아들인다고 해서 흡혼병(吸魂瓶)이라고 합니다."

"죽은 혼도 빨아들일 수 있습니까?"

"죽은 혼을 빨아들이는 것은 시체를 먹는 것과 마찬가지입니다."

"사조께서는 그걸 어디서 얻으셨습니까?"

"이것은 우리 도교에서 제일 귀한 보물로서, 오로지 덕이 있는 자만이 가질 수 있습니다."

"그 안에 들어간 중은 어떻게 되는 겁니까?"

"오시삼각(午時三刻)이 되면 핏물로 변해 버릴 것입니다."

국왕은 서둘러 잔치를 준비하게 했다. 그것은 양각도덕진군을 접대하면서 오시삼각을 기다리기 위함이었다. 양각도덕진군이 말했다.

"이 병을 대궐 정중앙의 들보에 걸어두었다가, 오시삼각이 지난 후에 다시 내려서 살펴보도록 하지요."

국왕은 무척 기뻐하며 잔치를 베풀었다. 이야말로 이런 격이었다.[4]

---

4 인용된 시는 이백의 〈산중에서 은자와 대작하다[山中與幽人對酌]〉이다. 다만 원작에서는 제1구와 제2구의 순서가 뒤바뀌어 있고, 마지막 구절의 '포병(抱瓶)'이 '포금(抱琴)'으로 되어 있다.

一杯一杯復一杯	한 잔, 한 잔, 또 한 잔
兩人對酌山花開	둘이 마주 앉아 마실 때 산에는 꽃이 피지.
我醉欲眠卿且去	나는 취해 자려 하니 그대는 잠시 돌아가 계시다가
明朝有意抱瓶來	내일 아침에 마음 생기거든 술병 안고 오시게.

국왕과 양각도덕진군이 예법에 따라 술잔을 주고받다 보니 어느새 오시삼각이 지나 있었다. 이에 진군이 분부했다.

"어서 들보 위의 병을 가져오너라."

그러자 관리들과 장수들이 쌍쌍이 달려가 병을 가져왔다. 진군이 받아서 슬쩍 흔들어보더니 이렇게 말했다.

"안에 든 벽봉장로는 이미 핏물로 변했습니다. 내일 사령관을 붙잡고 배를 불태우면 천하가 태평해지고 백성들도 즐겁게 생업에 종사할 수 있을 테니, 그때는 대왕께서도 다시 태평연(太平宴)을 열 수 있을 것입니다."

"그거야 별일 아니지만, 더 이상 조사님의 진귀한 보물을 구경하기 어렵겠군요."

"별것도 아닙니다."

그는 즉시 병을 아래로 건네주어 문무백관이 차례로 구경하게 한 다음 돌려받았다. 그런데 진군이 병을 돌려받고 슬쩍 흔들어보니 아무래도 조금 가벼워진 것 같아서, 자세히 살펴보니 병 바닥에 바늘구멍만 한 구멍이 뚫려 있었다.

"이런! 큰일 났구나!"

그 모습을 보자 국왕도 깜짝 놀라 물었다.

"무슨 일이십니까?"

"이 보물은 백발백중이라, 아무리 속세를 벗어난 신선이나 하늘나라의 별신이라 하더라도 일단 이 병에 들어가서 오시삼각을 넘기면 모두 핏물로 변해 버립니다. 여태 그렇게 되지 않은 적이 한 번도 없었습니다. 그런데 이 중은 이 보물 바닥에 구멍을 뚫고 달아나 버렸습니다. 그자가 도망친 것이야 별일 아니지만, 망가져 버린 이 보물은 다시 고칠 방법이 없습니다."

"중 하나가 이렇게 난리를 피우다니! 과인의 용상도 불안해졌습니다."

"염려 마십시오. 제가 잠시 산에 돌아가 약초를 캐서 이 병을 보수한 다음에 다시 와서 도와드리겠습니다. 그때는 제 실력을 제대로 발휘해서, 제 놈이 아무리 살아 있는 부처라 하더라도 혼을 내주겠습니다."

그는 곧 여덟 갈래 뿔이 난 사슴을 타고 상서로운 구름을 일으켜 양각산으로 돌아갔다. 그러자 무저동이 다가가며 큰소리로 외쳤다.

"사부님, 저도 데려가 주세요!"

"너는 잠시 여기 있어라. 금방 돌아오마."

쟝 지네틴이 말했다.

"여기는 사제가 선봉으로 지켜줘야 해. 그 중이 다시 오면 어떡

하라고!"

"선봉이야 맡겠지만 그 쇠로 만든 자는 견디기 어렵겠더라고요."

그 말에 모두 폭소를 터뜨렸다.

한편 벽봉장로가 배로 돌아가자 비환이 박장대소했다. 삼보태감이 물었다.

"국사님, 어쩌다가 그자의 독수에 걸려들었습니까?"

"그 흡혼병은 이름을 불렀을 때 대답하기만 하면 바로 혼백을 빨아들여 버리는 것이었소이다."

"그런데 어떻게 돌아오실 수 있었습니까?"

"구환석장으로 병 밑바닥에 구멍을 내고 빠져나왔지요."

"그자가 또 오면 어찌 대처하실 생각입니까?"

그러자 왕 상서가 말했다.

"불러도 모르는 척하는 겁니다. 그자가 아무리 교묘한 말을 꾸며서 불러대도 입을 꾹 다물고 있으면 되지 않겠습니까?"

벽봉장로가 말했다.

"그래서는 제대로 끝을 보지 못합니다."

마 태감이 물었다.

"그자의 병은 이미 구멍을 뚫어 버렸는데, 다시 온들 뭐가 무섭겠습니까?"

"그걸 그대로 두겠습니까? 분명히 땜질을 해오겠지요."

왕 상서가 말했다.

"바로 그 땜질한 곳에 비밀리에 대책을 안배해 놓아야 하지 않겠습니까?"

"제가 나름대로 안배를 해 놓았습니다."

벽봉장로가 무슨 안배를 해 놓았는지는 다음 회를 보시라.

벽봉장로는 혼자 양각동을 찾아갔다가
곧장 동천문으로 올라가다

長老私行羊角洞　長老直上東天門

白雲羊角石門開	흰 구름 덮인 양각동에 돌문이 열리니
人向蓬萊頂上來	봉래산 꼭대기에 찾아오는 이 있다네.
四面峰巒排劍戟	사방의 봉우리들 창칼처럼 늘어서 있고
九重烟霧幻樓臺	겹겹 안개 속에 환상처럼 누각이 서 있네.
水淸潭底龍常宅	맑은 물 고인 못 아래에는 용이 살고
風靜松梢鶴又回	바람 고요한 소나무 끝에서는 학이 돌아 오네.
一覺長眠天未曉	긴 잠에 빠져 있어 날이 새기도 전인데
吸魂瓶底只相催	흡혼병 바닥은 그저 재촉만 하는구나.

그러니까 벽봉장로는 "제가 나름대로 안배를 해 놓았습니다." 하고는, 그 말이 끝나기도 전에 한 줄기 금빛으로 변해서 어느새 양각 산 양각동 입구에 도착했다. 그가 금빛을 거두자 그 산의 산신령들

이 맞이하러 나왔다가, 부처님이 오셨다는 것을 알고는 주위를 세 바퀴 돌고 여덟 번 절을 올렸다.

"부처님께서 강림하신 줄 모르고 미처 영접하지 못하였사옵니다. 부디 용서해 주시옵소서."

"양각도덕진군이 이 동굴에 있는가?"

"예."

"지금 동굴 안에 있는가?"

"부처님께서 보물을 망가뜨려 버려서, 조금 전에 들어오더니 분기탱천해서 제자 유저동(有底洞)에게 수화화람을 잘 지키라고 하면서 이렇게 당부했사옵니다.

'바구니 안에 많은 보물이 있으니 소홀히 하면 안 된다. 나는 하산해서 흡혼병을 수리할 몇 가지 약초를 캐 오마.'

그래서 지금은 동굴 안에 없사옵니다."

"그래 어떤 모습으로 하산하던가?"

"상투를 두 쪽으로 틀어 올리고 하얀 도포를 입고, 노란 띠를 매고, 높이가 보통쯤 되는 삼베 양말을 신었사옵니다."

"손에 들고 있는 것은 없었는가?"

"다른 바구니를 하나 들고 있었사옵니다."

"그대들은 잠시 자리를 피해 있도록 하게."

산신령들이 자리를 피하자 벽봉장로는 몸을 흔들어 양각도덕진군과 똑같은 모습으로 변신했다. 그리고 바구니를 하나 들고 휘적휘적 동굴 안으로 들어갔다. 마침 유저동이라는 제자가 졸고 있는 모습을 보고 벽봉장로는 양각도덕진군의 흉내를 내서 호통을 쳤다.

"네 이놈!"

그 바람에 유저동이 깜짝 놀라 꿈에서 깨어나더니 어쩔 줄 몰라 했다. 벽봉장로는 일부러 몇 마디 더 꾸짖어주었다.

"수화화람을 지키라고 했더니 졸고 있었단 말이냐!"

"조금 전에 눈을 떠보니 뜻밖에 사부님께서 와 계셨습니다."

"나는 하산한 적도 없다!"

"그러셨군요? 도중에 돌아오신 겁니까?"

"몇 걸음 가다가 갑자기 생각난 게 있었다. 그 벽봉장로라는 중이 여간내기가 아닌데, 혹시 얄팍한 재주로 몰래 들어와서 가져가 버리기라도 하면, 그걸로 나를 빨아들여 죽여 버릴 게 아니냐? 아무래도 그걸 지니고 다녀야 혹시라도 실수를 저지르지 않을 것 같다는 생각이 들었다."

유저동은 그저 자고 싶은 생각밖에 없었기 때문에, 그 원수 같은 물건이 어서 눈앞에서 없어지기만을 바랐다.

"지당하신 말씀이십니다. 가지고 가시는 게 낫겠습니다. 저도 놀랄 일이 없어질 테니까요."

"이리 가져오너라."

유저동이 두 손으로 바구니를 바치자, 벽봉장로는 흡혼병을 받아들고 또 짐짓 진지하게 당부했다.

"이 보물은 내가 가져가마. 바구니 안에 다른 보물들도 많으니 조심해라! 또 졸았다가는 돌아와서 혼쭐을 내줄 것이야!"

그러자 유저동이 속으로 생각했다.

'그저 온갖 명분만 내세워 사람을 괴롭히시는군. 조금 전에 잠깐 졸았다고 이렇게 잔소리를 해대시다니!'

한편 벽봉장로는 그 보물을 얻자 한 줄기 금빛으로 변해서 배로 돌아왔다. 그러자 삼보태감이 물었다.

"어딜 그렇게 바삐 다녀오십니까?"

"그 흡혼병 때문이지요."

"그게 무슨 말씀이신지요?"

"그 도사가 분명히 약초 캐러 하산할 거라 짐작하고, 제가 술법을 써서 그 병을 가져왔지요."

"어디 있습니까?"

"여기 있소이다."

"좀 보여주십시오."

벽봉장로가 병을 꺼내 보여주자 삼보태감이 말했다.

"알고 보니 이렇게 생긴 병이었군요. 길이와 둘레가 겨우 세 치밖에 안 되는데, 꼭 백옥을 깎아 만든 것 같습니다."

마 태감이 끼어들었다.

"이렇게 작은 병에 어떻게 커다란 사람을 담을 수 있습니까?"

"그게 바로 도교의 법력이지요. 키우면 산을 담고 바다를 빨아들일 수 있고, 작게 하면 바늘 코도 들어갈 수 없어요. 또 가볍게 하면 깃털 하나보다 가볍게 만들 수 있고, 무겁게 하면 우리 배처럼 큰 것을 담고도 넉넉하게 되지요."

"알고 보니 그런 묘용이 있었군요. 저도 한 번 구경할 수 있겠습니까?"

이렇게 해서 주위의 태감들이 모두 구경하고 나서 이렇게 말했다.

"이 병을 장수들에게도 보여줘야겠습니다. 이후에 이렇게 생긴 병을 보게 되었을 때 이름을 불러도 절대 대답하지 않도록 해야지요."

"좋은 생각이오! 모든 장수에게 보여주도록 하시구려."

하지만 이러는 바람에 중간에 해괴한 사건이 생기도 말았다. 무슨 사건이냐고?

그러니까 장수들이 병을 모두 구경시키고 다시 돌려주자, 벽봉장로가 받아 들더니 고개를 쳐들고 껄껄 웃었다. 삼보태감이 물었다.

"국사, 왜 웃으십니까?"

"이 흡혼병은 가짜입니다."

"아니, 그게 무슨 말씀입니까?"

"누군가 바꿔치기했어요."

"그럴 리가요? 장수들은 모두 충실히 명에 따르는 제 수하들인데, 그걸 바꿔치기할 리 있습니까?"

"이 안의 사람이 아니라 저 양각도덕진군이 그런 겁니다."

마 태감이 물었다.

"그자가 왔다면 장수들이 어떻게 알아보지 못했을까요?"

"그자의 재간이 예사롭지 않으니, 분명 우리 명나라 군사의 모습으로 변신해서 섞여 들어왔다가 농간을 부려 가져간 것이지요."

"그렇게 비슷하게 변신할 수 있나요?"

"나도 그자의 모습으로 변신하지 않았소이까?"

삼보태감이 말했다.

"전달한 관리를 심문해 보면 알 수 있겠지요."

그러자 병을 전달한 관리가 대답했다.

"뱃머리에서 방울을 담당하는 화유아(花幼兒)가 '나도 내일 출전하는데 거기에 잘못 대답할 수 있으니까 좀 보여줘요.' 하기에 보여준 적이 있는데, 아마 그자인가 봅니다."

벽봉장로가 말했다.

"맞소."

삼보태감이 물었다.

"어떻게 이렇게 빨리 와서 그리 재빠르게 변신했을까요? 저는 도무지 믿기지 않습니다."

"그래요?"

벽봉장로가 손가락을 들어 서쪽을 가리키자 하늘 신 하나가 내려왔다. 그는 하얀 두건을 쓰고 하얀 도포를 걸치고 하얀 장화와 하얀 허리띠를 차고 있었다. 그가 부처님 주위를 세 바퀴 돌고 여덟 번의 절을 올리며 말했다.

"부처님, 무슨 일을 시키려고 부르셨사옵니까?"

"그대는 어떤 신인가?"

"서방게체신(西方揭諦神)이옵니다."

"양각산 양각동이 그대가 관할하는 서쪽에 있는 게 맞는가?"

"그렇사옵니다."

"그 동굴에 사는 양각도덕진군을 아는가?"

"예."

"그자가 조금 전에 약초 캐러 하산했는데 돌아왔던가?"

"조금 전에 돌아와서 부처님께서 하신 일을 알고 한바탕 난리를
피웠사옵니다."

"좀 더 자세히 얘기해 보게."

"그가 약초를 캐서 동굴로 돌아오더니 제자를 불렀습니다.

'유저동, 흡혼병을 가져오너라. 보수해야겠다.'

'아니, 그건 사부님께서 가져가셨는데, 또 저한테 물으시면 어떡
하라고요?'

'약초 캐러 하산할 때 너한테 맡겼는데 그게 무슨 소리냐?'

유저동이 억울하다고 하소연했지만, 양각도덕진군은 들은 척도
하지 않았사옵니다.

'억울하다 해도 소용없다. 어서 내 보물이나 내놔!'

'아까 저한테 맡기셔서 제가 간수하고 있었습니다. 그런데 사부
님께서 하산하시고 차 한 잔 식을 정도의 시간도 되지 않아서 다시
돌아오셨습니다. 제가 어떻게 벌써 오셨냐고 여쭈니까, 몇 걸음 가

다가 갑자기 생각난 게 있어서 돌아오셨다고 하셨습니다. 그 벽봉
장로가 재간이 대단하니까 혹시 얄팍한 재주로 몰래 들어와서 가
져가서 그걸로 사부님을 빨아들여 죽여 버릴 수도 있으니, 아무래
도 직접 지니고 다니셔야 만약의 실수를 저지르지 않을 것 같다고
하시지 않았습니까? 그래서 제가 얼른 갖다 드렸는데, 왜 또 저한
테 내놓으라 하십니까?'

　이렇게 사제지간에 한참 동안 서로 탓하다가, 양각도덕진군이
소매 속에서 점을 쳐 보고 나서야 상황을 알게 되었사옵니다. 그리
고 즉시 상서로운 구름을 타고 이곳 배로 왔사옵니다. 공교롭게도
그때 다들 그 보물을 구경하고 있었사옵니다. 그러자 그가 방울을
담당하는 화유아로 변신했습니다. 초록색 두건이며 노란 장삼까지
화유아의 것들과 똑같이 변신하고 나서, 병을 전달하는 관리에게
'나도 내일 출전하는데 거기에 잘못 대답할 수 있으니까 좀 보여줘
요.' 하고 말했사옵니다. 그리고 병을 받아들자 바로 바꿔치기한 것
이옵니다."

　"알았네. 가보게."

　게체신이 구름을 타고 떠나자 벽봉장로는 그 병을 든 채, 수하
병사들을 불러 '뿌리 없는 물'을 한 바가지 떠오라고 했다. 그리고
손톱에 그 물을 묻혀 병에다가 튕기더니 삼보태감에게 건네주었
다. 삼보태감이 받아서 살펴보니 종이를 오려 만든 것이었다.

　"정말 괴이한 일이로다! 이 괴이한 일을 장수들에게 알리고, 화
유아를 불러오도록 하라."

그러자 전령이 말했다.

"화유아는 며칠 동안 복통과 설사에 시달리느라 자리에 누워 있습니다. 병의 증상은 군정사(軍政司)에 보고했습니다."

왕 상서가 말했다.

"이건 모두 사실이니 추궁할 필요 없겠습니다. 다만……"

마 태감이 끼어들었다.

"뭐가 걸리는 게 있으십니까?"

"그 도사가 보물을 가져갔으니 내일 또 오지 않을까 염려스럽습니다."

그러자 벽봉장로가 말했다.

"제가 다시 가서 손을 쓰겠습니다."

마 태감이 말했다.

"선한 사람은 도둑질하지 않는 법입니다."

"도둑질이야 양각도덕진군이 했지요."

"그게 무슨 말씀입니까?"

"도적은 처벌을 받아야 하지 않겠습니까?"

그 말이 끝나기도 전에 벽봉장로는 한 줄기 금빛으로 변해 하늘로 날아올랐다.

한편 보물을 찾아 동굴로 돌아온 양각도덕진군은 아주 기분이 좋았다.

"유저동, 어디 있느냐?"

"여기 있사옵니다. 그런데 사부님은 진짜입니까 가짜입니까?"

"하하, 진짜이니라. 사부도 가짜가 있다더냐?"

"그 벽봉장로의 모습이 사부님과 똑같이 생겨서 도저히 가짜인지 알아볼 수 없었거든요."

"화살에 다친 새가 구부러진 나무만 보면 놀라 도망치는 꼴이구나. 진짜는 진짜고, 가짜는 가짜인 게지. 너도 눈썰미를 조금 키워야겠구나."

"그런데 사부님, 어디 다녀오신 겁니까?"

"보물을 가지러 다녀왔다."

"성공하셨습니까?"

"이건 나하고 하늘이 맺어준 큰 인연이 있지."

"좀 자세히 들려주셔요."

"내가 가보니 마침 그자들이 이 보물을 구경하고 있더구나. 그래서 내가 방울을 든 중국군 병사 화유아로 변신해서 그걸 받아들고 종이로 만든 가짜와 바꿔치기했다."

"그럼 보물은 어디 있는데요?"

양각도덕진군이 소매에서 흡혼병을 꺼내 건네주며 말했다.

"여기 있지 않느냐?"

"이야! 사부님, 정말 대단한 실력이십니다!"

"필요한 약초가 일곱 가지인데, 네 가지는 있는데 아직 세 가지가 부족하니 어쩔 수 없이 다시 한번 하산해야겠구나. 이번에는 조심해서 속아 넘어가지 않도록 해라."

"이젠 저도 알겠사옵니다. 사부님께서 늦게 돌아오시면 진짜고, 너무 빨리 돌아오시면 가짜지요. 만약 가짜가 오면 단번에 붙잡아 두었다가 사부님께서 돌아오시면 계산하도록 하겠사옵니다."

"옳은 말이다. 하지만 내가 떠난 후에는 실수를 예방하도록 동굴 문을 잠가두는 게 좋겠다."

"예, 예!"

양각도덕진군은 동굴을 떠나 하산하려다가 문득 생각나는 게 있 었다.

'한 가지 더 당부할 게 있었구나.'

그는 중간에 다시 돌아가서 동굴 문을 두드렸다. 그 소리를 들은 유저동은 속으로 무척 기뻐했다.

'이번엔 벽봉장로가 온 모양이구나. 내가 저자를 붙잡아두면 큰 공을 세운 셈이겠지?'

그는 얼른 동굴 문을 열고 상대가 누군지 따지지도 않고 단번에 멱살을 잡고 호통을 쳤다.

"이놈, 김벽봉! 이번엔 나한테 딱 걸렸어!"

"애야, 나다. 벽봉장로가 아니라 네 사부란 말이다."

"아직도 헛소리를! 저번에 너한테 속아서 사부님하고 한바탕 난 리를 피웠는데, 이번에도 쉽게 놓아줄 것 같으냐?"

"나는 정말 김벽봉이 아니라니까?"

"또 나를 속이려고? 이미 우리 사부님하고 계책을 세워두었다. 그러니까 늦게 온 사람이 진짜 사부님이고, 일찍 온 사람은 가짜라

이거지. 우리 사부님이 벌써 돌아오실 리 있어?"

"잠깐 놓아봐라. 할 말이 있다."

"놓아줄 수는 없으니 할 말이 있으면 어디 해 봐라. 들어주마!"

"나는 네가 김벽봉을 잡을 수 있는 좋은 계책을 알려주려고 돌아왔다."

유저동이 반신반의하며 물었다.

"무슨 계책인데……요?"

"계책을 세워 놓지 않으면 지금 내가 분명히 진짜인데도 네가 가짜로 여기는 것처럼, 나중에 그자가 오면 분명히 가짜인데도 네가 진짜로 여길 게 아니냐? 그렇게 되면 그야말로 하늘과 땅을 잘못 알고 해와 달을 거꾸로 가게 만들어 버리게 되지 않겠느냐?"

"일단 그 계책이 무엇인지 얘기나 해 봐……서요."

"우리 둘이 암호를 정하는 거다. 내가 돌아올 때 먼저 두건을 손가락으로 두드리고 나서 허리에 묶은 끈을 흔든 다음, 기침을 세 번 하겠다. 그러면 늦게 오든 일찍 오든 상관없이 이 암호를 제대로 하면 바로 진짜가 아니겠느냐? 이걸 제대로 하지 못하면 가짜니까, 바로 붙잡든지 싸우든지 해라."

유저동은 그제야 알아듣고 손을 놓아주었다.

"사부님, 죄송합니다. 제자가 태산을 알아보지 못하고 죄를 저질렀사옵니다."

"괜찮다. 오히려 이게 바로 네가 조심한다는 증거가 아니겠느냐?"

양각도덕진군은 이렇게 암호를 정해 놓고 나서 안심하고 떠났다.

한편, 벽봉장로가 양각동에 이르러 금빛을 거두자 산신령이 황급히 맞이하며 부처님 주위를 세 번 돌고 여덟 번 절을 올렸다.

"부처님, 접대가 소홀한 점을 용서해 주시옵소서."

"양각도덕진군은 동굴 안에 있는가?"

"조금 전에 하산했사옵니다."

"또 무슨 일로?"

"필요한 약초가 모두 일곱 가지인데 아직 세 가지가 부족하다 하옵니다."

"그 보물은 어디 있는가?"

"동굴 안에 있사옵니다."

"하산할 때 어떤 모습이던가?"

"평상시하고는 조금 달랐사옵니다."

"어떻게 다르던가?"

"오늘은 소요건(逍遙巾)을 두르고 검붉은 도복을 입고 여동빈(呂洞賓)이 두른 것과 비슷한 띠를 두르고, 끝이 네모난 신을 신었사옵니다."

"손에는 무얼 들고 있던가?"

"오늘은 작은 바구니는 두고, 거위 깃털로 만든 부채를 들고 있었사옵니다."

"잠시 자리를 피해 있게."

벽봉장로는 몸을 흔들어 양각도덕진군과 똑같이 변신하고 나서 동굴 입구로 가서 소리쳤다.

"제자야, 문 열어라!"

유저동이 황급히 문을 여니 옷차림이며 생김새는 사부와 똑같은데 암호가 달랐다.

"하하하! 김벽봉, 부끄러운 줄도 모르는구나! 저번에는 너를 알아보지 못해서 속고 말았지. 하지만 이번에도 속을 줄 알았더냐?"

벽봉장로는 그만 할 말을 잃고 한 줄기 금빛으로 변해 하늘로 날아올랐다. 유저동이 그걸 보고 너무 기뻐서 껄껄 웃었다.

"역시 사부님의 계책이 훌륭하구나!"

벽봉장로는 '계책'이라는 말을 듣자 눈살을 찌푸리고 생각에 잠기더니, 곧 금빛을 거두고 다시 동굴 입구로 내려갔다. 그러자 산신령이 맞이하며 물었다.

"부처님, 무슨 분부가 있으십니까?"

"이 동굴 바깥에 이웃이 있는가?"

"산골짝에 사는 피지화(皮之和)라는 이가 양각도덕진군과 친한 사이여서 아침저녁으로 드나들곤 하옵니다."

"그 집에 하녀나 하인이 있는가?"

"피대저(皮大姐)라고 하는 여섯 살 된 딸이 하나 있는데, 매일 이 동굴에 와서 놉니다."

"그 아이는 어떻게 생겼는가?"

"머리 위에 작은 쪽을 지어 얹었고, 푸른색 마고자와 쪽빛 치마를 입으며, 섬세한 꽃무늬가 장식된 신을 신고 있사옵니다."

'어리다고는 해도 치기가 많은 아이로구나.'

그렇게 생각하며 벽봉장로는 산신령에게 잠시 자리를 피해 있으라고 했다. 그리고 곧 몸을 흔들어 피대저와 똑같은 모습으로 변신하고 살며시 동굴 문을 두드렸다. 유저동은 '이번에는 사부님이 오셨겠지.' 하고 생각하며 문을 열었다가 피대저를 발견하고 반갑게 맞이했다.

"피대저, 놀러 왔구나?"

"엄마가 오빠 좀 보고 오랬어."

"왜?"

"오빠가 또 그 양반하고 싸웠다는 얘기를 들으셨거든."

"가서 엄마한테 말씀드리렴. 명나라에서 온 중이 나를 속이고 보물을 가져가려 해서 그렇게 된 거라고 말이야!"

"아니, 그럼 속아 넘어간 거야?"

"아냐. 사부님께서 나실 때 암호를 정해 주셔서 이번에는 당하지 않았지."

"암호라니? 그게 뭔데?"

"진짜 사부님이 오시면 먼저 두건을 손가락으로 두드리고 나서 허리에 묶은 끈을 흔든 다음, 기침을 세 번 하기로 하셨어. 그런데 그 중은 그걸 몰랐으니 속아 넘어가지 않았던 거야."

"그랬구나. 나 이제 집에 갈게."

"접대가 소홀했네. 내일 다시 오면 과일을 줄게."

유저동은 그녀를 전송하고 동굴 문을 닫았다.

벽봉장로는 다시 양각도덕진군의 모습으로 변신해서 휘적휘적 걸어 동굴 문으로 갔다.

"제자야, 문 열어라!"

유저동이 사부의 목소리를 알아듣고 말했다.

"문이야 열어도 괜찮지. 이번엔 사부님이실 테니까 말이야."

그가 문을 열자 사부가 들어와서 먼저 두건을 손가락으로 두드리고 나서 허리에 묶은 끈을 흔든 다음, 기침을 세 번 했다. 유저동은 진짜 사부가 왔다고 생각하고 큰소리로 웃어댔다. 벽봉장로는 기밀이 누설될까 싶어서 웃지 못하고 슬그머니 물었다.

"왜 웃느냐?"

"그 중이 사부님 흉내를 내서 찾아왔는데 제가 간파하자 '어이쿠!' 하며 내빼버렸거든요."

"그래도 이번엔 잘했구나."

"제가 잘한 게 아니지요. 근데 약초는 캐 오셨사옵니까?"

"약초는 다 준비됐으니, 보물을 가져오너라. 산 뒤쪽에 가서 보수해 와야겠다."

유저동이 두 손으로 보물을 바치자, 벽봉장로는 한없이 기뻐하며 산 뒤쪽으로 가서 한 줄기 금빛으로 변해 중군 장막으로 돌아왔다. 그리고 삼보태감에게 그간의 상황을 설명하고 나서 다들 양각도덕진군이 다시 찾아올 것에 대비했다.

한편 양각도덕진군은 약초를 다 캐고 동굴 입구로 돌아와 그 세 가지 암호 동작을 했다. 그러자 유저동이 말했다.

"보물을 가져가셨으면서 그건 또 왜 하셔요?"

양각도덕진군이 깜짝 놀라 자세히 묻자, 유저동이 전후 사정을 자세히 설명했다. 그러자 진군이 진노하여 욕을 퍼부었다.

"김벽봉 이놈! 출가한 몸이라면서 마음 씀씀이가 이리 고약하다 니! 내 너를 잡지 않으면 절대 돌아오지 않겠다! 유저동, 대문 잘 지 켜라. 나는 가서 그 중놈을 잡아 오겠다."

그는 즉시 여덟 갈래 뿔이 난 사슴에 올라 상서로운 구름을 타고 금련보상국으로 갔다. 국왕이 맞이하며 물었다.

"보물은 수리하셨습니까?"

양각도덕진군은 벽봉장로의 손에 넘어갔다는 사실을 얘기하기 곤란해서 애매하게 얼버무렸다.

"예."

그러자 쟝 지네틴이 물었다.

"보물은 수리하셨습니까?"

"그래."

이번에는 무저동이 물었다.

"보물은 수리하셨습니까?"

"그래."

국왕이 다시 인사했다.

"수고롭게 와주셔서 감사합니다."

그리고 즉시 수하들에게 식사를 준비하라고 하자, 양각도덕진군이 말했다.

"밥은 필요 없습니다. 그저 쟝 지네틴에게 저놈들을 묶을 병사를 점검하여 출정하라고 하십시오."

쟝 지네틴은 즉시 병사들을 점검했고 무저동도 예의 그 모습으로 변해서 사부를 따라 하밀서관으로 가서 싸움을 걸었다. 그러자 벽봉장로가 중얼거렸다.

"그 요사한 도사가 또 싸움을 걸어오니, 어쩔 수 없이 내가 나가야겠군."

그때 양각도덕진군이 멀리서 소리쳤다.

"간덩이 큰 중놈! 계속해서 내 보물을 훔치다니 그게 무슨 도리더냐?"

그 말을 마치기도 전에 그는 보검을 꺼내 주문을 외며 허공으로 던졌다.

"받아라!"

보검이 자기 머리 위로 날아오자, 벽봉장로가 느긋하게 말했다.

"출가인이 어찌 이런 걸 감당하란 말이오?"

그러면서 소매 안에서 손가락을 들어 허공을 한 번 가리키자, 그 보검은 비스듬히 방향을 틀어 풀밭에 꽂혀버렸다. 진군이 버럭 화를 내며 소리쳤다.

"중놈이 함부로 사람을 기만하는구나!"

그러면서 여덟 갈래 뿔이 난 사슴을 몰아 나는 듯이 달려오더니,

어고(魚鼓)를 꺼내 들고 바람을 향해 흔들었다. 그러자 어고는 즉시 길이가 한 길 남짓에 두께가 사발만 한 쇠몽둥이로 변했다. 진인이 그걸 휘둘러 정수리를 공격하자 벽봉장로가 말했다.

"어허, 이런! 간이 떨어져 죽게 만들 셈이오? 하지만 그걸로는 나를 고깃덩이로 만들 수 없을 것이오!"

그러면서 "위타천존!" 하고 불렀다. 이에 위타천존이 한 손으로 쇠몽둥이를 막으니 그것은 가볍게 땅바닥에 떨어져 버렸다. 그걸 보자 양각도덕진군이 벼락같이 화를 내며 고함을 질렀다.

"분하다! 가진 게 많다고 자랑하는 모양인데, 네놈을 사로잡기 전에는 내 절대 돌아가지 않겠다!"

그리고 즉시 무저동에게 수화화람을 가져오게 해서 보물을 하나 꺼내 들었다. 그것은 지휘관이 쓰는 작은 깃발처럼 생긴 것이었다.

"중놈, 도망치지 마라!"

그가 그 깃발로 정수리를 내리치자 벽봉장로는 비록 삼천 고불의 대표이자 수많은 보살을 이끄는 몸이었지만, 지금은 항주성 용금문에서 인간의 몸을 빌려 태어난 몸인지라 그걸 감당하지 못했다. "픽!" 하는 소리와 함께 땅에 쓰러진 벽봉장로는 구환석장에 의지해 그대로 하얀 연기처럼 빠져나가 바다로 가 버렸다. 그러자 양각도덕진군이 말했다.

"얼씨구? 이놈의 중이 또 도망치는 재주까지 있구나. 내일은 반드시 너를 사로잡아 분을 풀고 말겠다!"

한편 배로 돌아온 벽봉장로가 중군 막사로 가자 삼보태감이 물었다.

"국사, 왜 승리하지 못한 것입니까?"

"그자가 들고 있는 깃발이 인혼번(引魂幡)이기 때문입니다. 그걸 한 번 휘두르자 제 혼령이 끌려가 버렸습니다."

"그런데 어떻게 돌아오실 수 있었습니까?"

"호법가람(護法伽藍)이라는 보살이 제 혼령을 돌려주었기 때문이지요."

"그런데 왜 국사님의 배를 거쳐서 오셨습니까?"

"구환석장으로 물을 가리켜 장막을 만들고 제 배로 돌아왔다가, 다시 여기로 온 것입니다."

"어허, 이렇게 전진하기 어려워서야 어느 세월에 이 일이 끝날까!"

"제게 나름대로 방법이 있소이다."

"얼마나 더 기다려야 합니까?"

"어쨌든 사흘을 넘기지 않을 겁니다."

벽봉장로는 사흘 안에 금련보상국을 점령하겠다고 말하긴 했지만, 속으로는 여러 가지 생각이 많았다. 그는 천엽연화대로 돌아와 삼경이 지날 때까지 앉아 있다가 육신에서 벗어나 자금색으로 번쩍이는 여섯 길의 본래 모습을 드러내고, 온몸에서 눈부신 금빛을 번쩍이며 하늘로 올라갔다. 그리고 지혜의 눈을 크게 뜨고 살펴보니 양각도덕진군의 정수리에서 한 줄기 하얀 빛이 치솟아 동천문으로 올라가는 것이었다.

'알고 보니 이자는 요선(妖仙)이나 귀선(鬼仙)이 아니라 중팔동(中八洞)의 직계인 옥엽금경(玉葉金莖)이었구나.'

그가 잠시 생각해 보니 약간 곤란한 점이 있었다. 왜냐? 양각도 덕진군에게 손을 쓰지 않으면 그가 그만두려 하지 않을 테고, 그렇다고 손을 쓰자니 신선 세계에서 보기가 좋지 않을 것 같았기 때문이다. 그러다가 갑자기 좋은 계책이 떠올랐다.

'그래! 맞아! 나무를 뽑으려면 뿌리째 뽑아야 한다는 말도 있으니, 어쩔 수 없이 동천문에 한 번 다녀와야겠다. 그러면 자연히 좋은 대책이 생기겠지.'

이렇게 결심하고 그는 금빛을 번쩍이는가 싶더니 어느새 동천문 밖에 이르렀다. 그곳에 있던 두 명의 전령들 가운데 왼쪽에 있던 이가 달려왔다.

"여보게!"

그가 얼른 다가왔다. 가까이서 보니 그는 '옷깃 여며야 할 추위에 가을 부채를 드나니, 솔숲의 바람 소리 밤중의 거문고 소리처럼 귀에 가득 들어오는[披襟涼味臨秋扇, 滿耳松聲入夜琴]' 듯한 행색이었다.

"그대는 누구인가?"

"청풍행자(清風行者)이옵니다."

그 말이 끝나기도 전에 오른쪽에 있던 전령이 달려왔다.

"여보게!"

그가 얼른 다가왔다. 가까이서 보니 그는 '해가 점차 기울어 궁궐은 푸르게 변하고, 거울 같은 달빛 비쳐 옥 같은 누대에 봄기운 완연한[輪影漸移金殿碧, 鏡光頻浸玉樓春]' 듯한 행색이었다.

"그대는 누구인가?"

"명월도동(明月道童)이옵니다."

청풍행자가 물었다.

"부처님, 무슨 일로 강림하셨나이까?"

"천존께 상의할 일이 있으니, 자네들이 좀 전해 주시게."

"무슨 말씀을! 당장 전해 올리겠사옵니다."

명월도동이 말했다.

"부처님께서 아무 일도 없이 오시진 않으셨을 테니, 바로 전해 올리겠사옵니다."

벽봉장로가 웃으며 말했다.

"하하, 이야말로 '청풍과 명월은 아무도 신경 쓰지 않는데도 은근히 따뜻한 온기를 전해 주는[淸風明月無人管, 也解殷懃送暖來]' 격이로구먼!"

행자와 도동은 즉시 부처님을 화운궁(火雲宮) 안으로 모셨다. 원시천존이 맞이하며 주인과 손님의 자리를 나누어 앉았다.

"근래에 듣자 하니, 승려들의 재난을 풀어주기 위해 인간 세상에 내려가셨다면서요?"

"그 때문에 지금 많은 죄업을 짓고 있습니다."

"오오, 훌륭하십니다! 그런데 죄업이라니요?"

"남선부주 명나라 황제께서 저더러 서양에 가서 보물을 구해 오라고 했기 때문입니다. 얼마 전에 금련보상국에 도착해서 어느 도사를 만났는데, 능력이 여간 대단하지 않아서 제가 좀 곤란한 상황입니다."

"한없이 넓은 불법을 가지신 부처님께서 곤란해하실 일이 있습니까?"

"못한다는 것이 아니라 그저 곤란하다는 말씀입니다."

"그게 무슨 말씀입니까?"

"그자에게 손을 쓰지 않으면 그가 그만두려 하지 않을 테고, 그렇다고 손을 쓰자니 신선 세계에서 보기가 좋지 않을 것 같아서 말씀입니다."

"과연 훌륭하십니다. 이렇게 자비로우시다니요! 그런데 오늘 저를 찾아오신 것은 무엇 때문입니까?"

"어제 보니 그자의 정수리에서 하얀빛이 동천문으로 들어오기에, 분명히 천존 휘하의 어느 신선일 거라 생각했습니다. 번거로우시더라도 누구인지 조사해서 천존께서 좋은 말로 좀 타일러 주십시오. 그러면 피차 좋지 않겠습니까?"

"부처님께서 그리 말씀하시니 당연히 그렇게 해 드려야지요."

그가 행자에게 취선향(聚仙香)을 사르게 하고 추선주(追仙呪) 주문을 외어 살펴보니 상팔동(上八洞)과 중팔동(中八洞), 하팔동(下八洞), 봉래산(蓬萊山), 낭원(閬苑), 삼신산(三神山), 십주(十洲)의 신선들 가운데 누구도 속세에 내려간 이가 없었다.

"여기에는 속세에 내려간 이가 없으니, 아마 다른 곳에 소속된 이인가 봅니다."

"하얀 기운이 동천문으로 들어오는 것을 제가 직접 보았는데, 다른 곳에 소속된 자일 리 있겠습니까?"

"하지만 실제 증거가 없으니 조사하기 곤란합니다."

"그자에게 많은 보물이 있던데, 개중에 하나를 제가 가져왔습니다. 이게 바로 실제 증거지요."

"어디 좀 보여주십시오."

부처님이 보물을 꺼내 들고 말했다.

"이렇게 생긴 병입니다."

원시천존이 그걸 보고 깜짝 놀랐다.

"이건 우리 화운궁 보물창고에 있던 흡혼병이로군요!"

"어느 요사한 신선이 화운궁에서 훔쳐 간 것일까요?"

"제 보물창고를 누가 감히 털겠습니까? 당장 제자를 불러 보물창고를 조사해 보겠습니다."

원시천존이 어느 제자를 부르는지, 또 어떤 보물이 없어졌는지는 다음 회를 보시라.

양각도덕진군은 하늘나라로 돌아가면서
비단 주머니에 계책을 남기다

羊角大仙歸天曹　羊角大仙錦囊計

獨騎雕翼抹滄溟	독수리 타고 홀로 하늘을 나니
東有天門晝不扃	동쪽 하늘 문은 낮이라 잠겨 있지 않구나.
晴瀑遙分千澗碧	맑은 폭포는 멀리서 천 갈래 물길로 나뉘고
陰崖俯眺萬山青	그늘진 언덕에서 내려다보니 온 산들이 푸르구나.
篆烟縹緲籠金殿	반향(盤香)[1] 연기 아득히 황금 궁궐을 감싸고
絳節崔巍倚玉屏	까마득히 솟은 강절(絳節)[2] 옥 병풍에 기대어 있구나.
借問天尊何事事	물어보세, 천존은 무슨 일 하고 계시는가?
紫霄深處度黃庭	하늘 궁전 깊숙한 곳에서 《황정경(黃庭經)》을 뒤적이시지.

---

1 반향(盤香)은 소용돌이 모양의 선향(線香)이다.

2 강절(絳節)은 전설 속에서 상제(上帝)나 선군(仙君)이 사용한다고 알려진 일종의 의장(儀仗)이다.

그러니까 원시천존은 제자를 불러 화운궁의 보물창고를 열고 보물들을 살펴보라고 했다. 몇 번을 부르자 신선 하나가 걸어와서 부처님께 예를 행하고 나서 다시 천존에게 예를 행했다. 부처님이 물었다.

"이분은 누구신지요?"

천존이 대답했다.

"제 둘째 제자인 위화진인(魏化眞人)입니다."

위화진인이 말했다.

"사부님, 무슨 일로 부르셨는지요?"

"화운동 보물창고를 열고 보물들을 조사해 봐라."

위화진인은 보물창고를 열어 조사해 보고, 너무 놀라 한참 동안 밖으로 나오지 못했다. 그가 나오자 천존이 물었다.

"그래, 어떻더냐?"

"네 가지 보물이 없어졌습니다."

"무엇 무엇이더냐?"

"참요검(斬妖劍)하고 헌원경, 흡혼병, 인혼번(引魂幡)입니다."

"정말 흡혼병이었구먼."

부처님이 말했다.

"그자가 여덟 갈래 뿔이 난 사슴을 타고 다니던데, 그것도 증거가 되겠습니다."

그러자 천존이 위화진인에게 분부했다.

"어서 뒤뜰의 사슴들을 살펴보도록 해라."

잠시 후 정원 문을 지키던 도동(道童)이 와서 보고했다.

"큰 사부님께서 데려가셨습니다."

천존이 말했다.

"알고 보니 그 못된 것이 인간 세상에 내려갈 생각을 했던 게로 구나. 창고 문을 지키는 도동을 불러서 누가 그 보물들을 가져갔는 지 알아보고 오너라."

잠시 후 창고 문을 지키는 도동이 와서 보고했다.

"큰 사부님께서 가져가셨습니다."

그때 하늘 문밖에서 부적을 전달하는 사자가 와서 보고했다.

"진인께서 여덟 갈래 뿔이 난 사슴을 타고 수화화람 하나를 든 채 하늘 문을 나가셨는데, 벌써 세 시간 가까이 되었습니다."

그러자 천존이 부처님에게 말했다.

"부처님, 용서하십시오. 정말 제 휘하의 못된 것이 인간 세상에 내려가 많은 죄를 저질렀습니다."

"그 신선이 누굽니까?"

"저의 큰 제자인 자기진인(紫氣眞人)입니다. 그놈이 여덟 갈래 뿔 이 난 사슴을 타고 수화화람 하나를 든 채 하늘 문을 나간 게 벌써 세 시간 가까이 되었답니다."

"과연 '하늘나라에서 겨우 이레를 지냈는데, 인간 세상에서는 이 미 천 년이 지난' 격이로군요. 그자가 세 시간이나 얻었으니 아주 넉넉했겠습니다그려! 그나저나 한 가지 더 부탁이 있습니다."

"부처님 부탁을 제가 어찌 감히 거절하겠습니까? 제가 보물을 하나 드릴 테니, 그걸 받으시면 자연히 대처 방법이 생기실 겁니다."

"무슨 보물인지요?"

천존은 즉시 그 보물을 꺼내 오라고 해서 받아 들고 이렇게 말했다.

"이 보물은 높이가 겨우 다섯 치에 둘레가 두 치밖에 안 되는 필통처럼 생겼지만, 아주 많은 것을 담을 수 있습니다. 어떤 보물이든 이걸로 한 번 비추기만 하면 모두 거둬들여 버립니다. 내일 그놈하고 교전하실 때 그놈의 보물을 모두 거둬들여 버리면, 그놈도 자연히 본래 자리로 돌아올 것입니다. 이게 바로 싸우지 않고 사람과 군사를 굴복시키는 방법이 아니겠습니까?"

"이 보물은 이름이 무엇입니까?"

천존이 보물을 건네주며 대답했다.

"취보통(聚寶筒)이라고 합니다."

부처님은 무척 기뻐하며 천존과 작별하고, 찬란한 금빛을 뿌리며 곧장 천엽연화대로 돌아와 다시 벽봉장로의 몸으로 돌아갔다. 이튿날 날이 밝자 두 사령관과 장 천사, 그리고 장수들이 찾아와 인사하며 대책을 문의했다. 그러자 운곡이 말했다.

"사부님께서는 아직 좌선하고 계시면서 눈을 뜨지 않고 계십니다."

그러자 다들 이구동성으로 탄성을 질렀다.

"국사께선 정말 느긋하시구면!"

그들이 어찌 벽봉장로가 밤새 잠도 자지 못하고 하늘나라를 다녀왔다는 것을 알겠는가? 해가 세 길도 채 떠오르지 않았을 때, 양각도덕진군이 다시 찾아와서 병사들의 함성이 하늘을 찌르고 북소리가 땅을 울렸다. 그러자 벽봉장로가 자리를 털고 일어나 한 손에는 바리때, 다른 한 손에는 구환석장을 들고 언덕으로 올라갔다.

"이 몸은 출가인인데 그대들은 왜 이리 멸시하려 드는가?"

양각도덕진군이 그를 보고 고함을 질렀다.

"이 중놈아! 이미 내 능력을 알았으면서도 어찌 당장 항복하지 않는 것이냐? 내 보검에 시신이 가루가 되면, 그때는 후회해도 늦어!"

"어허, 선재로다! 시신을 가루로 만든다니 정말 무섭구먼!"

"천참만륙을 당해 봐야 무서운 줄 알겠느냐?"

"어허, 선재로다! 그런 허풍은 그만 떠시구려. 오늘도 사람 노릇 하긴 좀 어렵겠구먼."

그 말에 화가 머리끝까지 치민 진군이 보검을 하늘로 던지자, 보검은 곧장 벽봉장로의 머리 위로 날아왔다. 하지만 벽봉장로가 손가락을 까딱하자 보검은 그대로 땅에 꽂혀버렸다. 진군이 욕을 퍼부었다.

"흥! 간덩이 큰 중놈! 감히 사술(邪術)로 내 보물을 모독해?"

그리고 무저동을 불렀다.

"수화화람을 가져와라!"

그리고 즉시 헌원경을 꺼내 허공에 던지자, 헌원경이 벽봉장로를 향해 날아왔다. 하지만 벽봉장로가 바리때로 마주 비치자 헌원경은 풀밭에 떨어져 버렸다. 두 가지 보물이 통하지 않자 진군은 당황했다.

'설마 저 중놈의 재간이 늘었단 말인가? 아니면 내 운이 다했나?'

어쩔 수 없이 그는 인혼번을 꺼내 들고 소리쳤다.

"오냐, 중놈아! 도망치지 마라!"

벽봉장로가 그 자리에 선 채 대답했다.

"어허, 선재로다! 출가인이 어디로 도망친단 말이오?"

진인이 사슴의 뿔을 툭 치자 사슴은 나는 듯이 달려 벽봉장로에게 다가왔다. 진인이 인혼번을 들어 벽봉장로의 정수리 위로 휘두르자 벽봉장로는 구환석장을 들어 슬쩍 찍었다. 그러자 깜짝 놀란 사슴이 몇백 걸음 뒤로 물러나 버렸고, 그 인혼번은 오히려 진인의 머리를 꽂을 듯이 떨어져 내렸다. 그는 인혼번을 거둬들이며 너무 당혹스러워서 무슨 주문 따위를 욀 겨를도 없었다. 그때 벽봉장로가 말했다.

"그대만 남에게 손을 쓸 줄 아는 모양인데, 남들도 그대에게 손을 쓸 수 있다오."

"무슨 보물을 들고 나왔기에 나를 겁내지 않는 것이냐?"

"내 구환석장이 무서운가 보구려?"

"그까짓 거야 아무리 휘둘러도 내가 겁낼 줄 아느냐?"

그러자 벽봉장로가 구환석장을 휙 던졌다. 그 순간 길이가 천 자나 되는 독사가 진인의 몸을 단단히 감아버릴 듯이 달려들었다. 하지만 진인이 사슴의 뿔을 툭 치자 사슴이 팔짝 뛰어올라 피했다.

"중놈아! 그런 지팡이 따위는 무섭지 않다니까?"

"어허, 선재로다! 그렇다면 이 바리때가 무서운 게요?"

"그까짓 거야 아무리 내던져도 내가 겁낼 줄 아느냐?"

그러자 벽봉장로가 바리때를 휙 던졌다. 그 순간 무게가 수만 근이나 되는 맷돌이 위용을 자랑하듯이 진인의 머리를 짓눌러왔다. 하지만 진인이 사슴의 뿔을 툭 치자 사슴이 옆으로 뛰어서 피해 버렸다.

"중놈아! 그런 바리때 따위는 무섭지 않다니까?"

"어허, 선재로다! 정말 그런 모양이구려."

"그래, 또 무슨 보물이 있느냐? 다 꺼내 봐라!"

"별다른 보물은 없고, 그대의 병이 여기 있소이다."

"내 병을 훔쳐서 무슨 짓을 하려고?"

"훔쳤거나 말거나 무서운지 아닌지만 얘기해 보시구려."

"그건 우리 도교의 보물인데 내가 무서워할 리 있어?"

"그렇다면 내가 그대 이름을 부를 때 대답할 수 있겠소?"

"흥! 그래 불러봐라. 내가 대답하지 못할 줄 알고?"

"남아일언중천금이오."

"너도 저번에 거짓말하지 않았는데, 지금 내가 어찌 거짓말을 하겠느냐?"

벽봉장로는 비록 자비로운 마음을 가지고 있었지만, 남들보다 훨씬 뛰어난 책략을 지니고 있었다. 그는 바리때 안에 흡혼병을 놓고 큰소리로 불렀다.

"양각도덕진군!"

"여기 있다!"

하지만 그 대답을 하자마자 진군은 타고 있던 사슴과 함께 통째로 병 안으로 빨려 들어가 버렸다. 이렇게 되자 벽봉장로가 속으로 생각했다.

'신선이긴 하지만 체면을 구기는 건 좋지 않아. 그리고 오시삼각이 되려면 아직 멀었지. 아무래도 한 번 더 혼을 내줘서, 이 몸이 우습게 여길 존재가 아니라는 걸 깨닫게 해 줘야겠구나.'

벽봉장로는 병마개를 닫으며 "양각도덕진군!" 하고 불렀다. 그러자 병 안에서 진군이 "왜 불러?" 하고 대답했다.

"그 안쪽은 지낼 만하오?"

"뭐 괜찮구먼!"

"이제는 무섭지 않소?"

"뭐가 무섭다고 그래!"

"나오고 싶소?"

"나가고 싶다면 어쩔 거냐?"

원래 진군은 말만 자신 있게 하고 있을 뿐, 사실은 병 바닥에 구멍을 뚫으려고 애를 쓰고 있었다. 하지만 눈치 빠른 벽봉장로는 병 바닥에 흠이 있다는 것을 알고 그 병을 바리때 안에 넣어두었으니, 진군이 그 안에서 별별 수단을 써도 구멍이 뚫리지 않았던 것이다. 오히려 뚫으려 해도 더 단단해질 뿐이고, 위로 도망칠 곳도 없었다. 벽봉장로는 병을 손에 들고 있으면서 안쪽에서 제법 곤란한 상황이라는 것을 알고 또 불렀다.

"안에 있소?"

"그렇다!"

벽봉장로가 일부러 놀란 척하며 말했다.

"허! 조금 있으면 사슴 육포를 팔러 나오시겠구려?"

그러자 진군은 목소리가 조금 누그러졌다.

"당신 마음대로 하시오!"

벽봉장로는 자비로운 마음을 가지고 있고 또 신선들과도 인연이 있기 때문에, 일부러 바리때를 열고 병만 손에 들고 있었다. 그러자 병이 조금 가벼워지는 느낌이 들어서 일부러 또 불러보았다.

"안에 있소?"

그때 진군이 여덟 갈래 뿔이 달린 사슴을 타고, 손에 한 자 두 치쯤 되는 노란 깃발을 든 채 벽봉장로 주위를 빙빙 돌며 사납게 소리 쳤다.

"나는 이미 빠져나왔다. 보이지 않느냐?"

"어허! 선재로다! 내가 그대를 놓아주었는데도 오히려 은혜를 원수로 갚으려 드는구려."

그러면서 재빨리 구환석장을 들어 툭 찔렀다. 그러자 "차르륵!" 하는 소리와 함께 크지도 작지도 않은 돌우물 난간이 앞에 나타났다.

"아미타불! 돌의 함정으로 나를 가둘 셈인가 보구려?"

"중놈아! 네가 내 보물을 훔쳐 가서 오히려 나를 해치려 하지만,

나는 전혀 두렵지 않다. 이 작은 울타리로 너를 가둬버렸는데 무섭지 않으냐?"

"무섭냐고 했소? 그럼 저걸 없애 버려야겠구려!"

벽봉장로가 구환석장을 들어 가볍게 돌난간을 두드리자, 돌난간이 온통 불길에 휩싸이더니 "픽!" 하고 둘로 쪼개져 버렸다. 진인이 버럭 화를 내며 욕을 퍼부었다.

"이런 못된 대머리, 감히 내 보물을 망가뜨리다니! 그냥 둔다면 모를까 기왕 손을 보려면 끝장을 봐야지. 덤벼라! 내 칼을 받아라!"

그가 보검을 뽑아 허공으로 던지고, 주문을 외며 손가락으로 결(訣)을 짚은 채 단칼에 벽봉장로의 목을 베려 했다. 그러나 어찌 알았으랴, 오늘의 상대는 어제의 그 상대가 아니었다. 벽봉장로의 장삼 소매가 한 번 펄럭이는가 싶더니, 보검은 어느새 그 소매 안으로 빨려 들어가고 말았던 것이다.

'이건 무슨 술법이지? 저건 사부님의 참요검이라 백발백중으로 한 번도 실패한 적이 없는데, 어떻게 남의 손에 들어갈 수 있단 말인가!'

진인은 속으로 깜짝 놀라며 소리쳤다.

"중놈아, 어떻게 내 보검을 소매 안에 넣었느냐?"

"어허! 선재로다! 내가 그러려고 한 것이 아니라, 그 검이 알아서 내 소매 안으로 들어온 거외다."

진인은 황급히 헌원경을 꺼내 주문을 외며 허공으로 던졌다. 그 거울이 날아오자 벽봉장로가 다시 소매를 펄럭이니, 그것 또한 소매 안으로 빨려 들어가고 말았다. 이렇게 참요검과 헌원경을 잃고 나자 진인은 애가 탔다.

'저 보물들이 없으면 어떻게 동천문으로 돌아가지? 어떻게 사부님을 뵙고 정과를 이룬단 말인가!'

그러면서 사슴의 뿔을 이리저리 두드리니, 여덟 갈래 뿔이 달린 사슴이 펄쩍펄쩍 뛰어서 호랑이 등에 탄 것보다 더한 상태가 되었다. 벽봉장로가 그의 속내를 짐작하고 약을 올렸다.

"위대하신 신선 양반, 그 수화화람에 또 다른 보물이 들어 있소?"

"이런 못된 대머리야! 나한테 보물이 없어졌다고 우습게 보느냐? 내 오늘 너하고 사생결단을 내겠다. 너 죽고 나 살자!"

"어허! 선재로다! 출가인으로서 이 몸이 어찌 그런 일을 하겠소?"

진인이 사슴을 몰아 달려오면서 예의 그 작은 지휘관의 깃발을 벽봉장로의 머리 위로 휘둘렀다. 하지만 벽봉장로가 다시 소매를 휘두르자 그 깃발까지 빨려 들어가고 말았다. 그러니 취보통의 존재를 모르는 진인으로서는 혼비백산 놀랄 수밖에 없었다.

'알고 보니 이놈의 중이 정말 대단한 재간이 있는 작자로구나! 이 보물들은 내 사부님이신 원시천존께서만 마음대로 쓰고 거둘 수 있는 것인데 말이야. 그렇다면 이 중이 우리 사부님하고 맞먹는다는 얘기 아냐? 아이고, 무섭구나, 무서워! 그래도 금련보상국에서 큰소리를 떵떵 쳐 놓은 마당에 약한 모습을 보일 수는 없지.'

그는 어쩔 수 없이 빈손으로 허세를 부리며 고함을 질렀다.

"중놈아, 내 보물들을 모두 속여 갈취했는데, 이제 나를 어쩔 셈이냐?"

"어허! 선재로다! 이 몸은 출가인인데 그대를 어쩔 수 있겠소?"

"그놈의 '선재'라는 소리 좀 그만해라. 정신 사나워! 계속 그따위 소리를 지껄이면서 왜 내 보물들을 속여 갈취했느냐?"

"그대를 속인 게 아니라 그대를 위해 거둬들인 것이오. 그러니 이제 산으로 돌아가시구려!"

"그거야 내 마음이지. 누가 너더러 데려다 달라고 하더냐?"

"어디 데려다준다고 할 수 있겠소? 옛말에 '손을 빼야 할 때 손을 빼고, 용서해야 할 때는 용서해야 한다.[好放手時須放手, 得饒人處且饒人.]'라고 했소. 그러니 마음대로 가시구려."

처음에 허풍을 떨었던 진인은 이제 수습할 수도 없어서, 그저 안 가겠다고 우기는 수밖에 없었다.

"싫다! 네가 감히 누구를 시켜서 나를 잡아가기라도 할 테냐?"

"잡아가는 건 모양새가 좋지 않소."

"네가 나를 잡아가면 어쩔 셈이냐?"

'이거 제대로 한 번 놀라게 해 주지 않으면 도무지 승복하지 않을 모양이구나.'

이렇게 생각하며 벽봉장로는 신발로 땅바닥을 몇 번 탁탁 밟았다. 그러자 장삼 소매에서 한 무리의 작은 승려들이 걸어 나왔다. 그들은 대개 키가 한 자 두 치밖에 되지 않았고, 다들 반짝반짝 까까머리에 걸음걸이도 아장아장 귀여웠으며, 짧은 저고리를 입고 각기 쇠로 만든 계척(戒尺)을 하나씩 들고 있었다. 이렇게 헤아릴 수 없이 많은 조그마한 승려들이 일제히 계척으로 진군의 다리를 때리려고 달려들자, 다급해진 진군이 구름을 타고 공중으로 날아올랐다. 그러자 벽봉장로가 말했다.

"그대로 떠나시구려."

"이런 수모를 당하고 어찌 참으란 말이냐! 갈 수 없다!"

"그대 사부께서 부르시오."

"중놈아, 허튼소리 마라! 누가 내 사부란 말이냐?"

"원시천존이 그대 사부가 아니던가?"

진인은 정곡을 찔리고 나자 맥이 탁 풀려서 억지로 우겼다.

"맞긴 하다. 하지만 그분은 지금 여기 계시지 않으니 나를 어찌 하실 수 없어!"

"그대 사제도 기다리고 있소."

"이놈의 중이 또 헛소리를! 누가 내 사제란 말이냐?"

"위화진인이 그대 사제가 아니오?"

진인은 자기 본색이 드러나자 더욱 당황스러웠지만, 어쩔 수 없이 또 억지를 부렸다.

"맞기는 한데, 사제도 지금 여기 없으니 나를 어쩔 수 없어!"

"그럼 저 앞에 있는 이는 누구란 말씀이오?"

진군이 깜짝 놀라 눈을 크게 뜨고 살펴보니, 과연 위화진인이 구름 위에 있었다.

"사형, 어서 화운궁으로 돌아가십시다. 사부님께서 진노하고 계십니다!"

"보물을 찾아야 돼."

위화진인이 취보통을 손에 들고 말했다.

"벌써 돌려주셨어요."

그리고 계속 돌아가자고 다그치자 진인은 아무리 머리를 짜내도 빠져나갈 길을 찾을 수 없게 되었다. 가지 않자니 사부의 명을 어긴 셈이라 뵐 면목이 없고, 가자니 벽봉장로를 내버려 두어 쟝 지네틴의 바람을 저버리는 셈이 되는지라 난처하기 그지없었다. 그래도 사부를 뵙고 정과를 이루자는 마음이 더 커서, 그는 어쩔 수 없이 사슴의 뿔을 두드려 공중으로 날아가며 원망을 퍼부었다.

"흥! 중들은 잔꾀가 많으니 상종하지 말라더니, 정말 그렇군!"

그러면서 그는 급각귀(急脚鬼)를 시켜서 세 개의 비단 주머니를 쟝 지네틴에게 전하면서, 그 계책대로 행하면 자연히 평안해질 길이 생길 거라고 했다.

무저동은 제 사부가 구름을 타고 올라가 버리자 다급히 소리를 질렀다.

"사부님, 저도 데려가 주셔요!"

"어서 오너라."

하지만 그가 막 구름을 타고 올라가려 하는데, 조그마한 승려가 소로 만든 계척으로 치는 바람에 땅바닥에 자빠지고 말았다. 이렇게 해서 제자는 사부를 따라가지 못하고 사부는 제자를 보살필 수 없게 되었으니, 이야말로 '부부는 본래 한 숲에 사는 새지만, 때가

되면 각기 제 갈 길로 날아가는[夫婦本是同林鳥, 大限來時各自飛]'
격이었다.

세 개의 비단 주머니를 받은 쟝 지네틴은 일이 틀렸다는 것을 알고 한 줄기 불빛으로 변해 도망쳐 버렸다. 벽봉장로는 한 손에는 바리때를, 다른 한 손에는 구환석장을 들고 동냥 나온 승려처럼 어슬렁어슬렁 배로 돌아갔다. 두 사령관과 장 천사, 그리고 여러 장수와 참모는 비록 벽봉장로가 징을 울리고 등자를 울리는 소리는 듣지 못했지만 일제히 개선가를 불렀다. 삼보태감이 말했다.

"국사님, 노고가 많으셨습니다. 더할 수 없이 큰 공을 세우셨어요!"

"저는 출가인인지라 그저 그를 달래어 보낸 것뿐인데, 무슨 공을 세웠다고 그러십니까?"

"그런데 저번에는 그자의 보물 때문에 곤욕을 치르셨는데, 오늘은 어떻게 그것들을 거둬들이실 수 있었습니까?"

벽봉장로가 동천문에 가서 원시천존을 만난 이야기를 죽 들려주자 다들 찬탄했다.

"이게 다 국사님의 드넓은 불법의 힘 덕분입니다!"

"폐하의 칙명을 받았으니 어쩔 수 없었지요."

왕 상서가 말했다.

"알고 보니 이 양각도덕진군이 바로 자기진인이었군요?"

"그렇습니다."

"그래도 제법 유명한 신선이라서 이렇게 함부로 굴었던 모양입니다."

그러자 마 태감이 말했다.

"다시 오지 않을까 걱정입니다."

"정과를 이루는 것보다 싸우지 않는 길을 찾는 것이 오히려 더 중요한 일입니다."

그 말이 끝나기도 전에 신장이 한 자 두 치쯤 되는 승려가 무저동을 데리고 와서 보고했다. 벽봉장로가 물었다.

"그대는 누구인가?"

"저는 아난사자(阿難使者)이온데, 무저동을 데려왔기에 보고하옵니다."

"아난은 물러가시게. 그리고 무저동, 일어나라."

"아니옵니다. 어찌 감히!"

"자네는 양각도덕진군의 제자인가?"

"예."

"그런데 어떻게 해서 머리 셋에 팔이 네 개 달린 모습으로 변할 수 있게 되었는가?"

"제 재간이 아니라 사부님께서 가르쳐 주신 것이옵니다."

"자네 본래 신분은 무엇인가?"

"원래는 누신(漏神)이었사옵니다."

"그게 무엇인가?"

"남의 재물을 약탈하고, 복을 없애고, 남이 가진 것을 시기하고, 많이 가진 이의 것을 훔치는 것이 인간 세상의 재앙과 같다고 해서 그렇게 부르옵니다."

"그렇다면 어떻게 출가해서 제자 노릇을 하게 되었는가?"

"지금 세상에 누신들이 너무 많아서 제가 할 일이 없어졌기 때문에, 차라리 개과천선해서 양각도덕진군을 사부로 모시게 되었사옵니다."

"그건 잘한 일일세. 그런데 양각동 안에 있는 다른 동자의 이름은 무엇인가?"

"제 사형인 유저동이옵니다."

"그의 본래 신분은 무엇인가?"

"원래 간재동자(看財童子)였사옵니다."

"그게 무엇인가?"

"굶어 죽더라도 밥을 먹지 않고, 얼어 죽더라도 옷을 입지 않습니다. 돈을 아끼면서 한 푼도 쓰지 않기 때문에 그렇게 부르는데, 달리 '수전노(守錢奴)'라고도 부르옵니다."

"그런데 왜 출가했다던가?"

"평생 재물만 모으고 한 푼도 쓰지 못했는데, 이제 깨달은 바가 있어서 출가하여 양각도덕진군을 사부로 모셨다고 하옵니다."

"지금이라도 깨달았다니 다행히로구먼. 그나저나 쟝 지네틴이 어디로 갔는지 아는가?"

"아까 사부님께서 승천하실 때 급각귀를 보내 세 개의 비단 주머니를 주었사옵니다. 그걸 받자마자 한 줄기 불빛으로 변해서 불의 장막 속으로 숨어 버렸사옵니다."

"자네도 가보게."

"어디로 가라는 말씀이신지요?"

"자네 사형을 찾아가서 함께 수련하시게."

그러자 삼보태감이 말했다.

"머리 셋에 팔이 네 개인 이 귀신은 저번 전투에서 우리 군사들을 놀라게 한 죄가 막중합니다. 군대에서는 공을 세운 자에게는 상을 내리고, 죄를 지은 자는 참수하는 법입니다. 그렇지 않으면 소하(蕭何)의 법령[3]이 행해지지 않게 됩니다. 그런데 어찌 저자를 풀어줄 수 있겠습니까?"

"저는 출가인으로 자비를 바탕으로 하고 상황을 고려하여 교화를 실행하는 몸인데, 지금은 그저 위로 황제 폐하와 아래로 사령관을 위해 부득이하게 이 사람을 잡아 왔을 뿐입니다. 게다가 이 사람은 이미 개과천선했고 또 동굴에 있는 사형도 늘 걱정하고 있을 텐데, 어떻게 해치자는 말씀을 하십니까? 아미타불! 제 체면을 봐서 놓아주시기 바랍니다."

그러자 마 태감이 말했다.

---

3 소하(蕭何: 기원전 257?~기원전 193)는 한나라의 개국공신으로서 통일국가의 체제를 정립하는 데에 크게 기여한 인물이며, 시호는 문종후(文終侯)이다. 한나라 초기에는 《약법삼장(約法三章)》이 있었는데, 천하를 통일한 후 고조(高祖) 유방(劉邦)은 그것만으로는 '간사한 이들을 마을 수 없다[御奸]'고 여기고 소하에게 새로운 율령(律令)을 제정하게 했다. 이에 그는 진(秦)나라의 법을 토대로 약간 수정하여 《구장률(九章律)》을 제정했는데 그것은 원래 있던 《도율(盜律)》과 《적률(賊律)》, 《수율(囚律)》, 《포율(捕律)》, 《잡률(雜律)》, 《구율(具律)》에 《호율(戶律)》과 《홍률(興律)》, 《구율(廐律)》을 더한 것이었다고 한다.

"놓아주면 나중에 또 쟝 지네틴과 함께 예의 그 귀신 몰골을 하고 찾아올 텐데, 그때는 후회해 봐야 늦습니다!"

"또 찾아오면 제가 책임지겠습니다."

삼보태감이 말했다.

"우리 국사님의 고귀한 마음을 고려해 너를 놓아주도록 하마. 가거든 성심껏 설법을 듣고 경전을 읽는 일에 전념하고, 다시는 그런 귀신놀음을 하지 말도록 해라."

무저동이 절을 올리고 떠나자, 삼보태감이 벽봉장로에게 물었다.

"양각도덕진군이 떠났지만 쟝 지네틴이 무슨 비단 주머니라는 것을 얻었으니, 저 금련보상국을 언제 복종시킬 수 있겠습니까?"

"하루만 더 기다려봅시다. 어떻게 나오는지 봐야지요."

그 말이 끝나기도 전에 호위병이 와서 보고했다.

"쟝 지네틴이 또 와서 싸움을 걸고 있습니다."

삼보태감이 말했다.

"과연 제 생각이 맞았군요."

벽봉장로가 말했다.

"저는 이만 쉬러 갈 테니, 사령관께서 장수를 파견해서 처리하시지요."

이에 삼보태감이 즉시 명령을 내렸다.

"누가 나가서 저 쟝 지네틴을 격퇴하겠는가?"

그러자 대열 가운데에서 한 장수가 성큼 나섰다. 그는 쇠로 만든 둥근 모자를 쓰고, 이마에 붉은 띠를 두르고, 검은 비단 전포에 무소뿔로 만든 허리띠를 찬 채, 무게 여든네 근의 낭아봉을 들고 오추마를 탄 정서전초부도독 장백이었다. 그런데 그가 갑옷과 투구를 쓰고 입기도 전에 대열 속에서 또 한 명의 젊은 장수가 나섰다. 그는 머리를 묶어 모자를 쓰고, 소매를 묶고, 팔목에 번쩍이는 팔찌를 찼으며, 입을 크게 벌린 사자 머리가 장식된 허리띠를 매고, 손에는 한 길 여덟 자 길이의 창을 든 채 안장에 금을 입힌 천리마를 탄 금오위 전위대 소속의 왕량이었다.

두 장수는 준마를 타고 각자 무기를 든 채 일제히 출격했다. 그런데 황량한 풀이 우거진 언덕 앞에는 머리와 뿔, 가죽, 털, 발굽, 꼬리를 갖춘 수만 마리의 물소들이 무리를 지어 늘어서 언덕 앞을 내달리고 있었다. 이를 증명하는 〈우부(牛賦)〉[4]가 있다.

아아! 사물 가운데 큰 것은 그 모습이 마치 하늘에 드리운 구름 같구나.
《예기》에서는 석 달 동안 씻긴다고 했고,[5] 《시경》에서는 큰 소

---

4 이것은 송나라 때 오숙(吳淑)의 《사류부》〈수부(獸部)〉〈우(牛)〉에서 몇 글자를 더하거나 바꾼 것이다. 본 번역은 기본적으로 원작에 맞춰 교감한 후 번역했다.

5 《예기》〈교특생(郊特牲)〉에는 "상제에게 바치는 제사에 희생으로 쓸 소가 다치거나 죽어서 불길하면 사직(社稷)의 제사에 쓸 희생으로 삼는다. …… 상제에게 바치는 소는 반드시 석 달 동안 씻기니, 사직에 바치는 소는 이미 그게 갖춰져 있기 때문에 특별히 하늘의 신과 사람이 죽어서 변한 귀신에게 바치는 제사에 쓰는 것이다.[帝牛不吉, 以爲稷牛. ……帝牛必在滌三月, 稷牛惟具, 所以別事天神與人鬼也.]"라는 구절이 들어 있다.

가 아흔 마리라고 했지.[6]

발굽 갈라지게 한 것은 하늘이요, 코뚜레를 꿴 것은 사람이라네.

수놓은 비단옷 입고 태묘(太廟)로 들어가기도 하고,[7] 북의 가죽
으로 쓰여 삼군(三軍)의 위계(位階)를 바로잡기도 했지.[8]

네 소가 와서, 귀를 쫑긋거리는구나.[9]

혜서(鼷鼠)[10]에게 상처를 입은 것을 꺼리기도 했고,[11] 도망친
말도 미치지 못했지.[12]

---

6 《시경》〈소아(小雅)〉〈무양(無羊)〉에는 "누가 네게 소가 없다고 했나? 큰 소
가 아흔 마리라네.[誰謂爾無牛, 九十其犉]"라는 내용이 들어 있다. '순(犉)'
에 대해서는 주석에 따라 약간 내용이 다르지만, 대체로 털이 누렇고 입술
이 검은 큰 소를 가리키는 것으로 여겨지고 있다.

7 초(楚)나라 왕이 장자(莊子)에게 사자를 보내 벼슬을 주겠다고 하자, 장자
는 벼슬살이를 화려한 수를 놓은 옷을 입고 태묘(太廟)의 제사에 희생으로
들어가는 소의 신세에 비유하며 거절했다고 한다.

8 《회남자(淮南子)》〈설산훈(說山訓)〉에는, "쇠가죽을 무두질해 북을 만들면
삼군의 위계를 바로잡을 수 있다. 그러나 소의 입장에서 생각하면 차라리
멍에를 지고 수레를 끄는 게 낫다.[剝牛皮鞹以爲鼓, 正三軍之衆. 爲牛計者,
不若服軶也.]"라는 내용이 들어 있다.

9 이 구절 역시 《시경》〈소아〉〈무양〉에 들어 있는 것이다.

10 혜서(鼷鼠)는 아주 작은 쥐의 일종으로서, 옛날 사람들은 그것이 독을 품
고 있어서 사람이나 가축을 물면 죽더라도 아픔을 느끼지 못한다고 여겼
다. 그래서 별명을 '감구서(甘口鼠)'라고 붙이기도 했다.

11 《좌전(左傳)》〈성공(成公) 7년〉에는 "혜서(鼷鼠)가 교묘(郊廟)에 바칠 소의
뿔을 먹어서 다시 다른 소를 바쳤는데, 혜서가 또 그 뿔을 먹어서 결국 소
를 희생으로 쓰지 못했다. 鼷鼠食郊牛角, 改卜牛, 鼷鼠又食其角, 乃免牛.]"
라는 기록이 있다.

12 제(齊)나라 환공(桓公)이 초(楚)나라를 공격하자 초나라 장왕(莊王)아 사신

뿔 두드려 영척(寧戚)의 가난을 벗어나게 해 주고,[13] 꼬리 불살라 전단(田單)의 위기를 구해 주었지.[14]

전쟁을 위해 점을 쳐주기도 하고,[15] 농사지을 때를 알려주기도 했지.[16]

을 보내서, "그대는 북해(北海)에 있고 과인은 남해(南海)에 있으니, 이는 도망친 말이나 소라 해도 서로 미치지 못하는 곳이오. 그런데 뜻밖에도 그대가 우리 땅에 들어왔으니, 어찌 된 까닭이오?[君處北海, 寡人處南海. 唯是風馬牛不相及也. 不虞君之涉吾地也, 何故.]" 하고 물었다고 한다.

13 영척(寧戚: ?~?)은 춘추시대 제(齊)나라의 대부(大夫)로서 대사전(大司田)의 직무를 맡아 농업을 부흥시킨 인물이다. 가난하여 장사하며 수레를 빌려 제나라에 가 있던 그는 수레 아래 앉아 쇠뿔을 두드리며 슬픈 노래를 부르고 있다가 우연히 환공(桓公)에게 목격되었고, 그의 숨겨진 재능을 알아본 환공은 그를 발탁했다고 한다.

14 전단(田單: ?~?)은 전국시대 제나라 사람으로 훗날 조(趙)나라의 장수가 되었다. 기원전 284년에 연(燕)나라의 장수 악의(樂毅)가 임치(臨淄)를 점령하고 이어서 제나라의 70여 성들을 함락하여 거성(莒城)과 즉묵(卽墨)만 남게 되었을 때, 전단은 수레 축을 쇠로 감싸서 보호한 채 일족을 이끌고 즉묵으로 가서 병사를 키우며 반격을 준비했다. 이후 그는 이간책으로 악의가 조나라에 투항하게 했고, 그 뒤에는 다시 거짓으로 연나라에 항복하면서 밤중에 수천 마리의 소를 이용하여 급습했다. 당시 그는 쇠뿔에 칼날을 매달고 소꼬리에 기름을 묻혀 불을 붙임으로써 소들이 연나라 군대를 향해 돌진하게 만들고, 곧바로 오천 명의 군사를 이끌고 돌진하여 연나라 군사를 크게 무찌르고 적군의 대장 기겁(騎劫)을 죽였다. 그 이후 그는 기세를 몰아 나머지 70여 성을 연달아 수복했다.

15 《진서(晉書)》〈열전(列傳)〉 제67에 따르면 부여국(夫餘國)에서는 군대를 동원할 일이 있을 때 소를 잡아 하늘에 제사를 지내고 그 발굽을 통해 길흉을 점쳤는데, 발굽이 갈라지면 흉하고 모아져 있으면 길하다고 판단했다고 한다.

16 《예기》〈월령(月令)〉에는 "늦겨울에 담당 관리에게 그 지방에서 자라는 소

머리 풀어헤친 이를 두려워하기보다는[17] 차라리 닭 주둥이가
되고자 했지.[18]

진(晉)나라 무제(武帝)는 푸른 삼 줄로 덕을 드러냈고,[19] 하증
(何曾)은 구리 고리를 쇠뿔에 달아 수레를 끌게 하다가 고발당하
기도 했지.[20]

를 꺼내서 농사지을 때가 적절한지를 살피게 했다.[季冬, 命有司出土牛,
以示農耕之早晚.]"라고 기록되어 있다.

17 《수신기(搜神記)》에 따르면 진(秦)나라 문공(文公)이 노특사(怒特祠)라는
사당 옆에 자라는 가래나무[梓]를 베게 했는데, 여러 사람이 달려들어 도
끼질해도 베어지지 않고, 인부 가운데 한 명이 발을 다쳐서 일어나지 못
했다. 그런데 그가 누워 있을 때 나무 아래에서 귀신들이 하는 얘기를 들
었는데, 인부들이 붉은 옷에 재를 바르고 있으면 물리치기 곤란하다는 것
이었다. 이에 감독관에게 얘기하여 인부들이 모두 그렇게 차려입자 마침
내 나무를 벨 수 있었다. 그런데 그 나무가 푸른 소로 변해서 거기에 올라
타고 잡으려 했지만 당해 내지 못했다. 그런데 한 사람이 땅에 떨어져 머
리가 풀어지자, 그 소가 그걸 보고 무서워서 물속으로 들어갔다고 한다.

18 이것은 소진(蘇秦)이 한(韓)나라 왕에게 유세할 때 인용한 속담으로서, 전
체 내용은 "차라리 닭 주둥이가 될지언정 소꼬리는 되지 않겠다.[寧爲雞
口, 無爲牛後]"라는 것이다.

19 《자치통감(資治通鑑)》 권79에 따르면, 진나라 무제 때 황제의 소를 묶는
푸른 끈이 끊어져서 푸른 물을 들을 삼 줄로 대신하게 했다고 한다.

20 하증(何曾: 199~278)은 원래 이름이 하서간(何瑞諫) 또는 하간(何諫)이고 자
는 영고(穎考)로서 부친 하기(何夔)의 뒤를 이어 평원후(平原侯)에 봉해지
고 산기시랑(散騎侍郎), 전농중랑장(典農中郎將) 등의 벼슬을 지냈다. 《진
서》의 기록에 따르면 그는 사치를 일삼았는데, 도관종사(都官從事) 유향
(劉享)이 상주한 바에 따르면 그는 구리로 만든 고리[銅鉤]를 쇠뿔에 걸고
고삐를 수레에 묶어 끌게 했다고 한다.

입을 다치면 점을 다시 치기도 했고,[21] 송아지를 쓰는 것은 정
성을 중시하는 것이라고 했지.[22]

뿔을 잡으면 팔지 못하기도 했고,[23] 살을 베어내도 다시 나기
도 했다지.[24]

장하도다, 생각 깊은 유관(劉寬)이여![25] 훌륭하도다, 노공(魯恭)
의 정치여![26]

---

21 옛날에는 교묘(郊廟)의 제사에 희생으로 쓸 소가 입을 다치면 길흉에 대
해 점을 다시 치게 했다고 한다.

22 《예기》〈교특생〉에 따르면 제사 희생으로 묽은 말[騂]을 쓰는 것은 오롯
한 마음[赤心]을 중시하기 때문이고, 송아지[犢]를 쓰는 것은 정성[誠]을
중시하는 것이라고 했다.

23 《풍속통(風俗通)》에 따르면 소를 팔 때는 손으로 뿔을 잡지 못하게 했다고
하는데, 이는 사람이 다치지 않게 하기 위한 조치인 것으로 보인다.

24 《현중기(玄中記)》에 따르면 대류지(大月支)와 서호(西胡) 땅에 반우(反牛)
라는 소가 있는데, 그 살을 서너 근이나 베어내도 이튿날이면 베어낸 자
국이 이미 나아 있다고 했다.

25 유관(劉寬: 120~185, 자는 문요[文饒])은 덕이 많고 도량이 깊기로 유명했으
며, 훗날 녹향후(逯鄕侯)에 봉해졌다. 《후한서》의 기록에 따르면 그가 소
가 끄는 수레를 타고 여행할 때 어떤 사람이 그 소가 자기가 잃어버린
것이라고 하자, 그는 말없이 수레에서 내려서 걸어서 돌아갔다. 그런데
얼마 후 그 사람이 자기의 소를 찾고 나서 유관을 소를 돌려주며 사죄하
자, 그는 비슷한 것들은 잘못 알아볼 수도 있다면서 너그러이 넘어갔다고
한다.

26 노공(魯恭: ?~?, 자는 중강[仲康])은 노나라 왕족인 후예인데, 노나라가 초
(楚)나라에 망한 뒤 시골로 내려가 살면서 학문에만 열중한 인물이다. 《후
한서》의 기록에 따르면 그가 중모령(中牟令)을 지닐 때 어느 정장(亭長)이
남의 소를 빌려 가서 돌려주지 않아 주인이 소송을 걸었는데, 노공은 정

칭송하리라, 관용 많은 곽서(郭舒)여!²⁷ 흠모하리라, 다투지 않은 주충(朱衝)을²⁸!

　　중위(中尉)는 붉은 소를 몰고 다녔고,²⁹ 진도근(陳桃根)은 푸른 소를 헌상했지.³⁰

　　장에게 소를 돌려주라고 세 차례나 권유했지만 듣지 않았다. 이에 그는 자신의 교화(敎化)가 실패했다고 탄식하며 벼슬을 내놓고 떠나려 했다. 그 소식을 들은 정장이 소를 돌려주고 스스로 옥에 들어가겠다고 했으나, 노공은 더 이상 따지지 않고 그를 석방했다고 한다.

27 곽서(郭舒: ?~?, 자는 치행[稚行])는 정의롭고 공평하며 강직하기로 유명한 인물로서 동진(東晉)의 재상 왕돈(王敦)의 신임을 받아, 그의 휘하에서 종사중랑(從事中郎)을 역임했다. 《진서》의 기록에 따르면 그의 이웃이 그의 소를 훔쳐 잡아먹었는데, 일이 발각되자 곽서는 오히려 배가 고파 잡아먹었을 뿐일 테니 남은 고기가 있으면 함께 먹자고 했다고 한다.

28 주충(朱衝: ?~?, 자는 거용[巨容])은 안빈낙도(安貧樂道)하던 은사인데, 진(晉)나라 무제(武帝) 때인 278년에 현량과(賢良科)에 천거되어 조정에서 그를 국자박사(國子博士)에 임명하려 했으나 병을 핑계로 사양했다고 한다. 《진기(晉紀)》에 따르면 그는 같은 마을 사람이 소를 잃어버리고 나서 그의 소를 자기 것이라고 우기며 데려갔는데도 다투지 않고 그냥 주었다. 나중에 이웃이 단단한 얼음 밑에서 자신의 소를 발견하고 주충에게 사과하며 돌려주려 했으나 받지 않았다고 한다.

29 《후한서》에 따르면 원중경(元仲景)은 탁발태흥(拓跋太興)의 아들로서 성격이 매우 엄격했다. 위(魏)나라 장제(莊帝) 때 그는 어사중위(御史中尉) 벼슬을 겸했는데, 그 바람에 경사의 질서가 잘 지켜졌다고 한다. 또 그는 어사대로 갈 때 항상 붉은 소가 끄는 수레를 타고 다녀서, 당시 사람들이 '적우중위(赤牛中尉)'라고 불렀다고 한다.

30 《진서(陳書)》 권5에는 남조 진(陳)나라 선제(宣帝)의 태건(太建) 7년(575) 4월에 예주(豫州)를 다스리던 진도근(陳桃根)이 푸른 소를 얻어 헌상하자, 선제가 백성에게 돌려주게 했다는 기록이 있다.

왕개(王愷)는 팔백리라는 소로 유명했고,[31] 구희(苟晞) 또한 하루에 천리를 달리는 소를 칭송했지.[32]

비록 두 개의 힘줄이 있었지만 위쪽 이빨은 없지.[33]

따로 문산(文山)에서 얻기도 하고,[34] 도림(桃林)에 풀어주기도 했지.[35]

나무로 만든 소는 식량을 먹었고,[36] 돌로 만든 소는 황금 똥을

---

31 《세설신어(世說新語)》〈태치(汰侈)〉에 따르면 진(晉)나라 때 거부로 유명한 왕개(王愷, 자는 군부[君夫])에게 팔백리(八百里)라는 이름을 가진 얼룩소가 있었는데, 왕제(王濟)가 천만 전(錢)을 걸고 활쏘기로 내기를 청했다. 결국 왕제가 이겨서 그 소의 심장을 베어 갔다고 한다.

32 구희(苟晞: ?~311, 자는 도장[道將])는 진나라의 대장군을 지낸 인물이다. 《지괴(志怪)》에 따르면 그가 경사에서 오백 리 떨어진 연주(兗州)에 주둔해 있을 때, 누군가 희귀하고 맛있는 음식을 바쳐서 경사에 있는 친척들에게 신선한 상태로 나눠 주기 위해 하루에 천 리를 다녀올 수 있는 소를 구했다고 한다. 이후 그 소가 정말 하루 만에 천 리를 다녀오자, 이를 신기하게 여긴 구희가 소를 죽여서 살펴보니, 작은 대나무만큼 굵은 두 개의 힘줄이 머리부터 다리까지 살 속에 묻혀 있었다고 한다.

33 《대대례(大戴禮)》〈역본명(易本命)〉에 따르면 "네 발을 가진 것 가운데는 날개 달린 게 없고, 뿔이 난 것들은 위쪽 이빨이 없다.[四足者無羽翼, 戴角者無上齒]"라고 했다.

34 《목천자전(穆天子傳)》에 따르면 주(周)나라 목천자가 문산(文山)에서 술을 마시는데 누군가 네 마리 훌륭한 말과 훌륭한 소 두 마리를 헌상했다. 그런데 이 소는 사막을 낙타처럼 잘 지나갈 수 있었다고 한다.

35 《서경》〈무성(武成)〉에 따르면 주(周)나라 무왕(武王)이 더 이상 전쟁이 없을 거라는 사실을 알리기 위해 도림(桃林) 들판에 소를 풀어주었다고 한다.

36 《삼국지연의》에 따르면 제갈량이 남로 만든 목우(木牛)는 네모난 배와 굽은 머리, 다리 하나와 네 개의 발이 달렸으며 머리가 배 안으로 들어가고 혀가 배에 붙어 있는데, 식량을 많이 실어야 움직였다고 한다.

쌌다 하지.[37]

뿔막이[38]를 달고, 우리 안에서 기르지.

우공(愚公)은 제(齊)나라 산에서 암소를 키웠고,[39] 백리해(百里奚)는 소가 끄는 수레에 소금을 싣고 진(秦)나라에 갔지.[40]

---

37 《촉왕본기(蜀王本紀)》에 따르면 진(秦)나라 혜왕(惠王)이 촉(蜀)나라를 정벌하려 하는데 도로가 없었다. 이에 돌로 다섯 마리의 소를 조각하고 그 뒤쪽에 금덩어리를 두게 하니, 촉나라 사람들이 그 소가 황금 똥을 싼다고 생각했다. 이에 촉나라 왕이 천 명의 군사와 다섯 명의 역사(力士)를 보내 그 소들을 끌고 오게 했는데, 이 바람에 길이 생겨서 진나라가 촉나라를 정벌할 수 있게 되었다고 한다.

38 복형(福衡)은 소가 뿔로 사람을 들이받지 못하도록 뿔에다 가로댄 나무를 가리킨다. 일설에 따르면 복(福)은 뿔에다 설치하고, 형(衡)은 코에다 설치하는 것이라고도 한다.

39 《설원(說苑)》에 따르면 제(齊)나라 환공(桓公)이 사냥을 나가 사슴을 쫓아가다가 어느 산골짝에 들어갔는데, 거기서 두 노인을 만났다. 이에 그 골짝의 이름을 물으니 '우공곡(愚公谷)'이라고 하여, 그 까닭을 물었더니 이렇게 대답했다. "제가 암소를 키워서 그 새끼가 자라자 그걸 팔고 망아지를 사려고 했습니다. 그런데 망아지를 판 젊은이가 '소는 망아지를 낳을 수 없소.' 하면서 그 망아지를 다시 끌고 가 버렸습니다. 제가 그걸 그냥 두었더니 이웃들이 소문을 듣고 저더러 바보라고 했습니다. 그래서 제가 사는 골짝을 '우공곡'이라고 부르게 되었습니다." 그러자 환공은 "그대는 정말 바보요!" 하고 돌아가 관중(管仲)에게 그 이야기를 들려주었다. 그러자 관중이 이렇게 말했다. "이는 제 잘못입니다. 만약 요 임금 같은 성군이 있고 고요(皐陶)와 같이 법을 엄격하게 집행하는 이가 있었다면, 어찌 이렇게 남의 망아지를 강탈해 가는 일이 있었겠습니까?"

40 《설원(說苑)》〈신술(臣術)〉에 따르면 진(秦)나라 목공(穆公)이 상인에게 소금을 운송하라고 하자, 그 상인이 고양(羖羊)의 가죽 다섯 장으로 백리해(百里奚)를 고용했다. 진나라에 도착한 후 목공은 수레를 끌고 온 백리해의 소들이 튼실하게 살이 쪄 있는 모습을 보고, 그렇게 무거운 짐을 싣고

여름 제사를 지내니 동쪽 이웃은 소를 잡고,[41] 무망(無妄)으로
길가는 사람이 훔쳐 가기도 했지.[42]

원굉(袁宏)은 여윈 암소의 풍자를 들었고,[43] 화원(華元)은 소가
죽 가졌다고 놀림당했지.[44]

이렇게 먼 길을 왔는데 소들이 살찐 이유를 물었다. 이에 백리해는 이렇
게 대답했다. "저는 때맞춰 음식을 먹이고, 부릴 때도 함부로 다루지 않았
으며, 험준한 길을 만나면 제가 앞에서 끌어주고 뒤에서 밀어주었습니
다." 이에 목공은 그가 훌륭한 인재라는 것을 알아보았고, 또 당시 진나라
의 상경(上卿)이었던 공손지(公孫支)도 그의 그릇을 알아보고 자신의 자리
를 백리해에게 양보했다.

41 이것은 《주역》〈기제(旣濟)〉"구오(九五)"의 효사(爻辭)인 "동쪽 이웃이 소
를 죽이는 것이 서쪽 이웃이 여름 제사를 지내는 것보다는 못하지만, 실
제로는 그 복을 받으리라.[東鄰殺牛, 不如西鄰之禴祭, 實受其福]"라는 구
절에서 나온 것이다.

42 이것은 《주역》〈무망(無妄)〉"육삼(六三)"의 효사(爻辭)인 "무망의 재앙은
소를 묶어놓고 잊어먹었다가 길가는 사람이 훔쳐 가 버리면 그 마을 사람
들이 훔쳤다고 의심받는 재앙이 생기게 되는 경우이다.[無妄之災, 或繫之
牛, 行人之得, 邑人之災.]"라는 구절에서 나온 것이다.

43 원굉(袁宏: 328?~376?, 자는 언백[彦伯])은 대사마(大司馬) 환온(桓溫)의 막료
인 기실(記室)을 지냈고, 환온이 죽은 뒤에는 이부랑(吏部郎)으로서 동양
태수(東陽太守)를 지냈다. 《진서(晉書)》에 따르면 환온(桓溫)이 북벌하다
가 천승루(千乘樓)에서 직무를 제대로 수행하지 않은 대신들을 비판하
자, 원굉이 운수 탓으로 돌리며 비호했다. 그러자 환온이 화를 내며 유표
(劉表: 142~208, 자는 경승[景升])에게 몸무게가 천근이나 나가는 큰 소가
있어서 다른 소들보다 여물을 열 배나 먹고 무거운 짐을 싣고 먼 길을 갈
수 있었지만 여윈 암소보다 못하니, 위(魏)나라 무제가 형주(荊州)를 점령
하고 병사들을 대접하기 위해 그 소를 잡았다는 일화를 들어 꾸짖었다고
했다.

44 《책부원구(册府元龜)》권737〈배신부(陪臣部)〉〈현덕(賢德)〉에 따르면 춘

베를 보낸 것은 왕열(王烈) 때문이고,[45] 나위(羅威)는 꼴을 베어다 둔 적도 있었지.[46]

또 꼴 먹이는 일을 담당한 직인(職人)이 있었고,[47] 봉인(封人)은

추시대 송(宋)나라의 대부 화원(華元)은 초(楚)나라와 전투에서 패한 적이 있는데도 대장군이 되어서 성을 쌓는 일을 순시하며 감독하게 되자, 이를 두고 인부들 사이에서 수염이 덥수룩한 채 군사를 잃고[棄甲] 돌아온 그의 모습을 풍자하는 노래가 퍼졌다. 이에 그가 전차에 함께 타는 장수에게 시켜서 "소가 있어야 가죽이 있는 법이라, 내게는 코뿔소가 많은데 가죽을 조금 버린들[棄甲] 무슨 상관이랴?" 하고 대답하게 했다. 그러자 성을 쌓던 인부가 말하기를, "설령 가죽을 많이 갖고 있다 한들, 붉은 옻칠을 하면 어떨까요?" 하고 대답했다고 한다. 그러자 화원은 부하에게 "가자. 저들은 입이 많지만 나는 혼자뿐이니!" 라고 말했다고 한다.

45 《선현행장(先賢行狀)》에 따르면 왕열(王烈)은 자가 언방(彦芳)이다. 나라 안에 소를 훔친 도둑이 있어서 주인에게 들통났는데, 도둑이 주인에게 사정했다. "제가 잠깐 마음이 혹해서 잘못을 저질렀는데, 제 죄를 용서해 주셨으니 부디 왕열의 귀에 들어가지 않게 해주십시오." 그런데 왕열이 그 소문을 듣고 베를 한 단(端) 보내주면서, 악행을 부끄러워할 줄 알기 때문에 상을 받을 자격이 있다고 했다. 몇 년 후에 무거운 짐을 가지고 길을 가던 어느 노인을 위해 누군가 대신 짐을 지고 수십 리 길을 간 후에 배웅했다. 그런데 그 노인이 도중에 칼을 잃어버렸는데, 어느 행인이 주워서 지키고 있었다. 날이 저물어 칼을 잃어버린 사실을 알게 된 노인이 돌아와서 그를 만나 칼을 찾게 되었는데, 그 칼을 지키고 있던 이는 바로 앞서서 짐을 메어다준 사람이었다. 노인이 그 사실을 왕열에게 알렸는데, 알고 보니 그 행인은 바로 예전에 소를 훔쳤던 도둑이었다고 한다.

46 《광주선현전(廣州先賢傳)》에 따르면 나위(羅威)는 자가 덕인(德仁)인데 이웃집 소가 종종 그의 논에서 벼를 먹었다. 이에 나위는 종종 남몰래 꼴을 베어다가 소 주인의 집 대문 앞에 두었다. 나중에 이 사실을 알게 된 소 주인은 송아지들을 잘 감독해서 다시는 나위의 논에 들어가지 못하게 했다고 한다.

47 《주례(周禮)》〈지관(地官)〉〈우인(牛人)〉에서는 "우인은 나라의 수소를 기르

젖은 건초를 주었지.[48]

저언회(褚彦回)는 우물에 빠진 소를 쳐다보지 않았고,[49] 노개 (盧愷)는 노쇠했다고 해서 소를 잡지 않았지.[50]

돼지 위로 넘어지기도 하고,[51] 나무 끝에 얹혀 있기도 했지.[52]

는 일을 담당한다. 제사를 지낼 때는 향우를 바치는데, 소를 구해 직인에게 주어 꼴을 먹이게 했다.[牛人掌養國之公牛. 凡祭祀供其享牛求牛, 以授職人而芻之]"라고 했다. 그에 대한 정현(鄭玄)의 주석에 따르면 직(職)은 소를 묶는 말뚝 직(樴)을 의미하며, 직인은 바로 소를 키우는 사람[牧人]이라고 했다.

48 《주례》〈지관〉〈봉인(封人)〉의 기록에 따르면 봉인은 제왕의 사단(社壇)과 경기(京畿)의 강계(疆界)를 담당하는 관리이다. 제사를 지낼 때 봉인은 희생으로 쓸 소에 뿔막이를 달고, 물에 적신 건초를 먹이는 임무를 맡았다고 한다.

49 《송서(宋書)》에 따르면 저연(褚淵: 435~482, 자는 언회[彦回])은 저담지(褚湛之)의 아들로서, 명제(明帝)의 부마(駙馬)로서 비서승(秘書丞)을 역임하기도 한 대신이다. 어느 날 저담지가 아끼는 소 한 마리가 갑자기 청사 앞의 우물에 빠져서 저담지가 수하들을 이끌고 몸소 구해내느라고 온 고을이 시끌벅적했는데, 저언회는 주렴을 내리고 나가보지도 않았다고 한다.

50 노개(盧愷: ?~?, 자는 장인[長仁])는 북주(北周)의 예부상서(禮部尚書)로서 이부상서(吏部尚書)의 업무까지 총괄했던 대신이었으나, 훗날 붕당을 만든다는 참소를 당해 파직되어 평민 신분으로 죽었다. 북주 무제(武帝)가 운양궁(雲陽宮)에서 늙은 소를 잡아 병사들에게 먹이려 하자, 그는 전자방(田子方)이 늙은 말을 풀어준 이야기를 들어 만류했다. 이에 무제가 그 뜻을 가상히 여기고 예부대부(禮部大夫)로 삼았다는 이야기가 있다.

51 《좌전》〈소공(昭公) 13년〉에 따르면 주(邾)나라 사람들과 거(莒)나라 사람들이 진(晉)나라 제후에게 노(魯)나라가 아침저녁으로 자기 나라를 공격한다고 하자, 진나라의 숙향(叔向)이 나와서 이렇게 말했다. "우리 군주는 전차가 사천 대나 되는데, 길이 없는 곳도 갈 수 있소. 하물며 길이 있는 곳이라면 어디 적수가 있겠소? 소가 비록 노쇠했다 할지라도 돼지 위에

111

첨하(詹何)는 하얀 발굽을 알아보았고,[53] 갈로(葛盧) 역시 세 마리 소가 희생으로 쓰인 것을 알았지.[54]

숙신국(肅愼國)에서는 점을 쳐 보고 조공을 바치러 왔고,[55] 현

넘어지면 그 돼지가 죽지 않겠소?" 이것은 노나라가 진나라는 덕이 없다고 경시하였기 때문에 노쇠한 소에 비유한 것이다.

52 《신선전(神仙傳)》에 따르면 오(吳) 땅의 단도(丹徒)에 서수(徐隨)라는 이가 살았다. 좌자(左慈)가 그 집에 들렀는데, 대문 아래 손님들이 타고 온 수레 예닐곱 대가 있었다. 손님들이 좌자를 속여서 서수가 집에 없다고 하여, 좌자가 그대로 떠났다. 그런데 그 후 손님들은 소들이 모두 버드나무 꼭대기에 걸려 있고 수레바퀴에 길이가 한두 길이나 되는 가시나무가 자라 있는 것을 발견했다. 손님들이 두려워 서수에게 알리자, 서수는 좌자가 왔다는 것을 알고 손님들에게 쫓아가서 사죄하게 했다. 그런 다음 손님들이 돌아와 보니 소들은 원래 자리에 있었고, 수레바퀴에 있던 가시나무도 사라져 있었다고 한다.

53 첨하(詹何)는 전국시대 초(楚)나라의 술사(術士)이다. 다만 이 부분에는 작자의 착오가 있는 듯하다. 《한비자》〈해로(解老)〉에 따르면 첨하가 제자의 시중을 받으며 앉아 있는데, 대문 밖에서 소가 울었다. 그때 제자가 그 소는 검은 소인데 이마[題]가 희다고 하자, 소하는 검은 소는 맞는데 흰색은 뿔 때문일 것이라고 했다. 이에 사람을 보내 살펴보게 하니 과연 검은 소의 뿔을 하얀 천으로 싸놓았다고 했다. 그러므로 이 구절은 오숙(吳淑)이 이마 제(題)를 발굽 제(蹄)로 잘못 읽어서 쓴 것으로 보인다.

54 《좌전》〈희공(僖公) 29년〉에 개(介)나라의 군주 갈로(葛盧)가 조회에 왔다가 소가 우는 소리를 듣고, "이 소는 세 마리 새끼를 낳았는데, 벌써 모두 희생으로 쓰였군요."라고 했다. 누군가 그걸 어떻게 아느냐고 하자, 그는 그 소의 울음소리를 듣고 알았다고 했다. 이에 소 주인에게 물어보니 과연 그러했다고 한다.

55 《진양추(晉陽秋)》에 따르면 숙신국(肅愼國)에서는 무제(武帝) 때와 원제(元帝) 중흥(中興) 때 모두 사신을 보내 조공을 바쳤으며, 성제(成帝) 때도 조공을 바쳤다. 그 사신들이 석호(石虎: 295~349, 자는 계룡[季龍])에게 말하기를, 소와 말이 서남쪽을 향하고 잠을 자는 것이 삼 년이 되어, 큰 나라가 있다는 것을 알게 되었기에 사신을 보냈다고 했다.

고(弦高)는 소를 진(秦)나라 군사에게 주었지.[56]

특별히 유분자(劉盆子)[57]는 목동의 몸으로서 황제가 되었고, 장염(蔣琰)[58]의 꿈에 나타나기도 했지.

보라, 예장(豫章)에서는 뿔에 비단을 묶어주었고,[59] 부들 언치에 앉아 쇠뿔에 책을 걸어놓기도 했지.[60]

---

56 《좌전》〈희공(僖公) 33년〉에 따르면 진나라 은밀히 정(鄭)나라와 활(滑)나라를 정벌하려 했다. 당시 정나라의 상인 현고(弦高)가 주(周)나라 도성에 장사하러 가다가 그들을 만나자, 먼저 쪄서 말린 소가죽 넉 장을 보내고 나서 소 열두 마리를 진나라 군대에 바쳤다. 그리고 급히 사람을 시켜 정나라 군주에게 이 사실을 알렸다. 훗날 진나라의 장수 맹명(孟明)은 진나라가 방비하고 있을 것임을 알고, 활나라만 멸망시키고 돌아갔다.

57 유분자(劉盆子: 10~?)는 한나라 고조 유방의 손자 유장(劉章)의 후예이다. 25년에 농민기의군인 적미군(赤眉軍) 사령관 번숭(樊崇)이 한나라의 후예를 황제로 세워야 한다는 명분을 내세워서, 당시 소를 치던 목동이었던 유분자를 황제로 세우고 연호(年號)를 건세(建世: 25~27)로 했다.

58 《태평어람(太平御覽)》권898〈수부(獸部)〉 10에 인용된 《촉지(蜀志)》 따르면, 장염(蔣琰)이 꿈에 대문 앞에 있는 소를 한 마리 보았는데, 뿔과 입에 피가 흐르고 있었다. 조직(趙直)이 해몽하기를 소뿔[牛角]과 입[口]은 '공(公)' 자를 가리키고 피는 일이 분명하다는 것을 가리키니 길몽이라고 했다.

59 《제서(齊書)》에 따르면 왕억(王嶷)은 자가 선엄(宣儼)이고 시호는 문헌왕(文獻王)이며, 남조 송나라 때의 명장이자 대신이었다. 그가 양주자사(揚州刺史)에 봉해졌을 때 연릉(延陵)의 계자묘(季子廟)에서 물소 한 마리가 군사들의 대오로 돌진했다. 이에 병사들이 잡아서 죽이려 하자, 왕억은 허락하지 않고, 그 대신 물소의 뿔에 비단 한 필을 묶어서 그 집으로 돌려보냈다고 한다.

60 《당서(唐書)》에 따르면 수(隋)나라 말엽의 명장이자 서위(西魏) 정권의 건립자인 이밀(李密: 582~619)이 젊었을 때 포개(包愷: ?~?, 자는 화락[和樂])를 찾아갔는데, 누런 소에 부들로 엮은 언치를 깔고 그 위에 탄 채 쇠뿔에 《한서(漢書)》를 걸어놓았다. 그는 한 손으로 소의 가슴걸이[鞘]를 잡고, 다

하얀 것은 이빙(李氷)의 도장끈임을 알아볼 수 있었고,[61] 푸른
것은 노자(老子)의 수레를 끌었지.[62]

구계지(仇季智)는 한 번 때린 일을 잘못으로 생각했고,[63] 강담

른 한 손으로는 책장을 넘기며 읽고 있었다. 당시 상서령(尚書令)으로 있
던 양소(楊素)가 그걸 보고 뒤쪽에서 고삐를 잡아 세우고 성명을 물었는
데, 이밀이 그를 알아보고 두 번 절을 올리며 성명을 밝혔다. 그리고 무슨
책을 읽느냐고 묻자 〈항우전(項羽傳)〉을 읽는다고 대답했다.

61 《수경주(水經注)》에 인용된 《풍속통(風俗通)》에 따르면, 기원전 256년부
터 기원전 251년까지 진(秦)나라 소왕(昭王)이 이빙(李冰)에게 촉(蜀) 땅을
다스리면서 성도(成都)의 두 강에 치수공사를 하게 했다. 당시 그곳 풍속
에는 강의 신이 해마다 아내로 삼겠다고 동녀(童女) 두 명을 제물로 바치
게 했는데, 이빙이 신의 사당에 가서 이를 꾸짖었다. 한참 후에 두 마리
푸른 소가 강가에서 싸웠다. 얼마 후 이빙이 땀을 흘리며 돌아와서 관리
들에게 이렇게 말했다. "내 싸움이 무척 힘드니 도와다오. 남쪽으로 향하
고 있고 허리 중간이 하얀 소가 바로 나다. 하얀 것은 내 도장끈이다." 이
에 주부(主簿)가 북쪽으로 향하고 있는 소를 칼로 찔러 죽이니, 드디어 강
의 신이 죽었다. 당시 촉 지방 사람들이 그의 용기를 칭송하며, 건장한 이
를 보면 이빙의 아들 즉 빙아(氷兒)라고 불렀다고 한다.

62 《관령내전(關令內傳)》에 따르면 윤희(尹喜)가 누대에 올라 동쪽을 바라보
니, 그 끝에서 자줏빛 기운이 일어나 서쪽으로 왔다. 이에 그는 성인(聖人)
이 그곳을 지나리라고 짐작했는데, 과연 노자(老子)가 푸른 소가 끄는 수
레를 타고 왔다고 한다.

63 구람(仇覽: ?~?, 자는 계지[季智])은 이름을 구향(仇香)이라고도 한다. 그는
포현(蒲縣)의 정장(亭長)으로 있다가, 나중에 고성령(考城令) 왕환(王渙)의
주부(主簿)로 발탁되었다. 풍몽룡(馮夢龍)이 편찬한 《고금담개(古今譚概)》
〈우부부(迂腐部)〉에 따르면, 그를 스승으로 모시기도 했던 곽태(郭泰:
128~169, 자는 임종[林宗])가 그에게 평생 잘못을 저질러본 적이 있냐고 문
자, 그는 소에게 먹이를 주는데 먹지 않아서 채찍으로 한 번 때린 적이 있
는데, 지금도 그 일을 생각하면 가슴이 아프다고 했다.

(江湛)은 술만 마실 뿐 먹일 꼴이 없었다지.[64]

또 돌을 차서 꽃무늬를 이루기도 했고,[65] 진흙을 발라 비를 기원하기도 했지.[66]

사기를 치기 위해 비단에 글을 쓰기도 했고,[67] 내기에 이기려고 수레 모는 이를 죽이기도 했지.[68]

---

64 강담(江湛: 408~453, 자는 휘연[徽淵])은 남조 송나라 때 이부상서(吏部尙書)를 지냈다. 《남사(南史)》에 수록된 전기에 따르면 그는 성품이 매우 청렴했는데, 이부상서로 있을 때 소가 배를 곯아서 담당 관리[御人]가 꼴을 달라고 하자, 그가 한참 생각하더니 "함께 술을 마시면 되겠구먼[可與飮]!" 하고 대답했다고 한다.

65 《동명기(洞冥記)》에 따르면 한나라 무제 원봉(元封: 기원전 110~기원전 105) 연간에 대진(大秦)에서 소를 바쳤는데, 잘 달리고 힘도 세서 황제의 수레를 끌었다고 한다. 또 그 소가 일어서서 선궁(仙宮)을 바라보곤 해서 그 발자국이 돌 위에 남아 꽃무늬를 이루었으며, 이 때문에 양관(陽關) 바깥에는 화우진(花牛津)이라는 이름을 가진 나루터가 생겨났다고 했다.

66 《광주기(廣州記)》에 따르면 그 지역에 소 모양의 바위가 있는데, 가뭄이 들면 소를 잡아 그 피로 진흙을 개서 돌 소의 등에 바르면 곧 비가 내렸고, 진흙이 다 씻기면 비가 그쳤다고 한다.

67 《물리론(物理論)》에 따르면 한나라 무제가 방사(方士) 소옹(少翁)을 문성장군(文成將軍)에 임명했는데, 소옹이 비단에 글을 쓰고 소에게 먹인 다음 그 소가 특이하다고 소문을 냈다. 이에 소를 죽여서 살펴보니 글이 적힌 비단이 나왔는데, 무제가 소옹의 필적임을 알아보자 소옹이 사실을 자백했다. 이에 소옹을 처형하여 이 일을 은폐했다.

68 《진서(晉書)》에 따르면 석숭(石崇)과 왕개(王愷)가 소가 끄는 수레를 타고 누가 먼저 낙양에 들어가는지 내기를 했는데, 석숭의 소가 나는 듯이 빨리 달려서 왕개가 도저히 따라잡을 수 없었다. 이에 석숭의 하인에게 뇌물을 주고 이유를 물어보니, 소가 빨리 달리는 것이 아니라 수레 모는 이의 능력이 뛰어나서 그런 것인데, 수레 끌채를 헐렁하게 하면 빨리 달릴

창을 메고 새끼를 지키고,[69] 또 진세를 이루어 호랑이를 물리치기도 하지.[70]

제사의 희생으로 분료(盆簝)[71]에 놓일 때까지 우리에 갇혀 늙어가지.[72]

뿔은 세 가지 색을 잃지 않고,[73] 향기는 네 가지 기름 가운데

수 있다고 했다. 결국 그 말대로 해서 왕개는 내기에서 이겼다. 나중에 그 사실을 알게 된 석숭이 그걸 애기한 이를 죽였다고 한다.

69 《울림이물지(鬱林異物志)》에 따르면 주류(周留)라는 것이 사실 물소인데, 몸뚱이는 돼지처럼 생겼고 푸른 털이 나 있으며, 뿔은 창을 메고 있는 것처럼 생겼다. 또 그 새끼를 지킬 때는 호랑이와도 싸운다고 했다.

70 《포박자(抱朴子)》〈힐포편(詰鮑篇)〉: "벌과 전갈은 독으로 자신을 지키고, 지혜로운 날짐승은 갈대를 물고 그물을 피하며, 오소리를 굴을 구불구불 파서 똑바로 들어오는 칼끝을 피하고, 물소는 진세를 이루어 사나운 호랑이나 표범을 물리친다.[蜂蠆挾毒以衛身, 智禽銜蘆以扞網, 獾曲其穴以避徑至之鋒, 水牛結陣以却虎豹之暴.]"

71 《주례》〈우인(牛人)〉에는 "모든 제사에는 희생으로 쓸 소를 거는 틀과 분료를 올려서 준비한다.[凡祭祀, 共其牛牲之互與其盆簝, 以待事.]"라고 했는데, 이에 대한 정현(鄭玄)의 주석에 따르면 '분(盆)'은 소의 피를 담는 그릇이고, '료(簝)'는 고기를 담는 대바구니이며, '호(互)'는 푸줏간에서 고기를 거는 틀과 비슷한 것이라고 했다.

72 《안자춘추(晏子春秋)》: "이제 그대의 소는 우리에서 늙어가니 부릴 수 없고, 그대의 수레는 기왓장과 돌에 망가져서 탈 수가 없소.[今公之牛老於闌牢, 不勝服也. 車蠹於瓦石, 不勝乘也.]"

73 《주례》〈동관고공기(冬官考工記)〉에 따르면 "뿔 길이가 두 자 다섯 치요, 세 가지 색이 조리를 잃지 않으면, 소가 소를 지고 있다고 한다.[角長二尺有五寸, 三色不失理, 謂之牛戴牛.]"라고 했다. 이에 대한 주석에서는 세 가지 색이란 뿔은 희고[本白] 중간은 푸르며[中靑] 끝은 넉넉해야[末豐]한다는 것이고, '소가 소를 지고 있다.'라는 것은 그 뿔의 가치가 소 한 마리에 해당한다는 뜻이라고 했다.

가장 훌륭하지.⁷⁴

기(夔)를 만나 물어보기도 했고,⁷⁵ 힘든 일 하기 싫어 달을 보고 숨을 헐떡이기도 했지.⁷⁶

감별을 잘하기로는 설공(薛公)이 유명했고,⁷⁷ 전해진 책을 익힌 이는 진(晉)나라 고조(高祖)였지.⁷⁸

---

74 《주례》〈천관(天官)〉〈포인(庖人)〉: "무릇 (왕에게 바칠 음식으로) 날짐승과 들짐승을 쓸 때는 봄에는 새끼 양과 돼지를 소기름에 지지고, 여름에는 말린 꿩과 말린 물고기를 돼지기름에 지지고, 가을에는 송아지와 새끼 사슴을 닭기름에 지지고, 겨울에는 생선과 기러기를 양 기름에 지진다.[凡用禽獻, 春行羔豚, 膳膏香. 夏行腒鱐, 膳膏臊. 秋行犢麛, 膳膏腥. 冬行鱻羽, 膳膏羶.]"

75 환담(桓譚)《신론(新論)》〈보유(補遺)〉: "성씨의 소가 밤에 도망치다가 기를 만나자 멈춰 세우고 물었다. '나는 발이 네 개라도 움직이는 게 불편한데, 그대는 발이 하나인데도 남들보다 잘 뛰니, 어째서 그런 것이오?' '내 발 하나로도 그대보다 뛰어나기 때문이오.'[聲氏之牛夜亡而遇夔, 止而問焉. 我有四足, 動而不善, 子一足而超踴, 何以然. 夔曰, 以吾一足, 王於子矣.]"

76 《세설신어》〈언어(言語)〉에 따르면, 진(晉)나라 때 상서령(尙書令)을 지낸 만분(滿奮: ?~?, 자는 무추[武秋])은 바람을 무서워했다. 어느 날 그가 무제(武帝) 옆에 앉아 있는데, 북쪽 창이 유리로 되어 있어서 바람이 들어올 것 같아 난색을 표했다. 무제가 조롱하자 그는 이렇게 대답했다. "저는 오 땅의 소와 같아서, 달을 보면 숨을 헐떡입니다.[臣如吳牛, 見月而喘]" 오 지역의 물소들은 더위를 싫어하기 때문에, 달을 보면 태양인 줄로 착각하고 일부러 땅에 드러누워 달을 바라보며 숨을 헐떡인다고 한다.

77 《상우경(相牛經)》에 따르면 이 경전은 영척(甯戚)에게서 백리해(百里奚)로 전해졌고, 한나라 때는 설공(薛公)이 그 책을 얻어서 소를 감별하는 데에 전혀 실수가 없었다고 한다.

78 《상우경》에 따르면 위(魏)나라 때 고당생(高堂生)이 설공(薛公)의 책을 얻어 진(晉)나라 고조(高祖)에게 전해졌고, 그 뒤에 왕개(王愷)가 그 책을 비밀리에 숨겼다고 했다.

쥐를 잡지 못한다고 했고,[79] 또 토끼를 쫓기도 어렵다고 했지.[80]

우홍(牛弘)의 관대함을 이루었고,[81] 노창형(盧昌衡)의 인자한 용서를 빛나게 했지.[82]

천 개의 발로 부유함을 나타내기도 했고,[83] 밤에 울면 나무가 썩었다는 뜻이었지.[84]

고헌지(顧憲之)와 우중문(于仲文)은 모두 소송을 판결하여 사람들이 승복하게 했고,[85] 시묘(時苗)와 양편(羊篇)은 모두 벼슬살이

---

79 《장자》〈소요유(逍遙遊)〉: "들소는 하늘에 드리운 구름처럼 크니 정말 크다고 할 수 있지만, 쥐를 잡지는 못한다.[夫犛牛, 其大若垂天之雲, 此能爲大矣, 而不能執鼠.]"

80 이 구절을 정확한 전고(典故)를 찾을 수 없음.

81 《수서(隋書)》에 따르면 우홍(牛弘: 545~610, 자는 이인[里仁])의 아우 우필(牛弼)은 술을 좋아하고 주정이 심했는데, 어느 날 술김에 우홍의 수레를 끄는 소를 활로 쏘아 죽였다. 우홍이 돌아오자 그의 아내가 이 사실을 얘기하니, 그는 별일 아니라는 듯이 육포로 만들라고 했다. 자리에 앉고 나서 아내가 또 그 얘기를 하자, 그는 그저 알았다고만 하고 태연히 책을 읽었다.

82 《수서》에 따르면 북제(北齊)의 노창형(盧昌衡: ?~?, 자는 자균[子均])이 서주총관(徐州總管)이었을 때 말을 타고 준의(浚儀) 땅을 지나는데, 누군가의 소가 들이받아 타고 있던 말이 죽어 버렸다. 소 주인이 사과하며 말값을 물어주겠다고 하자, 노창형은 가축들이 서로 부딪친 것은 사람과 상관없는 일이라고 하며 받지 않았다.

83 흔히 '말 천 마리와 소 250마리[馬蹄噭千牛千足]'는 천승(千乘)의 제후 가문 또는 그만큼 부유한 가문을 비유할 때 쓴다.

84 《주례》〈천관〉〈내옹(內饔)〉에 "소가 밤중에 울면 우리의 나무가 썩은 것이다.[牛夜鳴卽庮]"라는 구절이 있다.

85 고헌지(顧憲之: ?~?, 자는 사사[士思])는 남조 송나라 사람이다. 그가 건강령

를 하고 떠날 때 송아지를 남겨두었지.[86]

또 정정(程鄭)은 강을 마르게 했고,[87] 누제(婁提)는 골짝에 채워서 수를 헤아렸지.[88]

기운을 바라보고 북방의 구름 모양을 알 수 있었고,[89] 대사마

(建康令)이 되었을 때 소도둑과 주인 사이에 소송이 벌어졌는데, 그는 문제의 소를 풀어주어서 마음대로 가게 하라고 판결했다. 이후 그 소는 과연 스스로 주인집으로 찾아갔고, 도둑은 자신의 죄를 자백했다고 한다. 수나라의 명장 우중문(于仲文: 545~613, 자는 차무[次武])이 안고태수(安固太守)로 있을 때 임(任)씨와 두(杜)씨 두 가문에서 소를 잃어버렸다가 나중에 한 마리를 두고 서로 자기 것이라고 우겼다. 이에 우중문이 두 집안에서 기르고 있던 소를 모두 풀어놓게 하자, 그 소가 임씨의 소 떼를 찾아갔다. 또 사람을 시켜서 몰래 그 소에 상처를 입히자, 임씨는 무척 슬퍼했지만 두씨는 태연했다. 이에 우중문이 두씨를 꾸짖으니, 그가 결국 죄를 자백했다.

86 동한 때의 시묘(時苗: ?~?, 자는 덕주[德冑])는 평생 청렴하기 유명했다. 그가 수춘령(壽春令)으로 임명될 때는 암소를 타고 갔는데, 한 해 남짓 지나서 송아지 한 마리가 태어났다. 그 무렵 조조(曹操)가 조정의 정권을 농락하고 있어서 시묘는 벼슬을 버리고 고향으로 돌아갔는데, 그때 그 송아지는 수춘 땅의 물과 풀을 먹고 자랐으니 이 지역 사람들에게 주어야 한다고 하면서 남겨두고 떠났다고 한다. 또 《진서(晉書)》〈양호전(羊祜傳)〉에 따르면 거평후(巨平侯) 양편(羊篇)은 벼슬살이를 청렴하게 하여, 벼슬자리를 옮길 때 자신의 소가 관사(官舍)에서 낳은 송아지를 두고 떠났다고 한다.

87 상거(常璩)의 《화양국지(華陽國志)》에 따르면 '우음수(牛飲水)'라는 지명은 서한(西漢) 때의 제철업자(製鐵業者)이자 상인인 정정(程鄭)이 그곳에서 소에게 물을 먹였는데 그 때문에 강물이 말라 버려서 생겨난 것이라고 했다.

88 《북사(北史)》에 따르면 헌문제(獻文帝: 466~470 재위) 때 내삼랑(內三郎)을 지낸 누제(婁提)는 씩씩하고 식견이 넓었는데, 하인이 수천 명이고 가지고 있는 소와 말은 골짜기를 채워서 셀 정도였다고 했다.

89 《운기점(雲氣占)》에 따르면 조(趙)나라의 구름과 북방의 기운이 소와 같다고 했다.

(大司馬)의 자리에 오를 묏자리를 점지해 주었지.[90]

훌륭하도다, 온화하고 공손한 성품이여! 애달프구나, 두려워하는 모습이여![91]

남의 밭을 밟아 빼앗기기도 하고,[92] 귀를 씻으며 치욕으로 여기기도 했지.[93]

---

90 《진서(晉書)》에 따르면 도간(陶侃: 259~334, 자는 사행[士行] 또는 사형[士衡])이 아직 벼슬길에 오르지 않았을 때, 모친상을 당해 장례를 치르려 하는데 갑자기 소를 잃어 버렸다. 그때 어느 노인이 나타나 앞산 언덕에서 잠든 소가 한 마리 있는데, 그곳에 묏자리를 쓰면 후손이 신하 가운데 가장 높은 지위에 오를 것이라고 했다. 또 다른 산을 가리키면서 그곳은 그 다음으로서 이천 석(石)의 봉록을 받는 후손이 나올 것이라고 했다. 그 말을 마치고 나서 노인은 사라졌다. 도간은 소를 찾은 곳에 모친의 무덤을 쓰고, 나머지 하나의 산에 대해서는 주방(周訪)에게 얘기해 주어서 그곳에 묏자리를 쓰게 했다. 이후 도간은 대사마(大司馬)를 지냈고, 주방은 여러 세대에 걸쳐서 자사(刺史) 벼슬을 살았다.

91 《맹자(孟子)》〈양혜왕상(梁惠王上)〉: "제(齊)나라 왕이 당(堂) 위에 앉아 있는데, 그 아래로 소를 끌고 가는 사람이 있었다. 왕이 보고 물었다. '소를 어디로 끌고 가느냐?' '죽여서 피를 종에 바르고 제사를 지내려 합니다.' 왕은 그 소가 두려워하면서 죄 없이 사지로 끌려가는 것이 안타까워 양으로 대신하게 하려 했다. 그러자 맹자가 말했다. '그것이 어진 방법이기는 하지만, 소만 생각하고 양은 생각하지 않은 처사입니다.'[齊王坐於堂上, 有牽牛而過堂下者, 王見之曰: 牛何之. 對曰: 將以釁鐘. 王不忍見其觳觫, 無罪而就死地, 欲以羊易之. 孟子曰: 此仁術也. 是見牛而不見羊也.

92 《좌전》〈선공(宣公) 11년〉: "소를 끌고 가다가 남의 밭을 밟았다고 소를 빼앗는다면, 소가 밭을 밟은 것이 정말 잘못이라 해도 소를 빼앗는 것은 지나치게 무거운 벌이다.[牽牛以蹊人之田而奪之, 牛蹊田者信有罪矣, 而奪之牛罰已重矣.]"

93 《일사전(逸士傳)》에 따르면 요(堯) 임금이 허유(許由)에게 천하를 양위(讓位)하려 하자 허유가 도피해 버렸다. 소보(巢父)는 그 소리를 듣고 연못가

병길(丙吉)은 숨을 헐떡이는 이유를 물어보는 수고를 했고,⁹⁴
공수(龔遂)는 게다가 송아지를 차고 다니는 이들을 혼내주었지.⁹⁵

주(周)나라 관리 가운데 우인(牛人)은 옆에서 끄는 일에 주력했
고,⁹⁶ 보물을 지닌 현인들⁹⁷ 가운데 화교(和嶠)⁹⁸도 쉴 새 없이 노

에서 귀를 씻었다. 번수(樊竪)는 자가 중문(仲文)인데 소에게 물을 먹이고
몰고 돌아왔다가, 소에게 그 귀를 씻은 물을 마시게 했다고 부끄러워했다.

94 병길(丙吉: ?~기원전 55, 일명 병길[邴吉], 자는 소경[少卿], 시호는 정후[定侯])은
한나라 때 승상을 역임했다. 《한서》에 따르면 그가 승상으로 있을 때 외
출을 했다가, 백성들이 패싸움하면서 사상자가 길가에 쓰러져 있는데도
모르는 체하다가, 잠시 후 누군가 소를 끌고 가는데 소가 숨을 헐떡이며
혀를 빼물고 있는 것을 보고 수하를 시켜서 소가 몇 리를 왔느냐고 물어
보게 했다. 사람들이 이를 비웃자 그는 백성들이 싸움질하는 것은 장안령
(長安令)이나 경조윤(京兆尹)이 맡을 일이고, 승상은 음양의 조화를 걱정해
야 한다고 했다. 즉 초봄인데도 얼마 걷지 않은 소가 숨을 헐떡일 정도로
날씨가 더우면 농사에 지장이 있으니, 승상이 이를 걱정하지 않을 수 있
느냐는 것이다.

95 공수(龔遂: ?~?, 자는 소경[少卿])가 발해태수(渤海太守)로 있을 때는 농사를
장려하면서 백성들에게 검(劍)을 팔아 소를 사고, 도(刀)를 팔아 송아지를
사라고 하면서, "어째서 소를 차고 송아지를 짊어지고 다니는가![何佩牛
戴犢乎]" 하고 꾸짖었다고 한다.

96 《주례》〈지관(地官)〉〈우인(牛人)〉: "(우인은) 왕이 제후와 회동하거나 군대
가 출병할 때, 순수(巡狩)할 때는 병거(兵車)를 끌 소를 제공하고, 끌채 바
깥에서 소를 도와 함께 밀어주어서 공용(公用)의 기물(器物)들을 실어 나
른다.[凡會同軍旅行役, 共其兵車之牛與其牽彷, 以載公任器.]"

97 본문의 "유보제현(留寶諸賢)"이 원작에서는 "진실제현(晉室諸賢)"으로 되어
있는데, 이것은 작자가 일부러 바꾼 것으로 간주하여 그대로 둔다.

98 화교(和嶠: ?~292, 자는 장여[長輿])는 서진(西晉) 무제(武帝) 때 중서령(中書
令)을 지낸 인물이다.

력했지.[99]

嗟乎, 物之大者, 其狀若垂天之雲. 禮稱三月在滌, 詩云九十其犉.

歧蹄者天, 穿鼻者人. 或衣繡而入太廟, 或鞞鼓而正三軍.

爾牛來思, 其耳濕濕. 鼫鼠旣忌於見傷, 風馬亦知其不及.

扣角申寧戚之困, 燒尾救田單之急. 或爲軍事之占, 或示農耕之候.

畏彼髦頭, 寧爲鷄口. 晉武以靑麻彰德, 何曾以銅鈎被奏.

至於傷口改卜, 用犢貴誠. 或握角而不售, 或割肉而復生.

偉劉寬之量遠, 羨魯恭之政行. 多郭舒之寬恕, 慕朱衝之不爭.

中尉則駕之者赤, 桃根則獻之者靑. 王愷旣聞其八百, 苟晞亦稱其千里.

雖有雙箸, 且無上齒. 別有得於文山, 放之桃林.

木則饋糧, 石則便金. 設以楅衡, 養之牢筴.

愚公畜特於齊山, 百里載鹽於秦國. 禴祭乃東隣之殺, 無妄見行人之得.

袁宏見諷於羸牸, 華元應嘲於有皮. 遺布旣因於王烈, 置芻亦見

---

99 《진기(晉紀)》에 따르면 반악(潘岳)은 하양령(河陽令)을 지낸 다음 당연히 랑(郎)으로 승진할 걸로 여겼는데 뜻대로 되지 않았다. 당시 산도(山濤)가 관리 선발을 주도했는데, 반악이 속으로 그를 비난하며 은밀히 다음과 같은 노래를 지어 퍼뜨렸다. "복도 동쪽에 큰 소가 있는데, 왕제(王濟)가 앞쪽에 있고 배해(裴楷)가 뒤에서 미니, 화교(和嶠)는 중간에서 불안하여 편히 쉬지 못하네.[閣道東, 有大牛. 王濟鞅, 裴楷鞦, 和刺促, 不得休.]" 이는 당시 조정에서 산도의 명망이 높아 화교나 배해, 왕제 등 권문세가의 자제들이 그에게 아부하던 모습을 풍자한 것인데, 일설에는 이 노래를 반악의 조카인 반니(潘尼, 자는 정숙[正叔])가 지었다고도 한다.

於羅威.

復有職人掌羟, 封人供藁. 彦回靡恃於墜井, 盧愷不烹而衰老.

或儥於豚上, 或置之樹杪. 詹何旣識於白蹄, 葛盧亦辨其三犧.

肅愼占之而入貢, 弦高用之而犒師. 別有盆子主之以建業, 光武
騎之以起兵.

或爲夢於蔣琰, 或見解於庖丁. 觀其豫章繫絹, 蒲鞴掛書.

白則識李冰之綏, 靑則駕老子之車. 季知一搏而思過, 江湛但飮
而無羟.

又有躡石成花, 涂泥求雨. 或行詐而書帛, 或爭長而殺御.

旣擔矛而衛犢, 亦結陣而却虎. 至若置於盆簇, 老在闌牢.

角不失於三色, 香獨稱於四膏. 遇夔致問, 喘月辭勞.

稱精鑒者薛公, 習遺書者晉祖. 旣曰不能執鼠, 又云難以逐兎.

成牛弘之寬厚, 顯盧昌之仁恕. 至於千足而富, 夜鳴則廗.

顧憲仲文, 臧決獄而人服. 時苗羊氏, 並居官而犢留.

又有程鄭江竭, 婁提谷量. 望氣知北雲之驗, 卜兆爲司馬之祥.

若乃嘉彼柔謹, 哀其觳觫. 或蹊田而見奪, 或洗耳而爲辱.

丙吉已勞於問喘, 龔遂更懲於佩犢.

周官分職, 牛人乃主於牽傍. 留寶諸賢, 和嶠亦勤於刺促.

이야말로 이런 격이었다.

春暖饑餐原上綠　　　따뜻한 봄날 주린 배 채우니 들판은 푸르고
山深渴飮澗邊淸　　　깊은 산속에서 목말라 물 마시니 계곡도

맑구나.

幾番潦倒斜陽後   몇 차례 실의하고 해가 기운 뒤에

高臥南山看月明   남산에 편히 누워 밝은 달 바라본다.

어쨌거나 황량한 풀 우거진 언덕에 수만 마리의 머리가 하얀 야생 물소들이 늘어서 있는데, 쟝 지네틴이 술법을 부려서 모든 소의 등에 채찍을 든 어린아이를 하나씩 앉혔다. 그리고 자신은 말에 탄 채 주문을 외며 "달려라!" 하고 외쳤다. 이에 소들이 즉시 앞으로 치달리기 시작했고, 그녀가 "더 빨리!" 하고 외치자 소들의 걸음도 더욱 빨라졌다. 중국의 두 장수는 갑자기 그 모습을 발견하고 깜짝 놀랐다. 왕량이 말했다.

"이것들이 다 어디서 나타났지?"

장백이 말했다.

"이건 전단(田單)이 썼던 화우진(火牛陣) 같은 것일 뿐이야."

"저 염병할 년을 우리가 끝장내버립시다!"

"장수란 진격할 만할 때 진격하고, 어려움을 알면 물러나야 하네. 실수하게 되면 대가가 적지 않을 테니까 말일세."

"이건 분명 그 양각도덕진군이 가르쳐준 계책일 텐데, 저것들이 진짜 소일 리 있습니까?"

"가짜 소가 어떻게 이렇게 기세가 등등할 수 있겠는가?"

"어서 북을 울리십시오!"

북소리가 울리자 두 장수는 좌우에서 나란히 달려나갔다. 그런데 물소들이 낭아봉을 든 장백에게만 달려들었다. 장백이 아무리 힘이 세고 대담한들 수만 마리 소들을 어찌 당해 내겠는가? 결국 그는 군대를 물리고 말았다. 전투에서 이긴 쟝 지네틴이 중얼거렸다.

"사부님 덕분에 이 전투에서도 이겼어."

한편 한 사람은 부상 당하고 다른 한 사람은 멀쩡한 채로 돌아오자 삼보태감이 말했다.

"정말 이상하군! 둘이 함께 출전했는데 소들이 한 사람만 쫓아오다니, 이게 어찌 된 일이지?"

그는 황급히 벽봉장로를 찾아가 물었다.

"그건 쟝 천사에게 물어보시구려."

이에 삼보태감은 다시 쟝 천사를 찾아갔는데, 쟝 천사가 무슨 얘기를 했는지는 다음 회를 보시라.

쟝 지네틴은 세 가지 묘책을 쓰고
장 천사는 요사한 병사를 소탕하다
姜金定三施妙計　張天師淨掃妖兵

仙人羊角碧霄中	양각도덕진군은 하늘에 있는데
紫氣眞人獨長雄	자기진인만 홀로 뛰어나구나.
丹洞珠簾搖斗極	선동(仙洞)의 주렴 북두칠성 끝에서 흔들리고
翠華玉輅駕洪蒙	화려한 옥 수레를 혼돈 속에서 몰고 가네.
凌虛慣掠鈞天樂	허공을 날며 신선의 음악 즐겨 듣고
舒嘯長披閶闔風	휘파람 불며 하늘 문에 바람을 일으키네.
爲惜門徒姜氏女	제자 쟝 지네틴을 불쌍히 여겨
錦囊三計妙無窮	비단 주머니 세 개의 무궁한 묘계 남겨 주었지.

그러니까 삼보태감이 이 물소들의 진세에 관해 묻자 벽봉장로가 이렇게 말했다.

"저는 잘 모르겠으니 장 천사에게 물어보시구려."

삼보태감은 다시 장 천사를 찾아가 물었다.

"물소들은 큰 피해를 주지 않을 겁니다."

"그걸 어찌 아십니까?"

"제가 점을 쳐 보니 풍천(風天)[1]이 기르는 작은 가축이었습니다. 작은 가축이 무슨 큰 피해를 주겠습니까?"

"어제 낭아봉 장백 장군과 왕량이 함께 출전했는데 장백만 부상을 입었으니, 이건 무엇 때문입니까?"

"그거야 우연일 뿐이지 무슨 까닭이란 게 있겠습니까?"

"그렇다면 천사께서 출전해 주시겠습니까?"

"만 리 먼 길을 왔는데 편히 쉬고만 있을 수 없지요. 사령관의 명을 받았으니 즉시 출전하겠습니다."

장 천사는 즉시 나는 용이 수놓아진 두 개의 깃발을 내걸고, 그 아래 양쪽으로 신악관의 악무생들과 조천궁의 도사들이 늘어서게 한 다음, 중간에 금빛 글씨가 적힌 검푸른 깃발을 세웠다. 그리고 자신은 그 검은 깃발 아래 자리를 잡고 칠성보검을 들고 갈기 푸른 말을 탄 채 출전했다. 그가 황량한 풀이 우거진 언덕 앞에 이르러 살펴보니 과연 머리에 뿔이 나고 가죽과 털에 덮인, 발굽과 꼬리가 달린 시커먼 물소들이 수만 마리나 늘어서 있었다. 그리고 물소들

---

1 풍천(風天, vāyu)은 부유(嚩庾), 박유(縛庾), 바유(婆庾), 벌유(伐由) 등으로도 표기하고 풍신(風神)이라고도 부르는 밀교(密敎) 12신 가운데 하나로서 세상을 수호하는 팔방신(八方神)의 하나이다. 본래 인도의 풍신은 태양, 불의 신과 더불어 베다 3신으로 모셔지면서 명예와 복덕, 자손, 장수를 주는 신으로 간주되었다. 불교에서는 서북방을 지키는 신으로 모셔진다.

의 등 위에는 각기 채찍을 든 어린아이들이 타고 있었다. 그때 쟝지네틴이 말 위에서 술법을 부리며 "달려라!" 하고 외치자 소들이 즉시 앞으로 치달리기 시작했고, 그녀가 "더 빨리!" 하고 외치자 소들의 걸음도 더욱 빨라졌다.

장 천사가 그 모습을 보고 속으로 계책을 생각하고 있는데, 쟝지네틴이 연신 다그쳐서 소들이 우르르 진세를 이루며 달려들었다. 이에 장 천사가 황급히 칠성보검을 허공으로 던졌는데, 그 검이 떨어지면서 겨우 소 한 마리에게 상처를 입혔다. 그러나 이것은 대장에게 상처를 입혀 나머지 장수들이 우왕좌왕하게 만드는 것과는 비교가 되지 않았다. 그 소가 다쳤거나 말거나 나머지 소들은 전혀 신경 쓰지 않고, 오로지 검푸른 깃발을 향해 달려들었다. 쟝지네틴의 호통이 커지면서 소들의 걸음도 더욱 빨라졌는데, 그야말로 얼음 앞에서 눈을 쓸고 불에다 기름을 붓는 격이었다. 장 천사는 어쩔 수 없이 푸른 갈기의 말을 돌려 짚으로 엮은 용을 타고 공중으로 날아올랐다.

'이런 진세에 진다면 사령관에게 뭐라고 한단 말인가?'

그는 즉시 보검 끝에 부적을 하나 불살라서 날렸다. 그러자 즉시 하늘 신 하나가 나타났다.

| 鐵作幞頭連霧長 | 쇠로 만든 둥근 모자 쓰고 자욱한 안개 일으키며 |
| 烏油袍袖峭寒生 | 시커먼 전포 소매에서 싸늘한 기운 피어난다. |

噴花玉帶腰間滿	꽃무늬 조각된 옥 허리띠 단단히 매고
竹節鋼鞭手內擎	대나무처럼 마디 달린 강철 채찍 손에 들었다.
坐着一隻斑斕虎	얼룩무늬 호랑이를 타고
還有四個鬼左右相親	좌우에는 네 명의 귀신이 호위하고 있다.

"그대는 어느 신이오?"

"용호현단(龍虎玄壇)의 조 원수입니다. 무슨 분부가 있어서 부르셨습니까?"

"쟝 지네틴이 요사한 술법을 써서 소들을 이용해 진세를 만들었는데, 저게 진짜 소인지 가짜인지 좀 알아봐 주시구려."

조 원수가 소들을 힐끗 보더니 이렇게 말했다.

"소는 진짜지만, 타고 있는 아이들은 가짜입니다."

"저 진세를 좀 깨주시구려."

그러자 조 원수가 구름을 내리고 호통을 질렀다.

"못된 짐승들! 어찌 감히 무례하게 구느냐!"

그러면서 채찍을 한 번 휘둘렀다. 평소 그의 채찍은 상대가 사람이라면 매정한 아내와 형수가 소진(蘇秦)[2]을 비웃듯이 사납고, 상대

---

2 소진(蘇秦: ?~기원전 317, 자는 계자[季子])은 전국시대에 장의(張儀)와 함께 명성을 날린 종횡가(縱橫家)로서 여섯 나라의 제후들에게 합종책(合縱策)으로 유세하여 공동 재상으로서 진(秦)나라에 대항했던 인물이다. 그러나 유세에 성공하기 전에 그는 노잣돈을 다 쓰고 해진 옷을 입고 집에 돌아갔다가 아내와 형수에게 핍박을 당한 적이 있고, 이에 송곳으로 자기 허벅지를 찌르며 성공의 의지를 다졌다고 한다.

가 귀신이라면 흐르는 물이 떨어진 꽃잎을 쓸고 가듯이 무심하고, 상대가 괴물이라면 머리를 잘라 염라대왕의 빚을 갚듯이 살벌하고, 상대가 요정이라면 소리 없이 떨어지는 꽃잎 같은 신세로 만들어 버리는 것이었다. 하지만 이번에는 그야말로 불을 향해 달려들었다가 제 머리를 태운 불나방처럼, 오히려 자신이 해를 입고 말았다. 왜냐? 그가 제아무리 사납게 채찍을 휘두른들 무서운 줄 모르는 소들이 일제히 달려드니, 그야말로 한 마리 양을 향해 개떼가 달려드는 듯한 꼴이 되어 버렸던 것이다. 이에 그는 어쩔 수 없이 얼룩무늬 호랑이를 탄 채 허공으로 날아올라 장 천사에게 말했다.

"안 되겠습니다. 저는 이만 물러가겠습니다."

"아니, 저놈들이 어떻게 하늘 신마저 무서워하지 않는 것이오?"

"소들이 뭐 경중을 따질 수 있겠습니까? 그렇지 않으면 우리도 저놈들하고 똑같겠지요."

"어쨌든 수고 많았소이다. 나중에 또 도움을 청하겠소."

조 원수가 떠나자 장 천사는 고민에 빠졌다.

'소한테 천근의 힘이 있어도 사람은 소를 쓰러뜨릴 방법이 있기 마련이지. 저렇게 날뛰도록 내버려 둘 수 없어.'

그는 눈살을 찌푸리며 생각에 잠겼다가, 한 가지 계책을 떠올리고 즉시 돌아가 삼보태감을 만났다.

"천사님, 오늘 전과는 어떻습니까?"

장 천사가 조 원수의 이야기를 죽 들려주자 삼보태감이 말했다.

"저놈들이 하늘 신조차 두려워하지 않으니 이걸 어쩌지요? 아무래도 국사께 도움을 청하는 수밖에 없겠습니다."

"조급해하지 마십시오. 제가 사령관께 드릴 말씀이 하나 있습니다."

"말씀해 보십시오."

"지피지기면 백전백승이라고 했습니다. 이번 일은 우리가 저놈들의 내력을 모르니 좋은 대책이 나오지 않는 것입니다."

"저놈들의 내력을 어떻게 알 수 있겠습니까?"

"사령관께서 명령을 내리셔서 정찰병 쉰 명을 파견해 알아보게 하십시오. 그러면 제가 대책을 세우겠습니다."

"그거야 어렵지 않지요."

삼보태감은 즉시 명령을 내려 정찰병들에게 금련보상국으로 가서 그날 밤 안으로 그 소들의 내력을 탐문해서 보고하도록 했다. 정찰병들은 이튿날 새벽에야 돌아와서 보고했다. 장 천사가 물었다.

"그 소들은 진짜라고 하더냐?"

"소는 진짜인데 타고 있는 어린아이들은 쟝 지네틴이 술법으로 만들어 낸 가짜라고 합니다."

"그 소들은 어디서 왔다더냐?"

"이 지역에서 밭을 갈던 놈들이랍니다."

"아니, 밭을 가는 소들이 어떻게 이렇게 크단 말이냐?"

"원래는 밭을 갈던 놈들인데, 나중에 바닷가 산에서 저희끼리 살면서 씨를 퍼뜨려서 한 마리가 열 마리로, 열 마리가 백 마리로, 백 마리가 천 마리로, 천 마리가 만 마리로 늘어났다고 합니다. 그렇게 오랜 세월이 흘러서 종류도 많아지고 몸집도 커졌다고 합니다. 키가 대략 한 길 두세 자나 되고, 머리에 난 두 개의 뿔은 한 아름이나 되어서 힘도 아주 세답니다. 그러니 물소이긴 하지만 야생 물소인 셈입니다.”

“그놈들을 어떻게 움직였다고 하더냐?”

“쟝 지네틴이 양각도덕진군이 비단 주머니에 적어준 계책대로 했답니다.”

“그 소들이 계속해서 한 사람만 공격하는 것은 무슨 술법을 써서 그렇게 된 거라고 하더냐?”

“술법이 아니랍니다. 원래 야생 물소들은 푸른 옷을 입은 사람을 보면 필사적으로 쫓아가 들이받는 습성이 있답니다. 저희가 아니면 상대가 죽어야 그만둔답니다.”

삼보태감이 그 말을 듣고 껄껄 웃으며 말했다.

“알고 보니 그런 이유가 있었구먼! 어제 장백 장군이 당한 것은 낭아봉이 푸른색이었기 때문이고, 오늘 장 천사께서 당하신 것도 검푸른 깃발 때문이었어요. 조 원수 역시 푸른 옷을 입고 있어서 당했던 것이로군요. 허! 알고 보니 푸른 옷을 입은 게 잘못이었어요.”

그러자 옆에 있던 마 태감이 말했다.

“푸른 옷을 입은 수호신이라는 얘기는 들어보았어도, 그게 잘못이라는 얘기는 처음입니다.”

“푸른 옷을 입어서 욕을 봤으니 잘못이 아니고 뭐란 말이냐?”

장 천사가 말했다.

"농담은 그만하시지요. 이제 제가 나가서 저놈들을 무찌르겠습니다."

이번에 장 천사는 용이 수놓아진 깃발이나 검푸른 깃발, 푸른 갈기의 말은 쓰지 않고, 혼자서 머리를 풀어헤치고 맨발로 칠성보검에 의지한 채 별자리를 밟아 진무(眞武)의 형상을 이루면서 크게 소리쳤다.

"천한 계집! 감히 짐승들을 몰아서 네 본색을 숨기다니!"

쟝 지네틴은 장 천사가 혼자 나온 것을 보고 곧 못된 마음을 품었다. 그녀가 중얼중얼 주문을 외며 "달려라!" 하고 외치자 소들이 즉시 앞으로 치달리기 시작했고, 그녀가 "더 빨리!" 하고 외치자 소들의 걸음도 더욱 빨라졌다. 그녀의 외치는 속도가 빨라질수록 소들도 더욱 빠르게 치달려 장 천사에게 덤벼들었다. 장 천사는 생각을 정하고 원신(元神)을 거둬들여 바닷가로 갔다. 쟝 지네틴은 그가 패주하는 줄로 여기고 황급히 소들을 다그쳐 쫓아가게 했다. 바닷가에 이르자 장 천사는 짚으로 엮은 용을 타고 재빨리 소 떼의 뒤쪽으로 가서 영패를 내리쳤다. 그러자 갑자기 허공에서 눈부신 빛이 번쩍이더니 엄청난 천둥소리가 울렸다. 당황한 물소들은 모조리 바닷속으로 숨어버리고, 수면에는 종이로 오려 만든 수많은 어린아이만 둥둥 떠 있었다. 그때 장 천사가 다시 영패를 두 번 내리치자 벼락신이 수면 위에 "우르릉! 쾅쾅!" 몇 차례 벼락을 내리쳤다. 그렇게 한참 지나서야 장 천사가 영패를 거두니 벼락도 그쳤다. 하지만 불쌍한 물소들은 그대로 수장당하고 말았다.

한편 쟝 지네틴은 벼락신과 번개신이 천지를 뒤집을 듯 천둥 번개를 울리자, 비로소 상대가 되지 않는다는 것을 깨닫고 한 줄기 불빛으로 변해서 땅속으로 도망쳐 버렸다. 하지만 장 천사가 보검 끝에서 부적을 살라 날리자, 즉시 하늘 장수가 하나 나타나 그녀를 생포하여 중군 막사로 끌고 갔다. 삼보태감이 꾸짖었다.

"천한 계집! 감히 이렇게 완강히 버텨서 우리를 고생시키다니!"

그러면서 기패관(旗牌官)에게 막사 밖으로 끌고 가서 목을 베어 효수하라고 분부했다. 그러자 기패관이 말했다.

"저번에는 칼을 내리치기 전에 도망쳐 버렸으니, 이번에는 장 천사께서 저년이 도망치지 못하도록 주문을 걸어 주십시오. 그래야 저희가 손을 쓸 수 있겠습니다."

장 천사가 말했다.

"주문 같은 건 필요 없고, 저년에게 기꺼이 죽음을 받아들일 것인지 물어봐라."

그러자 마 태감이 말했다.

"그건 아니 될 말씀이십니다! 세상에 기꺼이 죽음을 받아들일 사람이 어디 있습니까?"

"제왕의 군대는 하늘에 순응하고 백성의 뜻에 응해야 하는 법이니, 저년이 기꺼이 죽음을 받아들이도록 해야 도리에 맞습니다."

삼보태감도 그 뜻을 이해하고 쟝 지네틴에게 물었다.

"여봐라, 천한 계집! 기꺼이 죽음을 받아들이겠느냐?"

"우리 국왕의 은혜에 보답하지도 못했고 아비와 오라비들을 죽인 원수도 갚지 못했는데, 어떻게 기꺼이 죽음을 받아들일 수 있겠소?"

그러자 장 천사가 말했다.

"너한테 아직 두 개의 비단 주머니가 더 있는데, 써먹지 못했다는 것을 알고 있다. 아마 그래서 기꺼이 죽음을 받아들이려 하지 않는 것이겠지?"

"그렇소! 그래요!"

"그럼 그 두 개의 비단 주머니를 다 써먹고도 안 되면 진심으로 죽음을 받아들이겠느냐?"

"계책도 다했고 힘도 다 빠졌으면 당연히 승복하게 되지 않겠소?"

"그렇다면 잠시 저년을 풀어주도록 합시다."

이에 삼보태감이 그녀를 풀어주라고 명했다. 쟝 지네틴이 떠나자 마 태감이 말했다.

"이건 기껏 필부의 만용이요 아낙네같이 부질없는 인정을 베푸는 일입니다. 이러다가 언제 바다를 건너 오랑캐들을 다 굴복시키겠습니까?"

그러자 장 천사가 말했다.

"제갈량이 맹획(孟獲)을 일곱 번 놓아주고 다시 일곱 번 생포했다는 얘기도 있지 않소이까?"

"풀어주는 거야 쉽지만 생포하기가 조금 어려우니까 문제지요."

"내가 다 알아서 하겠소이다."

그 말이 끝나기도 전에 호위병이 와서 보고했다.

"쟝 지네틴이 또 누런 풀 우거진 언덕 앞에 수만 마리 물소를 늘여 세우고 싸움을 걸고 있습니다. 다만 이번 물소들은 저번 놈들하고는 조금 다릅니다."

삼보태감이 물었다.

"어떻게 다르다는 것이냐?"

"이번 것들은 저번 것들보다 몸집도 크고, 저번에는 뿔이 두 개였는데 이번에는 콧등 위에 하나만 나 있습니다. 그리고 저번 물소는 털이 있었는데 이번 것들은 비늘 같은 것이 있고, 저번 놈들은 뛰어다녔는데 이번 놈들은 날아다닙니다. 또 저번 놈들은 뭍으로 다니는 소들이었던 데에 비해, 이번 놈들은 호랑이처럼 산을 오르고 용처럼 바다로 들어가는 재간이 있습니다. 그러니 아무래도 좀 다르지요."

마 태감이 말했다.

"옛날의 물소가 물속에 살기 불편해서 이렇게 바뀌었나 보네요."

장 천사가 말했다.

"그놈들이 다시 태어날 리 있겠소?"

"그게 아니라면 어떻게 또 저렇게 떼를 지을 수 있겠습니까?"

"물소가 아닙니다."

삼보태감이 물었다.

"그걸 어떻게 아십니까?"

"생김새가 전혀 다르니 결코 무슨 들소 따위가 아닙니다."

마 태감이 말했다.

"집 소든 들소든 그저 천사님께 처리를 맡기겠습니다."

"제가 당장 저놈들을 굴복키겠습니다."

삼보태감이 말했다.

"이거 또 고생을 좀 하셔야겠습니다."

"무슨 말씀을!"

장 천사는 즉시 머리를 풀어헤치고 칠성보검을 짚은 채 걸어 나
갔다. 누런 풀이 우거진 언덕 앞에는 과연 수만 마리의 들짐승들이
있고, 쟝 지네틴은 또 말에 탄 채 뭔가 술법을 부리고 있었다.

'내 비록 용호산에서는 제일이라 하지만 이런 이국땅에는 와본
적이 없으니, 저것들이 무슨 동물인지 알 수 없구나. 뭐 상관없지.
나한테는 천둥벼락을 내리는 신을 부리는 능력이 있으니, 저따위
뿔이 뾰족한 이상한 것들쯤이야 뭐가 무섭겠어?'

장 천사가 생각을 정하고 소리쳤다.

"천한 계집, 또 무슨 수작을 부리려 하느냐?"

"수작이 아니라 우리나라에 있는 병사들이다. 이들은 하늘과 땅
이 만들어 낸 존재인데, 너를 이길 수 없을 것 같으냐?"

"그냥 덤비기나 해라!"

"이번엔 봐주지 않을 테니, 후회하지 마라!"

"대대로 천사의 직위를 계승한 이 몸이 무슨 후회 따위를 하겠느
냐? 어서 덤비기나 해라!"

장 천사가 자세를 잡고 서자 쟝 지네틴이 채찍을 들고 소리쳤다.

"늘어나라!"

그러자 채찍이 네다섯 길로 늘어났다. 그녀가 채찍을 휘두르자 소 떼가 나는 듯이 치달려 장 천사에게 돌진했다. 그러나 장 천사가 벼락신을 불러 천둥을 한 번 울리자 소들은 움찔하며 본래 자리로 돌아가 버렸다. 쟝 지네틴이 다시 채찍을 휘두르자 소 떼가 다시 달려왔다. 하지만 장 천사가 다시 벼락신을 불러 천둥을 울리자 소들은 또 본래 자리로 돌아가 버렸다.

'이래서는 도저히 끝이 나지 않겠구나.'

장 천사가 바닷가로 달려가자 소 떼도 나는 듯이 쫓아왔다. 장 천사는 재빨리 짚으로 엮은 용을 타고 소 떼의 뒤쪽으로 갔다. 그 순간 벼락신이 나타나 "우르릉! 쾅쾅!" 벼락을 내리치자 소들은 바다로 들어가 버렸다. 장 천사는 저번하고 똑같을 줄로 생각하고 또 수면 위에 벼락을 내리치게 했다. 하지만 소들은 물속을 치달려 다시 뭍으로 올라왔다. 이렇게 뭍에서 벼락을 치면 소들은 물속으로 도망치고, 물에서 벼락을 치면 뭍으로 나오기를 반복했다. 장 천사는 도저히 방법이 없어서 짚으로 엮은 용을 타고 돌아가 버렸다. 그러자 쟝 지네틴이 뒤에서 고함을 질렀다.

"천사 양반, 이번엔 당신이 졌어!"

"내 너를 붙잡아 천참만륙을 내지 않으면 사람이 아니다!"

"잡을 수가 있어야 천참인가 뭔가를 할 수 있을 게 아니냐?"

장 천사가 분해서 씩씩거리며 중군 막사로 돌아오자, 삼보태감이 물었다.

"오늘 전과는 어떻습니까?"

"이번엔 소가 아니라서 처치하기 곤란했습니다."

"소가 아니라는 건 어찌 아셨습니까?"

"그놈들이 정말 호랑이처럼 산을 오르고 용처럼 물에 들어가더군요. 세상에 이런 소가 어디 있겠습니까!"

"그럼 어쩌지요?"

"정탐을 해야 한다면 머뭇거릴 이유가 없지요."

이렇게 해서 즉시 쉰 명의 정찰병을 보내 알아보게 했다. 장 천사가 물었다.

"그래 그놈들이 정말 소라고 하더냐?"

"저번의 물소들은 전부 빠져 죽었고, 이번 것들은 그게 아니랍니다."

"그럼 뭐라고 하더냐?"

"이 지역에서 나는 것인데, 생김새는 소를 닮았지만 무게가 천근이나 나가고, 온몸에 털 대신 비늘처럼 생긴 딱지가 붙어 있으며, 발굽은 세 갈래로 갈라져서 나는 듯이 민첩하게 달린다고 합니다. 그리고 콧등 위에 뿔이 하나 나 있습니다."

"그럼 코뿔소라는 것이냐?"

"그렇습니다."

"그 요사한 계집이 그것들을 어떻게 움직였다고 하더냐?"

"이 역시 양각도덕진군이 준 두 번째 비단 주머니에 들어 있던 계책이라고 합니다."

장 천사가 삼보태감에게 말했다.

"이 코뿔소 역시 걱정할 정도는 아닙니다."

"그걸 본 적이 있습니까?"

"직접 본 적은 없지만 책에 기록되어 있었지요."

"뭐라고 적혀 있던가요?"

"그 뿔이 아주 대단하답니다. 이 변방의 짐승은 생김새는 소와 같은데 머리는 돼지를 닮았고, 배는 사람을 닮았고, 머리에 세 개의 뿔이 있으며, 털구멍 하나에 세 개의 털이 난다고 합니다. 강과 바다를 가면 물길이 저절로 열리기 때문에, 옛날에 환온(桓溫)[3]이 그 뿔을 불에 태우자 즉시 물속의 괴물이 나타났다고 합니다.[4] 그 뿔에는 좁쌀 무늬가 있는 것이 귀하게 여겨지고, 통천문(通天文)이라는 무늬가 있는 것은 더욱 귀하다고 합니다. 옛날 시에서

犀因翫月紋生角   코뿔소는 달을 갖고 놀기 때문에 뿔에 무
　　　　　　　　　　늬가 생기고

---

3 환온(桓溫: 312~373, 자는 부자[符子])은 동진(東晉) 때의 뛰어난 군사 전략가
이자 재상이다.

4 《진서(晉書)》〈온교전(溫嶠傳)〉: "(온교가) 우저기(牛渚磯)에 이르니 수심이
헤아릴 수 없이 깊었고, 세상 사람들이 하는 애기로는 그 아래에 괴물이 많
다고 했다. 이에 온교가 코뿔소 뿔을 태워 비춰보니, 잠시 후 물속의 족속
들이 불을 껐다. 그들의 생김새는 아주 괴상했으며 마차를 타고 붉은 옷을
입을 자도 있었다.[至牛渚磯, 水深不可測, 世云其下多怪物, 嶠遂燃犀角而
照之, 須臾見水族覆火, 奇形異狀, 或乘馬車, 著赤衣者.]"

象被驚雷花入牙 　　코끼리는 우레에 놀라 상아에 꽃이 들어
　　　　　　　　　　간다.[5]

라고 했는데, 바로 이걸 일컫는 것입니다."

"지금의 코뿔소는 뿔이 하나밖에 없는데, 이건 어찌 된 일입니까?"

"일설에는 뿔이 하나밖에 없는 것은 수컷이고 '시(兕)'라고도 부르는데, 이건 들소입니다."

"이렇게 잘 아시면서 왜 정찰병을 보내셨습니까?"

"백문불여일견(百聞不如一見)이라 하지 않았습니까? 게다가 장수는 삼군의 이목을 관할하는 자리인데, 잘 모르는 것을 안다고 우겨서야겠습니까? 옳지 않은 얘기를 했다가 군사들의 정세가 어지러워지면 피해 막심하지요."

"이렇게 신중하시니 천지와 더불어 장수하시는 것도 당연합니다. 다만 한 가지, 저놈들을 물리칠 방도가 무엇인지요."

"네 나름대로 방법이 있습니다."

그 말이 끝나기도 전에 호위병이 보고했다.

"소들이 둥근 진을 치고 있고, 오랑캐 계집이 싸움을 걸어오고 있습니다."

---

5 이것은 청나라 초기에 호후(胡煦: 1655~1736, 자는 창효[滄曉], 호는 자현[紫弦])가 편찬한 《주역함서별집(周易函書別集)》 권15 〈구등약지(篝燈約旨)〉 〈관물(觀物)〉에도 들어 있는 말이다.

장 천사는 즉시 자리에서 일어나 옥황각을 돌아가서 몇 가지 물건들을 챙기더니, 다시 머리를 풀어헤치고 맨발로 칼을 든 채 걸어갔다. 쟝 지네틴이 그를 보고 큰소리로 외쳤다.

"천사 양반, 괜히 머리 풀어헤치고 맨발로 나서봐야 소용없으니 일찌감치 항복하시지? 그러면 칼 맞는 고생은 피할 수 있잖아?"

"네 이년! 감히 허풍이나 지껄이다니. 그놈의 짐승들이나 다시 보내 봐라!"

쟝 지네틴이 채찍을 휘두르자 코뿔소들이 일제히 달려들었다가, 장 천사가 벼락을 치자 또 일제히 물러났다. 그리고 쟝 지네틴이 또 채찍을 휘두르자 코뿔소들이 다시 일제히 달려들었다가, 장 천사가 또 벼락을 치자 역시 일제히 물러났다. 그 틈에 장 천사가 저번처럼 또 속임수를 써서 바닷가로 달려가자 코뿔소들도 저번처럼 쫓아왔다. 장 천사는 똑같이 짚으로 엮은 용을 타고 코뿔소들의 뒤쪽으로 가서 천둥소리를 울림과 동시에 거센 바람을 일으켰다. 그러자 온 하늘에 빨간 머리에 노란 꼬리, 백 개의 다리를 가진 지네들이 날아와 코뿔소들에게 떨어져 내렸다. 지네를 본 코뿔소들이 손가락 끝에 자물쇠를 채운 것처럼 어찌지 못하는 사이에, 지네들은 그놈들의 콧구멍 속으로 파고들었다. 그러자 코뿔소들이 참지 못하고 바다로 내달렸다가 다시 뭍으로 뛰어올랐다가를 몇 번이나 되풀이하더니, 결국 파도 속에 목숨을 날려 버렸다. 뿔에 제아무리 아름다운 통천문이 있다 한들 아무 소용이 없었던 것이다. 짚으로 엮은 용을 탄 채 그 모습을 지켜보는 장 천사는 우습기 짝이 없었다. 영문도 모르고 그저 코뿔소들이 장 천사를 물리치기만을 고대하던 쟝 지네틴은 한참이 지나도 코뿔소들이 나타나지 않자, 비로소 당황하면서 재빨리 돌아서서 도망쳐 버렸다.

"오랑캐 계집, 어딜 도망치느냐!"

장 천사가 즉시 보검 끝에서 부적을 태워 날려서 다시 하늘 신에게 그녀를 생포하게 했다. 그녀가 중군 막사로 끌려오자 삼보태감이 말했다.

"천사님, 감사합니다. 엄청난 도력으로 큰 공을 세우셨습니다."

마 태감이 장 천사에게 물었다.

"그런데 그 지네들은 진짜였습니까?"

"그렇소이다."

"그것들은 어디서 왔습니까?"

"안남국(安南國)[6]에서 나는 것인데, 길이가 한 자 여섯 치에 몸통의 폭이 세 치 다섯 푼이지요. 껍질은 북을 만드는 가죽 같고 살은 호로(葫蘆)처럼 하얀데, 육포를 만들면 아주 맛있지요."

"그런데 안남국에 있는 것을 어떻게 가져오셨습니까?"

"제가 부적을 날려서 하늘 신에게 그 지역 토지신들을 시켜서 몰고 오게 했소이다."

삼보태감이 말했다.

---

6 안남국(安南國)은 지금의 베트남(Việt Nam Cộng Hòa)을 가리킨다. 다만 이것은 청나라 가경(嘉慶: 1796~1820) 연간 이전에 부르던 호칭이고, 이후로는 월남(越南)이라고 불렀다.

"지네는 상관 말고, 기패관을 불러오시오."

기패관이 즉시 와서 무릎을 꿇자 삼보태감이 말했다.

"이 요사한 계집을 막사 밖으로 끌고 나가 즉시 효수하도록 하라."

그러자 장 천사가 쟝 지네틴에게 물었다.

"이번에는 진심으로 죽음을 받아들이겠느냐?"

"아직 아니오."

"그럼 다시 한번 놓아주마."

"이번에도 잡혀 온다면 진심으로 죽음을 받아들이겠소!"

그러자 삼보태감이 버럭 화를 내며 말했다.

"이런 어린 오랑캐 계집이 자꾸 말을 뒤집어 우리 중국 군대의 힘을 빼다니!"

그가 이를 부득부득 갈자 장 천사는 쟝 지네틴이 꼼짝 못 하게 묶어놓는 주문을 외었고, 이어서 기패관이 그녀를 오랏줄로 묶기 시작했다. 하지만 쟝 지네틴은 여전히 입을 다물지 않았다.

"죽어도 눈을 감지 못할 거야! 귀신이 되어서라도 네놈하고 한판 붙겠어!"

잠시 후 막사 밖으로 끌고 가서 단칼에 그녀의 목을 베어 왔다. 삼보태감은 저번처럼 놓치지 않도록 그 머리를 잘 간수하라고 분부했다. 그러자 기패관이 보고했다.

"이번에는 더 이상 실수가 없을 겁니다. 분명히 오랏줄을 묶어서 머리를 잘라냈으니, 더 이상 이상한 술법을 쓰지 못할 겁니다."

"그렇다면 그 머리를 하밀서관에 걸어서 그 나라 백성들이 똑똑히 보게 해라. 그리고 남은 시체는 불태워 버리도록 하라."

군령이 떨어졌으니 누가 감히 어기겠는가? 병사들은 즉시 쟝 지네틴의 머리를 기다란 막대에 매달아 하밀서관에 걸고, 즉시 그녀의 남은 시신에 불을 붙였다. 이윽고 불꽃 속에 쟝 지네틴이 단정히 앉아 있었다. 그저 머리가 없어서 말을 할 수 없었을 뿐이었다. 삼보태감이 속으로 무척 의아하게 생각하고 있는 차에 마 태감이 말했다.

"이 계집은 죽어서도 마음으로 굴복하지 않는 모양입니다."

왕 상서가 말했다.

"아무래도 천사님 말씀대로 풀어주었다가 다시 잡아들였어야 진심으로 죽음을 받아들였을 모양이군요."

삼보태감이 말했다.

"일이 이 지경에 이르렀으니 후회해 봐야 늦었지요!"

그러자 쟝 천사가 말했다.

"의심이 많으면 쓸데없는 오해만 생겨날 뿐이니, 저년 얘기는 그만하고 각자 자리로 돌아가도록 합시다."

이렇게 해서 다들 자리를 파했다. 그런데 한밤중이 되자 배 위는 물론이고 군영 여기저기서 이상한 고함 소리가 들렸다. 이튿날 아침 두 사령관이 중군 막사에 앉아 수하들에게 물었다.

"간밤에 무슨 일이 있었기에 곳곳에서 고함 소리가 났던 게냐?"

그러자 배 위에 있던 군인들이 이구동성으로 이렇게 말했다.

"한밤중에 배가 온통 불길에 휩싸였는데, 불길 속에 수많은 아낙네의 머리들이 배로 올라와 이리저리 굴러다니며, '억울하게 죽은 귀신은 어디에 하소연하란 말이냐?' 하고 중얼거렸습니다."

군영 안에 있던 군인들도 이구동성으로 이렇게 말했다.

"한밤중에 군영이 온통 불길에 휩싸였는데, 불길 속에 수많은 아낙네의 머리들이 군영으로 들어와 이리저리 굴러다니며, '억울하게 죽은 귀신은 어디에 하소연하란 말이냐?' 하고 중얼거렸습니다."

'무슨 곡절이 있긴 하겠지만 부대원들이 곤란하게 되면 안 되지.'

이렇게 생각한 삼보태감은 곧 분부를 내렸다.

"이후로는 고함을 치지 말도록 해라. 이를 어기면 군령으로 다스릴 것이다!"

군인들이 물러가자 마 태감이 말했다.

"군사들이 있는 곳에만 귀신이 나타나고 우리가 있는 곳에는 나타나지 않았으니, 요망한 말로 군사들의 마음을 뒤흔들려는 술책입니다. 그러니 그런 말을 하는 자들은 법령에 따라 참수형에 처해야 합니다."

"그렇게 말할 일이 아니지. 원한을 품은 귀신이란 것이 있을 수도 있지만, 다들 조금 조심하면 될 게야."

이튿날 밤이 되자 그 머리만 있는 귀신들이 마 태감의 진영 안에만 나타났다. 수백 개나 되어 보이는 그것들은 들어왔다 나갔다, 위로 올라갔다 내려갔다 난리를 피웠다. 마 태감이 칼을 들어 이쪽을 치면 저쪽에서 또 달려들고, 앞쪽을 치면 뒤쪽에서 또 달려들었다. 이 바람에 혼비백산 놀란 마 태감은 밤새 잠을 설치고 말았다. 그리고 날이 새자마자 중군 막사로 달려가 두 사령관에게 보고했다. 삼보태감이 버럭 화를 내며 말했다.

"이런 요사한 마귀가 있나!"

그는 즉시 기패관에게 쟝 지네틴의 머리를 가져와 불살라 버리라고 명했다. 잠시 후 머리를 가져와서 불을 붙였다. 그러자 불꽃속에서 쟝 지네틴의 머리가 몸뚱이도 없는 상태로 버젓이 서서 계속 떠들어 대는 것이었다.

"죽어도 승복할 수 없어! 밤이 되면 너를 찾아가마!"

두 사령관은 그 말을 듣자 기분이 께름칙해서 벽봉장로를 찾아가 대책을 의논했다.

"어허! 선재로다! 사람을 죽인 일에 대해서라면 저는 분부를 따를 수 없소이다."

이에 두 사령관이 장 천사를 찾아가니, 장 천사는 한참 동안 말없이 생각에 잠겼다. 왕 상서가 말했다.

"천사님, 무슨 말씀을 해 주셔야지요. 어떻게 하면 좋겠습니까?"

"귀신들의 행적이 조금 이상하군요. 설마 쟝 지네틴이 아직 죽지않고 무슨 요사한 술법을 쓰는 건 아닌지 모르겠습니다."

"두 번 불사를 때마다 모두 원한에 찬 혼령의 모습이 보였는데, 죽지 않았을 리가 있습니까?"

삼보태감이 말했다.

"죽었다는 것은 의심할 여지가 없습니다. 다만 그 머리만 있는 귀신들은 어떻게 처리해야 할까요?"

"그 귀신들의 내력을 모르니 어디서부터 손을 쓴단 말입니까?"

왕 상서가 말했다.

"오늘 일을 의사의 치료에 비유하자면, '천천히 하자면 그 근본부터 치료하고, 급할 때는 나타난 증상을 치료한다.'라는 것과 같지 않을까요?"

"제가 부적을 드릴 테니 각자의 배에 붙여놓고 상황을 지켜보도록 합시다."

삼보태감이 말했다.

"일리 있는 말씀이십니다."

삼보태감이 부적에 도장을 찍어서 보내주자 관리들이 받아서 모든 배와 군영에 붙여놓았다. 그들은 모두 장 천사의 부적이 영험하니 어떤 귀신이나 마귀도 더 이상 침범하지 못할 거라고 쑤군거렸다. 그런데 한밤중이 되자 또 아낙의 머리처럼 생긴 귀신이 군사들의 배뿐만 아니라 장 천사의 배, 벽봉장로의 배에까지 나타났다. 일반 군사들의 막사는 물론 도독과 선봉장, 사령관들의 막사에도 나타났다. 그 바람에 장 천사가 나눠준 부적은 모조리 허사가 되고 말았다. 그렇게 그날 밤은 한밤중부터 새벽까지 그 아낙의 머리처럼 생긴 귀신 때문에 큰 소동이 벌어졌다.

이튿날 아침이 되자 다들 귀신에 대해 이러쿵저러쿵 말들이 많았다. 벽봉장로가 삼보태감에게 말했다.

"왜 군이 사람을 죽여서 이런 원한에 찬 귀신이 소란을 피우게 만드셨습니까?"

그러자 왕 상서가 말했다.

"그 계집의 마음이 승복하지 않고, 죽지 않아서 해코지하여 재앙을 일으키는 게 분명합니다."

마 태감이 말했다.

"서양인들만 지독한 게 아니라 서양 귀신도 지독하군요."

삼보태감이 말했다.

"쓸데없는 말은 그만하고, 당장 무슨 대책을 세워야 합니다."

장 천사가 말했다.

"저는 계속 미심쩍은 데가 있습니다."

삼보태감이 말했다.

"그저 천사님만 믿겠습니다."

"제 나름대로 방법이 있습니다."

장 천사가 보검 끝에 부적을 살라 날리자 하늘에서 즉시 장수 한 명이 내려왔다.

"그대는 어느 신이시오?"

"저는 용호현단의 조 원수입니다. 무슨 일로 부르셨는지요?"

"이곳에 아낙의 머리를 한 귀신이 우리 군영에 와서 벌써 사흘째 소란을 피우고 있소이다. 대체 무슨 요사한 술법인지 모르겠으니, 좀 알아봐 주시구려."

조 원수는 구름을 타고 올라갔다가 곧 내려와서 보고했다.

"그것들은 본래 이 나라에 살던 아낙들입니다. 얼굴이며 생긴 모

습은 다 사람하고 똑같은데, 다만 눈동자가 없지요. 밤이면 몸뚱이
를 두고 머리만 여기저기로 날아다니면서 사람을 해치려 합니다.
그것은 오로지 어린아이 배설물만 먹는데, 어린아이가 그것한테서
요사한 기운을 받으면 살지 못합니다. 새벽이 되면 그 머리가 다시
날아와서 몸뚱이와 합치는데, 영락없는 아낙의 모습이 됩니다."

"이름이 뭐랍니까?"

"시치어(尸致魚)라고 합니다."

"허허! 이런 괴이한 일이!"

"천사께서는 중국 땅의 도사이신데, 한나라 무제 때 인지국(因墀
國)에서 온 사신이 한 말을 모르십니까? 남방에 몸뚱이를 해체할
수 있는 이들이 있어서 그 머리는 남해, 왼손은 동해, 오른손은 서
해로 날아다니다가 밤이 되면 머리와 팔이 모두 돌아와 합쳐져서
다시 사람의 모습으로 된다고 했습니다. 비록 벼락이나 세찬 바람
이라 할지라도 그걸 해칠 수 없으니, 이게 바로 시치어입니다."[7]

"그게 어떻게 우리 군영으로 날아온 것이오?"

---

7 이것은 동진(東晉) 왕가(王嘉: ?~385?, 자는 자년[子年])의 《습유기(拾遺記)》에
들어 있는 내용인데, 이 외에도 한번은 거센 바람이 불어 두 손이 몸뚱이로
돌아오지 못하고 바다 밖으로 날아가 다섯 개의 발이 달린 짐승으로 변했
는데, 다섯 손가락이 모두 다리로 변한 것이라고 했다. 이렇게 두 팔을 잃
자 옆에 있던 이들을 시켜서 몸뚱이의 살을 베어 두 팔 모양으로 만들었
는데, 그 모습이 이전의 것과 똑같았다고 한다. 인지국(因墀國)은 서역의 북쪽
에 있었다는 설도 있고 지금의 인도를 가리킨다는 설도 있는데, 지금의 어
디를 가리키는지 알 수 없다는 설이 더 유력하다.

"이 또한 양각도덕진군의 세 번째 비단 주머니 안에 들어 있는 계책입니다."

"그렇다면 쟝 지네틴이 아직 죽지 않았다는 말씀이 아니오?"

"지금 저기서 주문을 외며 부적을 사르면서, 오늘 밤에 또 시치어를 불러와 해를 끼치려 하고 있습니다."

알고 보니 쟝 지네틴은 다섯 가지 가두는 술법과 세 가지 탈출하는 술법을 알고 있었기 때문에 죽여도 죽지 않았으며, 불꽃 속에 맺혔던 원한에 찬 영혼들은 모두 가짜였던 것이다. 장 천사가 물었다.

"그걸 깨려면 어떻게 해야 하오?"

"그 머리는 원래 몸뚱이가 사라지면 합치지 못해서 바로 죽어 버리는데, 없애는 게 뭐 어렵겠습니까?"

"고생 많으셨소이다. 이제 돌아가시지요."

조 원수가 떠나자 삼보태감이 너무 놀라 혀를 찼다.

"과연 천사님께선 식견이 신통하십니다. 쟝 지네틴이 아직도 살아서 요사한 술법을 부리고 있다니 말입니다. 이 문제도 천사님께서 처리해 주셔야 할 것 같습니다."

"알겠습니다. 오늘 밤에는 다들 고함을 지르지 마시고 제가 처치할 때까지 기다리십시오."

그렇게 상의를 마치고 다들 자기 거처로 돌아갔다.

그날 한밤중이 되자 과연 그 아낙의 머리들이 또 찾아왔다. 사방에서 시끌벅적 떠들어 대니, 사람들이 감히 고함을 지르지는 못했으나 장 천사는 이미 상황을 알고 있었다. 그가 즉시 보검 끝에 다섯 개의 복숭아나무 부적을 사르자, 하늘에서 누런 두건을 쓴 다섯 명의 역사(力士)가 내려와 무릎을 꿇고 명을 기다렸다. 장 천사가 말했다.

"가증스럽게도 이곳에 시치어 무리가 있어서 머리가 날아다니며 우리 군사를 해치고 있으니, 그대들은 각기 다섯 방위를 향해 앉아 그것들의 원래 몸뚱이를 다른 곳으로 옮겨 버리시오. 멀리로는 높은 산이나 큰 바다로, 가까이로는 비좁은 항구나 깊은 바위틈으로 옮겨서 그 머리들이 몸뚱이와 합쳐지지 못하게 하시오. 그래야 이 요사한 것들의 피해를 없앨 수 있겠소."

이에 다섯 명의 역사는 즉시 각자 맡은 방위로 날아가 시치어들의 몸뚱이를 날라 놓고 나서 장 천사에게 보고했다. 이에 장 천사가 손바닥에서 천둥을 일으키니, 한밤중에 마치 하늘이 무너지고 땅이 갈라지듯이 "우르릉! 쾅쾅!" 천둥이 울렸다. 그것은 아무리 대담한 강유(姜維)[8]라 할지라도 놀랄 지경이었으니, 그 아낙들의 머리가 무서워하지 않을 수 있었겠는가? 그것들은 순식간에 모조리 날아 도망치고 말았다. 그런데 날아 도망치긴 했는데 몸뚱이를 찾을

---

8 강유(姜維: 202~264, 자는 백약[伯約])는 삼국시대 촉한(蜀漢)의 명장이다. 원래 조조(曹操) 휘하의 장수였다가 초한에 투항한 뒤에 여러 차례 전공(戰功)을 세워 대장군(大將軍)에까지 올랐다. 특히 제갈량이 죽은 뒤 여러 차례 위(魏)나라를 정벌하려고 나섰으나 결국 실패했고, 촉한이 망한 뒤에는 거짓으로 종회(鍾會)에게 투항하여 위나라에 반기를 들도록 꾀어 촉한을 부활시키려고 노력했다. 그러나 종회의 반란은 실패로 끝났고, 강유 또한 위나라 병사들에게 살해당했다.

수 없었다. 장 천사가 그걸 짐작하고 소리쳤다.

"역사들은 어디 계시오?"

즉시 역사들이 단 앞에 나타났다.

"다시 다섯 방위로 향해서 저 아낙들의 머리를 모두 잡아 오시오."

이튿날 아침 장 천사는 두 사령관과 두 선봉장, 사초의 부도독과 중군 막사에서 회동한 후, 역사들에게 머리들을 가져오라고 했다. 역사들은 각기 한 꿰미씩 머리를 묶어서 가져왔는데, 다섯 꿰미를 모두 합치니 수백 개가 넘은 아낙들의 머리였다. 다만 거기에는 눈동자가 없었다. 중국 막사 바깥에 수백 개의 머리가 쌓여 있으니 정말 무시무시했다. 삼보태감이 말했다.

"이곳에 이런 괴물이 있다니, 정말 무시무시하군요!"

왕 상서가 말했다.

"천사님의 도력 덕분이니, 정말 뭐라 감사해야 할지 모르겠습니다."

마 태감이 말했다.

"아직 쟝 지네틴이 남아 있으니, 천사님께서 한 번 더 수고해 주셔야겠습니다."

"나름대로 대책이 있소이다."

장 천사가 어떤 대책을 갖고 있는지는 다음 회를 보시라.

금련보상국은 항복하고
빈동룡[1]의 국왕은 통관문서를 바치다

金蓮寶象國服降 賓童龍國王納款

洞門無鎖月娟娟	동굴 문은 잠겨 있지 않고 달빛은 아름다운데
流水桃花去杳然	흐르는 물에 복사꽃 아득히 떠내려가네.
低眇湖峰烟數點	호수와 봉우리 내려다보니 몇 개의 연기 같고
高攢蓬島界三千	봉래도에 올라 보니 삼천 세계 열리는구나.
雲中鷄犬飛丹宅	구름 속에서 학과 개들 신선의 집으로 날아오고

---

1 빈동룡(賓童龍)은 범어 Panduranga를 음역한 것으로서 문헌에 따라 분타랑(奔陀浪), 빈동룡(賓瞳龍), 빈타룽(賓陁陵), 빈달룽(賓達儂), 반타라(賓陀羅), 빈동룽(賓同朧), 빈동룽(賓同隴), 빈타룽(賓陀陵), 빈다룽(賓多龍), 판달랑(板達郎), 방도랑(邦都郎), 빈두랑산(賓頭狼山) 등으로도 표기한다. 이것은 인도차이나반도에 있던 고대 왕국으로서 점성국(占城國, Champa) 즉 지금의 베트남 남부에 있었으며, 그 나라의 항구는 파다란(巴達蘭角, Padaran C.) 일대에 있었다.

天上龍蛇護法筵	하늘의 뱀과 이무기 불법의 연회 수호하네.
爲問西洋多道力	묻노라, 서양에 도력이 많다던데
笑收妖婦晚風前	저녁 바람 앞에서 웃으며 요사한 아낙 잡아들이지.

그러니까 마 태감이 이렇게 말했다.

"아직도 쟝 지네틴이라는 화근이 남아 있으니, 수고스럽지만 천사님께서 그것을 끝장내 주셔야겠습니다."

"제가 알아서 처리하리다."

삼보태감이 말했다.

"그나저나 이 머리들을 어디에 두어야 할까요?"

장 천사는 곧 역사들을 불러 분부했다.

"이 머리들을 바다에 갖다 버리시오."

역사들은 "예!" 하며 즉시 다섯 명이 각자 한 꿰미씩 들고 나가 망망대해 한가운데에 버리고 돌아와 보고했다.

"한 가지 더 귀찮은 부탁이 있소."

"무슨 일이든 분부만 하십시오."

"여기에 쟝 지네틴이라는 여자 장수가 있는데, 다섯 가지 함정으로 가두는 술법과 세 가지 탈출법을 알고 있고, 세 길의 구름을 타는 재간이 있소. 오늘 내가 그것을 잡으려 하는데, 그대들이 좀 도와주기 바라오."

"분부대로 따르겠습니다."

"그렇다면 다섯 분이 각기 다섯 방위에 숨어 있다가, 그것이 숨는 방향에 계신 분이 즉시 생포해 주시오. 다들 특별히 신경을 써 주시오. 공을 세우면 내가 상청궁에 분명히 보고해 드리겠소."

그렇게 분부를 마쳤을 때 호위병이 와서 보고했다.

"쟝 지네틴이 혼자 바닷가에서 그 아낙들의 머리를 찾고 있습니다."

장 천사가 말했다.

"이 요사한 계집이 오늘은 알아서 죽을 길로 왔구나!"

장 천사는 푸른 갈기의 말을 타고 달려나가서, 멀리 쟝 지네틴이 보이자 호통을 질렀다.

"천박한 계집, 어딜 도망치느냐!"

쟝 지네틴이 뭐라 대답하기도 전에 장 천사는 어느새 보검 끝에 부적을 살라 날렸다. 그러자 즉시 하늘 장수가 나타나 그녀를 붙잡아 중군 장막으로 압송했다. 삼보태감이 말했다.

"이런 가소로운 계집애! 알고 보니 가진 재주라고는 속임수로 도망치는 재주밖에 없었구나!"

장 천사가 말했다.

"이번에는 단단하고 질긴 나무로 급소를 칠 테니[柘樹盤根]² 도

---

2 원문에서 자수(柘樹)는 목질이 단단하고 질긴 나무를 가리키고, 반근(盤根)은 나무의 뿌리가 복잡하게 얽혀 있다는 뜻이다. 그런데 '자수반근(柘樹盤根)'은 옛날 무협소설에서 불량한 하수들이 흔히 쓰던 공격 방법으로서 이른바 '하삼로(下三路)'를 공격하는 치졸하면서도 지독한 수법이다. '하삼로'란 심장이 있는 명치와 비장과 신장이 있는 복부, 그리고 생식기가 있는 음부(陰部)를 가리킨다. 또한 '자수반근'이라는 말은 단단한 나무로 남자의 성기를, 반근 에서 연상되는 여성의 음부를 의미할 수도 있다. 이 때문에 본문에서도 장 천사의 말을 받아서 왕 상서와 마 태감이 말장난하게 되는 것이다.

망치지 못할 것이외다."

왕 상서가 말했다.

"고갯마루까지 수레를 밀어주는 자가 있다 해도[推車上嶺]³ 도망
칠 수 없을 겁니다."

마 태감이 말했다.

"산을 사이에 두고 불을 얻으려 해도[隔山取火]⁴ 안 될 겁니다."

그러자 쟝 지네틴이 말했다.

"오늘 나는 촛대에 물이 쏟아지는[倒澆蠟燭]⁵ 듯한 상황에 빠져
서 어쩔 수 없이 진 것이다!"

삼보태감이 꾸짖었다.

"주둥이만 살아서 그따위 소리를 잘도 지껄이는구나! 여봐라, 기
패관, 본관이 보는 앞에서 저년을 오랏줄로 묶고, 살을 도려내고,
힘줄을 모조리 잘라내도록 하라. 그러고도 어딜 도망치는지 보자!"

쟝 지네틴이 대꾸했다.

"아무리 내 몸을 만 조각으로 도려내더라도, 이 마음만은 절대

---

3 원문의 '추거상령(推車上嶺)'은 수레를 밀어 높은 고개를 오르도록 도와준다
는 뜻인데, 이것은 '노한추거(老漢推車)'라는 남녀 간의 성교 체위 가운데 후
배위(後背位)의 일종을 암시하기도 한다.

4 '격산취화(隔山取火)' 또는 '격산토화(隔山討火)'는 종종 남녀가 정사할 때의
체위 가운데 하나를 가리키는 뜻으로 쓰이는데, 《금병매(金甁梅)》 제72회
의 묘사에 따르면 여성의 몸을 묶어 매달아 놓고 뒤쪽에서 삽입하는 자세
이다. 이 역시 이중적인 의미를 이용한 말장난이다.

5 '도요랍촉(倒澆蠟燭)' 역시 남녀 간의 성교에서 여성 상위의 체위를 의미하
기도 한다.

죽음을 승복하지 않아!"

"그렇다면 다시 풀어주고 잡아들이면 되겠느냐?"

"그렇다면 내 마음으로 승복할 수밖에!"

그러자 장 천사가 말했다.

"그냥 너를 잡아 오는 것만으로는 내 능력을 인정하지 못하겠지. 옛날 제갈량이 일곱 번 놓아주었다가 일곱 번 잡아들여서 대장부가 되었다. 그러니 나도 이제 너를 일곱 번 놓아주고 잡아들여 보겠다. 어떠냐?"

삼보태감이 말했다.

"눈앞의 떡을 두고 또 반죽하는 꼴이로군요. 어쨌든 다시 잡아와서 죽여 버립시다!"

"놓아주는 거야 어렵지 않소이다. 저년이 어디로 도망칠 수 있겠소이까?"

"천사님 뜻대로 하십시오."

"알겠소이다. 쟝 지네틴, 가거라!"

하지만 그녀가 몇 걸음 가지 않았을 때, 붉은 얼굴의 역사가 한 손으로 그녀의 머리를 움켜쥐고 다른 한 손으로 다리를 붙들어 중군 막사로 던져 버렸다. 장 천사가 호통을 쳤다.

"어서 가라니까!"

쟝 지네틴이 다시 돌아서서 몇 걸음 가는데, 이번에는 푸른 얼굴의 역사가 한 손으로 그녀의 머리를 움켜쥐고 다른 한 손으로 다리를 붙들어 중군 막사로 던져 버렸다. 장 천사가 다시 호통을 쳤다.

"어서 가란 말이다!"

그녀가 다시 돌아서서 몇 걸음 가는데, 이번에는 시커먼 얼굴의 역사가 한 손으로 그녀의 머리를 움켜쥐고 다른 한 손으로 다리를 붙들어 중군 막사로 던져 버렸다. 장 천사가 다시 호통을 쳤다.

"어서 가란 말이다!"

그녀가 겨우 일어서서 몇 걸음 가는데, 이번에는 하얀 얼굴의 역사가 한 손으로 그녀의 머리를 움켜쥐고 다른 한 손으로 다리를 붙들어 중군 막사로 던져 버렸다. 장 천사가 다시 호통을 쳤다.

"어허! 어서 가니까!"

그녀가 겨우 일어서서 몇 걸음 가는데, 이번에는 누런 얼굴의 역사가 한 손으로 그녀의 머리를 움켜쥐고 다른 한 손으로 다리를 붙들어 중군 막사로 던져 버렸다. 장 천사가 다시 호통을 쳤다. 이 바람에 그녀는 다리에 힘이 풀리고 온몸에 맥이 빠져 버렸다. 그런데 장 천사가 또 호통을 쳤다.

"어서 가지 못할까!"

그러자 그녀가 느릿느릿 기어 일어나며 말했다.

"이제 안 가겠소."

"일곱 번 놓아주고 일곱 번 잡아들인다고 했는데, 이제 다섯 번밖에 되지 않았다. 그렇다면 내 능력을 더 보여줄 수 없지 않느냐?"

"이제 마음으로도 완전히 승복했으니, 일곱 번이니 뭐니 하는 것도 할 필요 없소."

"그렇다면 효수를 해도 되겠느냐?"

"지금 나는 마음대로 잘라도 되는 몇 덩이 고기밖에 안 되는데, 그깟 효수가 뭐 두려울 게 있겠소?"

"내 여기서 너를 죽이지 않을 테니, 나를 위해 한 가지 공을 세우도록 해라. 어떠냐?"

"시키는 대로 하겠소."

"돌아가서 너희 국왕에게 보고하도록 해라. 할 수 있겠느냐?"

"목숨을 구해 주었으니 당연히 가야지 무슨 말이 더 필요하겠소! 그나저나 무슨 생각이신 게요?"

"다른 뜻은 없다. 그저 너희 국왕에게 항서 하나를 써서 우리 사령관에게 보내고, 우리 명나라 천자께 올리는 상소문을 쓰라고 해라. 그리고 통관문서를 교환해서 우리가 다른 나라로 갈 수 있도록 보장하라고 해라. 우리는 그저 우리 명나라의 전국옥새를 너희가 갖고 있는지만 궁금할 뿐이니, 갖고 있다면 당장 바치고 없으면 그만이다. 다음으로, 저번에 우리 장수 사언장이 너희 나라에 생포되었으니, 고이 돌려보내기 바란다. 이 외에 다른 사항은 없다."

"모두 문제가 없는 조건들이군요. 하지만 그 전국옥새인지 뭔지 하는 것을 우리는 들어 본 적도 없고 가지고 있지도 않소."

"없으면 그만이니, 어서 다녀와서 결과를 보고하도록 해라."

쟝 지네틴은 구멍으로 도망치는 쥐처럼 중군 막사를 나가서 자기 나라 왕을 찾아갔다.

"장군, 며칠 동안 싸운 전과는 어찌 되었소?"

"제 잘못이 아니라 명나라 장수들과 병사들이 너무 용맹해서 우리는 상대가 되지 않사옵니다. 게다가 저 천사라는 자는 정말 안개와 구름을 타고 귀신을 부리는 능력이 있어서, 너무 무시무시하옵니다. 그 외에도 국사라는 이는 해와 달을 품에 넣고, 천지를 소매에 숨기고, 눈썹 하나 까딱하지 않고 적장의 머리를 베는 능력이 있사옵니다. 일이 이 지경이 되어 제 힘도 바닥이 났으니 어쩔 수 없게 되었사옵니다."

"어쨌거나 고생이 많았소."

"제 아비와 오라비들은 명나라 군대의 손에 죽었고, 제 사부님도 그들에게 패하셨고, 제 힘도 이제 바닥이 났습니다. 대왕마마, 부디 이 몸에게 죽음을 내려 주시옵소서!"

"그게 무슨 소리요? 우리 이 강산과 사직은 오로지 그대만 의지할 뿐이오!"

"무력한 제가 어찌 사직을 지킬 수 있겠사옵니까?"

"세상일이란 무력이 안 되면 문치(文治)를 하는 것이고, 힘이 강하지 않으면 약한 자세로 지내야 하는 법이오. 그렇다면 지금 어떻게 명나라 군사를 물리칠 수 있겠소?"

"좌우 승상들도 계신데 제가 어떻게 마음대로 처리할 수 있겠사옵니까?"

"그 두 분을 옥에 가둔 것은 내 잘못이지만, 그렇다고 지금에 와서 어떻게 되돌릴 수 있겠소?"

"일이 이 지경에 이르렀으니 어쩔 수 없사옵니다. 속히 승상들을 불러오라고 명령을 내리시옵소서."

왕은 즉시 명령을 내려서 좌우 승상을 불러들이고, 모든 장수들을 석방하여 원래의 자리로 복직시켰다. 좌우 승상이 알현하자 왕이 말했다.

"내가 충언을 따르지 않고 잘못을 저질렀으나, 이미 후회해도 늦었구려. 오늘 항서와 상소문을 써서 명나라에 바치고, 또 통관문서를 교환하여 다른 나라로 갈 수 있게 보장하는 일을 처리해야 하는데, 아무래도 이 일을 승상들께서 처리해 주셔야겠소."

"이제야 도리에 맞는 결정을 하셨사옵니다. 다만 한 가지……"

"그게 무엇이오?"

"항서를 바치려면 식량과 마초(馬草)를 함께 보내야 하고, 상소문을 바치려면 조공(朝貢)으로 바칠 보물들이 조금 있어야 하옵니다."

"그거야 어렵지 않소. 가진 걸 모두 바치면 되지 않겠소?"

쟝 지네틴이 말했다.

"저번에 사로잡은 장수 사언장도 돌려보내야 하옵니다."

"우선 그 자부터 먼저 돌려보내도록 하시오."

쟝 지네틴이 즉시 사언장을 데리고 중군 막사로 와서 절을 올리며 사죄하자, 삼보태감이 사언장에게 말했다.

"나라를 욕보인 자가 무슨 낯으로 찾아왔는가! 잠시 사형만은 면해 줄 터이니, 이후로 공을 세워서 스스로 죄를 씻도록 하라!"

그 말이 끝나기도 전에 호위병이 와서 보고했다.

"금련보상국의 좌우 승상이 찾아왔습니다."

좌승상 보젤룽이 금색 글씨로 쓴 상소문 들고 막사 앞에서 말했다.

"저희 국왕께서 사령관께 큰절을 올리며 금색 글씨로 쓴 상소문을 바치오니, 부디 하늘이 내린 왕조의 황제 폐하께 올려주십시오. 그리고 보잘것없는 이방의 토산물이지만 몇 가지를 준비해 왔으니, 함께 진상해 주십시오. 물품 목록도 따로 작성했습니다."

삼보태감은 중군의 장수에게 상소문을 받아두게 하고, 창고를 담당하는 관리에게 토산품을 받아 간수하게 하고, 기패관에게 목록을 받아오게 했다. 그 목록에는 이 지역에서 나는 보물들이 몇 가지 기록되어 있었으니, 그것들은 다음과 같다.

보모(寶母)[6] 하나, 해경(海鏡)[7] 한 쌍, 대화주(大火珠)[8] 네 매(枚),

---

6 보모(寶母)는 밤에도 빛을 낸다는 진주들을 끌어모으는 보석이다. 《태평광기》권403에 인용된 《원화기(原化記)》의 기록에 따르면, 당나라 때 위(魏) 아무개라는 서생이 아름다운 보석을 얻어서 북방 이민족에게 천만 냥을 받고 팔았는데, 그 이민족의 말에 따르면 그것은 전란 와중에 잃어버린 그 나라의 보물이라고 했으며, 이를 찾아오는 이는 재상의 벼슬을 받을 수 있다고 했다. 그리고 그 보물은 매월 보름에 왕이 바닷가로 나가서 제단을 설치하고 제사를 지내면서 그것을 제단 위에 놓아두면 하룻밤 사이에 진주 등의 보물들이 저절로 모여들게 만드는 효용이 있다고 했다.

7 당나라 때 유순(劉恂)이 편찬한 《영표록이(嶺表錄異)》하권(下卷)에 따르면 광동(廣東) 지역 사람들은 해경(海鏡)을 고엽반(膏葉盤)이라고 부르는데, 두 조각이 합쳐져서 형태를 이루며, 껍질은 둥근데 그 안쪽이 매우 매끄러워서 햇빛에 비추면 운모(雲母)처럼 빛난다고 했다. 또 그 속에는 진주처럼 생긴 작은 살이 있으며, 뱃속에 콩알만큼 조그마한 게가 살고 있어서 해경

163

징수주(澄水珠)⁹열 매, 피한서(辟寒犀)¹⁰ 두 개, 상아로 만든 삿자리[簟] 두 개, 길패포(吉貝布)¹¹ 열 필(匹), 기남향(奇南香)¹² 한 상

이 배가 고프면 그 게가 밖으로 나와 먹이를 찾아 먹고 배가 부르면 다시 해경의 뱃속으로 들어가는데, 그러면 해경 또한 배가 부르게 된다고 했다.

8 이시진(李時珍)의《본초강목(本草綱目)》에 따르면《설문해자(說文解字)》에서 화제주(火齊珠)라고 불렸던 것을《한서(漢書)》에서는 매괴주(玫瑰珠)라고 표기했다.《당서(唐書)》에 따르면 중국 동남쪽 바다에 있는 나찰국(羅刹國)에서 나는 화제주 가운데 큰 것은 달걀만 하고 수정처럼 생겼으며, 몇 자나 되는 하얀 빛이 난다고 했다. 또 햇빛을 받아 쑥에 쐬면 불이 일어나는데, 이를 이용해서 뜸을 뜨더라도 사람에게 상처가 나지 않는다고 했다. 당나라 때는 점성국(占城國)에서 그걸 갖고 있었는데, 이름을 조하대화주(朝霞大火珠)라고 부른다고 했다.

9 징수주(澄水珠)는 바닷물이나 오염된 물에 담갔을 때 소금기와 이물질들을 제거하여 마실 수 있는 깨끗한 물로 만들어 준다는 보물이다.

10 피한서(辟寒犀)는 추위를 막아 준다는 코뿔소 뿔이다. 오대(五代) 때 왕인유(王仁裕)가 편찬한《개원천보유사(開元天寶遺事)》에 따르면 개원 2년(714) 동지에 교지국(交趾國)에서 금처럼 노란색의 코뿔소 뿔 하나를 진상했는데, 그걸 가져온 사신이 황금 쟁반에 얹어 대전에 두자 대전 안에 따뜻한 기운이 퍼졌다고 한다.

11 송(宋)나라 때 범정민(范正敏)이 편찬한《둔재한람(遯齋閑覽)》〈증오(證誤)〉에 따르면 민령(閩嶺) 이남에는 목면(木棉)이 많은데, 그 지방 사람들이 다투어 심어서 개중에는 수천 그루를 가진 사람도 있으며, 그 꽃을 따서 만든 베를 길패포(吉貝布)라고 부른다고 했다. 해남도(海南島) 등 중국 남부 해안지방에서는 목면을 길패라고 부른다.

12 기남향(奇南香)은 곧 침향(沉香)을 가리키는데, 문헌에 따라서 기남향(棋楠香)이라고 쓰기도 하고, 지역과 시대에 따라서 기람향(奇藍香) 또는 가남향(伽南香)이라고도 부른다. 명나라 때 진계유(陳繼儒)가 편찬한《언폭담여(偃曝談餘)》하권(下卷)에 따르면 이것은 점성국(占城國)에서 나는데, 추장(酋長)이 일반 백성들에게 채취하지 못하게 금지하면서 이를 어긴 자는 손목을 잘랐다고 했다.

자, 백학향(白鶴香)¹³ 한 상자, 천보초(千步草)¹⁴ 한 상자, 계설향(鷄舌香)¹⁵ 한 접시[盤], 대추야자[海棗] 한 접시, 여하(如何)¹⁶ 한 접시

삼보태감이 그 목록을 보고 무척 기뻐하며 물었다.

"이 보물들은 모두 이 나라에서 나는 것들이오?"

"그렇습니다."

"그럼 이것들에 대해 잘 아시겠구려?"

---

13 이것은 송나라 때 홍추(洪芻: 1065~1128, 자는 구보[駒父])가 편찬한 《향보(香譜)》에도 수록되지 않은 것으로서 정확히 어떤 향인지는 알 수 없지만, 대체로 중국 고전소설에서 신선 세계에서 피우는 향의 이름으로 자주 등장한다.

14 《향보》 "천보향(千步香)" 항목에 인용된 《술이기(述異記)》의 기록에 따르면 이것은 향을 만드는 재료로 쓰이는 풀의 일종이다. 천보초(千步草)는 생김새가 두약(杜若)을 닮았으며, 붉은색과 푸른색이 뒤섞여 있다고 했다.

15 계설향(鷄舌香)은 곧 정향(丁香)을 가리킨다. 《제민요술(齊民要術)》에서는 그것이 올챙이[丁子]처럼 생겼다고 해서 정자향(丁子香)이라는 별명으로 불린다고 했다. 한나라 때 응소(應劭)가 시중(侍中) 벼슬을 할 때 나이가 들어 입에서 냄새가 나자, 황제가 이 향을 하사하여 입에 물고 있도록 했다고 한다.

16 여하(如何)는 수백 년에 하나의 열매를 맺는다는 전설 속의 사미목(四味木)의 열매인데, 그 열매는 자르는 칼에 따라 맛이 달라진다고 한다. 당나라 때 단성식(段成式)이 편찬한 《유양잡조(酉陽雜俎)》〈목편(木篇)〉에 따르면 이 나무는 기련산(祁連山)에 자라며 그 열매는 대추처럼 생겨서 나그네들의 배고픔과 목마름을 해소해준다고 했다. 또 이 열매는 대나무 칼로 자르면 단맛이 나고, 쇠칼로 자르면 쓴맛이 나고, 나무칼로 자르면 신맛이 나고, 갈대로 만든 칼로 자르면 매운맛이 난다고 했다. 다만 이 소설에서 설명한 내용은 이와 약간 다르다.

"그렇습니다."

"보모라는 게 무엇이오?"

"그건 아름다운 돌처럼 생겼는데, 매월 보름 저녁에 바닷가에 두면 여러 가지 보물이 다 모이기 때문에 '보물들의 어머니'라는 뜻에서 보모라고 부르는 것입니다."

"해경은 무엇이오?"

"해경은 중국의 대합조개와 비슷하게 생겼는데 뱃속에 조그맣고 붉은 게가 들어 있습니다. 해경이 배가 고프면 게가 밖으로 나와 먹이를 먹고 배가 부르면 다시 해경의 뱃속으로 들어가는데, 그러면 해경도 배가 부르다고 느낍니다. 그 껍질은 햇빛을 반사할 수 있기 때문에 '바다 거울' 즉 해경이라고 부르는 것입니다."

"대화주는 무엇이오?"

"그것은 직경이 한 치 남짓 되는 진주인데 전체가 불꽃으로 덮여 있고, 정오 무렵에 해가 중천에 뜰 때 진주 위에서 향을 묻힌 종이를 태우면 저녁까지 향기가 지속되면서 천 대의 수레를 비출 수 있을 정도의 빛이 앞뒤로 발산되기 때문에, '큰 불꽃 같은 진주' 즉 대화주라고 부르는 것입니다."

"징수주는 무엇이오?"

"이 진주 역시 직경이 한 치 정도 되는데 티 없이 맑고 빛이 납니다. 이걸 맑은 물속에 담그면 형체를 알아볼 수 없지만, 흐린 물에 담그면 그 물이 즉시 깨끗해지기 때문에 '물을 맑게 하는 진주' 즉 징수주라고 부르는 것입니다."

"피한서는 무엇이오?"

"그것은 우리나라에서 나는 코뿔소의 뿔입니다. 하지만 이 뿔은 황금빛을 띠고 있으며 황금 쟁반에 얹어 건물 안에 두면 따뜻한 기운이 피어나기 때문에 '추위를 피하는 코뿔소 뼈' 즉 '피한서라고 부르는 것입니다."

"상아점은 무엇이오?"

"그것은 코끼리 상아를 실처럼 깎아서 엮은 삿자리인데, 그 위에 누우면 모든 병이 다 낫습니다."

"길패포는 무엇이오?"

"그것은 길패라고 불리는 가지 많은 나무인데, 거기 피는 꽃은 거위 털처럼 섬세합니다. 그걸 뽑아 실로 만들어 천을 짜고 오색으로 염색하면 무늬가 무척 아름답습니다."

"기남향은 알겠는데, 백학향은 무엇이오?"

"백학향은 아주 키가 큰 나무인데, 그걸 쪼개면 조각들이 모두 향이 됩니다. 그 조각을 향로에 태우면 연기가 똑바로 위로 올라가서 쌍쌍이 하늘로 날아오르는 학의 모양을 이룹니다."

"천보초는 무엇이오?"

"천보초라는 불은 본래 향기를 품고 있는 것으로서, 몸에 차고 다니면 그 향기가 천 걸음 밖에서도 맡을 수 있습니다."

"계설향은 무엇이오?"

"계설향은 나무의 이름입니다. 그 나무는 지독히 신맛이 나서 날짐승이든 들짐승이든 감히 가까이 다가가지 못하는데 4, 5월 무렵에 꽃이 피며 무르익을 때 그걸 물에 담가 숙성시켜 향을 만들어냅니다. 이 향을 입에 머금고 있으면 온몸의 터럭에서까지 향이 납니다."

"해조는 무엇이오?"

"해조라는 나무는 중국의 종려나무하고 비슷한데, 이 나무는 오 년마다 한 번씩 꽃을 피우고 열매를 맺습니다. 그 열매의 크기는 참외만 한데 맛이 아주 신선합니다."

"여하는 무엇이오?"

"그것 또한 해조와 비슷한 것입니다만 생김새가 대추처럼 생겼고, 길이는 다섯 자 남짓에 둘레가 석 자 정도 됩니다. 이 나무에는 구백 년마다 한 번씩 열매가 맺힙니다. 그러니 사람이 평생을 살면서 이 나무가 꽃이 어떻게 피고 열매가 어떻게 맺히는지 보기가 힘듭니다."

"우리 명나라 황제 폐하께서는 본래 전국옥새를 가지고 계셨는데, 원나라 순제가 그걸 가지고 하얀 코끼리를 타고 서양으로 와 버렸소. 혹시 당신 나라에 그게 있소?"

"중국의 옥새 같은 건 본 적이 없습니다. 있다면 당장 돌려드렸겠지요. 괜히 숨겼다가는 죄를 자초하는 짓이 아니겠습니까?"

"잠시 막사 밖에 계시구려. 당연히 다시 감사의 말씀을 전하겠소이다."

좌승상이 나가자 우승상 톈부롱이 항서를 들고 막사로 들어왔다.

"우리 국왕께서 사령관께 큰절을 올리며 항서 한 통을 써서 바칩니다."

삼보태감은 기패관에게 받아오게 해서 펼쳐 보았는데, 거기에는 이렇게 적혀 있었다.[17]

금련보상국 국왕 참바디라이[占巴的賴]가 삼가 위대한 명나라 사령관께 두 번 절을 올리며 올리옵니다.

듣자 하니 천자는 하늘의 명을 받은 하늘의 아드님으로서 안으로 중국의 군주가 되시고, 밖으로 사방 이민족들을 다스리는 분이라고 했습니다. 이에 하늘 아래 모든 것과 땅 위의 모든 것, 해와 달이 빛을 비추는 모든 것들과 서리와 이슬에 맞는 모든 것들이 천자를 받듭니다. 저희는 서양 변방의 구석에 있는지라 천자를 뵌 적 없어서, 하늘의 노여움을 사는 바람에 그 군대의 위용을 맛보게 되었습니다. 하늘을 덮고 땅 위에 싣는 진리로서 생성(生成)의 자연스러움을 알게 되었고, 서리와 눈을 맞으면서 거둬들임에 빠뜨림이 없음을 알았습니다. 요행히 하잘것없는 축생의 지혜를 갖추었다고 자만하여, 감히 독사의 독 같은 악행을 함부로 저질렀습니다. 이에 삼가 간단한 서찰과 예물로써 성의를 보이고, 영원히 귀국의 속국(屬國)으로서 수시로 조공(朝貢)을 바치

---

17 인용된 상소문은 대부분 《고금도서집성(古今圖書集成)》〈방여휘편(方興彙編)〉〈변예전(邊裔典)〉〈주련부(注輦部)〉〈주련부휘고(注輦部彙考)〉〈송(宋)〉 "진종대중상부팔년주련국견사입공(眞宗大中祥符八年注輦國遣使入貢)"에서 인용하고, 몇몇 부분만 이야기 상황에 맞도록 수정하거나 덧붙인 것이다. 주련국은 주라국(朱羅國) 또는 주리야국(珠利耶國)이라고도 하며 1세기부터 13세기까지 지금의 인도 타밀나두(Tamil Nadu) 주에 있었던 왕조로서, 수도는 우라위르(Urayur)에 있었다. 1015년에 국왕 라자 라자(羅茶羅乍, Raja Raja the Great)가 송나라에 사신을 보내 조공을 바친 적이 있다.

고자 합니다. 이는 결코 변치 않을 충심의 맹세입니다!

부디 고아하고 현명한 마음으로 동정을 베푸시어, 두려운 전쟁에 이르지 않게 해주십시오.

모년 모월 모일, 참바디라이가 거듭 절하며 삼가 올림.

사령관이 다 읽고 나서 말했다.

"알겠소."

"우리 국왕께서 별도로 조촐한 예물을 준비하여 사령관 휘하의 장수들께 바치오니 한꺼번에 받아 주십시오."

"무엇이오?"

"보잘것없지만 목록을 작성해왔습니다."

사령관이 기패관에게 목록을 받아오게 하여 읽어보니, 거기에는 이렇게 적혀 있었다.

황금 천 냥, 백금 만 냥, 산 돼지 삼백 마리, 산 양 오백 마리, 산 닭 천 마리, 신선한 생선 쉰 꾸러미, 절인 생선 백 꾸러미, 도정한 쌀 오백 가마, 땔나무 천 묶음, 야자 열 꾸러미, 수박과 사탕수수 각 쉰 꾸러미, 바라밀(波羅蜜)[18]과 바나나 각 열 꾸러미, 오이와 호

---

[18] 바라밀(波羅蜜, jackfruit, 학명은 Artocarpus heterophyllus Lam)은 열대 과일의 일종으로, 태국에서는 '카눈(kha nun)', 말레이시아와 인도네시아에서는 '낭까(nangka)', 필리핀에서는 '랑까(langka)', 베트남에서는 '밋(mít)'이라고 부른다. 이것은 수(隋)·당(唐) 시기에 인도에서 중국으로 전래되어 빈나사(頻那挲)라고 불리다가 송나라 때 바라밀로 바뀌게 되었고, 그 외에 문헌에 따라 포라(苞蘿), 목바라(木菠蘿), 수바라(樹菠蘿), 밀동과(蜜冬瓜), 우두자과(牛肚子果) 등으로도 쓴다.

로 각 열 묶음, 파와 마늘 각 열 묶음, 빈랑(檳榔)나무의 잎 열 묶음, 잡옹주(咂瓮酒) 이백 통.

사령관이 그걸 보고 말했다.

"너무 많은 거 아니오?"

"우리나라는 작고 가난해서 나는 것이 너무 적기 때문에 예물을 드리기에는 부족하지만, 그저 군중에서 한 번 먹을 정도밖에 되지 않습니다. 그래도 부디 기꺼이 받아 주십시오."

"고맙소. 그런데 여기 닭이 있는데 오리나 거위도 있소?"

"우리나라에는 없습니다. 닭도 커봐야 두 근 정도이고, 다리 높이도 한 치 반이나 두 치 정도에 지나지 않습니다. 다만 수탉은 귀가 희고 벼슬은 붉으며 허리는 잘록하고 꼬리가 넓은데, 손에 들고 있으면 아주 귀엽게 웁니다."

"이 과일이며 채소는 모두 이 나라에서 나는 것들이오?"

"예. 과일은 이 외에도 매실이 있지만 너무 시기 때문에 바치지 못했고, 채소로는 동과(冬瓜)하고 부추도 있지만 제철이 아니라서 바치지 못했습니다."

"쌀은 여기서 나는 것이오?"

"예. 이 쌀은 알이 가늘고 길며 흰색보다는 발그레한 색을 더 많이 띕니다. 보리하고 밀은 모두 나지 않습니다."

"이 술은 왜 잡옹주라고 부르는 것이오?"

"이 술은 처음에 밥에다 약을 섞어 항아리에 봉해둡니다. 술이

익어서 마실 때가 되면 손님들이 주위에 둘러앉아 사람 수대로 물을 붓고, 마디가 서너 자쯤 되는 긴 대나무 통을 항아리에 꽂고 돌아가며 빨아 마십니다. 다 마시면 다시 물을 부어 마시는데, 술맛이 없어질 때까지 그렇게 합니다."

"이 나라에는 어떤 문자가 있소?"

"아둔한 무리에게 무슨 문자가 있겠습니까! 글 쓰는 일은 등한시해서 종이도 붓도 없고, 양가죽을 다져서 얇게 만든 다음, 나무껍질을 태워서 그 연기로 검게 그을려서 여러 겹으로 접습니다. 그리고 하얀 가루를 이용해서 글자 비슷한 것을 써서 기록합니다."

"이 나라에서는 어떤 달력을 쓰시오?"

"우리나라에는 윤달이 없고, 일 년을 열두 달로 나눕니다. 밤낮을 각기 오십 시간으로 나누고, 북을 울려서 알립니다."

"형벌은 어떤 것이 있소?"

"우리나라에서는 가벼운 죄를 지은 자는 네 사람이 팔다리를 붙잡고 바닥에 엎드리게 한 다음 등나무 회초리로 매를 때립니다. 죽어 마땅한 죄를 저지른 자는 나무에 밧줄로 묶고 표창으로 목을 그어 머리를 자릅니다. 고의로 살인을 저지른 자는 코끼리를 시켜서 짓밟거나 코로 감아서 땅바닥에 패대기를 치게 합니다. 간음을 저지른 남녀는 각기 소 한 마리를 내서 속죄하게 합니다. 국왕의 물건을 훔친 자는 밧줄로 묶어서 야외의 연못에 빠뜨려놓았다가 물건을 찾게 되면 꺼내줍니다. 복잡한 소송이 벌어져서 관리가 판결하기 어려울 때는 양측의 소송 당사자들에게 물소를 타고 악어가 있는 연못을 지나게 하는데, 논리적으로 지는 쪽은 악어가 나와서 잡아먹고 이긴 쪽은 십여 차례를 지나가도 악어가 잡아먹지 않습니다."

"혼례의식은 어떠하오?"

"결혼하려면 먼저 남자가 여자의 집으로 들어가 열흘이나 보름쯤 살고, 그런 다음에 남자 집안에서 친우들과 함께 북을 울리며 맞이하여 집으로 돌아가서 잔치를 벌입니다."

"조문이나 축하는 어떤 식으로 하오?"

"일반 백성들은 그걸 행하지 않고 오직 국왕만 조문과 축하를 받을 수 있는데, 사람의 쓸개즙으로 목욕을 합니다. 이때 장수 이하의 신하들이 모두 사람의 쓸개를 바쳐서 축하합니다. 다만 중국 사람의 쓸개는 쓰지 않습니다. 전하는 바에 따르면 예전에 중국인의 쓸개 하나를 쓴 적이 있는데, 그날 항아리에 있던 쓸개들이 모두 썩어버리고 왕은 병들어 죽어 버린 적이 있답니다. 그래서 이후로는 절대 그러지 않습니다."

"국왕은 어떤 식으로 자리에 있소?"

"우리나라 국왕은 삼십 년 동안 왕위에 있고 나면 물러나서 출가하고, 형제나 사촌들이 임시로 국정을 맡습니다. 왕은 동쪽 산으로 가서 재계하며 계율을 받고 소식(素食)하며 홀로 지내면서, 하늘을 향해 '제가 왕위에 있을 때 도리에 어긋나게 행동했다면 이리나 호랑이의 먹이가 되거나 병들어 죽을 것입니다!' 하고 소리쳐 맹세합니다. 그렇게 일 년이 지난 후에도 죽지 않으면 다시 왕위에 올라

나라를 다스립니다. 그럴 경우 백성들은 그 국왕을 '스리 마하라자
(昔嚟馬哈剌札, Sri Mahāraja)[19]'라고 부르는데, 이것은 최고의 존칭입
니다."

"많은 걸 배웠소이다. 고맙소!"

삼보태감은 기록사(紀錄司)의 관리들에게 예물을 장부에 등록하
게 하고, 군정사(軍政司)의 관리들에게 예물을 거둬들여 보관하게
하는 한편, 수찬사(授餐司)에 분부하여 성대한 잔치를 준비하게 하
여 좌우 승상과 중국의 장수들이 함께 즐기게 했다. 그날은 노랫소
리가 땅을 뒤흔들고 풍악 소리가 하늘을 울렸으니, 그야말로 이런
격이었다.[20]

---

19 원문에는 '석리마합랄탁(昔黎馬哈剌托)'이라고 했는데, 이것은 오류이다.
《명사》권324〈열전(列傳)〉제212〈외국(外國)〉5 "점성(占城)"에서는 '석리
마합랄(昔嚟馬哈剌)'이라고 했으나, 이 역시 오류이다. 《영애승람》〈점성
국(占城國)〉에는 '스리 마하라자(昔嚟馬哈剌札, Sri Mahāraja)'라고 쓰고, 그
의미는 지존지성(至尊至聖)한 존재라고 했다.

20 인용된 시는 이백(李白)의 〈우림 도 장군을 전송하며[送羽林陶將軍]〉에서
몇 글자를 고치고 몇 구절을 더한 것이다. 원작은 다음과 같다. "장군이
여러 척의 누선을 타고 출정하니, 강 위의 깃발들에 자줏빛 안개 스친다.
머나먼 이국땅에서 창 비껴들고 호랑이굴 탐색하며, 석 잔 술 마신 후 용
연검(龍淵劍) 뽑아 들고 휘두르지. 시인이라 담력도 기개도 없다 하지 마
오, 떠나실 때 요조(繞朝)의 채찍을 드리리다![將軍出使擁樓船, 江上旌旗
拂紫烟. 萬里橫戈探虎穴, 三杯拔劍舞龍泉. 莫道詞人無膽氣, 臨行將贈繞
朝鞭.]" 요조(繞朝)는 춘추시대 진(秦)나라의 대부(大夫)이다. 《좌전》〈문
공(文公) 13년〉에 따르면 진(晉)나라의 사호(士會)가 진(秦)나라에 망명했
는데, 진(晉)나라에서 위수여(魏壽餘)에게 거짓으로 진(秦)나라에 망명하
게 한 다음, 강공(康公)에게 사회를 진(晉)나라에 사신으로 보내도록 유세

將軍出使擁樓船	장군이 여러 척의 누선을 타고 사신으로 나가니
江上旌旗拂紫烟	강 위의 깃발들에 자줏빛 안개 스친다.
萬里橫戈探虎穴	머나먼 이국땅에서 창 비껴들고 호랑이굴 탐색하며
三杯灑酒舞龍泉	석 잔 술 마신 후 용연검(龍淵劍) 뽑아 들고 휘두르지.
莫道詞人無膽氣	시인이라 담력도 기개도 없다 하지 마오
應知尺伍有神仙	가까운 곳에 신선 있음을 응당 알지니!
火旗雲馬生光彩	붉은 깃발들과 구름처럼 많은 말 광채를 피워내며
露布飛傳到御前	노포(露布)의 급한 전갈 황제 앞에 전할 지라!

잔치가 끝날 때 사령관은 장수들에게 명하여 명나라에서 가져간 연꽃 문양이 장식된 청자(靑瓷) 접시 백 개와 역시 연꽃 문양이 장식된 주발 서른 개, 모시 실 스무 필(匹), 능라 비단 스무 필을 가져와 국왕에게 답례로 전하게 했다. 또 소록진주(燒綠珍珠)[21] 스무 꿰

하게 했다. 이때 대부 요조가 음모를 눈치채고 간언했지만 강공이 들어주지 않았다. 결국 사회가 떠나는 날 요조가 채찍을 주며 위로했다고 한다. 여기서 이백은 자신을 요조에 비유했다. 인용된 시에 덧붙여진 마지막 두 구절은 이백의 시 〈안서막부로 가는 정시어와 유시어, 독고판관을 전송하며[送程劉二侍御兼獨孤判官赴安西幕府]〉에 들어 있는 것이다.

21 황록석(黃綠石)이라고도 불리는 팔면체의 수정체(水晶體) 광물인 소록석 (燒綠石, pyrochlore)을 가리킨다.

미와 진금천선(眞金川扇)이라는 부채 스무 자루를 두 승상에게 답례로 주고, 마음껏 즐긴 후에 잔치를 파했다. 좌우 승상이 돌아가 국왕에게 보고하자 국왕도 무척 기뻐했다.

이튿날 아침 좌우 승상이 다시 삼보태감을 찾아왔다.

"우리 국왕께서 목숨을 살려주신 사령관님의 은혜에 감사하며, 잔치를 열어 보답하시겠다고 다시 저희에게 모셔 오라고 하셨습니다. 잠시 성에 들어가서서 서역의 경치라도 감상하시지요."

"국왕께 대신 감사의 말씀을 전해 주시구려. 이 몸은 군사업무를 책임지고 있어서 여가가 없소이다. 대신 해마다 우리 황제께 사신을 보내 조공을 올린다면, 양국 간의 우의를 충분히 확인할 수 있을 것이오."

좌우 승상이 떠나자 삼보태감은 벽봉장로와 장 천사를 모시고 장수들의 공로를 각기 따져서 상을 내렸다. 이러는 와중에 사흘이 지나자 벽봉장로가 말했다.

"너무 오래 머물러 있으면, 나라의 재물과 양곡을 낭비하는 게 아니겠소이까?"

이에 삼보태감은 즉시 명령을 내려서 모든 군사에게 진영을 철수하고 배에 오르게 했다. 또 수레를 비롯해서 움직이는 것들을 밧줄로 단단히 묶고, 닻을 올린 다음, 돛을 펼쳐 바람을 가득 안고 다시 서쪽을 향해 나아갔다.

그때 누군가 말을 타고 나는 듯이 달려와 보고했다. 호위병이 물었다.

"누구냐? 무슨 일이냐?"

"저는 금련보상국의 정찰대장 젠트리입니다. 지금 우리나라 셋째 왕자가 국왕께서 명나라에 항복한 데에 불만을 품고 자기 병사들을 이끌고 떠나 버렸습니다. 국왕께서는 혹시 중국 군대의 앞길에 무슨 변고가 생길 경우 저희까지 연루될까 염려하시면서, 이 일을 알려드리라고 하셨습니다."

호위병이 중군 막사에 보고하자 삼보태감이 말했다.

"아비가 귀순했는데 자식이 어디로 간단 말인가? 국왕에게는 죄를 묻지 않겠다!"

젠트리가 말을 달려 돌아가자 함대는 예전처럼 중앙과 좌우, 전후의 오영(五營)과 전후좌우의 사초(四哨)로 대열을 맞추어 항해했다. 그렇게 한참을 가고 있는데, 또 바닷가에서 누군가 말을 달려 다가오며 고함을 질렀다.

"배에 계신 분들께 알립니다!"

호위병이 큰 소리로 물었다.

"누구냐? 무슨 일이냐?"

"저는 금련보상국의 정찰병 헤이딩거[海弟寧兒]입니다. 우리 국왕께서 사령관께 알리라고 하셨습니다. 여기서 얼마 멀지 않은 곳에 빈동국(賓童國)이라는 작은 나라가 있습니다. 우리 국왕께서 이미 정찰대장 젠트리 장군에게 먼저 가서 통보해 놓았으니, 배가 그곳에 도착하면 곧바로 항서와 상소문을 올릴 것입니다. 그리고 통관문서를 교환할 필요도 없으니, 사령관께서 심신의 수고를 덜 수 있을 것입니다. 이 또한 우리 국왕의 작은 성의입니다!"

호위병이 중군 막사에 보고하자, 사령관은 알았다고 하며 그 정찰병을 돌려보내라고 분부했다.

그렇게 잠시 항해를 계속하는데 벌써 날이 저물었다. 이에 사령부에서는 돛을 걷고 닻을 내려서 잠시 쉬고, 이튿날 아침에 바람을 살펴서 계속 항해하라고 명령을 내렸다. 그런데 한밤중에 왼쪽 정찰부대의 인마가 마치 전쟁이라도 벌이는 시끄럽게 고함을 질러댔다. 날이 밝자 사령관이 상황을 물어보기도 전에, 왼쪽 정찰부대의 정서부도독 황전언(黃全彥)이 갑옷과 투구를 모두 차려입고 꽃무늬가 장식된 구리도끼를 든 채, 배를 노략질하려던 강도들을 압송해왔다. 사령관이 심문해 보니 그 우두머리가 바로 금련보상국의 셋째 왕자였다. 그를 따라온 서른 남짓한 인원들은 모두 해적들이었다. 이에 마 태감이 말했다.

"이 도적들은 죄가 확실하니, 하나씩 끌고 나가 목을 베어버리십시오."

삼보태감이 말했다.

"셋째 왕자, 죽고 싶은가, 살고 싶은가?"

"일이 이렇게 되었으니 죽을 수밖에 없소."

"그건 아니지! 예로부터 태산처럼 무거운 죽음과 기러기 깃털처럼 가벼운 죽음이 있다고 했는데, 그대가 오늘 죽는다면 이 가운데 어느 것에 해당하겠는가? 신하는 충성심 때문에 죽는다고 할 수도 있겠지만, 우리가 지금 병사를 이끌고 서양으로 와서 그저 그대의 부왕에게 항서 한 장만 받았을 뿐일세. 그대의 사직과 강산은 아직 그대로 있는데, 이게 어찌 신하로서 충성심 때문에 죽는 것이라 하겠는가? 그리고 자식은 효도를 위해 죽는다고 한다 해도, 그대의 부왕은 무사히 왕위에서 나라를 다스리고 있으면서 치욕을 당하거나 폭언을 듣지도 않았으니, 이게 어찌 자식으로서 효도 때문에 죽는 것이라 하겠는가? 그렇다면 충성심을 위해서도 아니고 효도를 위한 것도 아닌데, 이렇게 죽는다면 무슨 이로움이 있겠는가?"

원래 사람은 누구나 옳고 그름을 판별하는 마음을 가지고 있는지라, 삼보태감의 이 말을 들은 셋째 왕자는 할 말을 잃고 부끄러움에 얼굴이 벌겋게 되었다. 삼보태감이 그 마음을 헤아리고 다시 말했다.

"내 그대 부왕의 체면을 생각해서 차마 그대를 죽일 수 없네."

그리고 군정사의 관리에게 가슴에 꽃무늬 바탕에 기린의 무늬가 수놓아진, 옷깃이 둥근 옷을 한 벌 가져오게 해서 셋째 왕자에게 주고 돌려보내려 했다. 그러자 셋째 왕자가 말했다.

"목숨을 살려주신 것만 해도 너무나 감사한데, 이렇게 큰 상을 주시니 어찌 감당할 수 있겠습니까!"

"받아 가시게. 이후로 이 옷을 입을 때는 이 안에 담긴 뜻을 생각하며 문무를 열심히 익히도록 하시게."

그리고 다시 군정사의 관리에게 푸른 천으로 만든 소매가 넓은 두루마기를 서른 벌 남짓 가져오게 해서 셋째 왕자를 따라온 자들에게 나눠 주었다.

"이제부터는 오직 생업에 힘쓰면서 해적질 따위는 하지 말도록 하라!"

이들이 감사의 절을 올리고 떠나자 왕 상서가 말했다.

"그야말로 은혜와 위엄을 함께 보여주신 처사였습니다. 천자의 나라로서 오랑캐를 제어하는 방법은 이래야 합니다."

그 말이 끝나기도 전에 호위병이 와서 보고했다.

"저쪽 산에 땔나무와 풀이 많으니, 군사들에게 채취해 오라고 하는 게 좋겠습니다. 나중에 급하게 쓸 데 있을지 모르지 않습니까?"

삼보태감이 허락하자 군사들이 땔나무와 풀을 채취해왔다. 삼보태감이 물었다.

"거기는 무슨 산이더냐?"

호위병이 대답했다.

"금련보상국의 산과 이어진 것인데, 가파르긴 하지만 꼭대기는 평탄합니다. 그 꼭대기에서 한 줄기 폭포가 떨어지는데, 천 길은 될 듯합니다. 그리고 꼭대기에 보살의 머리처럼 생긴 바위가 하나 있는데, 거기에 이런 시가 새겨져 있습니다.

浪作彌陀石作身	물결은 아미타불이 되고 바위는 육신이 되었나니
因貪海上避紅塵	속세를 피하려고 바다로 왔기 때문이라.
有人問我西來事	누군가 내게 서쪽으로 온 이유를 물었지만
默默無言總是眞	묵묵히 말이 없어도 결국 진리는 변함없으리라!

그 시의 뒤쪽에는 '영산(靈山)의 스님 바위에 능양자(凌洋子)가 쓰다.'라고 새겨져 있습니다. 이로 보건대 이곳은 영산이라는 산이 아닐까 싶습니다."

"거기에 마을이 있더냐?"

"인가는 몇 개만 있는데, 다들 그물을 엮어 생계를 꾸리고 있습니다."

"무슨 토산품 같은 건 없더냐?"

"아주 굵고 무늬가 아름다운 등나무 덩굴이 있었습니다. 또 잎이 우거진 빈랑나무가 있었고, 그 외에는 별다른 게 보이지 않았습니다."

이에 삼보태감은 배를 출발시키라고 분부했다. 이때부터는 매일 순풍이 불어서 대엿새 동안 순조롭게 항해했다. 삼보태감이 호위병에게 물었다.

"앞쪽에는 무슨 나라가 있느냐?"

"그런 건 보이지 않습니다."

"저번에 금련보상국에서 전하기를 멀지 않은 곳에 나라가 하나 있다고 했는데, 어떻게 아직 보이지 않는 것이냐?"

"엿새 가까이 항해했는데도 아직 산발치 하나를 벗어나지 못하고 있습니다."

"무슨 산이 이리 크단 말이냐!"

그렇게 하루를 더 항해하고 나자 겨우 그 산에서 벗어나 어느 나라에 도착했다. 그들이 배를 제대로 정박하기도 전에, 젠트리가 한

무리 기마병들을 이끌고 멀리서 마중을 나왔다.

"제가 국왕의 명을 받고 먼저 와서 빈동룡 왕국에 와서 이렇게 전했습니다.

'남선부주 명나라 황제 폐하께서 파견하신 두 분 사령관과 천사, 국사께서 이민족을 다스리고 보물을 찾으러 가시는 길에 지나는 나라에게 모두 항서와 상소문, 통관문서를 바치라고 했소. 이에 불복하는 경우에는 용서 없이 그 군주를 죽이고 나라를 멸망시킬 것이오.'

그래서 지금 빈동룡 왕국의 국왕이 직접 항서와 상소문, 통관문서를 지니고 천자의 군대를 영접하러 나왔습니다. 이에 사령관께서 불필요한 심신의 수고를 하지 않도록 해 드리려고 이렇게 알려 드리는 바입니다."

그 말이 끝나기도 전에 빈동룡 왕국의 국왕이 붉은 말을 타고 붉은 양산을 펼친 채, 앞뒤로 백여 명의 신하를 거느리고 느릿느릿 다가왔다. 호위병이 그를 배로 안내하자, 두 사령관이 맞이하여 정중하게 인사를 했다. 국왕은 무척 기쁜 표정으로 먼저 상소문을 바쳤다. 삼보태감은 그걸 받아서 중군의 장수에게 잘 보관하라고 했다. 이어서 항서를 바쳐서 삼보태감이 받아 펼쳐 보니, 거기에는 이렇게 적혀 있었다.

빈동룡 왕국의 국왕 푸와나야[普哇拿牙]가 위대한 명나라 총병 초토대원수(統兵招討大元帥)께 삼가 절하며 올립니다.

듣자 하니 하늘에는 두 개의 태양이 없고 백성들에게는 두 명의 왕이 없다고 했습니다. 현명한 천자께서 이미 홀로 만방을 다스리고 계시니, 아득한 이방의 나라일지라도 한 분의 군주를 모시고 있습니다. 그러니 하물며 이 작은 나라가 어찌 감히 함부로 하겠습니까? 이에 삼가 이 문서를 바쳐 제왕의 깃발 아래 순종하겠습니다. 황제의 궁궐 바라보며 영혼이 날아가고, 원문(轅門)을 두드려 무릎 꿇고 절을 올립니다. 부디 환히 살피시어 긍휼과 연민을 베풀어 주십시오.

감당하지 못할 전율과 두려움으로 청원합니다.

삼보태감이 다 읽고 나서 말했다.

"글로는 다 쓰지 못했지만, 국왕의 풍성한 덕을 충분히 알 수 있겠습니다."

"천자의 군대가 왕림해 주서서 감사합니다. 저희는 작은 나라라서 백성들도 가난하고 가진 재물도 없는지라 바칠 만한 물건도 없기에, 삼가 토산품으로나마 위대한 명나라 황제께 바치고자 합니다."

"항서와 상소문만 받아도 충분하니, 진상품은 바칠 필요 없습니다."

국왕이 진주로 장식된 붉은 상자를 하나 꺼냈는데, 겉에는 작은 황금 알갱이로 장식되어 있었다. 국왕이 두 손으로 바치자 삼보태감이 받아서 내저관(內貯官)에게 건네주며 잘 보관하라고 했다. 국왕이 또 목록 하나를 바쳐서 삼보태감이 받아 펼쳐 보니, 거기에는 이렇게 적혀 있었다.

　　용안(龍眼)을 장식한 술잔 한 개, 봉황 꼬리를 장식한 부채 두
　자루, 산호로 만든 베개 한 쌍, 기남향(奇南香) 나무로 만든 허리
　띠 하나

심보태감이 말했다.
"너무 많군요!"
"예물은 보잘것없지만, 그래도 쓸 만한 부분이 있습니다."
그 쓸 만한 부분이 무엇인지는 다음 회를 보시라.

함대가 나곡 왕국[1]을 지나면서
계책으로 세븐빈을 격파하다

實船經過羅斛國　　實船計破謝文彬

翹首西洋去路賖	고개 들어 서양을 보니 길은 아득히 먼데
遠人爭睹迓皇華	이역 사람들 다투어 구경하며 사신을 맞이하네.
一朝榮捧相如璧	어느 날 영광스럽게도 인상여(藺相如)[2]처

---

1 나곡국(羅斛國, Lopburi kingdom)은 지금이 타이 만(灣) 북쪽에 있던 고대 크메르(Khmers) 민족의 독립왕국이다. 그 수도는 메콩 강(Mekong River) 하류의 롭 부리(Lop Buri, 흔히 라우[Lawo]라고도 함)에 있었다. 당시 상당한 세력을 갖추고 있던 이 나라는 송나라 후기 때부터 코끼리를 조공으로 바치면서 문헌에 등장하며, 원나라와 명나라 때까지 중국과 매우 긴밀한 외교 관계를 유지했다. 그러나 이후로는 문헌에 나타나지 않는데, 이는 이 나라가 샴(暹, Siam) 왕국과 합병되었기 때문일 것으로 여겨지고 있다.

2 인상여(藺相如: 기원전 329~기원전 259)는 전국시대 조(趙)나라의 상경(上卿)을 지낸 정치가이다. 《사기》〈염파인사여열전(廉頗藺相如列傳)〉에 따르면 조나라 혜문왕(惠文王)이 화씨벽(和氏璧)을 얻었는데, 진(秦)나라 소왕(昭王)이 그 소문을 듣고 15개의 성(城)과 맞바꾸자고 했다. 이에 인상여가 화씨벽을 들고 진나라로 찾아가 목숨을 걸고 유세하여 화씨벽을 무사히 지니고 조나라로 돌아갔다고 한다.

	럼 벽옥을 받들고
萬里遙傳博望槎	만 리 먼 곳에 전하려 장건(張騫)[3]의 뗏목을 탔네.
玉節光搖驚海怪	옥 부절(符節) 빛나며 흔드니 바다의 괴물들 놀라고
繡衣分彩照紅花	화려하게 수놓은 옷 붉은 꽃을 비추네.
還朝天子如相問	조정에 돌아갔을 때 천자께서 물으신다면
爲說車書混一家	천하의 법도와 문자가 하나로 통일되었다고 대답하리라!

그러니까 빈동룡 왕국의 국왕이 삼보태감에게 이렇게 말했다.

"예물은 보잘것없지만, 그래도 쓸 만한 부분이 있습니다."

"그게 무엇인지요?"

"이 용안(龍眼)을 장식한 술잔은 원래 여룡(驪龍)[4]의 눈자위에 장

---

3 장건(張騫: 기원전164?~기원전 114, 자는 자문[子文])은 한나라 때 실크로드를 개척하는 데에 크게 기여한 인물이다. 장화(張華)의 《박물지(博物志)》에 따르면, 한나라 무제(武帝)가 장건에게 황하(黃河)의 끝을 알아보고 오라고 명령을 내리자 그는 뗏목을 타고 여러 달을 가서 어느 곳에 이르렀는데, 관청처럼 생긴 성안에서 베를 짜는 여인과 소를 끌어다가 강물을 마시게 하는 남자를 만났다. 그가 이곳이 어디냐고 묻자 그 남자는 도가 사상가인 엄군평(嚴君平: 기원전 86~서기 10)에게 물어보라고 했다. 또 베를 짜던 여인은 장건에게 지궤석(支机石)을 주었다고 한다. 이후 장건은 박망후(博望侯)에 봉해졌다.

4 여룡(驪龍)은 흑룡을 가리킨다. 《시자(尸子)》 권하(卷下)에 따르면 그것은 옥연(玉淵) 속에 살고 있으며, 턱 아래 여의주를 물고 있다고 했다.

식을 새겨 넣어 잔으로 만든 것인데, 술을 가득 따르면 검은 구름이 피어나서 마치 눈 속의 검은 동자처럼 은은하게 보이는지라 무척 사랑스럽습니다. 이 봉황 꼬리를 장식한 부채는 단산(丹山)에서 노닐던 봉황의 꼬리를 모아 만든 것인데, 살펴보면 오색 문양을 나타내고 부치면 시원한 바람이 일어 두통이나 눈에 열이 나는 질환을 예방합니다. 이 산호로 만든 베개는 다른 것들과는 달리 베고 자면 밤에 영험한 꿈을 꾸어서, 기도하는 대로 길흉화복에 대해서 모두 알게 됩니다. 이 기남향(奇南香) 나무로 만든 허리띠 역시 다른 것들과는 달리 허리띠 중간의 작은 용들이 모두 살아 있어서 눈보라 속에서 어지럽게 날아오르는 듯합니다. 그러니 보잘것없는 예물이지만 그래도 쓸 만한 부분이 있지 않습니까?"

삼보태감이 대단히 훌륭한 예물이라고 칭송하자 국왕이 또 말했다.

"몇 가지 토산품을 더 바치겠습니다."

"또 무슨 토산품입니까?"

"별건 아니지만 사령관님 수하들에게 나눠 주십시오."

"신하는 국가 간의 외교 외에 다른 것은 찾지 않는 법입니다. 이미 많은 조공 물품을 풍족히 받았는데, 어찌 사적인 선물을 받을 수 있겠습니까?"

"별다른 것이 아니라 작은 우리나라에서 나는 기남향과 몇 가지 무늬를 염색한 천들에 지나지 않습니다."

"성의는 충분히 받았습니다. 저희는 공식적인 예물 외에는 한 오

187

라기 실이라도 사적으로 받을 수 없습니다."

국왕이 굳이 주겠다고 했지만 삼보태감은 재삼 사양하며 결국 받지 않고, 오히려 군정사의 관리에게 가슴에 짐승 문양이 수놓아진, 옷깃이 둥근 장삼 한 벌을 꺼내 와서 국왕에게 답례로 주게 했다. 국왕도 받지 않으려 하자 삼보태감이 말했다.

"이건 조공 예물에 대한 답례입니다. 그런데도 받지 않으시면 저희도 조공 예물을 받을 수 없습니다."

그러자 국왕은 어쩔 수 없이 받았다. 또 그 나라 장수들과 관리들에게도 각기 선물을 주자, 다들 감사 인사를 하고 물러갔다. 그러자 국왕이 또 말했다.

"저희가 귀국 군사들에게 나눠줄 곡식과 마초를 조금 준비했습니다."

"그것도 필요 없습니다. 저번에 금련보상국에서 많이 받았거든요."

그러면서 끝내 받지 않자 국왕은 눈물을 흘리며 감사하고 떠났다. 그러자 왕 상서가 물었다.

"오늘은 왜 굳이 받지 않으셨습니까?"

"줄 때는 많이 주고, 받을 때는 조금만 받아야 한다는 말도 있지 않습니까?"

"이역 사람들을 온화하게 대하는 법을 잘 알고 계시는군요."

삼보태감은 국왕의 말을 상대해 주면서 다른 한편으로 잔치를 준비하게 했다. 그리고 술을 마시다가 국왕에게 물었다.

"귀국에서 금련보상국까지는 며칠이나 걸립니까?"

"육로로는 사흘이면 갈 수 있지만, 물길로는 일주일 남짓 가야 합니다."

"어떻게 물길로 가는 게 더 오래 걸립니까?"

"중간에 곤륜산(崑崙山)이라고 부르는 산이 하나 가로막고 있기 때문입니다. 이곳 속담에 '위로는 칠주(七洲)가 무섭고 아래로는 곤륜산이 무섭다. 조금이라도 키를 잘못 조정하면 배도 사람도 모두 살아남을 수 없다.'라고 합니다."

"정말 위험한 모양이군요!"

"우리나라에 도착하면 곧 부처님의 나라에 도착한 거라고 할 수 있습니다."

"그래도 작은 나라인 셈인데, 어떻게 부처님의 나라라고 하시는 건지요?"

"우리나라는 원래 사위성(舍衛城)[5]으로서 기타(祇陀) 태자가 나무를 심고 급고독(給孤獨) 장자(長者)가 정원[6]을 세웠으며, 석가모니께

---

5 사위성(舍衛城, Sravasti)은 옛날 인도의 코살라(拘薩羅, Kosala) 왕국의 수도이다. 랍티(Rapti) 강 의 사헤트마헤트(Sahet-mahet)에 가깝고, 갠지스강 남쪽의 마가다(摩揭陀, Magadha) 왕국의 왕사성(王舍城, rājagrha)과 그다지 멀지 않은 이곳은 기원정사(祇園精舍)가 있는 곳으로 유명하다.

6 인도 불교의 성지 가운데 하나인 기수급고독원(祇樹給孤獨園, Jetavana-anāthapiṇḍasyārāma)을 가리킨다. 기원(祇園), 기수(祇樹), 기원정사(祇園精舍), 기타림(祇陀林), 서다림(逝多林) 등으로도 줄여 부르는데, 그 의미는 소나무가 우거진 아름다운 숲이라는 뜻이다. 기수(祇樹)는 바로 기타태자(祇陀太子)가 가진 나무를 줄여서 말한 것이고, 급고독(給孤獨)은 사위성(舍衛城)의

서 동냥 다니신 곳입니다. 또한 목련존자(目蓮尊者)가 사셨던 집도 아직 남아 있어서, 지금도 소식을 하며 불경을 외면서 많은 불사(佛事)가 행해지고 있습니다. 그저 나라가 작고 힘이 약할 따름입니다."

'계속 유약한 소리만 하는데, 이걸로 나를 엮어서 어찌 해보려는 거 아닌가? 한 번 찔러 봐야겠군.'

마침 국왕이 술을 사양하자 삼보태감이 말했다.

"군대 안이라 오락이라 할 만한 것이 없군요."

그러면서 검무(劍舞)를 추라고 하자 수하들이 쌍쌍이 나와서 검무를 췄다. 이어서 칼과 창, 갈퀴, 채찍, 삼지창 등의 무기를 이용하여 무예를 선보였고, 맨손 격투기도 보여주었다. 그야말로 강한 군대에 약한 군사가 없고 호랑이가 있는 산에는 큰 짐승이 있다는 격이었다. 국왕은 명나라 군사들의 용맹함과 숙련된 무예를 보고 그저 탄성만 내질렀다.

"대단합니다! 과연 대단합니다!"

그러더니 술기운을 이기지 못하고 작별인사를 하며 말했다.

"여기서 열흘쯤 가면 수전(水戰)에 능한 나라에 도착하게 되니, 미리 방비하셔야 할 것입니다."

장자(長者)였던 수다타(須達, Sudatta)의 별명이다. 이곳은 석가모니 부처가 여러 차례 설법을 한 곳으로서 왕사성(王舍城)의 죽림정사(竹林精舍, veṇuvana-vihāra)와 나란히 명성을 날리는 곳이다. 이곳은 본채 건물만 7층에 해당하는 화려하고 웅장한 사원이었다고 하지만 당나라 현장(玄奘)이 찾아갔던 7세기 무렵에 이미 폐허로 변해 있었다.

"일깨워주셔서 감사합니다."

이윽고 함대가 출발했다. 매일 순조로운 바람을 받으며 바닷가를 따라가면서 낮에는 태양이 지나는 것을 보고, 밤에는 별자리를 보고, 별이 보이지 않을 때는 붉은 등롱의 안내를 받아서 갔기 때문에 밤낮으로 쉬지 않고 항해할 수 있었다. 그렇게 열흘 남짓 가자 과연 어느 나라에 도착해서 배를 정박했다. 삼보태감이 배 밖으로 나와 둘러보니, 산은 하얀 돌처럼 나무 하나 없었고, 깎아지른 절벽이 까마득히 천 리나 되게 이어져 있었다. 바깥쪽 산은 대단히 험준했고 안쪽 고개들도 아주 깊이 파여 있어서, 그야말로 절경이라 할 만했다. 이를 증명하는 시가 있다.

芙蓉寒隱雪中姿	차가운 눈 속에 부용은 자태를 뽐내고
紫氣晴當馬首垂	자줏빛 기운 맑은 곳에 말은 고개를 숙이네.
虎嘯石林無晝夜	호랑이 울부짖는 바위 숲에는 밤낮의 구별 없고
雲封巖洞有熊羆	구름에 갇힌 바위 동굴엔 큰 곰들이 살겠구나.
硤深仰面窺天細	골짜기 깊어 고개 들어 살펴보면 하늘도 조그맣게 보이고
路險行吟得句奇	험한 길 걷다 보면 저절로 시 구절을 얻겠구나.
回首北辰應咫尺	돌아보면 북극성도 지척에 있을 듯하고
天威獨仗地靈知	하늘의 위엄은 영험한 땅에 드리운다네.

한참 동안 살펴보니 멀리 희미하게 성곽과 건물들의 모양이 보였다.

'이번에도 골치 좀 아프겠구나!'

그는 즉시 명령을 내려서 예전처럼 부대를 수군과 육군으로 나누고, 오영대도독들도 뭍으로 군사를 이동해서 군영을 설치하게 했다. 중국 막사에는 두 사령관이 자리를 잡고 앉았으며, 좌우 선봉들도 앞서와 마찬가지로 양쪽으로 나뉘어 쇠뿔을 곧추세운 형태로 진세를 펼치게 했다. 또 사초부도독들도 물 위에 전후좌우로 영채를 세우게 하고, 중군 막사에는 장 천사와 벽봉장로를 모셨다. 수륙 양쪽의 진영에서는 낮이면 수많은 깃발을 세워 놓고 북을 울리고 방울을 흔들었고, 밤이면 망대를 세우고 시각에 맞춰 점호했다.

한편 정찰을 돌던 오랑캐 병사가 자기 국왕에게 이 사실을 알리자, 국왕은 즉시 조회를 열어 문무백관을 모았다.

"정찰병은 보고하라!"

"제가 정찰을 하는 도중에 바닷가 일대에 수천 척의 배가 정박해 있는데, 모든 배에는 '상국천병무이취보(上國天兵撫夷取寶)'라고 적힌 노란 깃발이 세워져 있고, 중간에 '사령부[帥]'라는 깃발을 내건 배가 몇 척 있었사옵니다. 그 배들에는 하얀 패가 몇 개 세워져 있었는데 각기 '대명국총병초토대원수(大明國統兵招討大元帥)', '대명국총병초토부원수(大明國統兵招討副元帥)', '천사행대(天師行臺)', '국사행대(國師行臺)'라고 적혀 있었사옵니다. 정말 엄청났사옵니다!"

"그렇다면 남선부주 명나라 황제가 파견한 함대인 모양이로구나."

그 말이 끝나기도 전에 또 다른 정찰병이 들어와 보고했다.

"배가 천 척이나 되고 장수도 천여 명, 강한 군사가 백만 명이나 되는데, 무슨 남선부주 명나라 황제가 오랑캐를 위무하고 보물을 구하기 위해 파견한 거라 하옵니다. 사령관은 삼보 뭐라고 하는 관리이고, 부사령관은 왕 상서라고 하옵니다. 이 둘은 사령부에서 정책을 결정하면서 천 리 밖의 전쟁도 승리로 이끈다고 하옵니다."

그 말이 끝나기도 전에 또 다른 정찰병이 와서 보고했다.

"저기 온 배에 있는 인화진인이라는 도사가 천사라고도 불린다 하옵니다. 또 명나라 황제가 용상에서 내려와 여덟 번 절하고 국사로 모신 승려가 있다 하옵니다. 천사의 배에는 '천하제신면현'과 '사해용왕면현'이라는 거창한 글이 적힌 패가 걸려 있고, 그 중간에는 또 '치일신장관원수단전청령'이라고 적힌 패가 걸려 있사옵니다. 그 승려는 또 좀 괴상해서, 승려이긴 한데 입 모양은 도사처럼 생겼다고 하옵니다."

국왕이 물었다.

"승려이긴 한데 입 모양은 도사처럼 생겼다는 게 대체 무슨 소리냐?"

"머리가 반짝반짝 까까머리니까 승려가 아니옵니까? 그런데 입 주위에 수염을 덥수룩하게 길렀다니 도사의 입 모양이 아니옵니까? 게다가 그 국사는 하늘을 쪼개고 땅을 더하는 재능과 산을 무너뜨리고 바다를 막는 기술이 있고, 해와 달을 가슴에 품고 소매에 하늘과 땅을 가두는 능력이 있다고 하옵니다. 하늘 위든 땅속이든, 고금을 막론하고 적수가 없을 정도로 굉장한 양반이라 하옵니다."

"쓸데없는 소리 그만해라. 어쨌든 명나라 황제가 파견한 이들이라면, 내 나름대로 대책이 있다."

그때 왼쪽 반열에서 츠마에르[刺麻兒]라는 관리가 나서서 말했다.

"우리나라 수군은 천하무적인데 어찌 명나라의 사령관이니 승려, 도사 따위를 무서워한단 말씀입니까?"

그 말이 끝나기도 전에 오른쪽 반열에서 츠시에르[刺失兒]라는 관리가 나서서 말했다.

"옛말에 '찾아오는 자는 선하지 않으니, 충분히 응대해 줘야 한다.'라고 했사옵니다. 명나라에서 우리나라에 군대를 보냈는데, 우리라고 속수무책으로 죽을 때만 기다릴 수 있겠사옵니까! 속히 대장군에게 명령을 내려 군사를 모아 바다와 육지를 엄중히 수비하라고 하시옵소서."

이에 국왕이 말했다.

"두 분의 말씀은 모두 틀렸소."

그러자 츠마에르가 말했다.

"아니, 그게 무슨 말씀이시옵니까?"

"두 분이 잘 모르시는 모양인데, 우리나라는 본래 명나라와 우의가 깊소. 부왕께서 생전에 짐에게 백마와 황금 안장, 그리고 이무기가 수놓아진 도포와 황금 수실을 주었소. 과인이 왕위를 계승할 때 백마는 받지 못했지만, 곤룡포와 황금 수실은 받았소. 다른 건 얘기할 것 없이 과인의 황금이 새겨진 옥도장만 해도 어디서 난 것이겠소? 그리고 왕실 안에 있는 되와 자는 어디서 온 것이겠소? 그뿐 아니오. 과인의 대행인(大行人)[7]이 유구국(琉球國)에 사신으로 파견되었다가 풍랑을 만나 난파되었을 때, 그 나라에서 과인의 재물과 보물을 탐하지 않고 오히려 배를 수리하고 모자란 식량을 보충해 주면서 뱃길을 인도해 주기까지 했소. 명나라가 우리에게 그렇게 큰 은혜를 베풀었는데, 우리가 이제 은혜를 원수로 갚는다면 하늘의 벌을 피하지 못할 것이오!"

그러자 츠시에르가 말했다.

"대왕께서 저들과 옛 인연이 있어서 은혜와 보답을 생각하시는 것은 당연한 일이옵니다. 다만 저들이 찾아온 뜻을 모르니……"

"시비를 따지는 사람이야말로 정작 그 문제를 해결해야 하는 법이오. 그대가 저들이 온 뜻을 모르겠다고 하니, 이제 그대가 가서 알아보고 오도록 하시오."

"명을 받드옵니다."

그가 즉시 출발하려 하자 국왕이 말했다.

"잠깐! 해 줄 말이 있소이다."

"막 다녀올 참이었는데 왜 부르시옵니까?"

"이번은 다른 때와는 다른 방식으로 알아보도록 하시오. 보통은

---

7 대행인(大行人)은 원래 천자와 제후 사이의 중대한 교제를 위한 의례를 담당하는 관리를 가리킨다.

몰래 첩자를 보냈지만, 이번에는 그대가 직접 배로 찾아가 사령관을 만나서 찾아온 이유를 물어보도록 하시오. 가서서 우리나라는 어떤 요구사항도 거절하지 않고 모두 뜻대로 따르겠다고 전하시구려."

"알겠사옵니다."

"어서 다녀오시오."

"예!"

츠시에르는 즉시 조정을 나와서 삼보태감을 찾아 배로 갔다. 그러자 배에 있던 이들이 말했다.

"사령관께서는 뭍의 군영에 계십니다."

이에 군영으로 찾아가자 삼보태감이 물었다.

"그대는 누구요?"

"저는 이 나라 우승상인 츠시에르입니다."

"여기는 무슨 나라요?"

"나곡국입니다."

"국왕께선 성함이 어찌 되시오?"

"삼다 자오쿠니아[參烈昭崑牙][8]라고 하옵니다."

---

8 캄보디아 역사에 따르면 1371년부터 1373년까지 섬라곡국(暹羅斛國) 즉 샴 크메르 왕조는 바산(Basan)에 도읍을 둔 후에르나(Hu-erh-na, Kalamegha) 왕이 통치하고 있었다. 또 1377년부터 1383년까지는 앙코르(Ankor)에 도읍을 둔 삼다 캄부자디라자(Samdach Kambujadhiraja, Gamkat)가 앙코르를 수복해서 다스렸다. 캄부자디라자는 1377년부터 1383년까지 중국에 여러 차례 사신을 보냈고, 명나라에서는 답례로 《대통력(大統曆)》등을 하사한

"그래, 무슨 일로 그대를 보냈소?"

"우리 국왕께서 이렇게 말씀하셨습니다. 작은 나라가 천자의 나라에 두터운 은혜를 입었으니 은혜를 원수로 갚을 수 없는지라, 우리나라는 어떤 요구사항도 거절하지 않고 모두 뜻대로 따르겠다고 하셨습니다. 다만 사령관께서 어떤 생각이신지 알 수 없어서, 제게 와서 여쭤보라고 하셨습니다. 급히 오느라 예를 갖추지 못했으니, 용서해 주십시오."

"우리가 온 것은 다른 뜻이 있어서가 아니오. 단지 우리 태조 황제께서 하늘의 운세를 이어받아 오랑캐 원나라를 소탕하셨는데, 중국에 있던 전국옥새를 그만 원나라 순제가 하얀 코끼리에 싣고 서양으로 도망쳐 버렸소이다. 그래서 우리가 황제 폐하의 명을 받아 군사를 이끌고 나와서 이방의 나라를 순시하며 위로하고 옥새의 행방을 알아보려 하오이다. 그러니 만약 귀국에 그 옥새가 있다면 속히 저희에게 주시고, 그렇지 않다면 통관문서를 교환하고 다른 나라로 갈 생각이오."

"그렇다면 저희는 더욱 하늘 같은 은혜를 입게 된 셈입니다. 돌

적이 있다. 홍무 7년(1374)년에는 그 나라의 배가 난파되어 해남도(海南島)로 표류한 일이 있었다. 이후 1384년부터 1389년까지는 삼다 파오피예[參烈寶毘牙, Samdach Pao-p'i-yeh Kambuja, Dharmasokaraja]가 왕위를 계승했으며, 그는 1387년과 1388년에 중국에 사신을 보낸 바 있다. 한편 명나라 때 엄종간(嚴從簡: ?~?, 자는 중가[仲可], 호는 소봉[紹峰])이 편찬한 《수역주자록(殊域周咨錄)》에 따르면 홍무 연간 초기인 1368년부터 1373년까지 중국에 사신을 보낸 섬라곡국의 왕은 삼다 자오쿠니아[參烈昭崑牙]라고 했으니, 후에르나를 가리키는 것일 수도 있겠다.

아가서 국왕께 보고하여 항서와 상소문을 올리고, 통관문서를 교환해 드리고, 아울러 자그마한 진상품을 바치겠습니다."

"이렇게 호의를 베풀어 주시니, 양국 간에 인연이 있는 모양입니다."

츠시에르가 돌아가 보고하자 국왕은 무척 기뻐하며 즉시 상소문을 쓰고 예물을 준비하게 하는 한편, 먼저 사람을 보내서 중군 막사에 알렸다.

"저희 국왕께서 직접 상소문과 예물을 가지고 오시겠다고 합니다."

'혹시 무슨 계략이 숨어 있을지 모르니 조심해야겠군.'

이렇게 생각한 삼보태감은 즉시 수륙의 군영에 명령을 내려서 궁수(弓手)들에게 화살을 시위에 걸고 칼을 뽑아 들고 만약의 사태에 대비하게 했다. 잠시 후 나곡국 동쪽 성문에서 먼지가 일더니 한 무리 군마가 우르르 몰려왔다. 맨 앞의 장수는 이런 모습이었다.

鏵鍬兒出隊子	쌍날 가래 든 청년이 부대를 이끌고 나오는데[9]
香羅帶皂羅袍	향기로운 비단 허리띠 안에 검푸른 비단 전포 입었구나.[10]

---

9 원문의 〈화추아(鏵鍬兒)〉와 〈출대자(出隊子)〉는 중국 연극에서 자주 사용되는 곡패(曲牌) 이름이기도 하다. 이 노래는 모두 이렇게 곡패와 사패(詞牌) 등을 이용하여 일종의 말장난을 하고 있다.

10 《향라대(香羅帶)》는 중국의 지방 연극 가운데 하나인 월극(越劇)의 대표적인 작품으로서 《삼의기(三疑記)》 또는 《습수혜(拾繡鞋)》라고도 부른다. 또 〈조칠포(皂羅袍)〉는 곤곡(崑曲)의 곡패 이름이다.

錦纏頭上月兒高	비단 띠 두른 머리 위로 달이 높이 떴고[11]
菩薩蠻紅衲袄	보살처럼 머리 틀어 올리고 붉은 걸옷 걸친 채[12]
啄木兒僥僥令	나무 쪼는 딱따구리처럼 오랑캐 말로 명령하네.[13]
風帖兒步步嬌	바람에 팔랑이는 표제(標題)처럼 걸음걸이도 사뿐사뿐[14]
踏莎行過喜遷喬	향부자 밟으며 희천교(喜遷橋)를 건너니[15]
鬪黑麻霜天曉	캄캄하던 밤이 서리 내리는 새벽이 되었구나.[16]

---

11 〈금전두(錦纏頭)〉는 〈금전도(錦纏道)〉라고도 부르며 66자로 이루어진 사패 이름이고, 〈월아고(月兒高)〉는 비파(琵琶)를 이용하여 달을 묘사하는 악보(樂譜) 이름이다.

12 〈보살만(菩薩蠻)〉은 원래 당나라 때 교방(敎坊)에서 사용하던 악곡 이름이었으나 훗날 사패와 곡패로도 사용되면서 〈보살만(菩薩鬘)〉, 〈자야가(子夜歌)〉, 〈중첩금(重疊金)〉 등으로도 불렸다. 〈홍납오(紅衲袄)〉는 곡패 이름으로서 북곡(北曲)에서는 황종궁(黃種宮)에 속하며 〈홍금포(紅錦袍)〉라고도 불리고, 남곡(南曲)에서는 남려궁(南呂宮)에 속한다.

13 〈탁목아(啄木兒)〉와 〈요요령(僥僥令)〉 역시 전통적인 곡패 이름이다.

14 〈풍첩아(風帖兒)〉는 곡패 이름이며, 〈보보교(步步嬌)〉 역시 북곡에서 〈반비곡(潘妃曲)〉이라고 부르고 남곡에서는 선려(仙侶)에 해당하는 쌍조(雙調)의 곡패 이름이다.

15 〈답사행(踏莎行)〉은 58자로 이루어진 쌍조의 사패로서 〈류장춘(柳長春)〉 또는 〈희조천(喜朝天)〉이라고도 불린다. 〈희천교(喜遷喬)〉는 지방 연극 가운데 하나인 천극(川劇)에서 주로 사용되는 곡패 이름이다.

16 〈투흑마(鬪黑麻)〉는 곤곡(崑曲)에서 흔히 쓰는 곡패이고, 〈상천효(霜天曉)〉는 정식 명칭이 〈상천효각(霜天曉角)〉이며 〈월당창(月當窓)〉이라고도 불리는 사패 이름이다.

그 장수가 오랑캐 군마를 이끌고 몰려오더니 크게 소리쳤다.

"나는 나곡국 국왕 휘하의 보자전인대원수(普刺佃因大元帥) 세븐빈[謝文彬]이다. 너희는 어디서 온 군마이기에 감히 까닭 없이 우리 영토를 침범했느냐? 감히 우리나라에 대장군이 없다고 무시하는 게냐? 당장 군사를 거두어 다른 나라로 떠나면 아무것도 따지지 않겠다. 하지만 조금이라도 내 말을 거스른다면 하찮은 너희 장수들을 하나하나 창으로 찔러 죽이고, 군사들을 모조리 곤죽으로 만들어 버리겠다!"

그 말이 끝나기도 전에 명나라 진영에서 세 번의 북소리가 울리더니 왼쪽 모퉁이에서 장수 하나가 달려 나왔다. 키가 아홉 자에 어깨가 떡 벌어졌으며, 거뭇한 얼굴에 구불구불 구레나룻을 기르고 있는 그는 호랑이처럼 생긴 머리에 고리처럼 둥근 눈을 하고 있었으니, 다름 아니라 위무대장군 좌선봉 장계였다. 보라, 그는 갈기가 하얀 말을 타고 긴 자루가 달린 표두도(豹頭刀)를 치켜든 채 고함을 질렀다.

"천박한 오랑캐 놈, 버릇이 없구나!"

그러면서 단칼에 적장의 목을 베려 했다. 그런데 그가 막 칼을 치켜들자 명나라 진영에서 또 세 번의 북소리가 울리더니, 오른쪽 모퉁이에서 장수 하나가 달려 나왔다. 커다란 키에 팔뚝이 굵고 코가 높다랗고 퉁방울눈을 한 그는 무위부장군 우선봉 유음이었다. 보라, 그는 오명마를 타고 봉황 수실이 달린 안령도를 뽑아 든 채 고함을 질렀다.

"이놈은 내게 맡기시오!"

그 말이 끝나기도 전에 명나라 진영에서 또 세 번의 북소리가 울리더니, 앞쪽 진영에서 장수 하나가 달려 나왔다. 무리를 묶어 모자를 쓰고 소매를 동여매고 사자머리가 장식된 허리띠를 찬 그는 바로 정서전영대도독 왕량[17]이었다. 그는 금물을 입힌 안장이 얹힌 천리마를 타고 한 길 여덟 자의 창을 휘두르며 소리쳤다.

"이놈은 내게 맡기시오!"

그 말이 끝나기도 전에 명나라 함대에서 장수 하나가 달려 나왔다. 쇠로 만든 둥근 모자를 쓰고, 붉은 머리띠를 둘렀으며, 검푸른 비단 전포에 쇠뿔로 만든 허리띠를 차고 있는 그는 바로 정서전초 부도독 장백이었다. 오추마에 탄 채 여든네 근의 낭아봉을 휘두르며 그가 소리쳤다.

"이놈은 내게 맡기시오!"

그 말이 끝나기도 전에 그는 낭아봉을 휘둘러 단번에 세븐빈을 소리 없이 땅바닥에 떨어진 버들 솜으로 만들어 버렸다. 그리고 곧 그를 중군 막사로 끌고 오자, 삼보태감이 진노하여 꾸짖었다.

"오랑캐 왕이 감히 이런 속임수를 쓰다니! 겉으로는 순종하는 척

---

17 제15회에 따르면 제사영 대도독의 이름은 왕명(王明)이라고 했는데, 여기서는 작자의 착오가 있는 듯하다. 제23회에 따르면 그의 아들의 이름이 왕량(王良)이고, 호가 응습(應襲)이라고 했다. 한편 제52회에는 남경(南京) 용탄좌위순라(龍灘左衛巡邏)에 소속된 병졸 왕명(王明)이 등장하기도 한다.

하면서 뒤로는 수작을 피웠구나!"

그리고 즉시 장수들에게 명령을 내렸다.

"누가 나가서 저 성을 격파하고 궁전에 들어가 국왕을 잡아 오겠는가? 그 왕도 이자와 함께 효수해 버리겠다!"

그 말이 끝나기도 전에 호위병이 보고했다.

"오랑캐 왕이 직접 항서와 상소문, 통관문서를 지닌 채 많은 진상품을 가지고 찾아왔습니다."

"이건 분명히 기신(紀信)이 항우(項羽)를 속인 계책이니,[18] 우리가 거꾸로 그 계책을 이용해야겠다."

그는 즉시 전령을 불러 명령을 전하는 화살을 하나 주면서 여차저차 몇 가지 분부를 했다. 잠시 후 나곡국 국왕이 군영으로 들어오자, 갑자기 딱따기 소리가 나면서 병사들이 우르르 달려들어 국왕을 붙잡고, 따라온 관리들도 모조리 오랏줄로 묶어 버렸다.

'어떻게 갑자기 호의에서 악의로 바뀌었지?'

국왕은 당황하며 다급히 소리쳤다.

"아니, 왜 이러십니까?"

삼보태감이 진노하여 꾸짖었다.

"과연 나곡국 왕 노릇을 할 만하구나. 알고 보니 가증스러운 인면수심(人面獸心)의 작자였어!"

"예? 그게 무슨 말씀입니까?"

---

18 기신(紀信)에 대해서는 제10회의 각주 24)를 참조할 것.

"아까는 우승상을 보내 무슨 뜻이든 따르겠다고 하고, 조금 뒤에는 사람을 보내 상소문을 쓰고 예물을 준비한다고 하더니, 전부 교언영색(巧言令色)의 속임수였어. 우리가 방비하지 못하게 해 놓고 군대를 보내 공격하다니, 이렇게 겉으로는 순종하는 처하면서 뒤로 수작을 부리는 게 인면수심의 작태가 아니고 뭐냔 말이다!"

"우리나라는 조상 때부터 천자의 나라로부터 두터운 은혜를 입었는데, 제가 어찌 은혜를 원수로 갚으면서 스스로 천자의 나라와 인연을 끊으려 하겠습니까? 사령관께서 오셨다는 얘기를 듣고 상소문을 쓰면서 예물을 준비하고 있었을 뿐, 군대나 장수를 파견한 적은 없습니다."

"그래도 발뺌을 해? 여봐라, 그놈을 끌고 와라!"

그 즉시 네 명의 용사들이 오랑캐 장수를 끌고 왔다. 국왕이 그를 알아보고 진노하여 꾸짖었다.

"이놈! 네가 나라를 망치려 드느냐? 누가 너더러 군사를 이끌고 달려와 나를 신의 없는 사람으로 만들라고 하더냐?"

그러자 세븐빈이 국왕을 똑바로 바라보며 말했다.

"한 나라의 왕으로서 노비처럼 남에게 무릎이나 꿇는 주제에 오히려 나더러 신의 없는 사람으로 만들었다고 할 수 있소?"

"사령관님, 이놈은 나라를 망치는 역적이니 어서 목을 치십시오. 제가 그놈의 죄를 분명히 증언하여 천자의 나라에 대한 충성을 보이겠습니다."

그러자 세븐빈이 말했다.

"군주는 신하가 욕되게 될까 염려하고, 군주가 모욕을 당하면 신하는 죽음으로 따르는 법이오. 그러니 내 기꺼이 죽음을 받겠소!"

"너 같은 역적 하나가 죽는다 한들 어찌 아까우랴! 다만 내 마음을 분명히 설명하지 못해 안타까울 뿐이다."

그리고 세븐빈에게 다가가 "철썩!" 따귀를 갈겼다. 그걸 보자 삼보태감은 국왕의 행동이 진심이라는 것을 알았다. 마침 그때 왕 상서가 말했다.

"사령관, 이 국왕은 정말 다른 마음을 품고 있지 않은 것 같습니다."

삼보태감은 즉시 자리에서 내려와 국왕을 윗자리로 모시고, 손님과 주인으로서 인사를 나누었다. 각자 자리에 앉고 나자 국왕이 말했다.

"청렴하신 두 분 사령관의 밝은 지혜로 사방을 비추지 않았으면, 저의 이 충실한 마음이 헛것으로 변해 버릴 뻔했습니다."

"의심할 만한 일이 있었으니 국왕의 잘못이 아닙니다."

왕 상서가 말했다.

"세븐빈 역시 나라에 충성한 것이니, 병사를 함부로 움직인 잘못은 마땅히 용서해 주어야 합니다."

삼보태감은 그 장수를 풀어주라고 분부했다. 국왕은 두 사령관이 더욱 그를 정중하게 대해주고 세븐빈을 죽이지 않고 풀어주는 것을 보자 무척 기뻐하며, 즉시 황금 잎사귀에 쓴 상소문을 두 손으로 삼보태감에게 바쳤다. 삼보태감은 그걸 받아서 중군의 장수에게 주어 보관하라고 했다. 국왕이 또 진상품 목록을 두 손으로 바치자, 삼보태감이 말했다.

"항서만 주셔도 충분하니, 이런 예물은 필요 없습니다."

"예물이 소략해서 죄송합니다."

삼보태감은 계속 받지 않으려 했지만, 국왕이 재삼 강권하는 바람에 어쩔 수 없이 받았다. 목록을 펼쳐 보니 이렇게 적혀 있었다.

하얀 코끼리 한 쌍, 하얀 사자 스무 마리, 하얀 쥐 스무 마리, 하얀 거북이 스무 마리, 나곡향(羅斛香) 두 상자, 강진향(降眞香)[19] 두 상자, 침향(沉香)과 속향(速香) 각 스무 상자, 대풍자(大風子)[20] 기름 열 병, 장미즙 두 병, 소방목[蘇木] 스무 묶음

삼보태감은 목록을 받으면서 양생소(養牲所)의 관리들에게 하얀 코끼리 등 동물을 거두고, 내저관(內貯官)에게 나곡향 등의 물건을 받아 간수하게 했다. 하얀 코끼리는 상아 길이가 아홉 자 정도 되

---

19 강진향(降眞香, Acronychia pedunculata)은 화리모(花梨母)라고도 하는 열대의 상록활엽수이며, 그 껍질은 기혈(氣血)의 순환을 돕고 기침을 멎게 하는 등의 약재로 쓰인다.

20 대풍자(大風子, Hydnocarpus anthelminticus Pierre ex Laness)는 열대의 상록교목으로서, 그 열매는 마풍자(麻風子)라고 해서 약재로도 쓰인다.

고, 그 중간에 보물을 박아 넣은 것이었다. 하얀 고양이나 하얀 쥐
는 털이 눈처럼 새하얀색이었으며, 하얀 거북이는 색깔이야 그렇
다 치고 다리가 여섯 개나 달린 무척 귀여운 녀석들이었다. 그 밖
의 것들도 모두 훌륭한 것들이려니 생각하니 무척 기분이 좋아진
그는 군정사의 관리에게 비단으로 만든 흉배(胸背) 등을 가져와 국
왕에게 답례로 전하게 했다. 국왕이 감사의 절을 하며 그것들을 받
자, 또 나곡국의 장수들에게도 직급에 따라 다양한 선물을 주었다.
그들이 모두 절하고 물러가자 국왕은 또 항서를 바쳤다. 삼보태감
이 받아 펼쳐 보니 이렇게 적혀 있었다.

　　나곡국 국왕 삼다 자오쿠니아가 삼가 거듭 절하며 위대한 명
나라 총병초토대원수께 올립니다.
　　듣자 하니 하늘은 말이 없어도 사계절이 이루어지고, 성인이
나타나심에 만물이 우러른다[21] 하였습니다. 게다가 천자의 나라
가 있어 은혜가 하해와 같고, 우리나라에 태산과 같은 덕을 베풀
어 주셨습니다. 징 소리에서 전쟁의 기미를 알고, 옥처럼 빛나는
천자의 용안을 우러릅니다. 황제의 힘을 모른 채 외딴 변방에서
편히 지내고 있는 백성들에게 각기 온정을 베푸셔서, 하늘을 우
러르며 축복하게 해 주셨습니다.
　　엎드려 바라건대 밝게 살피시어 관용을 베풀어 주십시오.

---

　21 이것은 송나라 때 소식(蘇軾)의 〈집영전추연교방(集英殿秋宴教坊)〉에 들어
　　있는 것으로서, 원문은 "天無言而四時成, 聖有作而萬物睹."이다.

모년 모월 모일 삼다 자오쿠니아가 삼자 거듭 절하며 올림.

삼보태감이 다 읽고 나서 말했다.

"겸양이 지나친 감이 있지만, 후한 덕을 입기에 충분합니다."

"미흡하나마 예물을 준비했으니 군사들에게 나눠 주시고, 인사 전해 주십시오!"

"진상품 외에 다른 것은 조금도 받을 수 없습니다."

국왕이 목록을 건넸지만 삼보태감은 계속 받지 않다가, 재삼 강권하자 하나만 받았다. 그리고 잔치를 준비하여 국왕을 접대하게 하니, 국왕은 날이 저물 때까지 마음껏 마시고 거나하게 취하여 돌아갔다. 그런데 국왕이 막 군영의 문을 나섰을 때 세븐빈이 혼자 말을 타고 나는 듯이 달려왔다. 국왕이 깜짝 놀라서 다급히 물었다.

"또 군대에 무슨 급한 사정이 생겼는가?"

"제가 왕궁으로 돌아가 본 성문 위에 명나라의 어느 장수가 지키고 서서 들여보내 주지 않았습니다. 그래서 돌아와서 땔감을 마련하러 나갔던 병졸로 위장하여 성안으로 들어갔는데, 왕궁 대문 앞에도 명나라 장수가 지키고 서서 문무백관을 들여보내 주지 않았습니다. 그래서 어쩔 수 없이 밧줄을 타고 성벽을 내려와서 국왕께 아뢰려고 달려온 것입니다."

국왕은 그 불길한 소식에 깜짝 놀라 마음을 가다듬지 못했다.

'성문과 왕궁 대문을 지키고 있다면, 우리 강산과 사직은 하루아

침에 무너지고 마는 것이 아닌가!'

그는 다급하게 삼보태감 앞에 무릎을 꿇고 물었다.

"무슨 일로 성문과 왕궁 대문을 지키고 계시는 것입니까?"

삼보태감이 그를 일으켜 세우며 웃음 띤 얼굴로 말했다.

"놀라실 필요 없습니다. 제가 잠시 실수를 했습니다."

"그게 무슨 말씀이신지요?"

"왕께서 여기로 찾아오신 게 혹시 속임수가 아닐까 오해해서, 미리 군령을 내려 마흔 명의 자객을 막사 앞에 매복시켜 두었습니다. 그리고 신호가 오면 즉시 국왕을 처단하라고 했습니다. 다른 한 편으로 신호에 뒤이어 대포가 한 방 울리면 무장원 당영에게 성문을 확보하고, 낭아봉 장백에게 왕궁 대문을 확보하도록 했습니다. 나름대로 상대의 계책을 역이용할 생각이었던 것입니다."

"이게 다 그놈의 역적 때문입니다."

"걱정하실 필요 없습니다. 잠시만 기다리십시오."

그가 즉시 두 개의 영전(令箭)을 내리자, 잠시 후 무장원 당영과 낭아봉 장백이 차례로 군영으로 돌아왔다. 그 모습을 보고 국왕은 속으로 감탄했다.

'명나라의 용병술이 이렇게 치밀하니 정말 놀랍구나!'

그리고 곧 작별인사를 하고 떠났다.

삼보태감은 장 천사와 벽봉장로를 모시고 잠시 한담을 나누다가, 이튿날 아침 군영을 철수하고 다시 항해를 시작했다. 함대는 예전처럼 전후좌우로 편대를 이루었다. 그렇게 한창 가고 있는데 갑자기 뒤쪽에서 하늘을 뒤흔드는 함성이 들리더니, 호위병이 보고했다.

"뒤쪽에 전함 백여 척이 나타났는데, 마치 용이 노니는 것처럼 영활합니다. 뱃머리에는 어제 보았던 세븐빈이라는 장수가 서서, '이놈들, 도망치지 마라! 당장 항복하면 모르겠지만, 그게 아니라면 배들을 모조리 격침시켜 버릴 것이니, 그때 가서 후회해 봐야 늦을 것이다!' 라고 고함을 지르고 있습니다."

그러자 중군 막사에서 명령이 하달되었다.

"모든 배는 돛을 걷되 닻은 내리지 말라. 전후좌우와 중앙으로 대열을 나누어라. 적의 전선이 다가오면 전초 함대가 나서서 싸우되, 조금이라도 실수가 없도록 만전을 기하라!"

잠시 후 그 전함들이 나는 듯이 접근하여 전후좌우로 포위하여 갖은 방법으로 공격했지만 도저히 이기지 못했다. 원래 명나라의 배들은 높이가 높아서 아래로 내려다보기가 용이했지만, 적들의 배는 낮고 작아서 올려다보며 공격해야 했기 때문에 쉽게 이길 수 없었던 것이다. 또 명나라의 배들은 크고 높은 대신 앞으로 나아가고 뒤로 물러나기가 불편했지만, 적들의 배는 다가오고 물러나는 데에 속도를 조절하기가 상대적으로 더 유리했다. 게다가 적들의 배에는 모두 쇠가죽으로 만든 둥근 방패가 설치되어 있어서, 조총이나 불화살을 쏘아도 그것을 뚫지 못했다. 그리고 빈랑나무를 깎아 만든 뾰족한 표창들이 갖춰져 있는데, 아주 멀리까지 피해를 주는 위험한 무기였다. 게다가 불화살과 대포 등이 모두 갖춰져 있어서 명나라의 함대도 쉽게 승리를 쟁취하지 못했다. 이렇게 내리 사흘 동안 전투를 벌였으나 승부가 나지 않자, 홍(洪) 태감이 탄식했다.

"이런 하찮은 적을 이기기도 이리 어려운데, 이후로 어떻게 저 많은 오랑캐를 진압하고 전국옥새를 찾는단 말인가!"

마 태감이 말했다.

"저런 적들 따위야 상관하지 않으면 그만입니다. 굳이 이렇게 마음고생을 할 이유가 없지 않습니까?"

왕 상서가 말했다.

"공격해오는 것을 막을 수도 없고 쫓아가기도 어렵다면, 어떻게 싸우지 않고도 이길 수 있음을 보여줄 수 있겠습니까!"

삼보태감이 말했다.

"장수들이 최선을 다하지 않은 것은 잠시 용서하겠소. 하지만 오늘부터 사흘 이내에 전공을 세우지 못하면 군법에 따라 처리하겠소!"

이렇게 명이 떨어지자 장수들은 모두 다급해졌다. 오영대도독은 서로 상의한 끝에 장 천사를 찾아가기로 했다.

"무슨 일로 저를 찾아오셨소이까?"

"도무지 묘책이 없어서 가르침을 청하러 왔습니다."

장 천사가 잠시 생각하더니 이렇게 말했다.

"옛날 적벽대전(赤壁大戰)과 같은 방식을 쓸 수는 없겠소?"

"저희도 그걸 의논했습니다만, 그러자니 한 가지 중요한 부분이 빠져 있어서 어쩔 수 없었습니다."

"하하, 혹시 칠성단(七星壇)[22]을 말씀하시는 거요?"

장수들이 일제히 허리를 숙여 절하면서 "예!" 하고 대답했다.

"칠성단이야 제가 맡아서 해볼 수 있지만, 황개(黃蓋)[23] 역할을 할 사람은 있소이까?"

"그럴 사람은 이미 적들의 배에 있습니다."

"누가 봉추(鳳雛)[24] 선생을 대신해서 연환계(連環計)를 제시할 것이오?"

---

22 《삼국지연의》에서 제갈량은 칠성단에서 하늘에 제사를 지내 북동풍이 불게 함으로써, 동오(東吳)의 수군이 조조의 함대에 화공(火攻)이 성공하도록 해 주었다.

23 황개(黃蓋: ?~?, 자는 공복[公覆])는 삼국시대 동오의 명장이다. 소설 《삼국지연의》에서 그는 이른바 '고육지계(苦肉之計)'를 써서 조조의 첩자들을 속이고, 이후 거짓으로 항복해서 방통(龐統)이 조조에게 제시한 연환계(連環計)를 완성함으로써 조조의 전함들을 쇠사슬로 연결하게 하여 결국 동오의 화공에 속수무책으로 당하게 만들었다고 묘사되어 있다. 다만 실제 역사 기록에 따르면 그는 주유(周瑜)에게 화공계(火攻計)를 건의한 인물로서 적벽대전에서 가장 큰 공을 세운 장수라고 한다.

24 방통(龐統: 179~214, 자는 사원[士元], 호는 봉추[鳳雛])은 삼국시대 촉한 유비(劉備)의 중요한 책사로서 제갈량과 더불어 명성을 날린 그는 소설 《삼국지여의》에서는 주유에게 노숙(魯肅)을 천거하고, 조조의 진영에 가서 연환계(連環計)를 씀으로써 주유의 화공 작전이 성공하도록 해 주었다고 묘사되어 있다. 이후 주유가 죽고 나서 그는 조문을 간 제갈량과 만나게 되는데, 노숙이 손권에게 그를 천거했으나 손권이 못생긴 그의 용모 때문에 발탁하지 않아서 결국 유비의 휘하로 들어가게 되었다고 했다.

"이번에는 저희가 연환계를 쓸 생각입니다."

"아주 훌륭한 생각입니다. 고육지계는 원래 우리가 썼던 것인데 이번에는 오히려 저쪽에서 쓰고, 연환계는 원래 저쪽에서 쓰던 것인데 이번에는 우리가 쓴다는 말씀이지요?"

"그렇습니다. '이리 뒤집고 저리 뒤집어도 맞지 않은 게 없다.[顚之倒之, 無不宜之][25]'라는 말도 있지 않습니까?"

다들 잠시 농담을 나누다가 장 천사가 말했다.

"오늘은 어찌 좌우 선봉장들께서 오시지 않았소이까?"

무장원 당영이 말했다.

"화용도(華容道)[26]에서 매복하고 있나 봅니다."

장 천사가 껄껄 웃으며 자리를 파했다.

이튿날 장 천사는 옥황각에 앉아 조천궁의 도사들에게 적들의 배를 살펴보고 각기 동서남북으로 방향을 정해서, 적들의 배가 동

---

25 원래 '전지도지(顚之倒之)'는 《시경》〈제풍(齊風)〉의 〈동방미명(東方未明)〉에 나오는 구절로서 새벽에 급히 일어나느라고 상의와 하의를 뒤바꿔 입었다는 뜻이다. 다만 여기서는 교묘하게 남녀의 성교를 비유하는 우스갯소리로 이용하고 있다.

26 화용도(華容道)는 적벽대전에서 패한 조조(曹操)가 도망치던 길인데, 태평교(太平橋) 근처에 이르렀을 때 진흙 수렁에 빠지는 바람에 어쩔 수 없이 말을 버리고 도보로 이동해야 했다고 한다. 소설 《삼국지연의》에서는 제갈량의 계책에 따라 조운(趙雲)과 장비(張飛), 관우(關羽)의 군대가 차례로 이곳에 매복해 있다가 조조의 패잔병들에게 치명적인 타격을 가한다. 하지만 마지막에 관우는 조조를 없앨 수 있는 절호의 기회에서 옛날 그에게 입었던 은혜를 생각해서 그를 놓아주고 만다.

쪽에 있을 때는 한 번, 서쪽에 있을 때는 두 번, 남쪽에 있을 때는 세 번, 북쪽에 있을 때는 네 번 목어(木魚)를 치도록 분부했다. 오영 대도독들은 각기 한 방위를 지키면서 함대를 동서남북과 중앙으로 나누어 편성하고, 각 방위에서 서로 다른 방위를 지원하게 했다. 그런데 안배를 다 해 놓았지만 그날은 적들이 공격해 오지 않았다. 이에 장수들이 서로 의논했다.

"시일이 정해져 있는데 적들이 이렇게 오지 않으면, 사령관의 명령을 이행할 수 없게 되지 않겠소?"

그러자 낭아봉 장백이 말했다.

"도주해버린 모양입니다."

무장원 당영이 말했다.

"그럴 리가 있습니까? 틀림없이 오늘 저녁에 무슨 소식이 있을 겁니다."

어쨌든 그러는 바람에 장 천사도 하루 내내 옥황각에 앉아 적들이 나타나기만을 고대해야 했다. 그런데 한밤중이 되었을 때 뒤쪽 진영의 함대에서 적의 배 한 척을 나포했는데, 그 배에는 열두 명의 군사가 타고 있었다. 중군 막사로 압송하자 그들이 모두 입을 모아 말했다.

"형벌이 너무 심해서 도저히 견디지 못하고 투항하려고 도망쳤습니다."

삼보태감이 말했다.

"자세히 얘기해 봐라."

"세븐빈 장군이 연일 싸워도 이기지 못하자, 여러분 배에 불을 지르려는 계책을 생각했습니다. 그래서 오늘 저희에게 각자 화약 백 근과 마른 빈랑나무 조각 열 묶음을 준비하라고 지시했는데, 누구든 할당량을 채우지 못하면 곧장 백 대를 때리고, 귀를 잘라 다른 군사들에게 본보기로 보인다고 했습니다. 저희는 모두 할당량을 채우지 못했기 때문에, 모두 등나무 곤장으로 백 대씩 맞고 한쪽 귀를 잘렸습니다."

"그렇다면 왜 여기로 온 것이냐?"

"앉아서 죽음을 기다리느니 차라리 명나라에 투항해서 목숨을 건지는 게 낫겠다고 생각해서, 상의 끝에 이렇게 투항하러 온 것입니다."

"아무래도 믿기 어렵구나."

"저희의 이 상처를 보십시오."

"그거야 고육지계를 쓰려고 일부러 만든 것이 아니더냐?"

"못 믿으시겠다면 저희를 이곳에 가둬두셨다가, 나중에 전투에서 승리한 뒤에 풀어주시면 되지 않겠습니까?"

"그건 말이 되는구나."

삼보태감은 즉시 기패관에게 그 열두 명을 일단 감금해 두라고 분부하는 한편, 각 군영에 전령을 보내 적의 정황이 이러이러하다는 것을 알리면서 공격을 준비하게 했다. 장 천사가 그 소식을 듣고 껄껄 웃으며 말했다.

"과연 고육지계는 저놈들이 쓰는구려. 장군들의 혜안에 감탄했소이다."

무장원 당령은 다시 적의 배를 끌고 돌아와서 한참 동안 안배를 해두었다.

이튿날 날이 밝기도 전에 적의 배들이 일제히 몰려왔다. 먼저 서쪽에서 총과 대포, 화탄으로 공격해오자, 앞쪽 군영의 대도독 왕량이 방어를 준비했다. 그때 천사의 배에서 목어가 두 번 울리더니 갑자기 한바탕 동풍이 몰아쳤다. 그 바람은 너무 세지도 약하지도 않고 정확히 적들이 날린 무기들을 쓸어 갈 정도로만 불었다. 적들은 안 되겠다 싶어서 공격 방향을 남쪽으로 바꾸었다. 총과 대포, 화탄으로 공격해오자, 좌군영의 대도독 황동량이 방어를 준비했다. 그때 천사의 배에서 목어가 연달아 세 번 울리더니 갑자기 한바탕 북풍이 몰아쳤다. 그 바람은 너무 세지도 약하지도 않고 정확히 적들이 날린 무기들을 쓸어갈 정도로만 불었다. 적들은 안 되겠다 싶어서 공격 방향을 다시 동쪽으로 바꾸었다. 총과 대포, 화탄으로 공격해오자, 뒤쪽 군영의 대도독 당영이 방어를 준비했다. 그때 천사의 배에서 목어가 세차게 한 번 울리더니 갑자기 한바탕 서풍이 몰아쳤다. 그 바람은 너무 세지도 약하지도 않고 정확히 적들이 날린 무기들을 쓸어 갈 정도로만 불었다. 이에 적들은 어쩔 수 없이 공격 방향을 다시 북쪽으로 바꾸었다. 총과 대포, 화탄으로 공격해오자, 우군영의 대도독 김천뢰가 방어를 준비했다. 그때 천사의 배에서 목어가 연달아 네 번 울리더니 갑자기 한바탕 남풍이 몰아쳤다. 그 바람은 너무 세지도 약하지도 않고 정확히 적들이 날린 무기들을 쓸어 갈 정도로만 불었다.

적들이 이렇게 사방에서 도무지 방어선을 뚫지 못하고 있는 사이에 신시(申時: 오후 3~5시)가 되었다. 그때 갑자기 명나라 함대에서 포성이 연달아 세 번 울렸다.

이 포성으로 인해 정세가 어떻게 변하는지는 다음 회를 보시라.

자바 왕국[1]은 강한 힘을 믿어 굴복하지 않고
교해건은 강한 무력을 믿고 출전하다

爪哇國負固不賓　咬海乾恃强出陣

翠微殘角共鐘鳴	녹음 속에 아득한 뿔피리 소리 종소리와 함께 울리는데
陣勢眞如不夜城	군대의 진세는 그야말로 불야성일세.
郊壘忽驚熒惑墮	교외의 보루에 갑자기 형혹성(熒惑星)[2]이 떨어지더니
海門遙望燭龍行	바닷가 관문에서 멀리 줄지어 가는 촉룡(燭龍)[3]

---

1 자바 왕국(爪哇國, Yavadvipa)은 엽조(葉調), 가릉(訶陵), 도파(闍婆), 가라단 (呵羅單), 야파제(耶婆提) 등으로도 표기하며 고대 동남아시아의 왕국 가운데 하나이다. 그 영토는 지금의 인도네시아 자바 섬 일대에 있었다.

2 형혹성(熒惑星)은 옛날에 화성(Mars)을 일컫는 명칭인데, 이것은 종종 전쟁과 같은 불길한 징조를 보이는 별이라고 간주되었다.

3 촉룡(燭龍)은 원래 고대 신화에서 어둠을 밝혀 주는 신의 이름이며, 종종 태양을 대신하는 말로 쓰이기도 했다. 다만 여기서는 환하게 불을 밝힌 함대의 행렬을 비유하고 있다.

中天日避千峰色	하늘 가운데 뜬 해는 수많은 봉우리의 색을 피하고
列帳風傳萬柝聲	늘어선 장막에서는 바람 따라 수많은 딱따기 소리 들려온다.
羅斛只今傳五火	나곡국에서는 그저 다섯 가지 화공법(火攻法)[4]만 전해져서
天光飛度蔡州營	하늘의 빛이 채주(蔡州)의 군영[5]으로 날아갔다네.

　　그러니까 적의 함대는 사방에서 공격해도 뚫리지 않자, 불리하다는 것을 깨닫고 바다를 향해 도망쳤다. 그러나 명나라 함대가 보고만 있겠는가? 적의 함대가 앞으로 도망치자 앞쪽 진영의 명나라 전함들이 일자로 장사진(長蛇陣)을 펼치며 가로막았고, 오른쪽으로 도망치자 오른쪽 진영의 명나라 전함들이 일자로 장사진을 펼치며 가로막았고, 왼쪽으로 도망치자 왼쪽 진영의 명나라 전함들이 일자로 장사진을 펼치며 가로막았고, 뒤쪽으로 도망치자 뒤쪽 진영의 명나라 전함들이 일자로 장사진을 펼치며 가로막았다. 장 천사가 그 소식을 듣고 또 껄껄 웃으며 말했다.

---

4 《손자(孫子)》〈화공(火攻)〉에 따르면 다섯 가지 화공법[五火]은 화인(火人), 화적(火積), 화치(火輜), 화고(火庫), 화대(火隊) 즉 적의 사람과 쌓아 놓은 물자, 물자를 나르는 수레, 창고, 부대에 대해 불로 공격하는 방법을 가리킨다.

5 송나라 소정(紹定) 6년(1233) 10월에서부터 서평(瑞平) 1년(1234) 1월까지 송나라와 몽고 연합군이 당시 금나라에 속해 있던 채주(蔡州, 지금의 허난성[河南省] 루난현[汝南縣])를 포위 공격하여 함락한 적이 있다.

"과연 우리 쪽에서 연환계를 펼치는구나. 장군들의 묘책이 정말 훌륭해!"

명나라 배들은 높고 컸기 때문에, 그 배들로 연환 작전을 펼치자 마치 철벽을 가로막은 것 같았다. 그러니 적들이 어디로 도망치겠는가? 날은 저물어 가고 명나라 전함들의 포위는 더욱 좁혀 들어오고, 바람까지 해안을 향해 불어 대는데, 해안에서는 또 중국 군사들의 함성이 연이어 들려왔다. 그러니 적의 함대는 어쩔 수 없이 해안가를 정신없이 떠다닐 수밖에 없었다.

그때 명나라 함대에서 세 발의 포성이 들리더니, 뒤쪽 진영에서 작은 배 한 척이 나타나 적들의 함대 속으로 들어갔다. 그 배에 타고 있던 이들은 모두 온몸에 갑옷을 두르고 창과 칼, 곤봉, 쇠스랑 따위로 무장하고 있었다. 적들은 그 배가 백 걸음 가까이 다가오자 일제히 불화살을 날렸다. 그 바람에 작은 배에 타고 있던 이들은 모두 몸이 불덩어리가 되어 버렸다. 어떻게 사람의 몸뚱이가 불덩이가 되느냐고? 알고 보니 그 배에 탄 사람들은 모두 가짜였다. 겉에 갑옷을 두른 그 인형들 속에 숨겨진 자루에는 모두 화약과 납탄(鈉彈)이 장치되어 있어서, 적들의 불화살은 그저 도화선 역할만 하게 되었다. 위쪽에는 불길이 바람에 활활 타오르고 그 아래쪽에 적들의 함대가 있으니, 이 거대한 불덩이는 바람을 타고 그대로 적들의 배로 날아갔다. 불길도 거세고 바람도 거센 데다가 명나라 함대에서 커다란 양양포(襄陽炮)를 쏘아대니, 적들의 함대는 그야말로 '화재를 피하게 해 주어도 은혜라 여기지 않고, 이마에 화상 입은 사람을 윗자리에 모시는[曲突徙薪無恩澤, 焦頭爛額爲上客][6] 격이었다. 그 바람에 적군들은 불에 타 죽기도 하고, 바다로 뛰어내리기도 하고, 해안으로 도망치기도 했다.

이튿날 두 사령관은 중군 막사에 앉아 장수들에게 공적에 따라 상을 내리고, 장 천사와 벽봉장로를 초청하여 특별히 감사의 인사를 했다. 잠시 후 좌우 선봉이 간밤에 나포해 온 적을 끌고 와서 각자의 공적을 기록하자, 삼보태감이 오랑캐 병사들에게 물었다.

"너희는 누구냐?"

"세븐빈 장군의 부하들입니다."

"그 세븐빈은 어디 있느냐?"

"바닷물에 빠져 버렸습니다."

"익사했다는 말이더냐?"

"그럴 리 없습니다."

"그럴 리 없다니?"

---

6 이것은 《한서》〈곽광전(霍光傳)〉에 들어 있는 이야기에서 나온 말이다. 어느 과객이 주인에게 반듯한 굴뚝 옆에 땔나무를 쌓아 놓으면 불이 나기 쉬우니 굴뚝을 구부려 만들고 땔나무를 멀찌감치 쌓아 놓으라고 충고했으나 주인이 듣지 않았다. 결국 얼마 후 그 집에 불이 나서 이웃들의 도움으로 주인은 목숨을 구했다. 이에 주인이 잔치를 열어 이웃들에게 감사하면서 화상을 입은 이들을 윗자리에 앉히고 나머지 사람들도 도와준 정도에 따라 서열을 정해 자리에 앉혔지만, 처음에 충고해 준 사람을 초청하지 않았다. 그러자 옆에 있던 이가 처음 충고해준 대로 했더라면 애초에 화재를 당하지 않았을 텐데, 화재를 당하고 나서 도와주느라 화상을 입은 이들에게만 감사하는 게 도리에 맞느냐고 일깨워주었다고 한다.

"그분은 원래 중국의 정주(汀州)[7]인가 하는 곳에서 태어났는데, 소금을 팔러 바다로 나왔다가 풍랑을 만나 물에 빠지고 말았답니다. 그런데 본래 수영을 잘해서, 물에 빠지고 일주일 동안이나 되었는데도 죽지 않고 저희 나곡국으로 표류해 왔습니다. 그분은 문무를 겸비하고 계책을 잘 쓰십니다. 그래서 국왕께서 높은 벼슬을 주셨습니다. 이때부터 재능을 발휘하기 시작했는데, 특히 수전에 뛰어나 매번 저희를 이끌고 이웃 나라를 공격하여 백전백승을 거두셨습니다. 그래서 오늘 나리의 함대를 공격했던 것인데, 그래도 물에 빠져서 돌아가시지는 않았을 겁니다."

"오늘 일은 그자의 생각이냐, 아니면 국왕의 생각이냐?"

"국왕과는 관련이 없고, 모두가 그 염병할 작자의 마누라가 지시한 것입니다."

"남편은 아내의 별이거늘, 어떻게 아내가 남편에게 뭘 시킬 수 있단 말이냐?"

"우리나라 풍속이 원래 그렇습니다. 무슨 일이든 부부간의 일은 아내가 결정합니다. 아낙들의 지혜와 역량이 남자보다 뛰어나기 때문입니다."

"이런 일을 시킨 것은 지혜와 역량이 그다지 뛰어나다고 할 수 없겠군."

"그자는 아내가 많아서 난잡한 상태이기 때문에 그다지 뛰어나지 않았던 겁니다."

---

7 정주(汀州)는 오늘날 푸젠성[福建省]의 서쪽 지역에 있는 도시이다.

"어떻게 그자에게 아내가 많았던 것이냐?"

"우리나라 풍속에 중국인과 간통한 여자는 성대한 술자리를 마련하여 그 중국인을 대접하고 금은보화를 선물해야 합니다. 그리고 자기 남편과 함께 술을 마시고 함께 잠자리에 들었을 때, 남편은 괄시하지 않고 오히려 '내 아내의 용모가 중국인이 좋아하는 것이라서 사랑을 받게 되었구나.' 하고 자랑스러워합니다. 세븐빈은 중국인이기 때문에 이렇게 아내가 많은 것입니다."

"너희는 어떻게 돌아갈 거냐?"

"저희는 수영을 잘하지 못해서 육로로 돌아가야 합니다."

"도망친 자는 없더냐?"

"전혀 없습니다."

"어찌 아무도 없을 수 있단 말이냐?"

"저희에게는 벗어나지 못할 신호가 달려 있습니다만, 나리께는 말씀드리지 못하겠습니다."

"신호라는 게 뭐냐? 자세히 얘기해 봐라."

"그게 말하기 곤란한 데에 있습니다."

"그게 무슨 소리냐? 그냥 얘기해 봐라."

"우리나라 풍속에 남자는 스무 살 남짓 되면 음경 주위의 피부를 칼로 도려내고, 그 자리에 주석으로 만든 구슬을 수십 개 박아 넣고 약으로 막아둡니다. 상처가 아물면 외출을 할 수 있습니다. 그렇게 포도 모양으로 만드는데, 부유한 사람들은 금이나 은으로 만든 구슬을 쓰고, 가난한 사람들은 구리나 주석으로 만든 구슬을 씁니다.

그래서 길을 걸으면 구슬들이 부딪쳐 소리가 납니다. 바로 이 불편한 신호 때문에 오늘 밤에도 모두 생포되었던 것입니다."

"세븐빈이 어제 너희들에게 화약을 준비하라고 명령했다고 하던데, 그게 사실이냐?"

"예."

"그래, 모두 준비했더냐?"

"몇몇 준비하지 못한 이들은 곧장 백 대를 맞고 귀가 잘렸습니다."

"여기 귀가 잘린 자들이 몇 명 있는데, 너희들 가운데도 그런 자가 있느냐?"

"도망친 자들 가운데는 있지만, 여기 붙잡힌 이들 가운데는 없습니다."

삼보태감이 그 열두 명을 데려오라고 하자, 잠시 후 그들이 와서 계단 앞에 무릎을 꿇었다. 그러자 다른 오랑캐 병사들이 그들을 알아보고 쑥덕거리기 시작했다. 삼보태감이 물었다.

"이 열두 명을 알겠느냐?"

"모두 저희 동료들입니다. 그런데 저들이 어떻게 이 배에 있는 것입니까?"

"너희는 오늘 왕명을 어기고 천자의 배를 공격했으니, 그 죄는 죽어 마땅하다."

"군인은 장수의 명에 따를 뿐입니다. 오늘 일은 저희 잘못이 아니니, 제발 용서해 주십시오!"

그러자 벽봉장로가 삼보태감에게 말했다.

"사람을 죽이는 일에 대해서 나는 차마 듣지 못하겠으니, 이만 돌아갈까 하오이다."

"우리 국사님의 체면을 생각해서 너희들의 구차한 목숨은 살려 주마."

그리고 군정사의 관리들에게 명하여, 그들에게 모두 술을 한 병씩 하사하고 제 나라로 돌려보내라고 했다. 오랑캐 병사들이 일제히 물러나자 벽봉장로가 말했다.

"사령관께서 위엄과 은혜로운 사랑을 함께 베푸셨군요. 아미타불! 장하십니다!"

"오늘은 천사님 덕을 보았습니다."

"장수들이 지모가 뛰어나서 그랬던 것이지요. 제갈량이 적벽대전에서 대승을 거둔 것도 이와 마찬가지였지요."

삼보태감은 성대한 잔치를 베풀어 공로에 따라 상을 내렸고, 잔치가 끝나자 각자 군영으로 돌아갔다.

함대는 다시 서쪽으로 항해를 계속했다. 파도는 잠잠하고 배 뒤쪽에서 바람이 불어 대략 열흘 밤낮을 순조롭게 항해했다. 그러던 어느 날, 벽봉장로가 천엽연화대에 앉아 있는데 어떤 조짐이 담긴 바람이 불어 닥쳤다. 깜짝 놀란 그는 중군 막사로 찾아갔다. 두 사령관이 기뻐 어쩔 줄 몰라 하며 물었다.

"국사님, 무슨 분부가 있으십니까?"

"오늘 밤 삼경 무렵에 놀랄 만한 일이 생길 것 같아서, 미리 알려 드리려고 왔소이다."

삼보태감은 바다로 나온 이래 너무 놀랄 일을 많이 겪어서 심장이며 간이 다 오그라들어 있던 차인데, 또 놀랄 일이 있다고 하자 다급히 물었다.

"무슨 일입니까?"

"제가 좌선하고 있는데 갑자기 어떤 조짐이 담긴 바람이 지나갔습니다. 그래서 바람의 머리 쪽은 그대로 두고 꼬리를 잡아 냄새를 맡아 보니, 거기에 괴물 하나가 타고 있었습니다. 생김새는 원숭이를 닮았고, 크기는 됫박 열 개를 모아놓은 정도인데, 머리카락이 치렁치렁하고 달리기를 아주 잘합니다. 그놈이 삼경 무렵이 되면 이 배의 제일 큰 돛대 위에 내려올 것입니다. 비록 조금 놀라기는 하겠지만 이 바람이 지나는 곳에는 기쁜 일도 있으니, 그저 잠깐 놀라는 정도에 지나지 않을 겁니다."

"흉한 일을 만나더라도 그저 국사님의 불법으로 길하게 만들어서 크게 놀랄 만한 일이 벌어지지 않게만 해주십시오."

왕 상서가 말했다.

"모든 일이 신중하기만 하면 결과가 좋은 법입니다."

다들 벽봉장로가 허튼소리를 하는 사람이 아니라는 것을 알았기 때문에 마음을 졸이며 조심했다. 그리고 삼경 무렵이 되자 과연 하늘에서 아주 크고 환하게 빛나는 물건이 내려와 천천히 사령부가 있는 배의 제일 큰 돛대 위에 내려앉았다. 사람들이 다가가 살펴보

니 중국의 거미처럼 생긴 것인데, 크기는 그보다 훨씬 컸다. 이를 증명하는 시가 있다.[8]

來往尋簷不憚劬	수고로움도 마다하지 않고 왔다 갔다 처마를 찾아
經營何異輯吾廬	일하는 것이 어찌 내 집 짓는 것과 다르랴?
曉風倒掛蜻蜓尾	새벽바람에 잠자리 꼬리 거꾸로 걸고
暮雨雙黏蛺蝶鬚	저녁 비 내릴 때 나비수염 나란히 붙였네.
屋角盡教長掩護	집 모퉁이를 항상 엄호하니
杖頭不用苦驅除	굳이 지팡이로 걷어내는 수고 할 필요 없지.
夜來露重春烟暝	밤이 되어 봄날 안개처럼 흐릿하게 안개 내리면
綴得瑩瑩萬顆珠	반짝반짝 만 알의 진주 엮어낸다네.

삼보태감은 그게 거미라는 것을 알고 마음이 약간 진정되어서, 장 천사를 불러 거미가 어떻게 이렇게 클 수 있느냐고 물었다.

"세상 물건이란 큰 것은 크게, 작은 것은 작게 되기 마련이지요. 거미의 크기는 풍토에 따라 다른 법인데, 뭐 그리 놀랄 일도 아니지 않습니까?"

"놀랄 일이 아니라니요?"

---

8 인용된 시는 명나라 때 구우(瞿佑: 1347~1433, 자는 종길[宗吉], 호는 존재[存齋]) 가 지은 〈거미줄[蛛網]〉인데 몇몇 글자가 원작과 달리 인용되어 있다. 본 번역에서는 원작에 맞춰 교감하여 번역했다.

"제가 점을 쳐 보니 과연 놀라움 속에 기쁜 일이 들어 있더군요. 조만간 경사가 생길 것 같습니다."

"국사께서도 바람 꼬리에 기쁜 소식이 조금 들어 있다고 하셨습니다."

"지모(智謀) 있는 선비는 식견도 대충 비슷한 법이지요."

삼보태감은 기패관에게 그 거미를 거두어 기르도록 하면서, 다른 한편으로 벽봉장로를 모셔오게 했다. 그러자 벽봉장로가 와서 말했다.

"며칠 뒤에 경사가 있기는 하겠지만 이건 벌레입니다. 앞에 있는 저 나라에는 틀림없이 몇몇 요괴와 하급 신선, 도적 따위가 있을 것입니다."

그 말이 끝나기도 전에 호위병이 보고했다.

"앞쪽에 어느 나라가 있습니다."

삼보태감은 예전처럼 군대를 수군과 해군으로 나누어 진영을 펼치게 하고, 오영대도독들도 이전처럼 병사를 뭍으로 이동하여 진영을 설치하게 했다. 사초부도독들은 이전처럼 배에 남아 진영을 펼쳤다. 유격대장들도 예전처럼 바다와 육지에서 지시에 따라 움직이도록 대기하게 했다. 그런데 군영이 다 갖춰지기도 전에 호위병이 보고했다.

"이 나라 군대가 이미 성 밖에서 진을 치고 있습니다."

"정찰병들을 불러오너라."

잠시 후 쉰 명의 정찰병들이 와서 나란히 무릎을 꿇었다.

"뭍에 올라가서 자세히 정탐하고 오도록 해라. 돌아오면 후한 상을 내리겠다."

이튿날 정찰병들이 돌아오자 삼보태감이 물었다.

"여긴 어느 나라라고 하더냐?"

"자바 왕국이옵니다."

왕 상서가 말했다.

"그렇다면 그래도 유명한 나라이군요."

삼보태감이 물었다.

"그걸 어찌 아십니까?"

"이 나라는 한(漢)나라와 진(晉)나라 이전에는 이름이 알려지지 않았지만, 당나라 때부터 중국과 교통하면서 가릉(訶陵)이라고 불렸고, 송나라 때는 도파(闍婆)라고 불리다가 원나라 때부터 비로소 조와(爪哇)라고 불리게 되었습니다. 불경에서는 또 '귀신의 나라[鬼子國]'라고 칭하기도 했습니다."

"아니 왜 '귀신의 나라'라고 불렀던 것입니까?"

"옛날에 어느 귀신과 망상(罔象)⁹이 있었는데, 붉은 머리카락과

---

9 망상(罔象)은 망상(罔像) 또는 망상(魍象)이라고도 쓰며, 옛날 전설 속에 등장하는 물속에 사는 괴물이다. 《국어(國語)》〈노어하(魯語下)〉의 망상(罔象)에 대한 위소(韋昭)의 주석에 따르면 그것은 사람을 잡아먹는다고도 하며 목종(沐腫)이라는 별명으로 불리기도 한다고 했다. 또 《장자》〈달생(達生)〉에 대한 육덕명(陸德明)의 풀이에 따르면 이것은 무상(無傷)이라고 쓰기도 하며, 생김새는 어린애 같고 피부는 검붉은데, 붉은 발톱과 커다란 귀, 긴 팔을 갖고 있다고 했다. 한편 《문선》에 수록된 장형(張衡)의 〈동경부(東京賦)〉에 대한 설종(薛綜)의 주석에서는 이것을 나무나 돌의 괴물[木石之怪]이라고 했다.

검푸른 얼굴을 하고 있었답니다. 이것들이 이 땅에 함께 살면서 백여 명의 자식을 낳았는데, 오로지 사람의 피를 빨아먹고 사람 고기만 먹어서 이 나라 사람들이 모조리 잡아먹힐 지경에 이르렀답니다. 그런데 어느 날 갑자기 큰 벼락이 쳐서 큰 바위를 깨뜨렸는데, 그 속에 한 사내가 단정히 앉아 있었답니다. 사람들이 그것 보고 다들 놀라서 '부처님이 인간 세상에 현신하셨다!'라고 하면서 왕으로 앉혔답니다. 이 왕은 어느 정도 능력이 있어서, 아직 잡아먹히지 않은 사람들을 이끌고 망상을 내쫓아 재난을 없앴답니다. 그리고 점차 후손이 늘어나고 나라도 커져서 지금에 이르렀기 때문에 불경에서 그렇게 부르는 것입니다."

정찰병이 말했다.

"지금도 이 지방 말로는 '귀신의 나라'라고 부르고 있습니다."

"국토는 얼마나 크더냐?"

"이 나라에는 중요한 지역이 네 군데가 있습니다. 첫 번째는 두판(杜板)이라는 곳인데, 이곳 말로는 투르반(賭班, Turban)이라고 부릅니다. 이곳에는 천여 가구가 사는데 두 명의 두목이 다스리고 있으며, 우리나라 광동(廣東)과 장주(漳州) 지역에서 이곳으로 흘러들어온 이들이 가족을 이루고 살고 있습니다. 두 번째는 그레식(新村, Gresik)[10]이라는 곳인데, 이곳은 원래 모래밭이었지만 중국인이 살게 되면서 촌락을 이루었다고 합니다. 이곳에는 한 명의 두목이 있

---

10 지금의 인도네시아 동남부에 있는 곳으로서 문헌에 따라 혁아석(革兒昔), 길력석(吉力石), 갈렬석(碣烈石), 갈력석(竭力石)이라고도 쓴다.

는데, 주민들이 무척 부유하고 서양의 여러 나라에서 물품을 싣고
온 배들이 장사하고 있습니다. 거기서 뱃길로 한나절쯤 가면 소로
마익(蘇魯馬益)[11] 항구가 나옵니다. 그곳은 수심이 얕아서 작은 배
만 다닐 수 있습니다. 항구에서 이십 리 남짓 들어가면 소로마익이
나오는데, 이곳 말로는 수라바야[蘇兒把牙, Surabaya)[12]라고 부릅
니다. 이곳이 바로 세 번째 지역입니다. 여기에는 천여 가구가 살
고 한 명의 두목이 있습니다. 항구에는 숲이 우거진 큰 섬이 하나
있고, 거기에 꼬리가 긴 원숭이 수만 마리가 삽니다. 원숭이들 가
운데 나이 많은 수컷이 두목인데, 서양 노파 하나를 납치해서 데리
고 다닌다고 합니다.

　이곳 풍속에 따르면 아들을 얻고자 하는 부인들은 술과 고기, 떡
과 과일 등을 준비해서 그 늙은 원숭이에게 기도한답니다. 그때 원
숭이가 기분이 좋으면 먼저 그 음식들을 먹고, 이어서 어린 원숭이
들이 나눠 먹는답니다. 그런 다음에 암수 원숭이 한 쌍이 앞으로

---

11 소로마익(蘇魯馬益)은 소아파아(蘇兒把牙) 또는 소아파하(蘇兒把呀), 사로
마익(斯魯馬益)이라고도 쓰며, 지금의 인도네시아 자바 섬 동북쪽 연안의
수라바야(蘇臘巴亞[=泗水], Surabaya)에 있던 항구이다.

12 문헌에 따라 소로마익(蘇魯馬益), 사로마익(斯魯馬益), 소로마(蘇魯馬), 사
로와(思魯瓦), 소로와(蘇魯瓦), 사리묘(四里貓), 사리묘(泗里貓), 사리묘자(泗
里貓仔), 사리왜(泗里歪), 사리말(泗里末), 사수(泗水), 소랍규아(蘇拉圭呀)라
고도 쓴다. 《영애승람》 "조와국(爪哇國)"에 해당 기록이 있다. 수아파하(蘇
兒把呀)와 소로마익(蘇魯馬益)은 모두 지금의 인도네시아 자바 섬 동북쪽
해안의 수라바야(蘇臘巴亞, Surabaya)를 가리키는데, 이 소설에서는 서로
다른 곳으로 설정해 놓고 있다.

나와 교미를 한다면 기도가 영험을 얻게 된답니다. 그러니까 그 부인이 집에 돌아가면 바로 임신을 하게 된다는 것입니다. 그런 경우가 아니라면 임신도 되지 않는다고 합니다. 또 그 원숭이는 재앙을 일으킬 줄도 알기 때문에, 많은 사람이 음식을 준비해서 제사를 지낸다고 합니다.

수라바야에서 작은 배로 팔십 리 정도 가면 이곳 말로 창키르(漳沽, Changkir)라고 부르는 언덕이 나타납니다. 거기서 뭍에 올라 서남쪽을 향해 육로로 한나절을 가면 마자파히(滿者伯夷, Madjapahit)라는 곳이 나타나는데, 여기가 바로 네 번째 지역입니다. 거기에는 이삼백 가구가 살고, 일고여덟 명의 우두머리가 있다고 합니다."

"국왕은 어디에 있다 하더냐?"

"일정한 거처가 없이 네 지역을 오가며 지낸다고 합니다."

왕 상서가 물었다.

"국왕의 이름은 무엇이라 하더냐?"

"원래 동쪽과 서쪽에 두 명의 왕이 있는데, 동쪽 왕은 보렌지다[孛人之達哈], 서쪽 왕은 두마반[都馬板]이라고 합니다. 지금은 두마반의 세력이 강해서 보렌지다의 영토를 병탄했기 때문에 서쪽 왕만 있는 상황입니다."

삼보태감이 물었다.

"백성들의 풍속은 어떠하더냐?"

"아주 흉악합니다. 아들이 태어나 한 살이 되면 허리에 비수를 채워주는데, 그걸 불랄두(不剌頭)라고 부릅니다. 늙은이와 젊은이,

부자와 가난뱅이, 신분의 높낮이를 막론하고 다들 이 칼을 지니고 다닙니다. 그 칼은 모두 질 좋은 설화빈철(雪花鑌鐵)로 만들고, 자루에는 금이나 은, 코뿔소 뿔, 상아 등으로 귀신 얼굴을 한 사람 모양을 조각하여 장식하는데 대단히 정교합니다. 이 나라에는 하루라도 살인사건이 일어나지 않는 날이 없을 정도로 분위기가 흉악합니다."

"지금 병사를 거느리고 저항하는 자는 누구이냐?"

"투르반 지역의 우두머리 가운데 하나로서 어안장군(魚眼將軍)이라고 불리는 자입니다."

"이름이 왜 그렇다고 하더냐?"

"그의 눈동자가 물방울처럼 생겨서 물에서 아주 유리하고, 물가에 서 있을 때도 물 바닥의 요정이나 요괴, 물고기, 새우 따위를 환히 볼 수 있다고 하니, 그야말로 양산박(梁山泊)의 낭리백조(浪裏白鰷) 장순(張順)[13]보다 열 배나 뛰어나다 할 수 있습니다. 또 그의 별명은 교해건(咬海乾)이라고 합니다."

"왜 그런 별명이 붙었다고 하더냐?"

"그자는 입해교(入海咬)라는 오백 명의 수군을 거느리고 있는데, 이들은 물속에 숨는 재주가 뛰어나서 이레 밤낮을 물밑에 있어도

---

13 장순(張順)은 《수호전(水滸傳)》에 등장하는 양산박(梁山泊)의 108영웅 가운데 서열 30위에 해당하는 인물이다. 그는 물속에서 수영이나 싸움을 잘하고 눈처럼 하얀 피부를 타고나서, 물속을 헤엄쳐 움직일 때 마치 한 마리 하얀 살치[白鰷]가 움직이는 것 같다고 해서 낭리백조(浪裏白鰷)라는 별명이 붙었다.

죽지 않는다고 합니다. 그자가 이들을 데리고 물속에 잠복한 채 이를 '딱!' 부딪치면 바닷물도 세 푼 정도 말라 버리기 때문에 교해건이라는 별명이 생겼다고 합니다."

"그자의 재간은 어떻다고 하더냐?"

"바다에서는 마치 평지를 걷듯이 파도 속을 드나들고, 뭍에서는 붉은 갈기의 말을 타고 삼지창을 휘두르며, 또 표창(鏢槍) 세 개를 지니고 다니는데 백 걸음 안에서는 백발백중으로 적의 머리를 딸수 있다고 합니다. 그러니 전투에서 천 번을 맞붙어도 적을 물리칠 능력과 만 명의 사내라도 감당해낼 수 있는 용맹을 갖추었다고 하겠습니다."

"그자가 어떻게 우리가 오는 걸 알고 군대를 이끌고 나왔다고 하더냐?"

"나곡국의 세븐빈이 패배하여 도주하면서 먼저 전령을 보내 사정을 알렸기 때문입니다."

"우리가 열흘 밤낮을 걸쳐서 여기까지 왔는데, 어떻게 소식이 그렇게 빨리 전해졌다는 것이냐?"

"교해건이 수카다나[蘇吉丹] 왕국[14]에서 돌아오는 도중에 세븐빈을 만나서 이렇게 빨리 준비할 수 있었다고 합니다."

"세븐빈이 뭐라고 했다 하더냐?"

---

14 지금의 인도네시아 칼리만탄(加里曼丹, Kalimantan) 섬의 서쪽 해안에 있는 수카다나(蘇加丹那, Sukadana) 항구에 있던 작은 왕국으로서, 자바 왕국의 속국이었다.

"우리 배가 천여 척이고 장수가 천여 명, 군사가 백만여 명인데, 가는 도중에 재물을 약탈하고 부녀자를 겁간하니, 유약한 이들은 열에 아홉이 몰살하고 강한 자라 하더라도 열에 여덟이나 아홉만 살아남는다고 했답니다. 그래서 이 나라 국왕이 '중국 군대는 어질지도 의롭지도 않으니, 쉽게 지나가게 해 줘서는 안 된다.'라고 했답니다. 또 옛날에 중국의 어느 사신이 삼불제(三佛齊)[15] 왕국으로 가다가 그에게 붙잡혀 살해당했고, 근래에도 중국의 사신이 동쪽 국왕에게 인장을 가져다줄 때 수행원들 가운데 백칠십 명이 넘는 이들이 그에게 살해당했다고 합니다. 그래서 그자는 우리가 오더라도 좋은 사이로 만나기 어려우리라 생각하고, 네 지역의 우두머리들에게 목숨을 걸고 대항하라고 명령을 내렸다고 합니다. 이 때문에 제법 심각한 상황입니다."

"세븐빈은 지금 어디로 갔느냐?"

"어디선가 어부지리(漁夫之利)를 노리고 있다고 합니다."

"오랑캐 병사들은 지금 어디 있느냐?"

"투르반의 첫 번째 지역에 있습니다."

"너희는 다시 네 지역으로 나누어 들어가서, 기밀 사항을 탐지하면 즉시 보고하도록 해라. 훗날 조정으로 돌아가면 후한 상을 내리겠다."

이에 쉰 명의 정찰병들이 일제히 떠나갔다.

---

15 제2회의 각주 16)을 참조할 것.

삼보태감은 왕 상서와 장 천사, 벽봉장로를 불러서 정찰병들에게 들은 이야기를 자세히 들려주었다. 그러자 장 천사가 말했다.

"병사들은 먼 앞을 내다보기 힘들고, 장수는 적절한 때를 알아야 하는 법이니, 저들이 어떻게 나오는지 보고 응대하도록 합시다. 평범히 무력을 겨루게 되면 장수들이 온 힘을 다하면 될 테고, 요괴나 마귀가 있다면 저하고 국사님이 알아서 처리하겠습니다."

"장수들 생각은 어떤지 모르겠습니다."

삼보태감은 즉시 신호용 대포를 한 발 울리고 뿔피리와 징을 울리게 하면서 호적(號笛)[16]을 들고 불었다. 호적 소리가 그치자마자 장수들이 일제히 막사 앞에 나열하여 보고했다.

"사령관님, 무슨 분부가 있으십니까?"

삼보태감이 정찰병들에게 들은 이야기를 자세히 들려주자 장수들이 말했다.

"군대가 여기에 이르렀으니 오로지 전진만 있을 뿐 후퇴란 있을 수 없습니다. 사령관님, 너무 걱정하지 마십시오."

"걱정하는 것은 아니외다. 다만 이 나라 국왕이 감히 우리나라 사신과 그 수행원들을 죽이고 또 동쪽 왕의 영토를 병탄했으니, 너무 대가 센 작자가 아니오? 그러니 혹시 우리가 조금이라도 실수를 하게 되면 어찌 폐하의 명을 이행하고 돌아갈 수 있겠소?"

그 말이 끝나기도 전에 장수들 가운데 유격장군(遊擊將軍) 하나가 큰소리로 말했다.

---

16 호적(號笛)은 군중(軍中)에서 신호를 보내는 악기의 일종이다.

"사령관님, 지나친 말씀이십니다. 옛날 한나라 때 질지(郅支)[17]와 누란(樓蘭)[18]은 오랑캐 왕국들 가운데 큰 나라로서 한나라 사신을 죽였지만 진탕(陳湯)[19]과 부개자(傅介子)[20]가 그들을 쳐서 목을 베었습니다. 지금 저 하찮은 자바 왕국은 질지와 누란에 비해 만분의일이라도 되겠습니까? 우리에게는 용맹한 군사 백만 명과 장수 천명이 있는데, 진탕과 부개자에 비해 어디가 모자라겠습니까? 그러니 어찌 저들이 함부로 날뛰는 것을 저지하지 못하겠습니까? 더욱이 폐하의 홍복과 두 사령관의 호랑이 같은 위세, 천사님과 국사님의 신기묘산(神機妙算)에 힘입어 여러 장수가 최선을 다한다면, 그야말로 '쇠 채찍 일어나는 곳에 오랑캐의 연기 가라앉나니, 누란을베지 않으면 돌아가지 않으리라![金鞭起處蠻烟靜, 不斬樓蘭誓不

---

17 질지(郅支)는 한나라 초기에 흉노가 남북으로 나뉜 뒤에 북쪽의 흉노를 가리키는 말이다. 이들은 제1대 선우(單于)인 호도오사(呼屠吾斯: ?~기원전 36)의 영도 아래 대완(大宛)과 오손(烏孫) 등의 나라를 격파하고 사방의 민족들에게 조공을 바치게 하면서 서역 땅에서 위세를 떨치고 잠깐 부흥하여 성세를 누렸으나 결국 한나라 원정군에게 멸망 당했다.

18 누란(樓蘭)은 서역의 옛 왕국으로서 지금의 신장 위구르 자치구의 뤄창현[若羌縣]에 유적이 남아 있다. 흉노와 한나라 중간에 자리 잡은 이 왕국은한나라 사신을 죽이고 통상을 막곤 했는데, 원봉(元鳳) 4년(기원전 77)에 한나라의 장수 부개자(傅介子)가 그 나라 국왕 안귀(安歸)의 목을 베고 위도기(尉屠耆)를 왕으로 세우면서 나라 이름을 선선(鄯善)으로 바꾸게 되었다.

19 진탕(陳湯: ?~기원전 6?, 자는 자공[子公])은 한나라에 대항하는 흉노족 질지선우(郅支單于)의 목을 베는 공을 세웠다. 죽은 후 파호장후(破胡壯侯)라는시호를 받았다.

20 부개자(傅介子: ?~기원전 65)는 기원전 77년에 한나라 사신을 죽이는 등 한나라에 대항하던 누란(樓蘭)의 왕을 죽인 공으로 의양후(義陽侯)에 봉해졌다.

歸]'라는 격이 아니겠습니까!"

이 용감하고 영민한 말을 들은 두 사령관은 무척 기뻐했다. 삼보태감이 바라보니 그는 키가 여덟 자에 어깨가 널찍하고 부리부리한 눈에 눈썹을 곧추세우고 있었으며, 목소리 또한 우레처럼 당당했다. 그야말로 공자의 수레 앞에 선 자로(子路)도 조금은 양보해야할 정도였고, 범왕(梵王)의 궁궐을 지키는 금강역사(金剛力士) 앞에서도 전혀 꿇리지 않을 듯한 모습이었다. 그의 관직을 물어보니 신기영(神機營)의 좌영(坐營)으로서 정서유격장군(征西遊擊將軍)의 직책을 맡고 있는 마여룡(馬如龍)이라는 인물이었다. 그는 원래 위구르족 출신인데, 상당히 대담하고 지략이 뛰어났으며 이치를 헤아리는 지혜도 대단했기 때문에, 이렇게 귀에 쏙쏙 들어오는 말을 할 수 있었던 것이다.

이에 삼보태감이 말했다.

"아무리 많은 전투를 한다 해도 첫 전투가 중요한 법이오. 그러니 오늘 전투는 마 장군이 나서도록 하시오."

"대장부는 전장에서 죽어 말가죽에 시신이 싸여 돌아가는 기개가 있어야 하는 법입니다. 오늘이 바로 그날이니 어찌 두려워하겠습니까!"

그는 즉시 천리마 홀뢰박(忽雷駁)[21]을 타고, 바람처럼 빠른 쌍칼

---

21 홀뢰박(忽雷駁)은 당나라 초기의 명장 진경(秦瓊: ?~638, 자는 숙보[叔寶])이 타던 명마로서, 진경이 죽자 울부짖으며 음식을 먹지 않고 결국 따라 죽었다고 한다.

을 움켜쥐더니, 세 차례 출전의 북을 울리며 부대를 이끌고 투르반의 널찍한 평지로 나아가 진세를 펼쳤다. 오랑캐 정찰병이 소가죽으로 만든 막사에 보고하며 뿔피리를 불자, 잠시 후 쇠뿔로 만든 나팔 소리가 울리는가 싶더니 오랑캐 장수 하나가 부대를 이끌고 우르르 달려들었다. 마여룡은 말을 멈추고 맨 앞에 서서 큰소리로 외쳤다.

"너는 누구냐?"

마여룡은 본래 눈매가 사납게 생긴 데다가 목소리도 살벌했기 때문에, 오랑캐 장수는 덜컥 놀라서 한참 만에야 대답했다.

"나는 자바 왕국의 진국도초토입해금룡(鎭國都招討入海擒龍) 교해건이다."

마여룡이 살펴보니 그의 모습은 이러했다.

番卜算的蠻令	오랑캐가 점친 야만스러운 명령
胡搗練的蠻形	허접하게 만든 거친 모습[22]
遮身蘇幕踏莎行	풀로 엮은 장막에 몸을 가리고 향부자 밟으며 걷나니
恁的是解三醒	이렇듯 술이 깨지.[23]
油葫蘆吹的勝	반질반질한 호로 신나게 불고

---

22 본문의 〈번복산(番卜算)〉과 〈호도련(胡搗練)〉은 모두 사패(詞牌) 이름이다.

23 이 두 구절에 사용된 〈소막차(蘇幕遮)〉, 〈답사행(踏莎行)〉, 〈해삼정(解三醒)〉은 모두 사패 이름인데, 노래로 만들면서 약간 변형하여 사용했다.

油核桃敲的輕	매끈한 호도 가볍게 두드리네.[24]
曉角霜天咬海清	서리 내리는 새벽에 뿔피리 소리[25] 속에 밝은 바다에서 떠들어 대니
怎能勾四邊靜	어떻게 사방을 안정시킬 수 있으랴?

교해건이 물었다.

"너는 누구냐?"

"남선부주 위대한 명나라 황제 폐하를 모시는 정서유격대장군(征西遊擊大將軍) 마여룡이다."

교해건이 살펴보니 그의 모습은 이러했다.

黑萎萎下山虎	산에서 내려온 호랑이처럼 시커멓고
活潑潑混江龍	흐린 강 속의 용처럼 활기차구나.[26]
金鞭敲響玉籠葱	쇠 채찍 휘두르니 수많은 옥을 울리는 듯하고
鑼鼓令兒熱哄	징과 북 울리며 명령 내리니 뜨거운 함성 울리나니[27]

---

24 이 두 구절의 〈유호로(油葫蘆)〉는 사패 이름이고, 〈유핵도(油核桃)〉는 남희(南戱)에서 사용되던 곡패(曲牌) 이름이다.

25 이것은 〈(상천효각(霜天曉角)〉이라는 사패를 변형한 구절이다. 이 사패는 〈월당창(月當窓)〉, 〈장교월(長橋月)〉, 〈답월(踏月)〉이라고도 부르는 월조(越調) 측운격(仄韻格)으로서 쌍조(雙調)의 경우 43글자로 구성되어 있다.

26 본문의 〈하산호(下山虎)〉는 곤곡(崑曲)에서 사용되는 곡패(曲牌) 이름이고, 〈혼강룡(混江龍)〉 역시 북선려궁(北仙呂宮)에 속하는 곡패 이름이다.

27 본문의 〈옥롱총(玉籠葱)〉은 곡패인 〈금롱총(金瓏璁)〉은 곡패 이름이며,

饑餐的六么令	주린 듯 연달아 상 차리라 호령하고
渴飲的滿江紅	목마른 듯 붉은 강물 다 마실 기세일세.[28]
直殺得他玉山頹倒風入松	그야말로 옥산을 우수수 무너뜨릴 듯 살벌하여
唱凱聲聲慢送	개선가 부르며 느긋하게 돌아갈 장수로다.[29]

교해건이 말했다.

"명나라라면 중국인데, 우리 서양과는 각기 다른 곳에서 다른 나라를 이루고 있지 않냐? 그런데 왜 까닭 없이 우리 영토를 침범했느냐?"

"아무 일 없이 이런 오랑캐 땅에 온 줄 아느냐? 첫째, 우리 황제 폐하께서 새로이 등극하신 것을 너희 오랑캐 나라들에 알리기 위함이고 둘째, 우리나라의 전국옥새가 여기 있는지 알아보기 위함이며 셋째, 하찮은 너희 오랑캐들이 우리 천자께서 파견한 사신을

〈나고령(鑼鼓令)〉 또한 황종궁(黃種宮)에 속하는 곡패 이름이다.

28 본문의 〈육요령(六么令)〉은 사패 이름으로서, 《벽계만지(碧雞漫志)》의 설명에 따르면 그것은 〈녹요(綠腰)〉, 〈낙세(樂世)〉, 〈녹요(錄要)〉라고도 부르며, 일설에는 이 곡조의 한 구절이 여섯 자를 넘지 않는다고 해서 '육요'라고 부른다고 했다. 〈만강홍(滿江紅)〉 역시 사패 이름으로서, 당나라 때는 〈상강홍(上江虹)〉이라고 불렀던 것이다.

29 본문은 모두 〈옥산공(玉山供)〉, 〈풍입송(風入松)〉, 〈개가회(凱歌回)〉, 〈성성만(聲聲慢)〉 등의 사패와 곡패를 이용하여 만들었는데, 글자 그대로는 뜻이 잘 통하지 않는다.

함부로 죽이고 또 사신의 수행원 백칠십 명을 죽였기 때문이다. 이제 천 척의 배와 천 명의 장수, 백만 명의 용맹한 병사가 파죽지세로 밀고 나와 너희의 죄를 묻고, 우리 백성을 위로할 것이다. 당장 돌아가서 너희 왕과 상의하여 옥새를 바치도록 하라. 옥새가 없다면 너희가 해친 목숨들에 대한 보상을 하도록 하라! 만약 이 말을 조금이라도 어길 경우에는 벌레보다 못한 네놈의 목숨은 이 합선쌍도(合扇雙刀)로 끊어버릴 것이다!"

교해건이 버럭 화를 내며 고함을 질렀다.

"얼씨구? 정말 무서워 죽겠구나?"

그 말이 끝나기도 전에 그의 왼쪽에서 한 명의 장수가 불쑥 나서며 소리쳤다.

"허풍만 늘어놓는 놈이로구나! 감히 나 술라룡[蘇刺龍]에게 덤빌 자신이 있느냐?"

또 그 말이 끝나기도 전에 그의 왼쪽에서 한 명의 장수가 불쑥 나서며 소리쳤다.

"허풍만 늘어놓는 놈이로구나! 감히 나 술라후[蘇刺虎]에게 덤빌 자신이 있느냐?"

두 장수가 나란히 말을 몰아 달려오자 마여룡이 재빨리 쌍칼을 휘두르며 맞섰다. 셋이 그대로 한 덩어리가 되어서 왔다 갔다 치고받자 세 필의 말도 한 곳에 뒤엉켰고, 세 가지 무기가 사납게 부딪쳤다. 마여룡은 힘을 내서 무예를 선보이며 좌우로, 일 대 일로, 일 대 이로 거의 마흔 번이 넘게 맞붙었으나 승부가 나지 않았다. 이에 그는 눈살을 찌푸리며 계책을 떠올리더니, 칼을 휘둘러 상대를 공격하면서 슬며시 구리 망치[銅錘]를 꺼내서 정확하고 재빠르게 술라롱의 머리를 내리쳐 버렸다. 미처 피하지 못한 술라롱은 일찌감치 혼백이 천문(天門) 밖으로 날아가 지옥으로 떨어져 버렸다. 그 바람에 놀라서 마음이 어지러워진 술라후는 손발에 맥이 풀리고 창을 놀리는 것도 어지러워져서 도저히 버틸 수 없게 되자, 어쩔 수 없이 말머리를 돌려 도망쳤다. 하지만 마여룡이 기세를 몰아 말을 다그치자 천리마 홀뢰박은 한 줄기 빗살처럼 치달려 쫓아갔다. 술라후가 필사적으로 도망치는데 갑자기 뒤쪽에서 마여룡의 칼이 날아왔다. 그 모습을 본 교해건이 나는 듯이 달려 나와 삼지창을 치켜들었지만, 마여룡의 칼은 이미 술라후의 어깨부터 등줄기를 쓱 갈라 버린 뒤였다.

두 장수를 잃은 교해건은 분노가 치밀어 이를 갈며 삼지창을 곧추세우고 마여룡에게 달려들었다. 마여룡이 재빨리 합선쌍도를 들어 맞서니, 둘은 단숨에 이삼십 판을 치고받았으나 승부가 나지 않았다. 그때 오랑캐 진영에서 쇠뿔 나팔이 울리면서 교해건의 왼쪽으로 한 명의 장수가 달려 나오며 소리쳤다.

"야, 중국 놈아! 덤벼라! 이 하라미[哈剌密]하고 붙어보자!"

그 말이 끝나기도 전에 중국 진영에서 세 번의 북소리가 울리면서 마여룡의 왼쪽으로 한 명의 장수가 달려 나왔다. 그러자 마여룡이 칼을 치켜들며 소리쳤다.

"돌아가시오! 나 혼자 이 두 오랑캐를 상대하겠소!"

그 말이 끝나기도 전에 오랑캐 진영에서 쇠뿔 나팔이 울리면서 교해건의 오른쪽에서 한 명의 장수가 달려 나오며 소리쳤다.

"야, 중국 놈아! 덤벼라! 이 하라포[哈剌婆]하고 붙어보자!"

그 말이 끝나기도 전에 중국 진영에서 세 번의 북소리가 울리면서 마여룡의 왼쪽으로 한 명의 장수가 달려 나왔다. 그러자 마여룡이 칼을 치켜들며 소리쳤다.

"돌아가시오! 나 혼자 이 세 오랑캐를 상대하겠소!"

그러자 두 명나라 장수는 돌아갈 수밖에 없었다. 두 오랑캐 장수가 힘을 보태자 원래 호랑이 같았던 교해건은 마치 날개를 단 것 같았다. 대단한 마여룡! 그는 혼자서 쌍칼을 휘두르며 그들 셋을 상대했다. 투구 위로 구름 같은 기운이 뭉게뭉게 피어나고 갑옷 비늘 사이에서는 번쩍번쩍 노을빛이, 칼끝에서는 은은한 우렛소리가, 전통 안에서는 불쑥불쑥 살기가 피어났다. 예로부터 한 손으로는 두 손을 상대하기 어렵다고 했지만, 마여룡은 혼자서 세 명의 적을 상대하면서 진시(辰時) 무렵부터 시작해서 벌써 해가 기울어가는 신시(申時) 말미, 유시(酉時) 초가 되었다. 그때까지 그는 쉬지도 않고 물도 마시지 않은 채 계속 격전을 치렀다. 이처럼 지난한 종군(從軍)의 사연을 증명하는 〈종군행(從軍行)〉이라는 노래가 있다.

少年不曉事	철없던 어린 시절에는
服習隨章句	경서 구절만 따라 익혔지.
運掌矜封侯	쉽게 공을 세워 제후에 봉해지리라 여기고

243

曳襦談關吏	저고리 끌며 관문 지키는 관리 되리라 얘기했지.
募牒昨夜下	간밤에 군대에 지원하면서
睥睨無當世	세상에 적수 없다며 으스댔었지.
父母泣難留	부모님의 눈물로도 붙들지 못했으니
況乃子與婦	처자식이야 말할 필요 있겠는가?
抽身鳴寶刀	보배로운 칼 뽑아 울리며
持纓邁關路	갓끈 매고 변방으로 달려갔지.
厲志取聖賢	성현의 굳센 의지 본받아
定策輕五餌	책략 정하고 오랑캐 무찌르는 일 우습게 여겼지.
事業徒一心	오롯한 마음으로 임무에 종사했건만
時運値乖阻	시운이 따르지 않아 험난하기만 했지.
空名壯士籍	부질없이 병적(兵籍)에 이름만 남겼을 뿐
青幕竟誰顧	검푸른 막사는 결국 누가 돌보랴?
龍豹塡孤衷	용과 표범의 진세에 고충을 메우며
落脫窘天步	이리저리 떠돌다 시운이 다했지.
殺氣連九邊	변방마다 살기가 이어지고
白骨相撑拄	하얀 해골 되어 서로 의지하게 되었구나.
歸來見鄉邑	고향으로 돌아가고 싶지만
哀哉淚如注	아, 슬프게도 눈물만 쏟아지는구나!

마여룡은 아침부터 저물녘까지 혼자 세 명의 적을 상대하다가

속으로 생각했다.

'장수는 완력보다는 지모를 잘 써야지. 이렇게 칼부림만 하고 있으면 어찌 이기겠는가?'

그는 계책을 떠올리고 곧 일부러 쌍칼을 허공에 휘둘렀다. 그 틈에 교해건이 공격해 들어오자 그는 말머리를 돌려 달아났다. 교해건이 쫓아오자 그가 말을 멈추고 두어 번 맞받아치니, 두 오랑캐 장수는 돌아가고 있었다.

'저놈들은 그냥 보내는 수밖에 없겠군.'

그가 다시 말머리를 돌려 달아나자 교해건이 또 쫓아왔다.

"남을 쫓더라도 백 걸음 이상은 쫓지 말라고 했는데, 좀 지나친 거 아니냐?"

"아까는 혼자서 셋을 상대로 잘 싸우더니 왜 도망치는 것이냐?"

마여룡은 말을 상대해 주면서 슬며시 그 구리 망치를 손에 쥐고 재빨리 교해건을 머리를 향해 휙 휘둘렀다. 하지만 교해건도 제법 눈썰미가 빨라서 얼른 말머리를 왼쪽으로 돌려 피하더니 오른손을 내밀어 가볍게 망치를 잡아 버렸다. 그뿐 아니라 오히려 그 망치로 반격까지 하자, 마여룡은 새매가 몸을 뒤집듯이 피하면서 한 손으로 상대의 삼지창을 낚아채 버렸다. 그 모습을 보고 양쪽 진영에서 감탄사가 터져 나왔다. 이렇게 되자 서로 망치와 삼지창을 뺏기고 빼앗아 버린 셈이 되었다. 둘은 각자 하나씩 전리품을 챙겼지만, 날이 저물어서 어쩔 수 없이 병사를 거두어야 했다. 중국 진영에서는 두 사령관이 장부에 공적을 기록하며 무척 기뻐했다. 삼보태감이 말했다.

"적의 장수를 베고 삼지창을 빼앗았으니 완전한 승전이었소. 망치를 잃은 거야 언급할 가치도 없는 사소한 일이오."

이튿날 아침이 되자 호위병이 보고했다.

"어제 왔던 그 교해건이 또 싸움을 걸어오고 있습니다."

그 얘기를 듣자 마여룡은 즉시 칼을 차고 말에 올랐다. 그때 마침 장 천사가 중군 막사로 왔다가 마여룡이 용맹하게 나가려는 것을 보고 말했다.

"호위병, 어서 마 장군을 불러오도록 하라."

마 장군이 돌아와 물었다.

"천사님, 무슨 가르침을 내리시려는지요?"

"장군, 이번 전투는 양보하시지요."

"옛말에 '공자도 잔치에서는 배불리 먹고 취하고, 사나이가 전장에 나서면 죽거나 다친 뒤에나 돌아온다.'라고 하였는데 왜 양보하라는 것입니까?"

"그건 잘못된 말씀이시오! 장수란 나아갈 때를 알고 나아가고, 어려움을 알면 물러날 줄 알아야 하는 법이오. 그저 칼만 믿고 남을 무시하는 것은 필부의 용맹에 지나지 않으니, 장수로서 취할 바가 아니지 않소?"

마여룡이 그제야 무언가 깨달은 듯 물었다.

"무슨 고명한 생각이 있으십니까?"

"장군의 이름이 여룡인데, 내가 보니 저 오랑캐 장수의 깃발에

'입해금룡교해건(入海擒龍咬海乾)'이라고 적혀 있소. 그러니 이 싸움은 본래 장군에게 불리한 것이오. 게다가 오늘은 노니는 용이 물을 잃게 되는 날이니 더욱 불리하오. 우리는 병사를 이끌고 만 리바다를 건너왔으니, 호흡 하나라도 신중하게 해야 하오. 게다가 이전투는 삼군의 생사와 황제 폐하의 명망이 달린 것이라서 어쩔 수없이 직언(直言)할 수밖에 없었으니, 실례가 되었더라도 널리 헤아려 주시기 바라오!"

마여룡이 두 번 절하고 물러나자 삼보태감이 말했다.

"다른 장수를 내보내야겠군요."

자, 이번에는 어떤 장수가 출전하게 될까? 이에 대해서는 다음회를 보시라.

대장군은 연이어 세 차례 승전하고
교해건은 연패하여 달아나다

大將軍連聲三捷　咬海乾連敗而逃

潮頭日掛扶桑樹	파도 끝에 해를 건 부상수가 있고
渤海驚濤起烟霧	발해의 거친 파도에 안개가 일어난다.
委輪折木海風高	나무를 꺾을 듯 몰아치는 거센 바닷바람
翻雲掣地無朝暮	밤낮없이 구름 뒤집고 땅을 잡아끈다.
碣石誰臨望北溟	비석 옆에서 북쪽 큰 바다 바라보는 이 누구인가?
君侯千載開精靈	군후께서 천 년 동안 신령함을 펼치셨도다.
氣吞沆瀣三山碣	한밤중의 물안개 삼산의 비석을 삼키고
目撼朱崖萬島青	눈앞에 흔들리는 붉은 산과 수많은 푸른 섬들
君不見爰居近日東門翔	보게나, 오늘 바닷새가 동쪽 문에서 날아오르니

鯨鯢鼓鬣吳天忙	사나운 고래들 날뛰어 오 땅이 분주 하구나.
看君早投飮飛劍	일찌감치 항복하여 칼에 맞지 말게나,
一嘯長令波不揚	긴 휘파람에 파도도 일어나지 못하 리니!

삼보태감이 말했다.

"이번에는 다른 장수를 내보내야겠군요."

그 말이 끝나기도 전에 장 천사가 말했다.

"무장원 당영을 내보내시는 게 좋겠소이다."

장 천사가 자신을 추천했다는 얘기를 들은 당영은 밤에도 환히 비칠 새하얀 말에 올라 붉은 수실이 눈부시게 휘날리는 곤룡창(滾龍槍)을 들었다. 그리고 세 번의 북소리와 함께 군영의 문이 열리자, 밖으로 달려나가 호통을 치며 물었다.

"너는 누구냐?"

"나는 자바 왕국의 진국도초토입해금룡 교해건이다."

당영이 살펴보니 그는 움푹 들어간 눈에 빗자루 같은 눈썹, 높다란 코, 말아 올린 수염을 기른 채 붉은 갈기의 말을 타고 한 자루 삼지창을 들고 있었다.

'착한 놈은 아닌 것 같으니, 조심해서 상대해야겠구나.'

당영이 그런 생각을 하고 있을 때 교해건이 물었다.

"너는 누구냐?"

"이 몸은 위대한 명나라 황제 폐하의 명을 받고 나오신 정서후영

대도독 무장원 당영이다."

교해건이 살펴보니 상대는 눈매며 눈썹이 깔끔하고, 발그레한 얼굴에 세 가닥 수염을 기르고, 만면에 웃음기를 띠고 있었다.

'어라? 이 작자는 황궁에 오랑캐를 무찔러야 한다는 등의 상소문이나 올릴 문관 같은데, 왜 무관 흉내를 내고 있지? 무쇠 갑옷 입은 장군 밤중에 변방 관문을 나섰다고 거들먹거릴 셈인가 본데, 두어 마디 해서 약을 올려줘야겠군.'

"이것 봐, 장원, 자네는 이런 노래에 딱 어울리는구먼.

白馬紫金鞍	백마에 자금 안장 얹어
騎出萬人看	타고 나오니 수많은 이들 구경하네.
問道誰家子	뉘 집 자제인데
讀書人做官	공부하여 높은 벼슬에 올랐나?

그런데 감히 책을 버리고 무예를 익혔나?"

당영이 진노하여 꾸짖었다.

"천한 오랑캐, 감히 나를 희롱하려 들다니!"

그가 즉시 곤룡창을 들어 내지르자, 교해건도 삼지창을 들어 맞섰다. 그들은 치고받고 하면서 맞수를 만난 듯 각자 재간과 계책을 펼쳤다. 한쪽이 남산의 사나운 호랑이라면 다른 한쪽은 동해의 큰 거북이, 한쪽이 하늘을 나는 지네라면 다른 한쪽은 산을 뚫는 천산갑(穿山甲), 한쪽이 산에 올라 호랑이 때려잡는 사나운 장수라면 다른 한쪽은 바다에 들어가 용을 잡는 무서운 사내인 셈이었다. 둘이 그렇게 삼사십 번을 맞붙었으나 승부가 나지 않자 교해건이 속으로 생각했다.

'사람 잘못 보았구나. 이자가 창을 이리 잘 쓰니, 아무래도 계책을 써야 이길 수 있겠구나.'

그는 즉시 말머리를 돌려 달아나는 척했다. 하지만 당영은 그 계책을 빤히 꿰뚫고 버럭 호통을 쳤다.

"천한 오랑캐, 거짓으로 도망쳐서 함정에 빠뜨릴 속셈인 모양인데, 내가 너 따위를 두려워할 줄 아느냐? 어디 칼을 끄는 계책이든 뒷전으로 창을 내지르는 술책이든, 돌아서서 활을 쏘든, 어깨 너머로 망치를 휘두르든 마음대로 해 봐라. 기어이 쫓아가서 모조리 받아 주마!"

교해건은 말을 달리며 궁리했다.

'저렇게 허풍을 치니 슬쩍 속임수를 쓴 다음에 확실히 손을 써야겠군.'

그는 몸을 비스듬히 돌리고 삼지창을 휙 내질렀다. 당영이 코웃음을 치며 소리쳤다.

"얼씨구?"

그가 말고삐를 슬쩍 당기자 삼지창은 말 앞쪽 몇 치 앞에, 많지도 적지도 않은 곳에 떨어졌다.

"제법이구나!"

그 말이 끝나기도 전에 교해건이 재빨리 자금표창을 날렸다. 당영이 껄껄 웃으며 말했다.

"표창까지 던질 줄 아는구나?"

표창은 정확히 당영의 얼굴을 향해 날아왔다. 하지만 당영이 말머리를 오른쪽으로 슬쩍 틀자 표창은 투구 왼쪽을 스치며 떨어져 버렸다. 교해건은 깜짝 놀라 다급히 다시 표창을 날렸다. 하지만 당영이 이번에는 말머리를 왼쪽으로 슬쩍 틀자 표창은 투구 오른쪽을 스치며 떨어져 버렸다. 교해건은 더욱 당황했다.

"이놈, 제법 재간이 있구나!"

"하하하, 또 무슨 재간이든 부려 봐라. 팔짱 끼고 구경해 주마. 그리고 네놈에게 보여줄 한 가지 묘기가 있다."

"내 표창도 다 떨어졌는데, 너라고 무슨 재간이 더 있겠어?"

"너한테 뭐가 있든 없든 간에 나는 전혀 무섭지 않다."

그 말이 끝나기도 전에 교해건이 또 자금으로 만든 표창을 날렸다. 그러자 당영이 재빨리 입을 쩍 벌리더니 날아오는 표창을 덥석 물어 버렸다. 이야말로 '나는 기러기가 호수에 떨어지는' 격이었다. 당영이 표창을 입에 문 채 말했다.

"이건 어땠냐?"

교해건이 다급히 말머리를 돌려 도망치자 당영이 말을 치달려 쫓아가며 소리쳤다.

"천한 오랑캐 놈아, 어딜 도망치려고!"

'이놈은 정말 천하에 둘도 없는 강적이로구나. 도저히 안 되겠어.'

교해건이 머리를 굴리며 말했다.

"병법에서도 오후에는 전투하지 않는다고 했다. 오늘은 날이 저물었으니 병사를 거두고 내일 다시 자웅을 겨루자!"

당영도 마침 배가 고프던 터라 일부러 속아 주는 척했다.

"오늘은 네놈 목숨을 살려 두지만, 내일 아침에는 수급을 잘라 바쳐야 할 것이다!"

그러거나 말거나 교해건은 죽어라 도망쳐 버렸다.

당영이 말등자를 울리고 개선가를 부르며 돌아오자, 두 사령관이 무척 기뻐하며 그의 공적을 기록하고 상을 내린 것은 말할 필요도 없겠다. 그러자 삼보태감이 장 천사에게 물었다.

"오늘 당 장군이 승리할 줄 어찌 아셨습니까?"

"그 오랑캐 장수가 어안장군이라고 했는데, 당 장군의 이름이 '영(英)'이 아닙니까? 물고기는 매[鷹]의 먹이니까[1] 당 장군이 이길 수밖에요."

두 사령관은 탄복했다. 이어서 왕 상서가 물었다.

"천사님, 내일은 누구를 내보낼까요?"

"내일은 오랑캐 장수가 오지 않을 테니, 우리가 가서 꾀어내서 싸워야 합니다."

"내일은 누가 승리할까요?"

"당연히 우리 편이지요."

"또 당 장군을 내보냅니까?"

---

1 영(英)과 응(鷹)은 모두 중국어에서 [yīng]으로 읽는다.

"당 장군이 나서면 그자가 절대 나오지 않을 테니, 꾀어낼 계책을 세워야 합니다."

"그럼 누구를 보내서 꾀어내지요?"

"제 생각에는 우영도독 김천뢰 장군이 한 번 수고해 주셔야 할 것 같습니다."

"일리 있는 말씀이십니다. 김 장군은 키도 작고 갑옷도 입지 않으니까, 오랑캐 장수가 얕보고 나올 테지요. 아주 절묘한 계책입니다."

삼보태감이 물었다.

"그 둘이 붙으면 승부는 어찌 될까요?"

"이쪽이 필승이지요. 다만 한 가지, 일을 시작하기에 앞서 두려운 마음을 갖고 좋은 계책을 세워야 하니, 신중하게 준비해야 합니다."

"어떻게 준비해야 하는 겁니까?"

"내일 김 장군이 출전할 때 왼쪽에 무장원 당영이 부대를 거느리고 매복해 있고, 오른쪽에는 유격대장 마여룡이 부대를 거느리고 매복해 있어야 합니다. 그러다가 세 번의 포성이 울리면 그걸 신호로 양쪽에서 일제히 공격하는 겁니다. 그자가 이 두 장군을 보면 당연히 전의를 상실할 테니, 싸우지 않고도 이길 수 있지요. 이게 바로 필승의 전략입니다."

"정말 훌륭한 계책이십니다!"

이튿날이 되었는데 과연 오랑캐 장수가 찾아오지 않았다. 삼보태감은 정서우영대도독 김천뢰에게 진영 밖으로 나가 싸움을 걸라

고 명령을 내리고, 또 당영과 마여룡에게도 여차저차 계책을 알려
주었다.

한편 김천뢰는 바람을 쫓는 명마 자질발(紫叱撥)²을 타고, 귀신도
보면 눈물을 흘리는 창인 임군당(任君鏜)을 지닌 채, 세 번의 북소리
가 울린 후 부대를 이끌고 출전했다. 오랑캐 정찰병이 이를 발견하
고 소가죽으로 만든 장막 안에 보고하자, 교해건이 물었다.

"어제 싸웠던 그 무장원 당영이더냐?"

"아닙니다."

그러자 교해건의 얼굴에 약간 희색이 돌았다.

"어떻게 생긴 작자더냐?"

"누군지는 모르겠지만 약간 사람 같지 않은 데도 있고, 그렇다고
귀신 같지도 않았습니다."

"그게 무슨 말이냐?"

"선재동자(善財童子) 같다고 하기엔 머리카락이 좀 많고, 토지신
같다고 하기에는 수염이 모자랐으니 그렇게 말씀드린 겁니다."

그 말을 듣자 교해건은 더욱 안심하고 즉시 명령을 내렸다.

"어서 나팔을 울려라!"

---

2 자질발(紫叱撥)은 준마 이름이다. 전하는 바에 따르면 당나라 천보(天寶:
742~755) 연간에 대완(大宛)에서 한혈마(汗血馬) 6필(匹)을 바쳤는데 그 이
름이 각기 홍질발(紅叱撥), 자질발(紫叱撥), 청질발(靑叱撥), 황질발(黃叱撥),
정향질발(丁香叱撥), 도화질발(桃花叱撥)이었다. 이에 현종(玄宗)이 그 이름
들을 각기 홍옥(紅玉)과 자옥(紫玉), 평산(平山), 능운(凌雲), 비향(飛香), 백화
련(百花輦)으로 고쳐서 요광전(瑤光殿)에 그 모습을 그리게 했다고 한다.

잠시 후 쇠뿔 나팔이 울리자 그는 부대를 이끌고 우르르 밖으로 나왔다. 교해건이 바라보니 명나라 군대의 이 장수는 키가 석 자도 되지 않은데 어깨는 두 자 다섯 치나 되고, 투구도 쓰지 않고 갑옷도 입지 않은 평상복 차림이었다. 손에 든 무기는 또 십팔반무예에도 들어 있지 않은, 도무지 이름조차 들어보지 못한 것이었다.

'그제 만났던 유격대장 마여룡이나 어제 만난 무장원 당영은 그래도 상대하려면 힘이 좀 들었는데, 이런 장수라면 겁먹을 이유가 없지!'

이렇게 생각하고 그가 소리쳤다.

"너는 누구냐?"

"나를 모른단 말이냐? 이 몸은 이대한 명나라 황제 폐하의 명을 받고 나온 정서우영대도독 김천뢰이다."

"우영대도독이라고? 네 반쪽은 어디 갔느냐?"

"천한 오랑캐 놈! 감히 내게 농지거리를 해?"

김천뢰가 귀신도 보면 눈물을 흘릴 임군당을 들어 얼굴을 향해 내지르자, 교해건은 다급히 피하느라 이리저리 휘청거리며 몸을 제대로 가누지 못했다. 당황한 오랑캐 진영의 왼쪽에서 하라미가 달려 나오며 소리쳤다.

"중국 땅은 살기도 좋다던데, 우리 서양에는 뭐 하러 왔느냐?"

그때 또 오랑캐 진영의 오른쪽에서 하라포가 달려 나오며 소리쳤다.

"중국 땅은 살기도 좋다던데, 우리 서양에는 뭐 하러 왔느냐?"

김천뢰는 아무 대꾸도 하지 않고 그저 눈처럼 하얀 임군당을 현란하게 휘둘렀다. 세 명의 오랑캐 장수들은 온 힘을 다해 맞섰다. 하지만 하라포가 순간적으로 막아 내지 못해 정수리에 임군당을 맞고 그대로 황천길로 떠나 버렸다. 하라미는 안 되겠다 싶어 도망치려다가 등짝 한가운데를 맞고 역시 그대로 황천길로 떠나 버렸다. 교해건도 말머리를 돌려 도망치자 김천뢰가 쫓아갔다. 교해건은 몸을 비틀며 갈고리를 던졌지만, 그것은 김천뢰의 임군당에게 막혀서 쇳가루로 변해 눈처럼 날아가 버렸다. 교해건이 다급히 자금으로 만든 표창을 던졌지만, 그 역시 임군당에 걸려서 단번에 두 동강이 나 버렸다. 다시 한번, 또 한번을 던져도 마찬가지였다. 이렇게 던질 표창마저 다하자 그는 죽어라 도망쳐 버렸다. 결국 김천뢰는 완벽한 승리를 거두자 교해건을 내버려 두고 말머리를 돌려 돌아왔다. 그야말로 이런 격이었다.

| 眼觀旌旗捷 | 승리의 전투 목격하고 |
| 耳聽好消息 | 좋은 소식 듣는구나. |

무장원 당영과 유격대장 마여룡도 각자 교해건의 부대와 격전을 치르고 돌아왔다. 사령관은 그들의 공적을 기록하고 상을 내리면서 무척 기뻐했다. 장 천사가 말했다.

"어떻소이까? 제 말대로 되지 않았습니까?"

삼보태감이 말했다.

"신통하게 증명되었습니다. 대체 어떻게 그러실 수 있는 겁니까?"

"별다른 능력이 필요하겠습니까? 그저 이치대로 따져 보았을 뿐입니다."

"어떤 이치를 말씀하시는 것인지요?"

"김천뢰 도독은 완력이 대단해서 무기가 백오십 근이나 나갑니다. 그리고 병사를 이동할 때도 마을이 있는 곳에 주둔하지 않고 조두(刁斗)³를 걸지 않아서 적들이 미처 방비하지 못하게 만드니, 승리하려 하지 않아도 그럴 수 없다는 겁니다."

"이렇게 승리한다면 앞으로도 승승장구하겠습니다."

"장수의 힘이 남아돌더라도 저는 무력보다는 지혜로 싸워 이기는 것이 낫다고 생각합니다."

"새겨놓아야 할 옳으신 말씀이십니다."

그 말이 끝나기도 전에 호위병이 보고했다.

"교해건이 수많은 해추선(海鰍船)⁴을 거느린 채 순풍을 타고 내려와 싸움을 걸고 있습니다."

"그럼 즉시 명령을 전하라!"

이에 즉시 수군대도독 우로(于老)에게 명령을 전했다. 대도독은 즉시 네 군데 정찰부대[四哨]에 명령을 전하여 작전회의를 열었다.

---

3 조두(刁斗)에 대해서는 제8회의 각주 32)를 참조할 것.

4 해추선(海鰍船)은 노를 저어서 모는 소형 전함의 이름이다. 다만 《수호전》 제42회에서 섭춘(葉春)이 제작한 해추선은 수백 명을 수용할 만큼 크고 24 개의 수차(水車)를 돌려 움직인다고 묘사되어 있다.

대도독이 말했다.

"잠시 수상 진영을 밖으로 빼놓고 저들이 어떤 진세를 펼치고 있는지 보도록 합시다."

사초총병관들은 즉시 수상 진영을 다른 만(灣)으로 옮겨서 공격하기 편하게 해 놓았다. 잠시 후 교해건이 작은 전함으로 구성된 함대를 이끌고 재빨리 여기저기로 움직이며 시위를 했다. 대도독이 그걸 보더니 이렇게 말했다.

"저런 것쯤이야 우습게 해치울 수 있지!"

그는 즉시 각 부대에서 각기 궁노수(弓弩手)를 백 명씩 선발해서 대기하고 있다가, 적의 배들과 맞붙게 되면 해당 부대 지휘관의 명령에 따라 일제히 발사하도록 명령을 내렸다. 다만 명령이 떨어지기 전까지는 함부로 대포나 조총, 불화살 따위를 쏘지 못하게 했다. 그러자 낭아봉 장백이 말했다.

"이런 작은 적들은 바람을 이용해서 화공을 해야 하는데, 오히려 금지하는 것은 무엇 때문입니까?"

그러자 왼쪽 정찰부대의 정서부도독 황전언이 말했다.

"대도독께 분명 무슨 묘책이 있는 모양이니, 쓸데없는 의심은 하지 맙시다."

그 말이 끝나기도 전에 동쪽에서 해추선 한 무리가 일제히 몰려와 후방 정찰부대를 향해 돌진했다. 그곳 총병관인 오성(吳成)이 곧 궁노수들을 지휘하여 일제히 활을 발사하자, 해추선들이 견디지 못하고 우르르 물러나 버렸다. 그런데 잠시 후 이번에는 남쪽에서 해추선들이 좌측 정찰부대를 향해 돌진했다. 하지만 황전언의 지휘로 백 명의 궁노수들이 일제히 활을 발사하자, 그들 역시 당해 내지 못하고 우르르 물러나 버렸다. 잠시 후, 이번에는 북쪽에서 해추선들이 우측 정찰부대를 향해 돌진했다. 하지만 허이성(許以誠)의 지휘로 백 명의 궁노수들이 일제히 활을 발사하자, 또 당해 내지 못하고 우르르 물러나 버렸다. 이어서 서쪽에서 해추선들이 전방 정찰부대를 향해 돌진했다. 장백은 교해건이 그 배들 가운데 하나에 타고 있는 것을 보고 속으로 생각했다.

'우리 장수들이 며칠 동안 연속으로 승전했지만 저놈을 잡지는 못했지. 오늘 내가 저놈을 잡으면 일등의 공을 세우게 되겠군.'

이렇게 생각하며 그가 크게 소리쳤다.

"네놈은 누구냐? 이름을 밝혀라!"

"이삼일을 연이어 싸웠는데 아직 입해금룡 교해건을 모른다는 말이냐?"

"네가 바로 그놈이었더냐?"

"그렇다. 너는 누구냐?"

"내가 바로 낭아봉 장백이니라!"

"그런 몽둥이는 뭍에서나 쓰는 것인데, 어떻게 멍청하게 물 위에서 쓰겠다는 것이냐?"

"천한 오랑캐 놈! 내가 활도 못 쏘는 줄 아느냐?"

"말만 해서는 믿을 수 없으니, 어디 쏴봐라!"

"그래, 쏴줄 테니 잘 봐라!"

"어서 쏴보시지!"

장백은 화살을 재서 교해건을 얼굴을 정확히 겨냥하고 "퉁!" 하고 시위를 놓았다. 하지만 교해건은 소매를 척 펴더니 화살을 휙 낚아채 버렸다. 장백이 다시 한 발을 쏘았으나 역시 마찬가지였다.

'이놈이 화살을 두 대씩이나 낚아채다니! 이번엔 좀 매운맛을 보여줘야겠군.'

장백이 다시 화살을 날리자 교해룡은 똑같이 소매를 펼쳐서 낚아채려고 했다. 그런데 소매로 화살 하나는 잡았지만, 어느새 다른 화살 하나가 그의 이마에 맞고 말았다. 나머지 화살도 쇠가죽으로 만든 투구와 쇠가죽으로 만든 갑옷에 맞았다. 물론 그의 몸에 맞지 않은 화살들도 있었다. 어쨌거나 그 바람에 교해건은 비록 죽지는 않았지만, 너무 아파서 선창 안으로 쓰러져 데굴데굴 굴러야 했다. 오랑캐 병사들은 당황해서 작은 개울을 향해 필사적으로 배를 몰아 달아났다. 원래 낭아봉 장백에게는 한 번에 열 대의 화살을 재서 쏠 수 있는 신묘한 활이 있었기 때문에 교해건이 낭패를 당했던 것이다.

대도독이 징을 쳐서 군사를 거두자, 삼보태감은 무척 기뻐하며 공적을 기록하고 상을 내렸다.

"저놈이 이번에 혼쭐이 나긴 했지만 재앙의 뿌리가 아직 뽑히지 않았소. 이후에는 어떤 계책으로 막을 생각이시오?"

대도독이 말했다.

"해추선이라면 내일 격파할 계책이 있습니다. 하지만 적장을 사로잡는 문제는 제가 감당하기 어렵습니다."

"해추선을 격파하는 것만 해도 적지 않은 공을 세우는 셈이지요."

대도독은 수상 진영으로 돌아가서 쉰 명의 잠수에 능한 수병(水兵)을 불러 여차저차 분부를 해두고, 또 중군 막사에 공문을 하나 보내서 이런 사실을 알렸다. 이렇게 준비를 마친 다음 적의 다음 행동을 기다렸다. 그런데 사흘을 기다려도 아무런 동정이 보이지 않는 것이었다.

'설마 그놈이 낭아봉 장백의 화살에 맞고 죽어 버린 건 아닐까?'

궁금해진 대도독이 장 천사를 찾아가 물으니 죽지 않았을 거라는 대답이 돌아왔다.

"그걸 어떻게 아십니까?"

"그자의 별이 아직 사라지지 않았소이다."

대도독은 장 천사가 허튼소리를 하지 않는다는 것을 알고 더욱 준비를 철저히 했다.

그로부터 얼마 후 요란한 북소리와 어지러이 휘날리는 깃발 속에서 천지를 진동하는 함성이 울리는가 싶더니, 호위병이 들어와 보고했다.

"교해건이 또 해추선들을 이끌고 와서 싸움을 걸고 있습니다."

"정말 죽지 않았구먼."

대도독은 즉시 사방 정찰부대에 명령을 내려서 각기 대포와 총 따위를 준비하고 있다가 죽통(竹筒) 소리를 신호로 일제히 발사하라고 했다. 또 각 부대에서는 제일 큰 불랑기(佛狼機) 대포 다섯 문을 준비하고 있다가 나팔 소리를 신호로 일제히 발포하라고 했다. 잠시 후 해추선들이 우르르 몰려와서 좌충우돌하며 앞뒤로 공격을 퍼붓기 시작하는데, 동서남북 전후좌우를 가리지 않고 정신없이 한꺼번에 달려들었다. 하지만 적들이 총이나 불화살을 쏘아대어도 이쪽의 등나무 방패와 호신용 단패(團牌)[5]가 빈틈없이 둘러막고 있는 데다가 중국의 배가 높고 크기 때문에, 적들이 아무리 애를 써도 올라올 수 없었다.

중군의 사령대에 우뚝 서서 전황을 살피다가 적의 예기가 조금 누그러지면서 마음들이 동요하는 것을 발견한 대도독은 즉시 죽통을 터뜨렸다. 이어서 사방의 정찰부대에서 총과 대포들이 일제히 발사되어 우수수 날아갔다. 조그마한 해추선들이 그런 엄청난 공세를 어찌 감당하겠는가? 그들은 어쩔 수 없이 뱃머리를 돌려 달아나야 했다. 그런데 해추선들이 막 방향을 틀었을 때, 갑자기 나팔소리가 울리더니 중국 함대의 사방 정찰부대에서 불랑기들이 일제히 발사되었다. 마치 사자가 수실로 엮은 공을 굴리듯 맹렬히 쏟아지는 포탄 앞에서 조그마한 해추선들이 어찌 견뎌낼 수 있었겠는가? 그들은 다시 작은 강을 향해 필사적으로 도망치는 수밖에 없었다.

그런데 그들이 항구를 들어서서 일 리쯤 갔을 때, 갑자기 양쪽 물가에서 천지를 뒤흔들 듯한 북소리와 함성이 일어났다. 교해건이 깜짝 놀라 고개를 들고 살펴보니, 남쪽 물가에서 말에 탄 채 채

---

5 단패(團牌)는 적의 칼이나 화살로부터 신체를 보호하기 위한 개인용 방패이다.

찍을 휘두르고 있는 이는 바로 무장원 당영이었다.

"못된 오랑캐 놈, 어딜 도망치느냐! 당장 항복해라. 조금이라도 거역한다면 네놈에게 창구멍을 내주겠다!"

또 북쪽 물가에서 말에 탄 채 채찍을 휘두르고 있는 이는 유격대장 마여룡이었다.

"못된 오랑캐 놈, 어딜 도망치느냐! 당장 항복해라. 조금이라도 거역한다면 네놈에게 칼 밥을 먹여주겠다!"

'이거 큰일이로구나! 바다로 나가지도 못하고 후퇴해 돌아가지도 못한 채, 꼼짝없이 울타리에 뿔이 걸린 양의 신세가 되고 말았구나. 어쩔 수 없이 여기 이대로 있는 수밖에. 그래, 저자들이 어찌 나오는지 보고 대책을 마련해야겠어.'

하지만 그의 생각이 끝나기도 전에 하늘을 뒤흔들 듯한 대포 소리가 울렸다. 그 작은 강바닥에는 수만 명의 벼락신이 숨어 있고, 수면에는 하늘을 뒤덮을 듯이 연기와 불꽃이 일어나면서 해추선들은 모조리 잿더미가 되어 버렸다. 이 전투는 그야말로 적벽대전과 다를 바 없었던 것이다.

대도독이 병사를 거두고 군영으로 돌아오자, 삼보태감은 무척 기뻐하며 공적을 기록하고 상을 내렸다. 사방 정찰부대의 총병관들과 당영, 마여룡도 각기 공적에 따라 상을 받았다. 삼보태감이 말했다.

"그런데 아까 보니 물밑에서 불길이 치솟던데, 대체 어찌 된 일이오?"

대도독이 대답했다.

"제가 쉰 명의 물질에 능한 잠수부를 보내 미리 안배한 것입니다. 대포 소리를 신호로 터뜨리게 했습니다. 잠수부들이 화약으로 그 기계를 터뜨리게 했으니, 이야말로 정중동(靜中動)의 묘리인 셈이지요."

"그런 묘책을 왜 저번에는 쓰지 않으셨습니까?"

"그때는 저들이 도망치는 경로를 몰랐기 때문에, 괜히 화약을 쓰면 놀라서 미리 방비할 것 같았습니다. 이는 사실을 살펴서 속임수를 씀으로써 예상치 못한 상황에서 대비할 틈을 주지 않고 허를 찌르는 수법입니다."

"그러고도 저한테 두 장수를 안배하라고 하신 이유는 무엇입니까?"

"화약이 모두 거기 있으니 두 장수께서 적의 퇴로를 끊게 한 것입니다. 다시 말해서 표식을 세우고 정확히 조준해서 한 치도 어긋나지 않게 한 것이지요."

이에 관리들이 모두 감탄하며 대도독의 뛰어난 수전 전략을 칭송했다. 삼보태감이 대도독에게 물었다.

"오늘은 해추선이 몇 척이나 되던가요?"

"모두 스무 척이었고, 각 배마다 수군 스물다섯 명이 타고 있었습니다."

"그럼 수군 오백 명이 모두 화장을 당한 셈이로군요."

장 천사가 말했다.

"다 죽지는 않았겠지요."

"남아 있는 배가 없는데 어떻게 죽지 않은 자들이 있겠습니까?"

"그 수군들은 모두 잠수에 뛰어나서 '입해교(入海咬)'라고 불린다는데, 그냥 배 위에 앉아 죽음을 기다리고 있지는 않았을 게 아닙니까?"

"그 오랑캐 장수는 죽었는지 모르겠습니다."

"그자에 대해서는 신경 쓰실 필요 없습니다."

"아니, 왜요?"

"그자의 이름이 어안장군이니 본래 물속의 족속입니다."

"불길이 물밑에서 치솟았는데 그자가 어떻게 물속으로 들어갈 수 있었을까요?"

"불은 위로 똑바로 치솟는 성질이 있으니, 비록 밑에서부터 올라왔다고는 해도 위쪽만 태웠을 뿐 아래쪽은 그대로 남아 있지 않았겠습니까? 그러니 물속에 들어갈 수 있는 게지요."

그 말이 끝나기도 전에 벽봉장로가 찾아와 물었다.

"두 분 사령관, 요즘 전투의 결과는 어떻소이까?"

삼보태감이 대답했다.

"연일 자잘한 승리는 거두고 있습니다만, 아직 오랑캐 장수를 생포하지 못해서 화근이 남아 있는 실정입니다."

"자잘한 승리야 별거 아니지요. 내일 오시 삼각에 우리 배들이 모두 바다 밑으로 가라앉을 테니까요."

그 말에 두 원수는 혼비백산하여 어쩔 줄 몰라 했다. 관리들도 벽봉장로가 헛소리를 하는 사람이 아닌지라 믿지 않을 수도 없고,

그렇다고 그대로 믿기에는 수많은 사람의 목숨이 달린 상황이라 난감하기만 했다. 게다가 황제의 크나큰 복이 있는데 이 배들이 돌아가지 못할 까닭이 없지 않은가? 한참 침묵이 흐른 뒤에 삼보태감이 물었다.

"국사님, 무슨 말씀이신지요?"

"제가 천엽연화대에서 좌선하고 있을 때, 한 줄기 바람이 스쳐지나갔소이다. 얼른 붙잡아 머리부터 꼬리까지 냄새를 맡아보니, 우리 선단에 재앙을 미칠 징조가 보이더이다. 그 재앙은 밑에서 위로 올라와 배에 구멍이 나는 것이었소이다."

"그 재앙을 해소할 방법은 있습니까?"

"이번의 바람도 근심 속에 희소식이 담겨 있고, 재앙 속에 복의 뿌리가 담겨 있었소이다."

그 말이 끝나기도 전에 정찰병이 와서 보고해야 할 기밀 사항이 있다고 했다. 삼보태감이 그를 불러서 물었다.

"무슨 일이냐?"

"오랑캐 장수가 연일 패배해서 돌아가 국왕에게 울며 하소연하자 국왕이 이렇게 말했답니다.

'승패는 군대에서 흔히 일어나는 일이니 책임을 묻지 않겠소. 다만 이후로는 더욱 신경을 써서 적을 격파하시오. 그렇게 과인의 근심을 덜어준다면 반드시 큰 상을 내리겠소.'

그러니까 오랑캐 장수가 이렇게 말했답니다.

'제게 한 가지 계책이 있사오니, 대왕께 아뢰고 나서 시행할까 하

옵니다.'

이에 국왕이 '묘책이 있다면 그대가 알아서 시행하시구려.' 하니까, 그 장수가 이렇게 말했답니다.

'제 부하들 가운데 입해교라고 하는 오백 명의 수군이 있는데, 잠수를 아주 잘해서 이레 밤낮을 물속에 있어도 죽지 않습니다. 저는 그들에게 송곳을 준비해서 중국 함대의 밑으로 잠입해 있다가, 쇠뿔 나팔소리를 신호로 일제히 손을 써서 그 배들에 구멍을 뚫어 침몰시켜 버릴 생각이옵니다.'

그러나 오랑캐 국왕이 무척 기뻐했답니다.

'아주 절묘한 계책이오! 그야말로 솥을 깨뜨리고 배를 가라앉히는 묘책이니, 어서 시행하시오!'

바로 이런 이유 때문에 요 이틀 동안 교해건이 싸움을 걸어오지 않고, 쇠가죽으로 만든 장막 안에서 병사들에게 송곳을 준비하도록 명령했던 것입니다. 그래서 저희가 이런 상황을 파악하고 급히 보고하는 것입니다."

"송곳은 언제 다 만들어진다고 하더냐?"

"하루 이틀 사이에 다 만들어질 것으로 보입니다."

"과연 그 수군들이 모두 불에 타 죽지 않았던 게로구나."

"그자들은 평소 어업을 하면서 물에서 생계를 유지합니다. 저번에 배가 불타자 모두 개펄 속에 숨어 있다가, 불길이 지나가고 나서 빠져나왔다고 합니다."

"교해건은 상태가 어떠하다 하더냐?"

"다른 자들이 미꾸라지라면 그자는 저파룡(猪婆龍) 즉 악어라서, 개펄에서 먹을 것을 찾았다고 합니다."

"그렇다면 우리 함대에 재앙이 닥칠 거라는 국사님의 말씀이 맞는 셈이로구면."

왕 상서가 말했다.

"국사께서 허튼 말씀을 하실 분이 아니지요."

"이 재앙을 어떻게 해소한단 말인가?"

그러자 마 태감이 말했다.

"말을 꺼낸 사람이 책임을 져야 하는 법이니, 이 문제는 국사님께 맡기도록 하지요."

벽봉장로가 말했다.

"아미타불! 저는 조금 곤란하오이다."

삼보태감이 물었다.

"아니, 왜요?"

"독한 손속을 쓸 수 없어서 그렇지요. 그런 것은 출가인으로 할 바가 아니지 않소이까?"

"우리를 해치려 하니 어쩔 수 없는 상황이지, 우리가 일부러 남을 해치려는 것은 아니지 않습니까?"

"등갑군(藤甲軍)을 불태워 죽인 뒤에 제갈량도 자기 목숨이 줄어들었다는 것을 알았다고 하지 않았소이까?"

"이번 일은 위로는 황제 폐하를 위해 힘쓰고 아래로는 수많은 목숨을 구하는 것이니, 이야말로 헤아릴 수 없이 많은 공덕을 쌓는 일이 아닙니까? 그런데 어찌 곤란하다고 하십니까?"

"아미타불! 어쨌든 사람을 죽이는 일은 절대 우리 출가인으로서는 할 수 없는 일이외다."

마 태감이 말했다.

"그렇다면 천사님께서 처리해 주심이 어떻습니까?"

장 천사가 말했다.

"저로서도 특별한 대책이 없으니, 함부로 나서서 일을 망칠 수 없습니다."

왕 상서가 말했다.

"제게 한 가지 생각이 있는데, 다들 어찌 생각하실지 모르겠습니다."

삼보태감이 말했다.

"분명 좋은 생각이실 것 같으니 어서 말씀해 보십시오."

"우리가 데려온 대장장이들 가운데 삼백 명을 선발해 주시면, 제가 대책을 만들어 보겠습니다."

왕 상서가 대장장이들을 어디에 쓰려 하는지는 다음 회를 보시라.

제36회

교해건은 이웃나라에서 군대를 빌려오고
왕 신녀와 도중에서 만나다

咬海干隣國借兵　　王神姑途中相遇

爲擁貔貅百萬兵	용맹한 군사 백만 명 이끌고[1]
崎嶇海嶠鑿空行	험난한 바다 지나 허공 가르며 가네.
擧頭日與長安近	고개 들어보니 해는 장안에 가까운데
指掌圖披左輔明	동경(東京) 땅이 지도에 펼쳐지듯 또렷하구나.

---

1 인용된 시는 명나라 때 장가윤(張佳胤: 1526~1588, 자는 초보[肖甫], 호는 거래산인[居來山人])이 지은 시 〈화염령에서 계문을 바라보다가 척계광(戚繼光: 1528~1588, 자는 원경[元敬], 호는 남당[南塘] 또는 맹저[孟諸])을 그리며[登火焰絕嶺望薊門因有懷戚太保]〉에서 몇 구절을 바꾼 것인데, 원작은 다음과 같다. "지팡이 짚으니 양쪽 겨드랑이에서 바람이 일고, 삐죽삐죽 짚신 신고 허공을 뚫으며 가네. 고개 들어보니 해는 장안에 가까운데, 비옥한 땅이 지도에 펼쳐지듯 또렷하구나. 만 겹 부용꽃 같은 산봉우리들 푸른 장막 안으로 들어가고, 천 줄기 버드나무들 가느다랗게 진영을 이루었구나. 강산은 그야말로 그림처럼 아름다운데, 이 모두 장군께서 강토 지키려는 굳은 맹세하셨기 때문일세.[杖策風從兩腋生, 參差芒屩鑿空行. 擧頭日與長安近, 指掌圖披督亢明. 萬疊芙蓉靑入幕, 千行楊柳細成營. 山河繡錯眞如畫, 總爲將軍帶礪盟]."

271

萬遞芙蓉靑入幕	만 겹 부용꽃 같은 산봉우리들 푸른 장막 안으로 들어가고
千行楊柳細成營	천 줄기 버드나무들 가느다랗게 진영을 이루었구나.
蠻烟淨掃歸朝日	오랑캐의 연기 깨끗이 쓸고 조정으로 돌아가는 날
滿眼山河帶礪盟	눈에 가득한 강산 길이 지키고자 굳게 맹세하네.

그러니까 왕 상서가 이렇게 말했다.

"우리가 데려온 대장장이들 가운데 삼백 명을 선발해 주시면, 제가 함대의 재난을 막을 대책을 만들어 보겠습니다."

삼보태감은 즉시 삼백 명의 대장장이를 선발하여 왕 상서의 지시를 기다리게 했다. 왕 상서는 대장장이들에게 그림 하나를 건네주며 몇 마디로 설명했다. 그러자 대장장이들은 각자 자리로 돌아가서 밤낮으로 작업을 했다. 삼보태감이 왕 상서에게 말했다.

"또 무슨 가르침이 있습니까?"

"내일 다시 말씀드리겠습니다."

이튿날 아침, 왕 상서는 함선마다 두 명의 포도(捕盜)를 불러 간밤에 대장장이들이 만든 많은 물건을 나눠 주면서, 병사들을 몇 명 선발하고 어느 정도의 화약과 장치들을 준비할 것인지에 대해 일일이 분부했다. 그리고 나팔소리를 신호로 그것들을 뿌리되, 각기 세 번씩 뿌리라고 했다. 이야말로 그물을 깔아 놓고 물고기를 기다리고, 와궁(䰞弓)²을 준비해 놓고 큰 짐승을 공격하는 격이었다.

한편 교해건은 배를 침몰시킬 계책을 세워 놓고 스스로 주유(周瑜)와 같이 신묘한 계책이라고 생각했다. 그는 희색이 만면한 채 쇠가죽 장막 안에 앉아 그 오백 명의 입해교 수군을 불렀다. 그리고 각자 송곳을 준비하고 미리 명나라 함대 아래쪽에 잠복해 있다가, 쇠뿔 나팔이 울리면 그것을 신호로 손을 쓰라고 분부했다. 또 별도로 수군 천 명을 뽑아 배에 태우고 각기 짧은 칼을 준비하고 있다가, 중국의 배들이 침몰할 때 물에 떠서 허우적거리는 군사를 쓸어버리게 했다. 또 뭍에는 삼천 명의 육군에게 칼과 창, 밧줄 등을 준비하고 있다가 중국의 배가 침몰할 때 뭍으로 빠져나온 이가 있다면 즉시 생포하게 했다. 이렇게 안배를 마치자 그 자신도 완전무장을 하고 삼지창을 든 채 출항을 명령했다. 오랑캐의 배들은 일제히 바다로 몰려나왔지만, 중국 함대는 쥐죽은 듯 고요하기만 했고 바람조차 불지 않았다.

'저놈들이 전혀 눈치챈 기색이 없으니, 하늘이 우리의 성공을 돕나 보구나.'

그는 서둘러 명령을 내렸다.

"어서 나팔을 불어라!"

이어서 쇠뿔 나팔소리가 울리자 오백 명의 입해교 잠수부가 일

---

2 와궁(䰞弓)은 사냥꾼이 짐승을 사냥할 때 숨겨 놓고 쓰는 쇠뇌를 가리킨다.

제히 중국 함대의 아래쪽으로 접근했다. 그런데 그 순간 중국 함대에서 나팔소리와 함께 병사들이 우르르 몰려나오더니 물속으로 무언가를 풍덩 던졌고, 두 번째 나팔이 울리자 화약이 비 오듯이 물밑으로 쏟아졌다. 이어서 세 번째 나팔소리와 함께 또 무언가가 물속으로 떨어졌고, 잠시 후 수면에는 붉은 피가 흥건히 번졌다.

교해건은 중국 함대의 밑바닥을 뚫어 큰 공을 세울 작정이었는데, 뜻밖에는 호랑이를 그리다가 개를 그리고 만 격으로 모든 기대가 순식간에 물거품이 되어 버렸다. 수면은 온통 핏물로 붉게 물들어 있었다. 그는 어찌 된 일인지 눈치를 채고 재빨리 뱃머리를 돌려 달아났다. 그때 중국 함대에서 세 번의 북소리가 울리더니 총과 대포 따위가 비 오듯이 쏟아졌다. 당황한 교해건이 배를 버리고 뭍으로 올라가자, 기다렸다는 듯이 중국 함대에서 한 방의 대포 소리가 울렸다. 그리고 이를 신호로 왼쪽에서 키가 여덟 자에 어깨가 떡 벌어지고 부리부리한 눈에 눈썹을 추켜세운 채, 우레 같은 목소리를 지닌 장수가 천리마 홀뢰박을 타고 두 개의 언월도(偃月刀)를 휘두르며 나타났다. 그는 바로 유격대장 마여룡이었다.

"천한 오랑캐 놈, 어딜 도망치느냐!"

말이 떨어지기가 무섭게 그가 두 자루 언월도를 휘두르며 달려들자 교해건은 감히 맞붙을 생각도 못 하고 쥐구멍을 찾아 도망쳤다. 마여룡은 그를 내버려 두고 부하들을 시켜서 오랑캐 졸개들을 일일이 포박하여 중군 막사로 압송했다.

한편 교해건이 한창 도망치고 있는데, 갑자기 오른쪽에서 머리를 질끈 묶고 소매 끝을 묶은 채 사자 머리가 장식된 띠를 두르고 천리마를 탄 장수가 한 길 여덟 자의 자금으로 만든 창을 휘두르며 나타났다. 그는 바로 왕량이었다.

"천한 오랑캐 놈, 어딜 도망치느냐!"

말이 떨어지기가 무섭게 그가 창을 휘두르며 달려들자 교해건은 돌아볼 새도 없이, 입도 벙긋하지 못하고 죽어라 도망칠 수밖에 없었다. 왕량은 그를 내버려 두고 부하들을 시켜서 오랑캐 졸개들을 일일이 포박하여 중군 막사로 압송했다.

교해건은 몸도 지치고 말도 힘이 빠져 있었는데, 갑자기 앞쪽에 중국군 장수 하나가 나타났다. 호랑이 같은 머리에 고리처럼 부리 부리한 눈, 말아 올린 구레나룻이 얼굴을 덮고 있는 그 장수는 갈기가 새하얀 말을 타고 긴 손잡이 표범 머리가 장식된 커다란 칼을 들고 있었다. 그는 바로 정서좌선봉 장계였다.

"천한 오랑캐 놈, 이번에서는 여기서 명이 끊어지게 될 것이다!"

교해건은 너무 놀라 말에서 떨어져 거꾸로 처박히고 말았다. 장계는 부하들을 시켜서 그를 포박하라고 했지만, 교해건은 이미 삼지창만 남겨둔 채 도망쳐 버린 뒤였다. 자세히 살펴보니 일단의 오랑캐 병사들이 교해건을 에워싼 채 빗살처럼 도망치고 있었다.

"도망친 놈이야 내버려 두고, 남아 있는 졸개들이나 잡아가서 사령관께 보고하도록 하자."

중군 막사에 앉아 있던 두 사령관은 관리들에게 각자의 공적을 자세히 기록하게 했다. 삼보태감이 왕 상서에게 말했다.

"상서께서 큰 공을 세우셨습니다. 빈틈없는 책략이었으니, 과연 문무겸전(文武兼全)이시로군요."

"그저 우연히 성공한 것일 뿐, 공이라고 하기에는 부족합니다."

"대장장이들이 만든 것은 무슨 무기였습니까?"

"호랑이와 용을 굴복시키는 여덟 손톱의 갈퀴라는 뜻에서 복호항룡팔조조(伏虎降龍八爪抓)라고 부르는 것입니다."

"좀 자세히 말씀해 주시지요."

"이 무기에는 여덟 개의 갈퀴가 달려 있는데, 모든 갈퀴는 여덟 개의 마디가 있고, 한 마디는 길이가 각기 두 치입니다. 이 갈퀴는 오므리거나 펼 수도 있고, 안으로 숨기거나 밖으로 쏠 수도 있습니다. 그러니 용이나 호랑이라도 일단 잡히면 재앙을 피하기 어렵습니다."

"그럼 그걸 어디에 설치해두신 겁니까?"

"모든 배의 주위에 지살(地煞)[3]의 수에 해당하는 일흔두 개를 설치하라고 지시했습니다."

"화약은 어떻게 쓰인 것인지요?"

"그것은 물에 사는 쥐 모양으로 만든 것으로서, 물밑에서 좌충우돌하며 목표물을 절대 놓치지 않고 쫓아갑니다."

"그건 왜 쓰신 겁니까?"

---

3 지살(地煞)은 점성술(占星術)에서 불길한 죽음[凶殺]을 주관하는 별을 일컫는 말이다. 이것은 수는 일흔두 개로서, 도교에서는 종종 북두칠성의 자루 부분에 모인 서른여섯 개의 천강(天罡)과 대비되곤 한다.

"갈퀴를 설치해두어도 적들이 건드리지 않으면 아무 소용이 없습니다. 하지만 쥐 모양의 화약이 내려가면 적들이 놀라서 피하는 와중에 갈퀴에 걸리게 되는 것이지요."

"그게 먹히지 않으면 어찌합니까?"

"적들은 저번에 불길에 혼이 난 적이 있으니, 그야말로 화살에 다친 적이 있는 새가 구부러진 나뭇가지만 보더라도 놀라 날아가는 꼴이 아니겠습니까? 그러니 화약을 보면 피하지 않을 수 없지요."

"그런데 왜 그자들이 물속에서 죽은 것입니까?"

"제가 배마다 각기 정예병 스무 명을 선발하여 짧은 칼을 들고 대기하도록 했습니다. 그러다가 적군을 갈퀴로 잡아 올리면, 그놈이 물 밖으로 머리가 나오는 순간 칼로 치게 했습니다."

"개중에도 몇 놈은 도망쳤겠지요?"

"갈퀴가 적군의 수보다 훨씬 많아서 한 놈도 놓치지 않았습니다. 오백 명 모두 물고기 밥이 되었습니다."

그 말이 끝나기도 전에 마여룡과 왕량, 장계[4]가 사로잡은 적군들을 끌고 왔다. 삼보태감이 물었다.

"모두 몇 명인가?"

기패관이 대답했다.

"삼천 명입니다."

"두어 명 도망친 놈들이 있을 게 아닌가?"

---

4 원문에는 '유선봉(劉先鋒)' 즉 정서우선봉 유음이라고 되어 있으나, 이는 작자의 명백한 착오이기 때문에 바로잡아 번역한다.

"삼천 명이 출전했다는데, 지금 잡혀 온 놈들이 삼천 명입니다."

"그야말로 일망타진(一網打盡)한 셈이로구먼."

왕 상서가 말했다.

"비록 세 방향을 열어 놓았다 할지라도, 그물을 빠져나가는 놈이 하나라도 있어서는 안 되지요!"

"그래도 너무 처참하다는 느낌이 듭니다."

"자바 왕국 왕이 감히 죄 없는 우리나라 사신과 백칠십 명의 수행원을 죽였으니, 이는 우리 중국을 안중에도 두지 않는 방자하기 그지없는 작태입니다. 지금 우리가 엄중한 위세를 보여주지 않는 다면 천자의 나라의 명성에 누를 끼치고, 결국 먼 이방의 오랑캐들이 분수에 맞지 않는 생각을 하게 만들 것입니다. 사령관께서는 이점을 잘 헤아리시기 바랍니다!"

삼보태감은 잠시 생각에 잠겼다가 이렇게 말했다.

"지극히 옳은 말씀이십니다. 그나저나 이자들은 어떻게 처리할까요?"

"머리를 베고, 가죽을 벗기고, 살을 발라 삶아 먹어야지요."

"예."

삼보태감은 즉시 기패관을 불러 삼천 명의 오랑캐 병사를 막사 밖으로 압송하여 목을 베고, 가죽을 모두 벗기고 살을 바른 다음, 여러 개의 가마솥을 준비해서 모두 삶으라고 명령했다. 즉시 명령이 실행되면서 곧 살을 삶았다는 보고가 올라왔다. 삼보태감은 먼저 눈동자 한 쌍을 먹고, 순서대로 그 살을 나눠 먹었다. 지금도 자바 왕국에서는 중국인이 사람을 잡아먹는다는 전설이 전해지고 있으니, 바로 이 일 때문인 것이다. 이날 중군 막사에서는 성대한 잔치를 베풀어 모든 관리와 병사에게 풍성한 술과 음식을 나눠 주고, 북을 울리며 승전의 노래를 불렀으니, 이를 증명하는 시가 있다.

高臺天際界華夷	하늘가에 높은 대 쌓아 중화와 오랑캐의 경계 나누나니
指點穹廬萬馬嘶	천막[5] 가리키며 수많은 말이 울어댄다.
惡說和親卑漢室	화친(和親)이 어찌 중국 왕조를 낮추는 일이겠는가?
由來上策待明時	최선의 방책 나오려면 명나라를 기다려야 했지.
歡呼牛酒頻相向	쇠고기와 술로 제사 지내고 환호하며 나눠 먹으니
歌舞龍荒了不疑	용황(龍荒)[6]에서 가무 즐기던 일도 틀림없이 끝나리라.
譯得胡兒新誓語	오랑캐 아이의 새로운 맹세를 통역해 보니
願因世世托藩籬	대대로 번국(藩國)으로서 중국에 의지하며 살고 싶다 하네.

---

5 본문의 궁려(穹廬)는 원래 몽고인들이 거주하던 이동식 주택으로서, 양탄자를 이용하여 지붕이 하늘처럼 둥글게 만든 천막이다.

6 용황(龍荒)은 막북(漠北) 즉, 흉노가 하늘에 제사 지내던 장소인 용성(龍城)을 가리키던 말인데, 후세에는 종종 황량한 사막지대 또는 그런 곳에 위치한 소수민족의 국가를 가리키는 뜻으로 쓰였다.

한편, 간신히 도망친 교해건이 국왕을 알현하자, 국왕이 물었다.

"오늘 전과는 어떻게 되었소?"

"오늘은 제가 대패하여 오백 명의 어안군(魚眼軍)과 삼천 명의 보병을 잃었사옵니다."

국왕은 깜짝 놀라 안색이 변했다.

"어쩌다 그렇게 되었단 말이오? 이후로 몇백 명의 군사라도 구할 수 있겠소?"

"구한다는 것은 불가능합니다."

"설마 모두 적들에게 투항해 버렸다는 말씀이오?"

교해건은 하늘을 우러러 대성통곡하면서, 가슴을 치고 발을 구르며 두 줄기 눈물을 줄줄 흘렸다. 그러자 국왕이 말했다.

"울지만 말고 무슨 일인지 설명을 좀 해보시구려."

"오백 명의 어안군은 갈퀴에 걸려 올라가 모조리 단칼에 두 동강이 나서, 지금은 천 조각이 되어 버렸습니다."

"그들이 내생에 다시 사람으로 태어나려면, 다른 한쪽에 대해 이자를 물어야겠구려."

"그리고 삼천 명의 보병은 목이 잘리고, 가죽이 벗겨지고, 살이 발라져서 솥에 삶아져 저들의 뱃속으로 들어가 버렸습니다."

그 말에 깜짝 놀란 국왕은 목이 메어 말도 못 하고 눈물만 하염없이 흘리다가 의자 아래로 쓰러져 버렸다. 관리들이 일제히 달려가 간신히 목숨을 되살려 놓았지만, 국왕은 한참이 지나도록 말조차 하지 못했다. 그러자 교해건이 말했다.

"대왕마마, 보중(保重)하시옵소서. 제게 중국군을 격파하여 오늘의 치욕을 씻을 만한 계책이 한 가지 있사옵니다."

"그게 무엇이오?"

"제가 이웃 나라에 가서 군대를 빌려오겠사옵니다."

"어느 나라로 간다는 말씀이오?"

"중갈라[重迦羅][7] 왕국이나 길지리민(吉地里悶)[8] 왕국, 소길단(蘇吉丹)[9] 왕국, 또는 발림(渤淋)[10] 왕국 등이옵니다. 어느 나라든 구원

---

7 인도네시아 자바 섬의 수라바야(Surabaya, 蘇臘巴亞)를 가리킨다. 이곳은 예전에 중갈라(Jungala)라고 불렸는데 송나라 때 조여적(趙汝適)이 편찬한 《제번지(諸蕃志)》에서는 중가려(重迦廬)로, 원나라 때 왕대연(汪大淵: 1311~1350, 자는 환장[煥章])이 편찬한 《도이지략(島夷志略)》에서는 중갈라(重迦羅)로 표기했고, 15세기 초 마환(馬歡)이 편찬한 《영애승람(瀛涯勝覽)》에서는 소로마익(蘇魯馬益)으로 표기했다.

8 길리지민(吉里地悶)을 잘못 쓴 것이다. 길리[吉里]는 그곳 언어로 산을 가리킨다. 이곳은 말레이시아 남단에 있는 티모르(Timor)를 가리키는데, 조여적의 《제번지》에서는 저물(底勿)로, 왕대연의 《도이지략》에서는 고리지민(古里地悶)으로, 비신(費信)의 《성사승람(星槎勝覽)》에서는 길리지민(吉里地悶)으로 표기했다.

9 지금의 인도네시아 칼리만탄(Kalimantan) 섬 서해안에 있는 수카다나(Sukadana, 蘇加丹那) 항구에 있던 옛 왕국이다. 조여적의 《제번지》에 따르면 이곳은 도파(闍婆, 또는 도파파달[闍婆婆達]) 왕국의 속국이었다고 한다.

10 발니(渤泥, Borneo)를 잘못 쓴 것이다. 이곳은 말레이시아 칼리만탄 섬 북부의 브루나이(Brunei, 文萊) 일대에 있던 옛 왕국이다. 영락 3년(1405)에 이 나라 국왕 하산(Abdul Majid Hassan: 1381~1408, 중국 문헌에서는 麻那惹加那[Maharaja Karna]로 표기함)이 사신을 보내 토산품을 바쳤고, 영락 6년에는 자신이 직접 남경(南京)으로 와서 영락제를 알현했다. 그러나 그는 중국에 체류하는 동안 병으로 죽어서 안덕문(安德門) 바깥의 석자강(石子崗)에 묻혔으며, 영락제는 그에게 공순(恭順)이라는 시호를 내렸다.

병을 빌리게 되면 즉시 돌아오겠사옵니다."

"다들 자잘한 나라들뿐인데 어찌 도움이 되겠소? 그나마 발림 왕국이 조금 낫겠구려."

"그럼 그곳부터 먼저 가겠사옵니다."

"평소에 우리가 덕을 베풀지 않았으니, 도와주려 하지 않을까 걱정스럽소."

"순망치한(脣亡齒寒)의 교훈을 들어 설득하면 도와주지 않을 수 없을 것이옵니다."

"옳은 말이긴 하지만 조심하시구려."

교해건은 즉시 짐을 꾸려 왕국을 나섰다. 그는 혼자 말을 타고 세 치 혀와 삼지창 하나만 가진 채, 밤낮을 가리지 않고 산 넘고 물 건너 달빛을 받으며 별빛을 따라 달렸다. 사흘쯤 달려서 어느 깊은 산을 지나는데 발치에 '양랑산제일관(兩狼山第一關)'이라고 새겨진 돌비석이 하나 있었다. 그가 살펴보니 이런 모습이었다.[11]

一山峙千仞	천길 까마득한 산
蔽日且嵯峨	해를 가리며 높고 험하게 솟았구나.
紫蓋雲陰遠	자줏빛 수레 덮개 위로 어둑한 구름 가득하고
香爐烟氣多	향로에선 연기가 무럭무럭

---

11 인용된 시는 수(隋)나라 때 유빈(劉斌)이 지은 〈영산(詠山)〉으로, 첫 구절의 '일산(一山)'이 원작에서는 '설산(雪山)'으로 되어 있다.

石梁高鳥道	새가 날아다니는 높다란 길에 돌다리 놓여 있고
瀑水近天河	폭포는 은하수에 가깝구나.
欲知來處路	찾아온 길 알고 싶었는데
別自有仙歌	절로 신선의 노래 들리는 듯하구나.

'이런 첩첩산중에서 강도 같은 것들을 만나는 것쯤이야 별거 아니지만, 무슨 괴물이야 요정 따위가 있다면 곤란하겠구나.'

그런 생각이 끝나기도 전에 산골짝에서 악어가죽으로 만든 북소리가 울리면서 두 개의 수놓은 깃발이 나타났다. 그리고 깃발 뒤에서 산적이 하나 나타나 길을 막으며 소리쳤다.

"누구냐? 성명을 밝혀라!"

'어서 구원병을 청하러 가야 하는데, 물정도 모르는 이런 시골 강도를 만났구나. 어쩔 수 없지. 저놈을 잡아서 삼지창이나 한 방 먹여서 화풀이나 해야겠다.'

그런데 그가 고개를 들어 바라보니 그 산적은 여자였다.

"이런 쳐 죽일 못된 계집 같으니! 너는 누구인데 감히 내 길을 막는 게냐?"

"나는 천지의 이치를 통달하고 세상에 유일무이한 존재로서, 이 산의 산채(山寨) 두목이다. 너는 어느 나라에서 왔느냐? 얌전히 통행세를 내면 무사히 보내주겠다."

"나는 자바 왕국 진국도초토 입해금룡 교해건이다. 감히 나한테 통행세를 내라는 것이냐?"

"네가 자바 왕국 진국도초토가 아니라, 설령 그 나라 국왕이라 하더라도 통행세로 황금 삼천 냥을 내야 한다."

"진심이냐?"

"산을 다스리는 자는 산에서 밥벌이하고, 물을 다스리는 자는 물에서 밥벌이하지. 내가 농담하는 줄 아느냐?"

"그렇다면 내가 가진 거라고는 이 삼지창밖에 없으니, 네년에게 이것 맛을 보여주는 수밖에 없겠구나!"

그가 삼지창을 들어 그녀의 머리를 찍으려 하자 그녀가 생각했다.

'여자의 몸으로 강도들을 모아 사업을 벌였는데, 지금은 그나마 괜찮아도 나중엔 힘들 거야. 그런데 이 사람은 외모도 당당하고 두 눈동자가 형형하게 빛나고 있으니, 차라리 이런 멋진 사람과 부부가 되는 게 낫지 않을까? 자기 말로는 무슨 총병도초토라고 했는데 솜씨는 어떨지 모르니, 어디 한 번 시험해 보자.'

이렇게 작정하고 그녀가 소리쳤다.

"무슨 삼지창이라고? 어디 나의 이 일월쌍비검(日月雙飛劍) 맛을 볼 테냐?"

그러면서 재빨리 쌍검을 들어 반격했다. 둘은 산골짝에서 삼지 창과 쌍검 치고받으며 격전을 벌였다. 졸개 강도들은 깃발을 흔들고 고함을 지르며 응원했다. 이렇게 스무 차례 남짓 맞붙었으나 승부가 나지 않았다. 교해건이 속으로 생각했다.

'명색이 사내대장부가 치마 두른 여자 하나를 감당해내지 못하다니! 여자의 몸으로 이렇게 무예가 뛰어날 수 있나? 몸매는 무용수 같은데 칼 휘두르는 것은 유성처럼 재빠르구나!'

이를 증명하는 노래가 있다.[12]

昔有佳人落草荒	옛날 미녀가 황량한 시골에 떨어져
一舞劍器動四方	검을 휘두르면 사방을 진동했지.
觀者如山色沮喪	산처럼 몰려든 구경꾼들은 놀라서 안색이 변했고
天地爲之久低昂	천지는 그 때문에 오래도록 높낮이가 뒤바뀌었지.
爆如羿射九日落	내리칠 때는 후예가 아홉 개의 해를 쏘아 떨어뜨리는 듯이 빛나고
矯如群帝驂龍翔	올려칠 때는 신들이 용을 타고 나는 듯했지.
來如雷霆收震怒	올 때는 벼락이 진노를 거두는 것 같았고
罷如江海凝淸光	거둘 때는 강과 바다에 풍랑 가라앉아 푸른 빛 서리는 듯했지.
絳脣朱袖今何在	빨간 입술 붉은 소매 지금은 어디 있나?
令人千載傳芬芳	천 년 동안 아름다운 명성 전하게 하는구나.

---

12 인용된 시는 당나라 때 두보(杜甫)가 지은 〈공손대랑의 제자가 검무를 추는 것을 보고[觀公孫大娘弟子舞劍器行]〉 가운데 일부인데, 몇몇 구절을 고쳐서 인용했다. 원작에서는 제1구의 '낙초황(落草荒)'을 '공손씨(公孫氏)'로, 제9~10구절은 "絳脣珠袖兩寂寞, 晚有弟子傳芬芳"이라고 했다.

여자도 속으로 생각했다.

'이 사람은 인물도 출중할 뿐만 아니라 삼지창도 잘 다루는 걸 보니, 과연 명장이로구나. 일단 잠시 붙들어두고 다시 방법을 찾아보자.'

여자는 쌍검을 허공에 휙 휘두르더니 말머리를 돌려 달아났다. 교해건이 다급해져서 고함을 질렀다.

"시골 촌것아, 어딜 도망치느냐!"

그가 말을 타고 산발치까지 쫓아가자, 여자는 그가 가까이 오기를 기다렸다가 중얼중얼 은밀한 주문을 외며 손가락으로 하늘을 가리켰다. 그러자 즉시 하늘이 어두웠다. 그리고 여자가 다시 손가락으로 땅을 가리키자 사방이 캄캄해졌다. 천지가 온통 칠흑처럼 변해서 햇빛조차 비치지 않게 된 것이다. 눈앞에 펼친 손가락조차 보이지 않는 상황에서 방향조차 분간할 수 없게 된 교해건은 고삐를 당겨 말을 멈추고 속수무책으로 상대의 처분을 기다리는 수밖에 없게 되었다. 여자는 상황을 똑똑히 꿰뚫어 보고 힘껏 손을 내밀며 소리쳤다.

"어딜 도망치려고!"

그리고 교해건을 휙 잡아 말에서 끌어 내려 버렸다. 그리고 곧 그를 잡아당겨 자기 말에 태웠다. 여자에게 사로잡혀 버리자 교해건이 타고 왔던 말만 덩그러니 남게 되었으니, 그야말로 이런 격이었다.

| 猿臂生擒金甲將 | 원숭이처럼 긴 팔로 황금 갑옷 입은 장수 사로잡으니 |
| 龍駒空帶戰鞍回 | 천리마는 안장만 얹은 채 돌아가네. |

산채로 돌아온 여자는 교해건을 땅바닥에 내동댕이쳤다. 그러자 졸개 산적들이 우르르 달려들어 그를 밧줄로 꽁꽁 묶어서 쇠가죽으로 만든 장막 안으로 압송했다. 하지만 여자는 얼른 장막 앞으로 달려와 몸소 밧줄을 풀어주더니, 그를 안으로 청해서 두어 차례 공손히 절을 올렸다.

"장군님, 조금 전에는 아무것도 모르고 호랑이 같은 위세에 함부로 덤볐으니, 부디 용서해 주십시오!"

자고로 오는 말이 고우면 가는 말도 고울 수밖에 없다고 하지 않았는가? 게다가 교해건은 이미 처지가 위축된 상황인지라 고개를 숙일 수밖에 없었다. 그는 황급히 두어 차례 형식적인 인사말을 했다.

"재주가 모자라 사로잡힌 몸으로서 어찌 감히 그대에게 큰절을 받을 수 있겠소이까?"

"일단 앉으시지요. 사연을 듣고 싶습니다."

"저는 사실 자바 왕국 진국도초토 입해금룡 교해건입니다."

"큰 나라의 총사령관께서 어떻게 홀몸으로 여기까지 오셨습니까?"

"국가에 재난이 닥쳐서 어쩔 수 없었습니다."

"아니, 무슨 재난이 닥쳤다는 것입니까?"

"중국 명나라 황제가 파견한 두 사령관이 천 척의 배와 천 명의 장수를 거느리고 와서 아무 이유 없이 우리나라를 침범했습니다."

"이렇게 뛰어난 능력을 지니신 분이 왜 나라를 위해 힘쓰지 않으셨습니까?"

"그게 아니라 출전할 때마다 연전연패해서, 한 이레 동안 일곱 번쯤 패배했습니다. 패전한 거야 그렇다 치더라도 오백 명의 어안군이 모두 단칼에 두 동강이 났고, 삼천 명의 보병은 모두 솥에 삶아져서 국거리가 되어 버렸습니다."

"세상에, 그런 일이!"

"그래서 화해조차 할 수 없게 되었는지라, 제가 혼자 이웃 나라를 돌아다니며 구원병을 빌려달라고 청하러 나왔습니다. 입술이 없으면 이가 시린 법이니, 이 점을 고려해서 이 초미의 위급한 사태를 구원해 달라고 설득할 생각이었습니다."

"그런 일이 있었군요. 다행히 제가 그곳을 갔다가 장군님과 만날 수 있었습니다."

"그대는 성함이 어떻게 되십니까? 여기서 어떤 직책을 맡고 있습니까?"

"제 성은 왕(王)씨인데 불행이 일찍이 부모를 여의고, 어려서부터 무예를 익히고 군대에서 떠돌다가 어느 특별한 분을 만나 신비한 술법을 전수받았습니다. 그 덕에 공중을 날고 변신술을 쓰면서 저승을 드나들고, 과거와 미래에 대해 모르는 바가 없게 되었습니다. 이 때문에 이곳에서는 다들 왕 신녀[王神姑]라고 부릅니다."

"그런 신통한 능력을 갖고 계시면서 왜 이런 산골짝에서 떨거지들을 모아 강도질을 하고 계십니까?"

"제가 이런 촌구석에서 강도질하고 있긴 하지만, 그렇다고 평생 이러고 살 생각은 없습니다."

"이후로는 어떤 계획을 갖고 계십니까?"

"인물도 출중하고 무예도 뛰어난 천하의 영재를 남편으로 얻어야지요."

"우연히 만나기는 했지만 목숨을 살려주신 은혜를 입었습니다. 윗자리에 앉으시지요. 저는 감사의 인사를 올리고 이만 길을 떠나야겠습니다."

"어찌 그런 말씀을! 조금 전에 수하들에게 산을 내려가서 잔치 음식을 준비하라고 분부해 두었는데, 곧 마련될 것입니다. 잠시 편히 쉬어가시지요."

"살려주신 은혜만 해도 어떻게 감사해야 할지 모르는데, 어찌 잔치 대접까지 받겠습니까? 그건 절대 아니 될 일입니다."

"그리고 제가 드릴 말씀도 있습니다."

"무슨 일이든 편히 말씀하십시오."

"장군께서는 재능도 뛰어나시고 무예도 고강하시니, 제가 장군께 의지하고자 합니다. 제가 못났다고 싫어하시지 않고 아내로 맞아 주신다면 제 소원이 이뤄질 것 같습니다. 어떻게 생각하시는지요?"

'이웃 나라에서 군대를 빌려 재난에서 벗어나기를 바라고 있었는데, 하필 이런 여자를 만나서 일이 틀어지게 생겼구나.'

이야말로 남은 속이 타는데 알아주지 못하는 격이었다. 그가 한참 동안 말없이 생각에 잠겨 있자, 왕 신녀가 말했다.

"너무 깊이 생각하실 필요 없습니다. 우리 둘은 재량도 서로 어울리고, 둘이 만나게 된 것도 무슨 야밤에 눈이 맞아 도망치는 경우와는 다르지 않습니까? 중매를 거치지 않은 게 께름칙하신가요? 하지만 늙은 회나무가 중매를 섰다는 얘기[13]도 있잖아요?"

"이런 한가한 얘기를 할 때가 아닙니다. 나라에 재난이 닥치면 신하는 잠자고 밥 먹을 겨를도 없어야 하는 법이거늘, 어찌 여인에게 연연하여 시간을 지체할 수 있겠습니까?"

"지금 저와 혼인하시면 모든 일을 제가 나서서 처리해 드릴게요."

"그게 무슨 말씀입니까?"

"부부는 한 몸이니 이웃 나라에 가서 구원병을 청하는 것도 제가 나서서 처리해 드리겠다는 거예요."

"아니, 어떻게 하신다는 말씀입니까?"

"아직도 저를 우습게 보시고 그저 하찮은 강도로만 여기시는군요. 허풍이 아니라 저는 번개처럼 빠른 말과 쌍비일월도(雙飛日月

---

13 이것은 전통적인 연극 《천선배(天仙配)》(《칠선녀하범(七仙女下凡)》이라고도 함)의 이야기를 가리킨다. 이 이야기의 주인공인 동영(董永)은 옥황상제가 보낸 칠선녀(七仙女)와 오래된 회나무 아래에서 사랑을 맺는다.

刀)가 있어서, 아무리 넓은 서양 바다라 할지라도 편안하고 큰길을 낼 수 있으며, 아무리 무쇠로 된 산이라 해도 그 안을 꿰뚫어 볼 수 있답니다. 그러니 중국의 천 척 함대와 천 명의 장군, 용맹한 병사 백만 명 같은 것은 안중에도 없습니다. 장군께서 이웃 나라에 가서 구원병을 빌리려 해도 그 나라에서 반드시 장수 한 명이라도 보내 준다는 보장이 없고, 또 장수를 보내주더라도 그가 반드시 저만한 능력을 갖추고 있다고 할 수 없지요. 그러니 잘 생각해 보셔요. 어떨 것 같은가요?"

교해건은 이미 그녀가 천지를 캄캄하게 만드는 술법을 부리는 것을 직접 목격한 데다가 또 이런 영민하고 용감한 얘기를 듣자 마음이 흔들렸다.

'이 여자가 정말 중국 군대를 물리칠 수 있다면 다른 나라를 찾아가는 것보다 낫겠지. 다른 나라에 가본들 어찌 될지도 알 수 없는 노릇이니, 차라리 속는 셈 치고 이 여자 말대로 하자.'

"이 몸을 이렇게 잘 봐주시니 제가 어찌 거역하겠습니까? 다만 조정에 돌아가면 우리 국왕께서 어떻게 생각하실지 모르겠습니다."

"국왕의 근심을 덜어 드리는 것뿐인데, 그러면 됐지 달리 무슨 말을 하시겠어요?"

교해건은 그저 모두 왕 신녀의 뜻대로 하라고 했다. 이에 왕 신녀는 즉시 소와 말을 잡아 거창한 잔치를 열었고, 졸개 강도들도 일제히 그에게 절을 올렸다. 그야말로 이런 격이었다.

吹的是齊天樂	연주하는 것은 하늘같이 즐거운 음악이요
擺的是萃地鐺	벌여 놓은 것은 땅에 가득한 솥들[14]
六么七煞賀新郎	육요와 칠살도 신랑을 축하하고
水調歌頭齊唱	일제히 〈수조가두〉를 부르네.[15]
我愛你銷金帳	나는 그대의 금실 수놓은 휘장이 사랑스럽고
你愛我桂枝香	그대는 내 계수나무 향기 좋아하지.[16]
看看月上海春棠	보게나, 바다에는 달이 뜨고 해당화 피었나니
恁耍孩兒莽撞	이렇게 경솔하게 놀려대는구나.[17]

---

14 〈제천락(齊天樂)〉은 사패로서 〈대성로(臺城路)〉, 〈오복강중천(五福降中天)〉, 〈여차강산(如此江山)〉이라고도 부른다. 《청진집(淸眞集)》과 《백석도인가곡(白石道人歌曲)》, 《몽창사집(夢窓詞集)》에서는 모두 이것을 정궁(正宮) 즉 황종궁(黃種宮)에 포함시켰다. 또 〈쵀지당(萃地鐺)〉은 곡패 가운데 하나이다.

15 〈육요편(六么遍)〉(〈유초청(柳梢青)〉이라고도 함) 또는 〈육요서(六么序)〉는 선려궁(仙呂宮)에 속하는 곡패이고, 〈제칠살곤(第七煞袞)〉은 사패이다. 또 〈하신랑(賀新郎)〉은 원래 〈하신량(賀新涼)〉으로 부르던 사패로서 〈금루의(金縷衣)〉, 〈금루사(金縷詞)〉, 〈금루가(金縷歌)〉, 〈풍고죽(風敲竹)〉, 〈설월강산야(雪月江山夜)〉, 〈유연비(乳燕飛)〉, 〈초구환주(貂裘換酒)〉 등의 별칭으로도 불린다. 〈수조가두(水調歌頭)〉 역시 사패로서 〈원회곡(元會曲)〉, 〈개가(凱歌)〉, 〈대성유(臺城遊)〉 등의 별칭으로도 불린다. 이것은 상하 2결(闋)의 95자로 이루어지며, 평운(平韻)을 쓴다.

16 〈소금장(銷金帳)〉은 곤곡(崑曲)의 곡패 이름이고, 〈계지향(桂枝香)〉은 사패로서 〈소렴담월(疏簾淡月)〉이라고도 부른다. 〈계지향〉은 상하 2결(闋)의 101자로 이루어지며, 측운(仄韻)을 쓴다.

17 〈월상해당(月上海棠)〉은 사패로서 70자 또는 91자로 이루어져 있다. 또 〈사해아(耍孩兒)〉는 북곡(北曲) 곡패 이름으로서 〈해해강(咳咳腔)〉이라고도 한다.

교해건은 결국 나라의 큰 재난을 구제하고 싶었을 뿐, 미녀를 탐하고 있을 상황이 아니어서 굳이 작별하고 떠나려 했다. 왕 신녀는 졸개 강도들을 시켜서 쇠가죽 장막에 불을 지르고, 산채에 쌓아둔 금은보화를 모두 그들에게 나눠준 다음, 신랑과 함께 떠났다. 이렇게 해서 그들 부부는 말을 타고 급히 자바 왕국으로 돌아왔다.

한편, 자바 왕국 국왕은 교해건이 떠난 뒤로 줄곧 하루하루를 어렵게 지내고 있었다. 그때 누군가 이렇게 보고했다.

"중국 군대가 그레식(新村, Gresik)을 포위했는데, 깃발이 해를 가리고 북소리와 뿔피리 소리가 하늘을 진동합니다. 저들은 계속해서 국왕을 잡아 쪄 먹겠다고 떠들어 대고 있습니다."

또 잠시 후 누군가가 보고했다.

"중국 군대가 소로마익(蘇魯馬益)을 포위했는데, 깃발이 해를 가리고 북소리와 뿔피리 소리가 하늘을 진동합니다. 저들은 계속해서 국왕을 잡아 쪄 먹겠다고 떠들어 대고 있습니다."

국왕은 너무 놀라 혼백이 온전히 제자리에 붙어 있지 못할 지경이었다. 그는 그저 이제나저제나 교해건이 구원병을 빌려와 이 재난을 풀어주기만을 고대하고 있었다. 그런데 사흘이 지나고 나흘째가 되었을 때, 갑자기 이런 보고가 들어왔다.

"총사령관께서 붉은 갈기 말을 타고 돌아오고 있습니다!"

"어떻게 생긴 말이더냐?"

측근들이 다시 살펴보고 보고했다.

"그냥 말만이 등에 삼지창을 건 채 혼자 달려오고 있고, 총사령관은 보이지 않습니다."

그 말을 듣고 국왕은 가슴이 무너지는 듯하여 눈물을 줄줄 흘렸다.

"사령관이 아무래도 사나운 짐승에게 당한 모양이구나. 설마 중국 군대에게 살해당한 것일까? 아니면 이웃 나라의 원수에게 당했을까? 아무래도 하늘이 나를 저버려서 사령관이 사라지게 만든 모양이구나. 이렇게 되었으니 어쩔 수 없구나. 솥에 삶아지는 꼴을 당하지 않으려면, 가족을 이끌고 바다로 나가는 수밖에!"

그러자 좌두목(左頭目) 슐리치[蘇黎乞]가 말했다.

"대왕마마, 너무 걱정하지 마십시오. 그냥 항복문서를 한 장 쓰고 예물을 조금 준비해서, 대왕께서 직접 중국군 사령관에게 갖다 바치며 사정해 보십시오.

'예전의 사신을 죽인 것은 구항(舊港) 왕국[18]의 왕인데, 저에게 덤터기가 씌워졌습니다. 수행원 백칠십 명은 동쪽 왕이 살해한 것인데, 역시 저에게 덤터기가 씌워졌습니다.'

이렇게 말입니다. 투항한 사람을 죽이는 것은 불길한 일이니, 틀림없이 저들이 우리나라를 용서할 것입니다."

---

18 마환의 《영애승람》에 따르면 구항(舊港) 왕국은 예전에 삼불제(三佛齊, Samboja) 왕국으로 불리던 곳으로 그곳 언어로 팔렘방(Palembang, 淳林邦)이라고 불렀는데, 자바 왕국의 속국이라고 했다. 영락 5년(1407)에 정화가 이곳에 왔을 때, 마침 그곳으로 도망쳐 행패를 부리고 있던 광동(廣東) 출신의 중국인 진조의(陳祖義)를 붙잡아 처벌한 적이 있다고 한다.

"내가 직접 가서 만나는 것은 양이 스스로 끓는 물에 들어가는 꼴이 아니겠소?"

그러자 우두목(右頭目) 슐리히(蘇黎盍)가 말했다.

"대왕께서 직접 가시기 싫으시다면 저희 둘이 대신 다녀오겠습니다. 그쪽에서 어떻게 나오는지 보고 다시 대책을 마련하는 게 좋겠습니다."

그 말이 끝나기도 전에 수하가 보고했다.

"사령관께서 부인과 함께 말을 타고 오셨는데, 함부로 들어오지 못하고 궁궐 대문 밖에서 어명을 기다리고 계십니다."

국왕은 그 말을 듣고 꿈에서 깨어난 듯, 술에서 깬 듯 다급히 소리쳤다.

"어서 들라 하라! 어서!"

교해건이 들어오자 국왕이 물었다.

"구원병을 청하러 갔는데 어떻게 빈 말만 먼저 돌아왔소? 짐은 너무 놀라 숨이 막히는 줄 알았소이다!"

"대왕마마, 제 죄를 용서해 주신다면 아뢸 말씀이 있사옵니다. 하지만 용서하지 않으시겠다면 감히 아뢰지 못하겠사옵니다."

"무슨 얘기든 간에 다 용서할 테니 어서 말씀해 보시구려."

교해건이 왕 신녀와 만나고 함께 오게 된 경위를 설명하자 국왕이 말했다.

"신녀는 지금 어디 있소?"

"궁궐 대문 밖에 있사옵니다."

"데리고 들어오시오. 나도 만나보겠소."

왕 신녀가 국왕에게 스물네 번의 절을 올리고 만세삼창을 하자 국왕이 물었다.

"그렇게 훌륭한 재능을 갖고 계시면서 왜 시골에서 강도질을 하셨소?"

"길에서 검객을 만나면 검을 바쳐야 하고, 상대가 인재가 아니라면 시를 읊지 않는 법이옵니다. 마땅한 사람을 만나지 못해서 잠시 그런 시골에 있었을 뿐이옵니다."

"이제 사령관과 결혼했으니 과인이 인재를 얻었다고 할 수 있겠구려. 다만 과인의 나라에 큰 재난이 있는데, 그대는 어떻게 이걸 풀어줄 작정이오?"

"아무리 큰일이라 할지라도 제가 감당할 수 있사옵니다."

"지금 중국의 군대가 아무 이유 없이 우리를 공격하고 있는데, 우리는 연전연패해서 도저히 어쩔 방법이 없는 실정이오."

"저의 번개처럼 빠른 말과 쌍비일월도, 그리고 저승을 오갈 수 있는 능력으로 이 중국의 군대를 사로잡는 것은 그저 지푸라기를 줍는 것처럼 쉬운 일이옵니다. 아무 걱정하실 필요 없사옵니다."

"저번에 세븐빈이 와서 알려준 바에 따르면, 저 배에는 강서 용호산 인화진인 장 천사라는 도사가 있는데, 비구름을 부르고 귀신을 부릴 수 있다고 했소. 그리고 김벽봉장로라는 승려가 있는데, 해와 달을 가슴에 품고 하늘과 땅을 소매에 가둘 수 있다고 했소. 이 두 사람 덕분에 저들이 서양에 와서 치르는 전투마다 승리를 거둘 수 있었다는 것이오. 그러니 그대도 그들을 우습게 여기지 말기 바라오."

"그건 말도 아닌 것 같사옵니다! 예로부터 지금까지 문신(文臣)과 무장(武將)이 재상에나 제후에 봉해진 적은 있지만, 승려나 도사가 그랬던 적이 언제 있었사옵니까? 아마 그 출가한 이들이 주둥이를 잘 놀려 입씨름으로 이겼나 본데, 설마 정말로 그런 재간이 있겠사옵니까? 제가 나가서 그 승려와 도사를 사로잡고 배를 불태우고, 적의 사령관을 가루로 만들어 버리기 전에는 결코 돌아오지 않겠사옵니다!"

국왕은 그 강인한 얘기를 듣고 무척 기뻐했다.

"그대가 공을 세우면 이 나라와 함께 길이 부귀영화를 누리며 살겠소."

국왕은 몸소 석 잔의 술을 따라주며 위로했다. 왕 신녀는 석 잔의 술을 마시고 나서 교해건과 함께 훈련장으로 가서 쇠가죽으로 만든 장막 안에 앉아 병사를 점검하고, 일제히 소로마익으로 달려 나와 소리쳤다.

"감히 나설 중국의 장수가 있는가?"

중국 군대에서 어떤 장수가 나서며 승부가 어떻게 되는지는 다음 회를 보시라.

왕 신녀는 호위를 사로잡고
낭아봉 장계가 왕 신녀의 목을 베다
王神姑生擒護衛　張狼牙戯斬神姑

客有新磨劍	나그네에게 새로 간 검이 있는데[1]
玉鋒堪截雲	옥 같은 칼날 구름도 자를 만하지.
西洋王神女	서양의 왕 신녀는
意氣自生春	의기가 봄날처럼 절로 자라났지.
朝嫌劍花淨	아침엔 얼룩 없이 깨끗한 칼날이 싫고
暮嫌劍花冷	저녁엔 싸늘하게 빛나는 칼날이 싫었다지.
能持劍向人	칼 들고 남을 겁주는 데에는 자신 있지만

---

1 인용된 시는 당나라 때 이하(李賀)의 시 〈주마인(走馬引)〉에서 일부를 변형
한 것이다. 원작은 다음과 같다. "내게는 고향 떠날 때 지니고 온 칼 하나
있는데, 옥 같은 날 구름도 자를 만하지. 양양(襄陽) 땅에서 말달리는 나그
네는, 의기가 봄날처럼 저절로 생겨난다네. 아침이면 얼룩 없이 깨끗한 칼
날이 싫고, 저녁이면 싸늘하게 빛나는 칼날이 싫어. 칼 들고 남을 겁주는
데에는 자신 있지만, 칼날 빛에 자신을 비춰볼 줄은 모른다네![我有辭鄉劍,
玉峰堪截雲. 襄陽走馬客, 意氣自生春. 朝嫌劍花淨, 暮嫌劍光冷. 能持劍向
人, 不解持照身.]"

不解持照身   칼날 빛에 자신을 비춰볼 줄은 모른다네!

그러니까 왕 신녀는 일단의 오랑캐 병사를 거느리고 소로마익으로 달려왔다. 호위병의 보고를 받은 삼보태감이 말했다.

"서양에는 여자 장군도 많구먼. 이 또한 신기한 일이야."

왕 상서가 말했다.

"그렇다고 다 뛰어난 건 아니겠지요."

마 태감이 말했다.

"또 쟝 지네틴 같은 여자라면 신경 좀 쓰이겠습니다."

삼보태감이 말했다.

"누가 저 오랑캐 여인을 생포해 오겠는가?"

그 말이 끝나기도 전에 막사 앞에 한 명의 장수가 나섰다. 그는 나두신(羅頭神)[2]의 머리에 천리안의 눈, 이순풍(李淳風)[3]의 귀, 현도인(顯道人)[4]의 문신을 한 채 호자오화후(虎刺五花吼)라는 명마를 타고 방천극(方天戟)을 들고 있었으니, 바로 중군 막사에서 친병두목(親兵頭目) 좌호위(左護衛)라는 직책을 맡고 있는 정당(鄭堂)이라는 장수였다.

"제가 재주는 미흡하지만 저 오랑캐 계집을 생포해 오겠습니다."

---

2 알 수 없음.

3 제3회의 각주 10)을 참조할 것.

4 현도인(顯道人)은 현도신(顯道神), 또는 험도신(險道神)이라고도 하며, 상여가 나갈 때 장례행렬의 맨 앞에서 들고 가는 높고 커다란 개로신(開路神)의 형상을 가리킨다.

삼보태감은 호위병에게 일단의 군마를 뽑아 그에게 주도록 했다. 정당이 병사를 이끌고 나가 보니, 적군의 진영 앞에 여자 장수가 하나 나타났는데, 그 모습은 이러했다.

直恁的蠻姑兒	이런 오랑캐 아가씨에게
有甚的念奴嬌	무슨 매력이 있으랴?[5]
倒不去風雲際會遇秦樓	그래도 어렵사리 누각에서 임을 만났으니[6]
趁好姐姐年少	아가씨 나이 한창일 때였지.
紅繡鞋也蹺蹺	수놓은 빨간 신 신고 사뿐사뿐 걸으니
點絳唇也渺渺	붉은 연지 바른 입술도 보일 듯 말 듯 조그맣구나.[7]
二郎假扮跨靑驪	청총마 탄 이랑신(二郎神) 행세를 하며
水底魚兒廝鬪	물속의 물고기처럼 싸우려 하네.[8]

---

5 〈만고아(蠻姑兒)〉는 정궁(正宮) 중려(中呂)에 속하는 곡패 이름이다. 또한 〈염노교(念奴嬌)〉는 사패로서 〈백자령(百字令)〉, 〈뇌강월(酹江月)〉, 〈대강동거(大江東去)〉라고도 부르는 쌍조(雙調) 100자의 형식인데, 2결(闋)에 각기 4개의 측운(仄韻)을 사용하되 하나의 운을 처음부터 끝까지 쓴다.

6 《풍운회(風雲會)》는 원나라 말엽 명나라 초기에 나관중(羅貫中)의 이름으로 편찬된 잡극(雜劇)으로서 정식 명칭은 《송태조용호풍운회(宋太祖龍虎風雲會)》이다. 이 구절은 뒤쪽에 〈진루월(秦樓月)〉(〈억소아(憶素娥)〉라고도 함)라는 쌍조 46자의 사패 이름을 변용한 것이다.

7 〈홍수혜(紅繡鞋)〉는 원곡(元曲)의 곡패 이름이고, 〈점강순(點絳唇)〉은 2결 41자로 이루어진 사패 이름이다.

8 〈수저어(水底魚)〉는 남곡(南曲) 조조(潮調)의 악곡 이름이다.

정당이 호통을 쳤다.

"너는 누구냐? 어서 성명을 밝혀라!"

"나는 자바 왕국 사령관 교해건의 부인 왕 신녀이다."

왕 신녀가 살펴보니 상대는 아주 멋진 장수였다.

鬪馬郞先一着	경주에서 일등으로 도착한 도령
江神子後二毛	강 신의 아들로 서른 후반쯤일세.[9]
香羅帶束皂羅袍	향긋한 비단 띠로 검은 비단 전포 묶 으니[10]
十八臨潼獻寶	열여덟 나라가 임동에서 보물을 바 칠 때의 모습일세.[11]
破齊陣偏刀趁	때맞춰 칼을 휘둘러 제나라 군진 깨 뜨리고

---

9 첫 구절의 '투마랑(鬪馬郞)'은 남곡(南曲)의 곡패인 〈복마랑(福馬郞)〉을 변형한 것으로 보인다. 〈강신자(江神子)〉는 〈강성자(江城子)〉라고도 부르는 사패 이름이다. 이것은 쌍조 70자로 이루어지며 전후 2결의 형식이 똑같고, 5개의 평운을 처음부터 끝까지 쓴다.

10 〈향라대(香羅帶)〉는 유명한 사패이자 곡패 이름이고, 〈조라포(皂羅袍)〉는 곤곡(崑曲)의 곡패 이름이다.

11 이것은 '임동투보(臨潼鬪寶)' 고사에서 나온 것이다. 춘추 시기 진(秦)나라 목공(穆公)은 모사의 건의에 따라 17개 나라의 제후를 임동에 초청하여 각자 자기 나라의 보물을 전시하여 어느 나라의 보물이 가장 훌륭한지 평가하기로 했다. 이때 초(楚)나라의 대부(大夫) 오자서(伍子胥)는 다른 제후들을 위세로 누르려는 목공의 의도를 눈치채고 커다란 구리 솥을 들어 올려 시위함으로써 목공의 의도를 꺾어놓았다. 이후 '임동투보'는 부귀함을 과시하거나 뛰어난 인재들 사이에서 승리를 쟁취하려는 행동을 비유하는 뜻으로 쓰곤 했다.

鬪黑蔴越手高	어둠 속에 싸울 때는 솜씨가 더욱 뛰 어났지.[12]
直殺得三仙橋上恁腥臊	삼선교에 피비린내 가득하여
管泣顏回喪早	일찍 죽은 안회(顏回)를 애도하며 눈 물 흘리게 하지.[13]

왕 신녀가 말했다.

"너는 누구냐? 성명을 밝혀라!"

"나는 위대한 중국 명나라 정서원수(征西元帥)의 중군 막사에서 친병두목 좌호위를 맡고 있는 정당이다."

"왜 아무 이유 없이 남의 나라를 침략한 거냐?"

"너희 나라 왕이 무도(無道)하여 무고한 우리나라 사신을 죽이고 또 수행원 백칠십 명을 죽였기 때문에, 이제 군대를 일으켜 죄를 묻고자 하는 것이다. 이 정도면 명분이 충분하지 않느냐?"

"군대를 일으켜 죄를 묻는다는 거창한 명목으로 나를 굴복시키겠다는 것이냐?"

"교해건은 연전연패하여 간신히 목숨만 살아 도망쳤다. 어안군은 단칼에 두 동강이 났고, 삼천 명의 보병은 모조리 솥에 삶아졌다. 못된 아낙네가 얼마나 큰 재간이 있다고 굳이 거창한 명목으로 굴복시키겠느냐?"

---

12 〈파제진(破齊陣)〉과 〈투흑마(鬪黑蔴)〉는 모두 곡패 이름이다.

13 〈삼선교(三仙橋)〉와 〈읍안회(泣顏回)〉는 모두 곡패 이름이다.

"감히 그런 큰소리를 치다니! 어디, 내 칼을 받아봐라!"

그녀가 머리를 향해 칼을 내리치자 정당도 맞받았다.

"내 창을 받아라!"

둘이 세 번 정도 맞붙고 나자 정당은 더욱 기운을 내서 위세가 열 배 가까이 늘어났다. 그걸 보자 왕 신녀는 생각이 달라졌다.

'이자가 창을 잘 쓰니 쉽지 않구나. 아무래도 독한 수법을 써야겠어!'

그녀가 즉시 은밀한 주문을 외자, 그녀 머리 위로 한 줄기 검은 연기가 하늘로 치솟았다. 그러자 먹구름 속에 있던 금갑천신(金甲天神)이 몸통에 못이 박힌 항마정저(降魔釘杵)를 들어 정당의 머리를 세차게 내리치니, 정당은 그대로 말에서 털썩 떨어지고 말았다. 그때 오랑캐 병사들이 우르르 달려들어 갈고리와 써레[耙], 밧줄 등을 이용하여 정당을 끌고 가버렸다.

한편 정당이 갑옷을 입고 말에 오르자 삼보태감은 이렇게 말했었다.

"정당은 용맹은 넘치지만 지혜가 부족하니, 이번 전투에서 성공하지 못할 것 같소."

이에 왕 상서가 말했다.

"장수를 한 명 더 보내서 불상사를 미연에 방지하는 게 어떻습니까?"

"그게 좋겠습니다."

그리고 즉시 명령을 내려서 중군 막사의 친병두목 우호위인 철릉(鐵楞)을 불렀다. 잠시 후 매부리코에 매의 눈을 하고 강철처럼 뻣뻣한 수염을 길렀으며, 발걸음이 유성처럼 빠르고 허리는 구부정한데 학처럼 고개를 쭉 빼고 있는 한 장수가 밤색의 털이 난 말에 탄 채, 여든두 개의 돌기가 나 있는 팔각형의 큼지막한 곤봉을 들고 대령했다.

　"사령관님, 무슨 분부가 계십니까?"

　"조금 전에 정당이 출전했는데, 용맹하기는 하지만 지모가 부족하여 실수를 저지를까 걱정이오. 그러니 그대가 가서 도와주시오. 실수하지 않도록 조심하시오!"

　"예!"

　그러나 철릉 나갔을 때는 이미 정당이 잡혀가 버린 뒤였다.

　'사령관님의 신통한 식견이 과연 맞았구나. 나도 조금 조심해야겠어.'

　그는 정신을 가다듬고 사나운 목소리로 외쳤다.

　"발칙한 오랑캐 놈들! 감히 우리 중국의 장수를 함부로 대하다니!"

　왕 신녀가 고개를 돌려 살펴보니 그의 모습은 이러했다.

　一枝花兒的臉　　만발한 꽃가지 같은 얼굴
　一剪梅兒的頭　　매화를 잘라 놓은 듯한 머리[14]

---

　14 〈일지화(一枝花)〉와 〈일전매(一剪梅)〉는 모두 남곡(南曲) 남려궁(南呂宮)에 속한 곡패 이름이다.

玉堆的蝴蝶舞輕腰	옥을 쌓은 듯한 나비가 가벼이 춤추듯
雁過沙頭廝輳	모래밭에 기러기들이 모이듯[15]
刀起處銀落索	칼을 들면 은빛 밧줄이 떨어지는 듯하고
刀落處金葉焦	칼을 내리치면 금빛 나뭇잎 타는 듯하네.[16]
風雲會處四元朝	풍운이 모이는 곳에 인재가 조회하니
太師引時非小	태사가 인도할 때 정중하게 대한다네.[17]

왕 신녀는 철릉이 좋은 뜻으로 찾아온 게 아니라는 것을 알고 있었기 때문에, 성명도 묻지 않은 채 대뜸 칼을 들고 달려들었다. 철릉은 속으로 이상하다고 생각했으나 손속은 매정하게 써서, 달을 쫓는 유성처럼 재빨리 팔각형 곤봉을 휘둘러 온몸에 구렁이가 휘감은 듯한 궤적을 그려냈다. 왕 신녀는 적수가 되지 않는다는 것을 깨닫고 황급히 주문을 외었다. 그러자 즉시 한 줄기 검은 구름이 하늘을 찌르더니, 그 속에서 금갑천신이 항마정저를 휘둘러 철릉의 머리를 내리쳤다. 이에 철릉도 말에서 떨어져 버렸고, 다시 오랑캐 병사가 우르르 달려들어 갈고리와 써레, 밧줄 등을 이용하여 그를 끌고 가버렸다.

---

15 이것은 〈옥호접(玉蝴蝶)〉과 〈안과사(雁過沙)〉라는 곡패를 이용한 구절이다.

16 이것은 곡패인 〈야락삭(野落索)〉(또는 사패인 〈일락삭(一落索)〉)과 사패인 〈금초엽(金蕉葉)〉을 활용하여 만든 구절이다.

17 이것은 곤곡의 곡패인 〈풍운호사조원(風雲會四朝元)〉과 〈태사인(太師引)〉을 변형하여 만든 구절이다.

왕 신녀는 두 차례 전투에서 연이어 승리하고 중국 장수 두 명을 사로잡자, 의기양양 미소를 지으며 교해건과 함께 국왕을 알현했다.

　"오늘 전과는 어떠했소?"

　"대왕의 하늘 같은 홍복과 저의 재간 덕분에 두 번을 연속으로 승리하고, 중국 장수 두 명을 사로잡았사옵니다."

　국왕이 무척 기뻐하며 물었다.

　"사로잡은 두 장수는 어디 있소?"

　"궁궐 대문 밖에 있사옵니다."

　"안으로 데려오시오."

　잠시 후 오랑캐 병사들이 두 장수를 에워싸고 안으로 들어왔다. 두 장수가 국왕을 보고도 무릎을 꿇지 않자, 국왕이 버럭 화를 내며 다그쳤다.

　"패장인 주제에 왜 무릎을 꿇지 않는 것이냐?"

　두 장수가 고함을 질러 응대했다.

　"큰 나라는 아비요 할아버지고, 작은 나라는 아들이요 자식이다. 우리가 큰 나라의 장수로서 어찌 작은 나라의 군주에게 무릎을 꿇는다는 말이냐!"

　"이제 내게 잡혔으니 너희 생사가 내게 달렸거늘, 어찌 감히 죄를 자백하지 않고 오히려 큰소리를 친단 말이냐!"

　"대장부는 죽음을 대하기를 고향으로 돌아가는 것처럼 하는 법. 죽일 테면 죽여라! 두려울 게 어디 있겠느냐?"

국왕은 화가 머리끝까지 치밀어 즉시 병사를 불러 그들을 궁궐 대문 밖으로 끌고 가서 목을 치라고 했다. 그 말이 떨어지기가 무섭게 병사들이 그들을 끌고 나가 칼을 뽑아서 단번에 베어버리려고 했다. 그러자 왕 신녀가 말했다.

"대왕마마, 저들을 베는 것은 별거 아니옵니다. 나중에 제가 도사와 승려를 사로잡아 오면 한꺼번에 목을 치시고 공적을 기록해 주시옵소서. 그래야만 완전한 승리하고 할 수 있겠사옵니다."

그러자 국왕은 금방 화를 가라앉히고 말했다.

"그대의 뜻대로 잠시 저들을 옥에 가둬두겠소. 그리고 큰 공적을 세우는 날 따로 처형하도록 하리다."

이때는 이미 날이 저물어서 왕 신녀는 교해건과 함께 집으로 돌아갔다. 하지만 승리의 기분을 억누르지 못해서, 어서 날이 밝아 다시 전투를 벌이게 되기만을 고대했다. 그리고 날이 밝자마자 병사를 이끌고 달려가 싸움을 걸었다. 호위병의 보고를 받은 삼보태감이 말했다.

"정당은 용맹하기는 하나 지모가 부족하니 당연히 패배하리라 생각했소. 하지만 철릉도 조심하지 않아서 함께 사로잡힐 줄은 몰랐습니다."

그러면서 즉시 장수들에게 명령을 내렸다.

"저 오랑캐 여인을 사로잡아 어제의 원수를 갚을 장수는 누구인가?"

그 말이 끝나기도 전에 낭아봉 장백이 막사를 향해 허리를 굽혀

절했다.

"재주는 미흡하지만 제가 먼저 출전해 보겠습니다."

왕 상서가 말했다.

"장 장군 정도가 나서야만 승리할 수 있겠습니다."

삼보태감이 말했다.

"저 계집이 귀신을 잘 부리니, 실수하지 않도록 하시오."

"알겠습니다."

그는 말에 올라 달려나가더니, 멀리 오랑캐 장수가 눈에 띄자 상대가 남자인지 여자인지, 성명이 무엇인지 따지지도 않고 사납게 호통을 내질렀다.

"이놈! 너는 누구냐? 감히 우리 장수를 사로잡다니!"

왕 신녀가 바라보니 이번 장수는 상당히 무서운 얼굴이었다. 왜냐? 그는 얼굴은 무쇠처럼 시커멓고 수염은 철사처럼 뻣뻣한 데다가 쇠로 만든 둥근 모자를 쓰고, 이마에 붉은 띠를 두르고 있었기 때문이었다. 또 검은 비단 전포를 입고 쇠뿔이 장식된 띠를 둘렀으며, 손에는 쇠못이 삐죽삐죽 튀어나온 몽둥이를 들고 있었고, 타고 있는 말도 석탄가루를 바른 듯이 시커먼 색이었다. 그녀는 속으로 겁이 조금 났지만 정신을 추스르고 물었다.

"어디서 온 시커먼 도적이냐? 성명을 밝혀라!"

"뭐라? 너는 눈구멍도 없고 귓구멍도 막혔단 말이냐? 설마 이 위대하신 낭아봉 장백 어르신의 명성을 들어보지 못했단 말이냐?"

"아주 잘났구나? 제 입으로 어르신이라니!"

그 말에 버럭 화가 치민 장백은 두 손으로 여든네 근 낭아봉을 치켜들어 왕 신녀의 정수리를 향해 힘껏 내리쳤다. 왕 신녀가 황급히 일월쌍도를 들어서 막았지만, 장백은 힘도 세고 낭아봉의 무게도 엄청나서, 단 한 번 맞붙었을 뿐인데 왕 신녀는 온몸에 식은땀이 축축하고 손발에 힘이 빠졌다. 그녀는 도저히 상대가 되지 않는다는 것을 깨닫고 중얼중얼 주문을 외려고 했다. 하지만 장백은 이미 낌새를 눈치채고 재빨리 낭아봉을 들어 다시 그녀의 정수리를 내리쳤다. 그 바람에 왕 신녀는 주문을 내뱉기도 전에 머리를 맞고 말았으니, 그녀가 하늘의 신도 아닌 마당에 어찌 재앙을 피할 수 있었겠는가? 그녀는 이빨이 모조리 빠지고 뇌수가 철철 흐르며 그대로 황천으로 떠나 버렸다.

장백은 그녀의 수급을 챙겨 들고 중군 막사로 돌아와 사령관에게 찾아가더니, 그 수급을 막사 앞에 던져 버렸다. 삼보태감이 물었다.

"그건 뭐요?"

"사령관님의 위엄 덕분에 오랑캐 계집을 죽일 수 있었습니다. 저건 그 계집의 수급입니다. 제 공적을 기록하는 데에 참고해 주십시오."

삼보태감은 무척 기뻐하며 기록사(記錄司) 관리에게 공적을 기록하라고 분부하고, 군정사(軍政司)의 관리들에게 그 수급을 장수들에게 보이게 하고, 다른 한 편으로는 성대한 잔치를 준비하게 했다. 금방 잔치가 준비되자, 삼보태감이 말했다.

"장 장군, 먼저 축하주를 한 잔 드시구려."

장백은 사령관에게 허리 숙여 절을 올렸다.

"사령관께서 내려 주신 술잔이니 감히 사양하지 못하겠습니다. 그럼 실례하겠습니다!"

그런데 그가 술잔을 들어 입에 대려는 순간, 호위병이 와서 보고했다.

"사령관님, 장 장군께 맞아 죽었던 오랑캐 계집이 다시 나타나서, '시커먼 도적놈'에게 다시 나와 승부를 겨루자고 고래고래 소리를 지르고 있습니다."

그 말에 장백은 가슴속에서 불길이 치밀어 우레처럼 호통을 쳤다.

"무슨 소리냐! 죽은 자가 어찌 다시 살아나 싸움을 건단 말이냐? 이는 필시 요망한 말로 병사들의 사기를 뒤흔들려는 수작이다. 사령관님, 그 수급을 효수하여 병사들을 진정시키시기 바랍니다."

이에 삼보태감이 말했다.

"요망한 말로 병사들의 사기를 뒤흔드는 자는 군법에 따라 참수형에 처할 것이다!"

그 말이 떨어지기 무섭게 일단의 망나니들이 일제히 칼을 들고 몰려왔다. 마치 수많은 독수리가 진을 이루며 제비를 쫓는 듯, 사나운 호랑이 떼가 새끼 양을 잡아먹으려 하는 듯한 형세였다. 그러자 호위병이 소리쳤다.

"억울합니다! 사령관님, 인정을 베풀어 주십시오!"

"뭐가 억울하다는 것이냐?"

"저희는 긴급한 군사정보를 보고하고 적을 정탐하는 일을 담당하고 있습니다. 그러니 무슨 일이 생기면 반드시 보고하고, 아무 일이 없으면 감히 허튼 얘기를 하지 못합니다. 오랑캐 진영에 분명히 그 계집이 있었습니다. 제 입으로 성명을 밝혔고, 생김새도 장 장군께 맞아 죽은 계집과 똑같은데, 어떻게 이를 숨기고 보고하지 않을 수 있겠습니까?"

왕 상서가 말했다.

"사령관님, 잠시 처벌을 미루시지요. 좀 이상한 구석이 있습니다."

"무슨 말씀이신지요?"

"설령 그 계집이 아니라도 그 언니나 동생이 복수하러 나왔을지 모르는 일 아닙니까? 호위병이 요망한 말로 병사들의 사기를 뒤흔들어 죄를 자초할 리 있겠습니까?"

장백이 또 울컥해서 말했다.

"두 분 사령관님, 잠시만 앉아 계십시오. 제가 다시 나가서 언니든 동생이든 따지지 않고, 사령관님의 뜻대로 낭아봉을 먹여 죽이든 사로잡아 오든 조치를 취하겠습니다."

왕 상서가 말했다.

"장 장군은 과연 천하의 영웅이시오."

장백은 다시 낭아봉을 들고 오추마에 올라 나는 듯이 달려나갔다. 자세히 보니 오랑캐 진영에 과연 왕 신녀가 있었다. 장백이 호통을 질렀다.

"이런 요망한 계집, 감히 전장에서 나를 희롱하다니!"

그가 두 손으로 낭아봉을 치켜들고 그녀의 정수리를 향해 내리치자, 왕 신녀는 재빨리 말머리를 돌려 달아났다. 장백이 놓아주려 하겠는가? 그가 즉시 혼자서 말을 달려 쫓아가자 왕 신녀가 주문을 외었다. 그러자 그녀의 머리 위로 검은 기운이 치솟았다. 하지만 장백의 말은 대단히 빨라서 어느새 그녀의 등 뒤까지 쫓아와 있었다. 장백은 검은 기운이 치솟는 것을 보자 그녀가 또 술수를 부린다는 것을 눈치채고, 재빨리 낭아봉을 휘둘러 그녀의 머리를 쳤다. 그야말로 그녀의 술법이 하늘에 전해지기도 전에, 하늘의 신이 내려오기도 전에 이미 낭아봉이 그녀의 머리를 때려 버린 것이었다. 그 바람에 검은 기운은 더 이상 뻗어나가지 못하고 그대로 세찬 바람으로 변해서 모래와 자갈을 날리고 나무를 뿌리째 뽑았다. 그거야 별거 아니지만 장백이 한쪽 눈을 비비고, 다른 한쪽 눈을 반쯤 비볐지만 도저히 두 눈을 뜰 수 없었다.

'이건 분명 요사한 술법일 테지.'

그는 정신을 가다듬고 고삐를 당겨 말을 멈춘 다음, 낭아봉을 다시 허리에 찼다. 잠시 후 두 눈을 떠 보니 타고 있던 말이 커다란 버드나무를 향해 달려가고 있었다. 그는 낭아봉으로 나무를 쳐 버리려 하다가 다시 생각을 바꾸었다.

'나무도 크고 낭아봉도 무거운 데다가 내 힘이 세서, 저걸 치면 그 요사한 계집이 나왔을 때 낭아봉이 나무에 박혀 빠지지 않는다면 곤란해질 수도 있겠구나. 그렇게 되면 속수무책으로 당할 수밖에 없어. 하지만 저걸 치지 않는다면 어떻게 여기서 벗어나지?'

그러다가 결국 생각을 바꾸었다.

'아무래도 화살을 한 대 쏴서 어떻게 되는지 보자.'

그가 활을 들고 화살을 재서 쏘려 하는데, 갑자기 "스륵!" 하는 소리와 함께 그 나무가 사라져 버리는 것이었다. 알고 보니 왕 신녀는 구름과 안개를 탈 줄 알고 여러 가지 변신술에 뛰어났다. 그녀는 낭아봉을 맞는 바람에 금갑천신을 부를 수 없게 되자 일부러 그 나무로 변신했는데, 장백이 낭아봉을 치면 거기에 달린 바늘들을 떼어버릴 작정이었다. 그런데 장백이 영리하게도 낭아봉을 쓰지 않고 활을 쏘려 하는 것이 아닌가? 화살에 자신의 진짜 몸이 맞게 된다면 대책이 없으니, 결국 그녀는 한 줄기 푸른 연기로 변해서 도망쳐 버렸던 것이다. 그걸 보고 장백이 허탈하게 웃었다.

"농사가 안 되니까 버드나무까지 도망치는구먼!"

이윽고 바람이 멈추고 먼지가 가라앉아 자세히 살펴보니, 왕 신녀가 앞에 보였다. 그는 화가 치밀어 소리쳤다.

"요사한 계집, 어딜 도망치느냐! 어서 덤벼라. 맛을 보여주마! 이번에는 너를 생포하기 전에는 절대 돌아가지 않겠다!"

그는 화살 하나를 들어 두 동강을 내면서 하늘을 향해 말했다.

"하늘이시여, 나 장백이 오늘 저 요사한 계집을 생포하지 못하면, 이 화살 같은 처벌을 받겠소이다!"

왕 신녀는 분기탱천한 그의 모습을 보고 속으로 웃음이 나왔다.

'용기만 넘치는 작자 같으니 한 번 자존심을 건드려보자.'

"어이, 얼굴 시커먼 도적놈아, 하늘은 왜 불러? 재주가 있다면 어디 덤벼봐라. 내가 삼백 번은 맞받아주마. 그것도 못하겠다면 남자도 아니지!"

"오냐, 도망치면 지는 거다!"

"명색이 사나이가 도망치면 안 되지!"

장백이 버럭 고함을 지르며 달려들자, 왕 신녀는 그와 손을 섞기도 전에 쌍칼을 허공에 휘두르고 말머리를 돌려 달아나기 시작했다. 장백이 더욱 화가 치밀어 고함을 질렀다.

"천한 계집! 주둥이를 잘도 놀리더니 또 거짓말을 했구나? 어딜 도망치느냐!"

그가 말을 달려 쫓아오자 왕 신녀는 다급히 입술을 깨물어 서쪽을 향해 핏물을 내뿜으며 소리쳤다.

"당장 나타나라!"

그 말이 끝나기도 전에 서쪽에서 검은 구름이 피어나더니 괴이한 바람이 불어 닥쳤다. 그 바람이 이르는 곳에는 이리며 호랑이, 표범, 독사, 사자, 긴 상아를 내민 하얀 코끼리, 코뿔소 등과 개, 돼지, 검은 토끼, 여우, 비휴(貔貅), 큰 말, 이, 등에, 모기 등이 각기 무리를 이루어 장백을 쫓아왔다. 그걸 보고 장백이 생각했다.

'사람은 짐승들과 어울리지 않는 법인데, 어떻게 이런 못된 짐승들이 저년을 돕는 것이지? 설마 요사한 술법인가? 하지만 내 평생 귀신 따위를 믿지 않았는데, 지금 전장에 나선 마당에 겁을 먹을 수

야 없지!'

　그는 마음을 단단히 먹고 오추마에 탄 채 낭아봉을 들고 전후좌
우로 치달리며, 이것저것 가리지 않고 닥치는 대로 휘둘렀다. 그야
말로 평생의 힘을 다해 한바탕 거대한 살육전을 벌인 것이다. 그의
이런 모습을 보고 부하들은 모두 가슴을 졸이며 목숨에 연연했다.

　"재수도 없지. 이런 대장을 만나다니! 자기야 오추마가 있어서
죽음이 두렵지 않다지만, 우리는 아니잖아?"

　"재수도 없지. 이런 대장을 만나다니! 자기야 낭아봉이 있어서
죽음이 두렵지 않다지만, 우리는 아니잖아?"

　"나는 안 나설래!"

　"안 가면 가벼운 벌을 받아도 귀가 잘리고, 심하면 강철 채찍으
로 마흔 대를 맞아야 하는데, 무섭지 않아?"

　"나는 나가 싸울 테야!"

　"나가면 저 이리며 호랑이, 표범, 독사들이 무섭지 않아?"

　"차라리 이리며 호랑이, 표범한테 한 번 물려 죽으면 깔끔하겠
지!"

　"걔들한테 물려 죽으면 깔끔하기는 하겠지만, 그놈들이 떼로 몰
려들면 모양새가 사나워질 걸?"

　다들 이렇게 옥신각신 상의했지만, 어쩔 수 없이 장백을 따라 사
방으로 내달리며 온 힘을 다해 짐승들과 싸워야 했다. 장백은 살기
등등하여 사납게 고함을 치며 평지에 번개가 치듯 낭아봉을 휘둘
렀다. 잠시 후 하늘이 맑아지고 구름이 흩어지고 보니, 종이로 만

든 인형들만 땅바닥에 가득할 뿐, 이리며 호랑이, 표범, 독사들은 어디에도 보이지 않았다. 알고 보니 그것들은 모두 왕 신녀의 술법에 의한 것이었다. 다만 그 술법은 두 시간 반 정도밖에 효력이 없었고, 또한 장백은 하늘나라의 흑살신(黑煞神)이 인간의 몸으로 환생한 존재인지라 사악한 것들이 그를 해칠 수 없었다. 그렇기 때문에 그가 호통을 한 번 지르자 괴물들이 즉시 본래 모습을 드러냈다. 그걸 보자 장백은 더욱 대담해져서 고함을 질렀다.

"못된 계집, 어디로 갔느냐? 내 기필코 너를 생포해서 몸뚱이를 만 조각으로 내고 말겠다!"

그러자 말에 타고 있던 왕 신녀가 코웃음을 치며 대꾸했다.

"장 장군, 아무리 원망해 봐야 헛일이야! 일찌감치 말에서 내려 항복하면 모든 게 끝날 거야. 못 믿겠다고? 지금 중국의 장수 두 명도 여기서 잘살고 있거든?"

장백은 그녀를 갈아 마시지 못하는 게 한스러워 호통을 쳤다.

"천한 계집, 주둥이를 함부로 놀리는구나! 그래 어디 다시 그 이리며 호랑이, 표범, 독사 따위를 데려와 봐라!"

그는 낭아봉을 휘두르며 나는 듯이 말을 달려 왕 신녀의 목을 치려 했다. 그러자 왕 신녀가 또 코웃음을 치며 말했다.

"네까짓 거한테 겁먹을 줄 알고?"

그녀가 황급히 일월쌍도를 들어서 막자, 장백은 더욱 신위를 떨치며 무예를 펼쳤다. 그는 나름대로 왕 신녀를 사로잡을 계책을 준비하고 있었다. 왕 신녀는 힘에 부친다는 것을 알고 말머리를 돌려

달아났다. 장백은 고삐를 당겨 말을 멈추고 생각했다.

'또 수작을 부릴 모양이로구나. 이번에는 쫓아가지 말고 저년이 어떻게 나오는지 보자.'

장백이 말머리를 돌리자 왕 신녀가 다시 쫓아오며 소리쳤다.

"시커먼 도적놈아, 어딜 도망치느냐! 당장 말에서 내려 항복하고 얌전히 포박을 받아라!"

장백은 불같이 화가 치밀어 우레와 같은 목소리로 꾸짖었다.

"천한 계집! 맞상대는 하지 못하고 뒤에서 수작을 부리는구나!"

그 말을 마치기가 무섭게 그는 재빨리 낭아봉을 휘둘러 그녀의 정수리를 "퍽!" 쳤다. 하지만 자세히 보니 왕 신녀는 온데간데없고, 천지를 떠받드는 거대한 하늘 신이 나타났다. 순식간에 천지가 컴컴해지고 운무가 가득 끼어 한 치 앞이 보이지 않고, 목소리만 들릴 뿐 사람의 모습은 보이지 않는 상황이 되어 버렸다. 그 하늘 신도 말을 할 줄 알았다.

"장백, 어딜 도망치느냐! 당장 수급을 내놓아라. 그렇지 않으면 다른 재앙을 피할 수 없을 게다!"

하지만 용맹하고 대담한 장백은 그럴 생각이 없었다.

'공격이 최선의 방어인 게지. 내가 손을 쓰지 않으면 저쪽에서 손을 쓸 테니, 그러면 내가 손해 아니겠어?'

그는 황급히 두 손으로 낭아봉을 치켜들어 하늘 신의 요안골(腰眼骨)을 향해 있는 힘껏 내질렀다.

"받아라!"

이번 일격은 대단히 엄청나서 상대가 설사 진짜 하늘 신이라 할지라도 단번에 쓸려 버릴 정도였는데, 하물며 왕 신녀의 요사한 술법으로 만들어 낸 존재가 어찌 그걸 감당할 수 있었겠는가? 그 즉시 운무가 걷히면서 태양이 모습을 드러냈다.

원래 그 하늘 신은 어느 절에 있던 금강보살을 술법으로 가져온 것이었지만, 그 역시 장백에게 깨지고 말았다. 장백은 더욱 기세가 올라서 꾸짖었다.

"천한 계집, 당장 나와 목숨을 바쳐라!"

그때 왕 신녀가 멀리서 말을 타고 오면서 쌍칼을 뽑아 들고 소리쳤다.

"시커먼 도적놈아, 내 이번에 너를 사로잡지 않으면 사람이 아니다!"

"천한 계집, 나야말로 이번에 너를 사로잡지 않으면 대장부가 아니다!"

장백이 다시 낭아봉을 휘두르며 달려들자 왕 신녀가 속으로 생각했다.

'내 술법이 도무지 통하지 않으니, 다른 방법을 써야겠군.'

그녀가 은밀히 주문을 외며 손가락으로 남쪽을 가리키자, 남쪽에서 왕 신녀라고 자칭하는 여자가 번개를 쫓는 빠른 말을 타고 쌍비일월도를 휘두르며 고함을 질렀다.

"시커먼 도적놈아, 당장 말에서 내려 죽음을 받아라!"

'원래 쌍둥이였나? 어떻게 저리 똑같이 생겼지?'

장백이 막 낭아봉을 들어 그녀를 치려 하는데, 이번에는 동쪽에서 왕 신녀라고 자칭하는 여자가 번개를 쫓는 빠른 말을 타고 쌍비일월도를 휘두르며 고함을 질렀다.

"시커먼 도적놈아, 당장 말에서 내려 죽음을 받아라!"

'이거 참 괴이한 일이로구나! 우리 남경에서는 한 배에 아이 하나만 배는 게 보통이고, 두 쌍둥이를 낳을 수도 있지만, 세쌍둥이를 낳으면 관청에 신고해야 하는데 말이야. 이 세 자매는 정말 똑같이 생겼구나.'

그는 즉시 정신을 가다듬고 세 여자와 전투를 벌였다. 그때 북쪽에서 또 왕 신녀라고 자칭하는 여자가 번개를 쫓는 빠른 말을 타고 쌍비일월도를 휘두르며 고함을 질렀다.

"시커먼 도적놈아, 당장 말에서 내려 죽음을 받아라!"

그제야 장백은 대충 어떻게 된 일인지 알아챘다. 그는 위풍당당하고 살기등등하게 네 여자를 거뜬하게 상대했다. 그때 남쪽에서 또 왕 신녀라고 자칭하는 여자가 번개를 쫓는 빠른 말을 타고 쌍비일월도를 휘두르며 고함을 질렀다.

"시커먼 도적놈아, 당장 말에서 내려 죽음을 받아라!"

이제 모든 상황을 파악한 장백은 결심을 굳히고 더욱 신위를 펼쳤다. 그는 다섯 명의 여자와 다섯 쌍의 쌍칼에 둘러싸인 채 낭아봉을 휘두르며 상대하면서 속으로 생각했다.

'나 같은 사나이가 어찌 아낙네 다섯을 두려워하랴! 게다가 이 가운데 넷은 가짜가 아닌가? 설령 다섯 모두 진짜라 하더라도 이

장백은 신경 쓰지 않아!'

낭아봉을 전후좌우로 치고 막고 휘두르며 엄청난 싸움을 하고 있노라니, 또 살기가 치밀어 그가 천지가 무너질 듯이 사납게 호통을 내질렀다. 그 바람에 그를 둘러싸고 공격하던 왕 신녀가 모두 사라져 버렸다. 그가 다시 살펴보니 땅바닥에는 종이 인형들만 널려 있었다. 원래 요사한 술법으로 만들어진 그 네 명의 왕 신녀는 두 시간 반 정도밖에 효력이 없었는데, 장백과 싸운 것은 두 시간이 채 지나지 않았어도 그의 호통에 요사한 술법이 저절로 풀려버리고 진짜 왕 신녀만 남게 되었던 것이다. 혼자 남은 그녀는 말을 달려 자기 본진으로 달아나 버렸다. 장백은 고삐를 단단히 쥐고 가볍게 쫓아가서 그녀의 뒤통수를 향해 낭아봉을 휘둘렀다. 미처 피하지 못한 왕 신녀는 단방에 말에서 떨어져 버렸다.

장백은 그녀의 수급을 베어서 손에 들고 개선가를 부르며 중군 막사로 돌아와 사령관을 만났다. 삼보태감이 말했다.

"전과는 어찌 되었소?"

"나가 보니 정말 요사한 왕 신녀가 있었습니다. 그년도 상당히 대단한 재간이 있었습니다."

"좀 더 자세히 말씀해 보시구려."

장백이 자초지종을 들려주자 삼보태감이 말했다.

"그럼 수급은 지금 어디 있소?"

"막사 앞에 있습니다."

"가져와서 확인하고 나서 각 군영에 전지하도록 합시다."

장백이 얼른 수급을 바치자 삼보태감이 직접 확인했다. 그런데 확인이 끝나기도 전에 호위병이 보고했다.

"국사께서 찾아오셨습니다."

두 사령관은 예의를 갖춰 맞이하고 서로 인사를 나눈 후에 자리에 앉았다. 벽봉장로가 물었다.

"연일 전투가 벌어졌는데, 결과가 어찌 되었소이까?"

삼보태감이 눈살을 찌푸리고 입술을 깨물며 말했다.

"국사님, 우리가 중국을 떠나온 지 벌써 여러 날이 지났는데, 공적을 세우지도 못하고 보물도 찾지 못하고 있습니다. 이러니 언제나 조정으로 돌아갈 수 있겠습니까?"

"운수는 미리 정해져 있으니, 너무 걱정하지 마십시오. 그나저나 요즘 전과는 어떻소이까?"

왕 상서가 말했다.

"저번에는 국사님의 법력 덕분에 교해건을 크게 무찔렀습니다. 이후 보름 가까이 쉬었는데, 뜻밖에 최근에 교해건이 왕 신녀라는 아내를 데리고 나타났습니다. 그 여자는 구름과 안개를 탈 줄 알고 요사한 술법까지 부릴 줄 알아서, 첫 전투에서 우리 측 장수 두 명이 생포되고 말았습니다. 다행히 요즘은 장 장군이 밤낮을 가리지 않고 천근의 힘과 걸출한 지략으로 그 여자의 수급을 벨 수 있었습니다. 그래서 지금 여기서 공적을 기록하고 있는 중입니다."

"아미타불! 선재로다! 그건 무엇입니까?"

"장 장군이 베어 온 그 요사한 계집의 수급입니다."

"허허, 장 장군께서 밤낮을 가리지 않고 고생한 게 죄다 헛수고가 되고 말았구려."

"아니, 그게 무슨 말씀입니까?"

"그 수급이 가짜라는 말씀입니다."

이 수급이 어떻게 가짜인지는 다음 회를 보시라.

장 천사는 왕 신녀를 사로잡고
왕 신녀는 일흔두 가지 변신술을 부리다
張天師活捉神姑　王神姑七十二變

淨業初中日	청정한 선업의 수행은 하루 세 번인데[1]
浮生大小年	떠도는 인생 길고도 하고 짧기도 하지.
無人本無我	덧없는 사람의 존재는 무아에 바탕을 두고 있나니
非後亦非前	불법의 깨달음은 전생에 얻는 것도 후생에 얻는 것도 아니라네.[2]

---

1 인용된 시는 당나라 때 양형(楊炯:650~692)의 〈민상인의 시 '과선사의 입적을 상심함'에 화답함(和旻上人傷果禪師詩)〉에서 일부를 변형한 것이다. 원작에서는 제14구의 '상창(桑滄)'을 '황량(荒凉)'으로, 제15~16구는 "덕음은 그다지 멀리 퍼지지 않았는데, 무덤가 숲에서는 이미 안개가 피어나네.[德音殊未遠, 拱木已生煙]"라고 했다. 한편, 불교에서는 하루를 세 개의 시간 즉 초일(初日), 중일(中日), 후일(後日)로 나눈다.

2 이것은 불교에서 불법의 깨달음에 관해 얘기하는 네 가지[四種得之] 가운데 하나를 의미한다. 즉 전생에 깨닫는 불법도 없고, 내생에 깨닫는 불법도 없으며, 현재에 깨닫는 불법도 없으니 과거와 현재, 미래의 시간에 구속되지 말아야 한다는 것이다.

簫鼓旁喧地	땅에는 풍악 소리 요란한데
龍蛇直應天	용과 뱀의 해가 곧장 하늘의 뜻에 응한다네.[3]
法門摧棟宇	법문은 건물을 무너뜨렸고
覺海破舟船	깨달음의 바다는 배를 침몰시켰지.[4]
書鎭秦王餉	서진(書鎭)은 진왕(秦王)이 선물한 것이고[5]
經文宋國傳	경문은 송나라에서 전했지.[6]
聲華周百億	아름다운 명성은 영원히 이어질 것이요
風烈破三千	남기고 간 유풍(遺風)은 삼천세계(三千世界)에 미치리라!
蕪沒青園寺	청원사는 잡초에 덮여버렸고
桑滄紫陌田	교외의 길은 세월의 격변을 겪었지.

---

3 《후한서》〈정현전(鄭玄傳)〉에 따르면 건안 5년(200) 봄에 정현이 꿈에서 공자를 만났는데 공자가 그에게 "일어나라. 올해는 용[辰]의 해이고 내년은 뱀[巳]의 해이니라."라고 말했다. 정현이 꿈에서 깨어나 해몽을 해보고 자신의 수명이 다할 것을 알았고, 그해 6월에 죽었다고 한다. 이에 대한 주석에 따르면 용의 해와 뱀의 해에 이르면 현자[賢士]가 탄식하는 법이라서 이런 해몽을 하게 된 것이라고 했다. 이 구절은 과선사(果禪師)의 입적(入寂)을 가리킨다.

4 법문과 깨달음의 바다[覺海]는 불문(佛門)을, 건물[棟宇]과 배[舟船]는 과선사를 가리킨다.

5 서진(書鎭)은 붓글씨를 쓸 때 종이를 누르는 도구 즉, 문진(文鎭)을 가리킨다. 진왕(秦王)은 당나라 태종(太宗) 이세민(李世民)을 가리킨다.

6 과선사가 춘추시대 송(宋)나라 땅, 지금의 허난성[河南省] 동부와 산둥성[山東省], 장쑤성[江蘇省], 안후이성[安徽省] 사이의 지역에서 불경을 강설한 적이 있다는 뜻이다.

不須高慧眼　　　지고한 지혜의 눈이 없어도

自有一燈燃　　　불상 앞의 등불에선 절로 연기 피어나리라!

그러니까 벽봉장로는 그 수급을 보고 이렇게 말했다.

"아미타불! 이 수급은 진짜가 아닙니다!"

왕 상서가 물었다.

"그걸 어찌 아십니까?"

"그게 진짜인지 가짜인지를 가리는 거야 쉽지요!"

그러면서 그는 사손 운곡을 불러 분부했다.

"이 바리때 무근수를 떠오너라."

운곡이 바리때 무근수를 담아 오자 벽봉장로가 손톱에 그 물을 묻혀 수급에 튕기니, 그 수급은 사람의 것이 아닌 나무를 깎아 만든 것으로 변했다. 그걸 보자 두 사령관과 장수들은 너무 놀라 옷깃이 울리도록 떨면서 아무 말도 하지 못했다. 장백이 깜짝 놀라 말했다.

"저는 평생 귀신을 믿지 않았는데 오늘 이런 이상한 일을 당하는 군요. 분명히 말에서 떨어뜨려 직접 목을 쳐서 피가 땅에 흥건하고 제 검은 전포에까지 묻었거든요."

왕 상서가 말했다.

"전포에 묻은 피를 좀 봅시다."

장백이 전포를 걷어 보니 그것은 피가 아니라 도랑의 썩은 진흙이었다. 장백이 그제야 낙담하여 말했다.

"정말 이렇게 황당한 일도 있군요."

삼보태감이 말했다.

"국사께서는 어떻게 알아채셨습니까?"

"아미타불! 그저 짐작이었을 뿐이지요!"

"분명 어떤 오묘한 이유가 있을 테지요."

운곡이 말했다.

"사조님께서는 혜안을 갖고 계셔서 보통 사람들이 보지 못하는 것을 보십니다."

삼보태감이 말했다.

"좀 더 자세히 말씀해 주시지요."

"삼교(三敎)는 각기 차이가 있소이다. 저 도교에서는 여덟 개의 금화와 무늬가 수놓아진 비단을 가지고 소매점을 쳐서 천지와 음양의 길흉화복을 알게 되지요. 유가에서는 말고삐 앞에서 점을 쳐서 천간(天干)과 지지(地支)를 이용하여 사물의 운수를 살핌으로써 과거와 미래의 길흉화복을 알게 되오이다. 우리 불교에서는 오직 이 한 쌍의 혜안만을 갖고 있소이다. 이 혜안으로 한 번 살피면 우리 중국의 두 도읍과 열세 개 지방뿐만 아니라, 만국의 모든 것을 꿰뚫어 볼 수 있소이다. 만국뿐만 아니라 삼천대천만천세계(三千大千萬千世界)의 모든 것을 꿰뚫어 볼 수 있지요. 그러니 하물며 이런 자잘한 요마(妖魔)의 일쯤이야 쉽게 알 수 있지 않겠소이까!"

그 말이 끝나기도 전에 호위병이 보고했다.

"왕 신녀가 또 와서 싸움을 걸고 있습니다."

두 사령관은 깊이 탄복했다.

"과연 국사님의 안목은 신통하십니다."

장백이 말했다.

"세상에 이런 요사한 아낙이 있다니요. 죽여도 죽지 않으니 저걸 어쩌지요?"

홍 태감이 말했다.

"얘기를 꺼낸 사람이 책임을 져야 하니, 저 요사한 아낙의 일은 국사님께서 묘책을 내주시기 바랍니다."

"아미타불! 세상사란 물러설 때 자연히 느긋하게 보이는 법이외다. 제 생각에는 휴전의 패를 내걸고 며칠 후에 다시 대책을 마련하는 것이 좋을 것 같소이다."

삼보태감이 말했다.

"그럼 며칠 뒤에 국사님께 좋은 계책을 청하겠습니다. 그럼 모든 일이 잘 풀리겠지요."

"며칠 뒤에는 내 나름대로 방법이 있을 것이외다."

이에 벽봉장로는 천엽연화대로 돌아갔고, 삼보태감은 수하들에게 휴전을 알리는 패를 내걸라고 분부했다. 왕 신녀도 그걸 보고 어쩔 수 없이 돌아가서 교해건과 함께 국왕을 찾아가니, 국왕은 무척 기뻐했다.

"이렇게 신통한 이를 얻었으니 중국인들을 걱정할 필요 없겠구려! 과인의 강산이 튼튼히 지켜지고 사직이 단단히 유지되는 것은 모두 그대들 부부 덕분이오."

교해건이 말했다.

"이는 대왕마마의 하늘 같은 홍복 덕택이지, 저희 부부 때문이 아니옵니다."

국왕은 즉시 연회를 준비하게 하여 그들 부부를 대접했다.

"언제쯤이면 중국 군대를 물리쳐 평안을 누릴 수 있겠소?"

왕 신녀가 대답했다.

"중국 군대가 연일 연패하자 휴전 패를 내걸었사옵니다. 며칠만 더 여유를 주고 나서 제가 나름대로 조치하여 그들을 모조리 처치해 버릴 테니, 걱정하지 마시옵소서."

국왕은 더욱 기뻐하며 며칠 동안 계속해서 잔치를 벌였다. 왕 신녀는 술기운이 올라 국왕에게 작별인사를 했다.

"이제 며칠이 지났으니, 제가 출전하여 중국 군대와 승부를 내겠사옵니다. 반드시 도사와 승려를 사로잡고, 배들을 불태우고, 적의 사령관을 포박하여 돌아오겠사옵니다!"

그런 다음 그녀는 홀로 말을 타고 일단의 병사들을 거느린 채 중국군 진영으로 달려갔다.

호위병의 보고를 받은 삼보태감이 벽봉장로에게 말했다.

"지난번에 국사께서 허락하셨으니, 이제 어쩔 수 없이 국사님께 묘책을 청하는 바입니다."

"며칠 동안 생각해 보았는데, 이 아낙이 제법 요사한 술법을 부릴 줄 알고, 장 천사는 하늘 신들과 귀신을 잘 부리니까 그에게 부탁하는 게 좋겠소이다. 그가 나가 직접 공을 세우게 되면 굳이 다른 계책을 마련할 필요도 없지 않겠소이까?"

"지당하신 말씀이십니다."

삼보태감이 즉시 벽봉장로와 작별하고 장 천사를 찾아가자, 장 천사가 물었다.

"사령관께서 무슨 일로 저를 찾아오셨는지요?"

"황제 폐하의 명을 받아 군대를 이끌고 서양에 왔다가 이곳 자바 왕국에 이르렀습니다."

"저번에 왕 상서께서 교해건을 크게 물리치는 공을 세우셨다는 얘기는 저도 들었습니다."

"그런데 뜻밖에 교해건의 아내인 왕 신녀라는 계집이 재간이 대단하답니다. 첫 전투에서 그 계집의 요사한 술수에 미혹되어 우리 측 장수 두 명이 사로잡혔고, 이후 낭아봉 장백이 신위를 떨치며 며칠 동안 격전을 치르다가 겨우 그 계집의 목을 베었다 싶었는데, 금방 다시 살아나서 싸움을 걸어왔습니다. 나중에 장백이 또 낭아봉으로 그 계집을 치고 목을 베어 왔는데, 이번에도 다시 살아나 싸움을 걸어왔습니다. 오늘은 싸움을 걸어오면서, 다른 사람은 필요 없으니 천사님더러 나오라고 지명을 하고 있습니다. 그래서 제가 실례를 무릅쓰고 찾아뵈었는데, 천사께서는 어찌 생각하시는지요?"

장 천사가 슬쩍 미소를 지으며 말했다.

"염려 마십시오. 이렇게 죽었다가 다시 살아나는 것은 모두 요사한 술법으로 사령관을 속이고 병사들의 마음을 현혹하려는 술책일 뿐, 그게 어찌 저에게도 통하겠습니까? 제가 나서서 그 요사한 계집을 잡아 공을 세워 보도록 하겠습니다."

삼보태감은 무척 기뻐하며 즉시 중군 막사로 돌아와서 일단의
정예병을 선발하여 장 천사를 호위하며 보좌하도록 했다.

장 천사는 곧 옥황각에서 내려와 출전을 준비했다. 좌우에 날아
가는 용이 수놓아진 두 개의 깃발을 세우고, 왼쪽에는 스물네 명의
신악관 악무생에게 음악을 연주하게 하고, 오른쪽에는 스물네 명
의 조천궁 도사에게 칼과 부적을 들고 대기하게 했다. 또 중간에는
'강서 용호산 인화진인 장 천사'라는 글귀가 커다랗게 수놓아진 검
푸른 깃발을 세웠다. 이어서 세 번의 포성과 함께 병사들이 일제히
세 번의 함성을 질렀고, 그와 동시에 진영의 문이 열렸다.

왕신녀는 멀리서 푸른 갈기의 말을 타고 칠성보검을 든 장 천사
의 모습을 발견하고, 다시 자세히 살펴보았다. 그녀가 보기에 그는
이목구비가 깔끔하고 곱상한 얼굴에 수염을 길렀으며, 구량건(九梁
巾)[7]을 쓰고 구름무늬가 수놓아진 학창의를 입고 있었다.

'중국에 도사가 있다고 하더니, 혹시 그자일까?'

다시 살펴보니 중국군 진영에 '강서 용호산 인화진인 장 천사'라
는 글귀가 또렷하게 적힌 검푸른 깃발이 있었다.

'정말 그 장 천사라는 작자가 도사였던 게로구나. 좋은 뜻으로 왔
을 리는 없으니, 충분히 응대를 해 줘야겠지. 먼저 위세를 보여서

---

7 구량건(九梁巾)은 구양건(九陽巾)이라고도 하는 도사의 모자이다. 이 모자
는 전면에 지붕의 기왓골 모양으로 아홉 개의 줄을 장식한 것인데, 도교에
서 가장 큰 수이자 양수(陽數)를 대표하는 아홉이라는 것을 이용하여 천인
합일(天人合一)의 의미를 상징하고 있다. 현대 도교에서도 정일파(正一派)
에 속한 도사들은 종종 이것을 착용한다.

놀라게 해 줘야지.'

그리고 즉시 고함을 질렀다.

"이놈! 너는 누구냐?"

장 천사가 느긋하게 대답했다.

"내가 바로 위대한 명나라 황제 폐하로부터 인화진인에 봉해진 장 천사이니라. 너는 어디 출신이며, 성명은 무엇이냐? 대체 왜 이 전투에 끼어들어 요사한 술수로 우리 중국의 장수들을 희롱하느냐?"

"나는 자바 왕국 사령관 교해건의 정실부인 왕 신녀이다. 며칠 동안 너희 중국의 장수들은 키가 열 자나 되는 작자이든 천근을 드는 힘을 가진 작자이든 모두 패하여 달아났는데, 대가리 뾰족한 너 따위 도사가 무슨 무예를 펼칠 줄 안다고 감히 나선 게냐!"

장 천사가 격노하여 꾸짖었다.

"이런 못된 계집! 요사한 술법 따위로는 멋모르는 이들이나 속이고 병사들의 마음을 현혹할 수 있는 뿐이거늘, 어찌 감히 공자 앞에서 문자를 쓴단 말이냐?"

그가 즉시 칠성보검을 들어 공격하자 왕 신녀가 맞받아쳤다.

"너한테 보검이 있다면 나한테 일월쌍도가 있다. 남들보다 특별히 뛰어난 재간이 있는 것도 아닌 주제에 무슨 사내대장부라는 게냐?"

두 마리 말이 엇갈리는 가운데 양측의 무기가 맞부딪치는 가운데 장 천사가 생각했다.

'그냥 칼이나 휘두르는 것은 내 장기가 아니지. 차라리 보물을 꺼내서 저년을 쓰러뜨리는 게 낫겠어.'

그는 칠성보검을 휘둘러 공격하면서 다른 한편으로 신통력을 부려서 아홉 마리 용이 수놓아진 수건을 공중으로 던졌다. 이 수건은 원래 도교에서 유명한 보물로서, 그것이 떨어져 내리면 아무리 하늘 신장(神將)이라 할지라도 빠져나가지 못하고 갇혀 버리는 것이었다. 하물며 평범한 인간의 육체를 가진 이가 어찌 거기에서 빠져나갈 수 있겠는가? 예전에 쟝 지네틴도 여기에 곤욕을 치른 바 있거니와, 이제 왕 신녀도 거기에 덮이자 말과 함께 황량한 풀 우거진 언덕에 나뒹굴고 말았다.

장 천사는 수하들에게 왕 신녀를 밧줄로 단단히 묶어서 중군 막사로 압송하라고 분부했다. 이때 호위병이 삼보태감에게 보고했다.

"장 천사께서 왕 신녀를 생포하여 막사 앞에 도착하셨습니다."

두 원수는 만면에 희색을 띠고 황급히 징과 북을 울리고 깃발을 세워 장 천사를 영접하라고 분부했다. 장 천사가 도착하자 삼보태감이 말했다.

"천사님의 신령한 위세가 아니었다면 어찌 이 요사한 계집을 사로잡을 수 있었겠습니까?"

"황제 폐하의 홍복과 사령관의 위엄 덕분이지, 제가 무슨 덕과 능력이 있어 이 승리를 거둘 수 있었겠습니까?"

삼보태감이 군정사에 잔치를 준비하라고 하자 장 천사가 말했다.

"술은 내리실 필요 없고, 일단 저 요사한 계집을 끌고 와서 사령관께서 처분을 내리십시오."

왕 상서가 말했다.

"지당하신 말씀이십니다."

잠시 후 세 번의 북소리가 울리고 일단의 망나니들이 왕 신녀를 에워싸고 들어오자, 두 원수가 말했다.

"이 요사한 계집은 지은 죄가 막중하니 죽어 마땅하다. 당장 막사 밖으로 끌고 나가 참수하라!"

그 한 마디에 모든 병사가 기뻐했다. 거대한 붕새가 하늘에서 내려오고 이마 하얀 호랑이가 땅을 휩쓰는 듯한 그 기세에 설령 장의(張儀)와 소진(蘇秦) 같은 말재주가 있다 한들 변명하기 어렵고, 공자나 맹자처럼 《시경》과 《서경》에 통달해도 이 상황에서는 왕 신녀에게 아무 도움이 되지 않았다. 망나니들은 즉시 그녀의 목을 베서 피가 철철 흐르는 수급을 갖다 바쳤다. 삼보태감은 호위병에게 그 수급 길거리에 내걸어 자바 왕국에 경고하라고 했다. 그러자 장백이 수급을 받아 전하고 나서 말했다.

"또 이렇게 되었구나. 이번에도 저번처럼 다시 살아난다면 대단한 여장부라고 해 주마!"

그런데 그 말이 끝나기도 전에 기패관이 황급히 달려와 보고했다.

"사령관님, 조금 전에 제가 왕 신녀의 수급을 내걸려고 가는데, 삼사십 걸음쯤 가니까 또 하나의 왕 신녀가 홀로 말을 타고 나타나 그 수급을 낚아채서 가버렸습니다. 그러더니 지금 다시 진영 앞으로 찾아와 싸움을 걸고 있습니다."

왕 상서가 말했다.

"또 무슨 왕 신녀가 있다는 말이냐?"

"바로 그 왕 신녀입니다."

알고 보니 잘라낸 왕 신녀의 머리는 가짜였던 것이다. 그때 홍 태감이 말했다.

"어쩐지 장 장군이 그년은 죽여도 죽지 않는다고 하시더라니! 정말 이런 황당한 일도 있군요!"

장 천사도 깜짝 놀랐다.

"정말 이상한 일이로군요!"

삼보태감이 무슨 얘기냐고 묻자 장 천사가 말했다.

"예로부터 사악한 것은 정의로운 것을 이길 수 없고, 요사한 것은 덕을 이길 수 없다고 했습니다. 그런데 어떻게 이단의 하찮은 술법으로 제 앞에서 저런 수작을 부릴 수 있는지 모르겠다는 말씀입니다."

"아침에 잃어버렸다가 저녁에 되찾는 일도 있는 법이니, 아직 불가능하다고는 할 수 없지 않습니까?"

"이번엔 저 계집에게 적당한 상대를 하나 붙여놓고, 저것이 또 어디로 도망치는지 보겠습니다!"

"적당한 상대라니요?"

"옥황각으로 돌아가 제단을 세우고 하늘 신장들을 모셔다가 사방팔방으로 안배해 놓겠습니다. 그러면 저 계집이 어디로 도망치겠습니까?"

장 천사는 옥황각으로 돌아가 제단을 세웠다. 앞쪽에는 주작, 뒤쪽에는 현무, 왼쪽에는 청룡, 오른쪽에는 백호의 깃발을 세우고 중앙에는 북두칠성이 수놓아진 검푸른 깃발을 세웠다. 또 좌우에 각각 어린 도사들에게 깃털 부채와 영패를 들고 있게 했다. 그런 다음 그는 머리를 풀어헤치고 칠성보검을 짚은 채 주문을 외면서 별자리에 따라 걸음을 옮겨 제단 앞에 엎드렸다. 기도를 마치고 나자 시간은 이미 삼경이 되어 있었다. 장 천사는 몇 장의 부적을 사르고 영패를 집어 들어 세 번 내리쳤다.

"한 번에 하늘 문이 열리고, 두 번에 땅의 문이 갈라지고, 세 번에 하늘 신장들이 제단에 임하라!"

영패가 울리자 사방팔방에 상서로운 구름이 자욱하게 일어났다. 이어서 수많은 하늘 신장이 제단에 강림했는데 알고 보니 서른세 명의 천강(天罡)과 일흔두 명의 지살(地煞), 이십팔수의 신들, 구요성군(九曜星君), 그리고 마(馬), 조(趙), 온(溫) 관(關) 네 명의 원수(元帥)였다. 그들은 일제히 장 천사에게 허리 숙여 절하며 말했다.

"천사님, 무슨 일로 저희를 부르셨습니까?"

"번거롭게 모셔서 죄송합니다만, 제 청을 하나 들어주십시오."

"무엇이든 분부만 하십시오."

"제가 위대한 명나라 황제 폐하의 명을 받들어 서양 오랑캐를 위무하고 보물을 찾으러 군대를 이끌고 온 지 벌써 여러 해가 되었는데, 그간 모든 일이 뜻대로 풀렸습니다. 그런데 뜻밖에 오늘 자바 왕국에 도착해 보니, 이곳의 어느 계집이 요사한 술수를 부리고 변신술이 대단해서 아무리 죽여도 다시 살아나고 요리조리 잘 빠져나가는지라 도저히 생포할 수도 죽일 수도 없는 실정입니다. 이렇게 시간을 질질 끌다가는 임무를 마치고 돌아갈 날이 요원한지라, 여러 신장께 도움을 청하고자 합니다. 훗날 본국에 돌아가면 이 일을 제 개인의 공으로 돌리지 않고 반드시 여러분께 경건히 사례하겠습니다."

"알겠습니다. 내일 천사께서 출전하실 때 저희가 최선을 다해 도와드리겠습니다."

"왕 신녀라는 그 계집은 변신술에 능하니, 그년이 열 개가 아니라 백 개로 변신한다 해도 모조리 잡아주십시오. 아주 시급하고 중요한 일이니 틀림없이 이행해 주시기 바랍니다."

신장들은 분부를 받고 곧 구름을 타고 떠났다.

이튿날 아침 왕 신녀가 다시 찾아와 싸움을 걸었다. 장 천사가 나오자 그녀가 생각했다.

'어제는 종일 나오지 않았으니 분명 무슨 수작을 준비했을 거야. 하지만 그래 본들 나를 어쩔 수 있겠어?'

그녀는 일월쌍도를 뽑아 들고 소리쳤다.

"너 이 호랑말코 놈아, 또 나왔구나?"

장 천사가 격분하여 칠성보검을 들어 그녀를 가리키며 꾸짖었다.

"이런 찢어 죽일 못된 계집, 감히 전장에서 상대를 희롱하다니!"

"여덟 명의 신선이 바다를 건널 때는 각자 신통함을 드러내는 법이다. 네놈도 내 탓만 하지 말고 재주를 부려 봐라!"

"못된 계집! 도망치지 마라!"

그는 재빨리 아홉 마리 용이 수놓아진 수건을 공중으로 던졌다. 왕 신녀는 화살에 놀란 새처럼, 그물에서 겨우 벗어난 물고기처럼 지레 놀라서, 장 천사가 보물을 던지자마자 재빨리 입을 벌려 "푸우!" 뜨거운 열기를 내뱉었다. 그러자 한 덩이 붉은 구름이 나타났고, 그녀는 그걸 타고 하늘로 떠올랐다.

"너만 구름을 탈 줄 안다고 생각하느냐?"

장 천사는 즉시 푸른 갈기의 말을 멈추고 짚으로 엮은 용에 올라 하늘로 날아 쫓아갔다. 이리저리 한참을 쫓아가다가 장 천사가 땅으로 내려오자, 잠시 후 공중에서 휙 바람 소리가 들리더니 네 개의 다리를 묶인 말처럼 밧줄에 꽁꽁 묶인 사람이 하나 떨어졌다. 자세히 보니 그 때려죽여도 시원치 않을 왕 신녀였다.

"어느 신장께서 잡으셨을까?"

장 천사가 그녀를 끌고 돌아가려 하는데, 갑자기 동쪽에서 휙 바람 소리가 들리더니 네 개의 다리를 묶인 말처럼 밧줄에 꽁꽁 묶인 왕 신녀가 떨어졌다.

"이상하군. 어떻게 두 명의 왕 신녀가 떨어지지?"

그 말이 끝나기도 전에 남쪽에서 휙 바람 소리가 들리더니 네 개의 다리를 묶인 말처럼 밧줄에 꽁꽁 묶인 왕 신녀가 떨어졌고 서쪽에서도, 북쪽에서도 마찬가지였다. 사방팔방에서 연달아 이렇게 밧줄에 꽁꽁 묶인 왕 신녀가 떨어진 것이다. 장 천사가 깜짝 놀라 중얼거렸다.

"어떻게 이렇게 많지? 게다가 생김새도 다 똑같구나!"

그는 갈고리를 든 병사들에게 도대체 왕 신녀가 몇 명인지 세어 보라고 했다.

"그리 많지는 않고 딱 일흔두 명입니다."

"조심해서 모두 중군 막사로 압송하라!"

한편 중군 막사에서는 호위병이 이렇게 보고했다.

"장 천사께서 일흔두 명의 왕 신녀를 생포해서 모조리 끌고 왔습니다. 가서 살펴보시기 바랍니다."

그 말에 막사 안에 있는 이들이 위아래를 막론하고 모두 깜짝 놀랐다. 두 사령관이 자리에 앉자 갈고리를 든 병사들이 왕 신녀를 두 명씩 따로 묶어서 끌고 들어왔다. 삼보태감은 서른여섯 쌍의 왕 신녀를 보고 소름이 오싹 돋았다.

"어떻게 똑같은 사람이 일흔두 명이나 된단 말인가?"

왕 상서가 말했다.

"이건 저 때려죽여도 시원치 않을 요사한 계집이 부린 술수가 분명합니다."

"그래도 저 가운데 하나는 분명히 진짜겠지요."

"그렇겠지요."

이에 삼보태감이 일흔두 명의 왕 신녀들에게 말했다.

"너희들 가운데 진짜 하나만 앞으로 나와라!"

그러자 일흔두 명의 왕 신녀가 일제히 대답했다.

"무슨 말씀이시오! 사람은 천지의 기운을 타고 음양의 조화로 목숨이 생겨서 부모의 정혈(精血)로 태어나는 법이거늘, 어찌 가짜가 있을 수 있겠소이까?"

"그렇다면 너희 일흔두 명이 모두 진짜란 말이냐?"

"그렇소!"

"그렇다면 모두 한 배에서 태어난 것이냐, 아니면 따로 태어나 무리를 이룬 것이냐?"

"모두 한 배에서 태어났소!"

"어떻게 일흔두 쌍둥이가 있을 수 있단 말이냐? 생김새도 나이도 똑같고 모두 여자인 데다가 다들 싸움도 잘하고 패거리를 이루다니, 어찌 이런 일이 있을 수 있단 말이냐?"

"그건 모르시는 말씀이오! 천지간의 원기(元氣)는 백 년에 한 번 모이고, 오백 년에 한 명의 위인을 낳는 법이오. 당신네 중국에서도 오백 년 만에 일흔두 명의 현자가 태어났듯이, 학문을 익히지 않고 도리도 모르는 우리 서양에서도 오백 년 만에 우리 일흔두 명의 여장부가 태어난 것이오. 당신네 중국에서 일흔두 명의 현자가 공자 한 사람의 제자가 되었듯이, 우리 서양에서도 일흔두 명의 여장부가 한 어미에게서 태어났던 것이오. 이렇게 양쪽 모두 하나의 이치에서 비롯된 것인데, 사령관께서는 그걸 모르신다는 말씀이오?"

"그런데 어제 싸울 때는 왜 한 명만 있었더냐?"

"그저 하나만 아시는 모양이군요. 옛말에 '하나가 가짜면 백 개가 다 가짜이고, 하나가 진짜면 백 개가 다 진짜'라고 했소. 우리 가운데 하나를 알았다면 일흔두 명을 모두 아는 셈이지 않소?"

왕 상서가 말했다.

"저런 쓸데없는 소리는 신경 쓰지 마시고, 기패관에게 막사 밖으로 끌고 나가 진짜든 가짜든 가리지 않고 모조리 단칼에 목을 베어 버리라고 하시지요."

장 천사가 말했다.

"안 됩니다. 제 생각에는 국사님을 모셔 와서 그분의 혜안으로 진짜와 가짜를 가려 주시라고 부탁하는 게 좋겠습니다. 그래야 옥석을 가리지 않고 모조리 불태워 버리는 참극을 막을 수 있지 않겠습니까?"

삼보태감이 말했다.

"그러지요. 여봐라, 가서 국사님을 모셔오너라."

그리고 갈고리를 든 병사들에게 그 왕 신녀들을 막사 밖으로 끌고 나가 분부를 기다리라고 했다. 잠시 후 관리가 벽봉장로를 찾아가니 그는 마침 좌선을 하고 있었다. 운곡이 그 관리에게 말했다.

"잠시만 기다리시지요. 사조님께서 좌선을 끝내시면 바로 찾아뵐 것입니다."

관리가 돌아가서 보고하자 삼보태감이 말했다.

"잠시만 기다리면 되겠지."

한편 일흔두 명의 왕 신녀가 막사 밖으로 나오자 군사들이 위아래를 막론하고 이러쿵저러쿵 쑤군거렸다.

"전부 가짜일 거야."

"아냐, 전부 진짜일 거야."

개중에는 번양위(藩陽衛)의 장관이 있었는데, 성은 '오여원복(伍余元卜)[8]의 '복'이었다. 그는 퉁방울 같은 눈에 마음이 거울처럼 맑았으며 물건의 좋고 나쁨과 값어치에 대해 잘 알았기 때문에 다들 그를 '감정가 복씨[卜識貨]'라고 불렀다. 그런 그가 말했다.

"다들 잘 모르는 모양인데 이 일흔두 명의 왕 신녀 가운데 일흔 하나는 가짜고 딱 하나만 진짜라네."

"그럼 어느 왕 신녀가 진짜라는 거요?"

그가 손가락으로 가리키며 말했다.

"저 열여섯 번째가 진짜일세."

"그걸 어떻게 알지?"

"못 믿겠거든 잘 보라고. 내가 시험해 보지."

그가 삼지창을 들어 열여섯 번째 왕 신녀의 허벅지를 찌르자, 그녀가 땅에 털썩 쓰러졌다가 발딱 일어나 대성통곡을 하며 소리쳤다.

---

8 이것은 《백가성(百家姓)》의 한 구절이다. 복(卜)씨는 고대 중국의 조정에서 점복을 담당하던 관리의 후예로서, 그 조상의 관직을 성씨로 삼았다는 것이 일반적인 견해이며, 일설에는 북위(北魏) 때의 북흉노(北匈奴)의 귀족 가운데 수복(須卜)씨가 있었는데 효문제(孝文帝) 때 복씨로 바꾸었다고도 한다. 여기서는 그 발음이 불(不, bù)과 통하는 점을 이용하여, 감정가라는 사람이 물건을 알아볼 줄 모르는[不識貨] 것을 풍자했다.

"아이고, 아파! 이것들 봐요, 토끼가 죽으면 여우가 슬퍼하듯이 다들 같은 부류끼리는 서로 동정하는 법이라고요. 내가 사령관께 죄를 지었다 해도 어떻게 여러분이 사적으로 형벌을 가할 수 있어요?"

거기 모인 군인들 가운데는 용양위(龍驤衛)의 장관으로서 성이 '진곡가봉(甄曲家封)'의 '가'씨인 사람이 있었다. 그는 성품이 올곧고 모든 행실이 단정하여 자기가 한 말에는 모두 책임을 지는 사람이었기 때문에, 다들 그를 '착실한 가씨[家老實]'[9]라고 불렀다. 그런 그가 말했다.

"일흔두 명의 왕 신녀 가운데 하나만 진짜라는 말은 맞네. 다만 열여섯 번째는 아닐세."

"그럼 자네는 누가 진짜라는 겐가?"

그가 손가락으로 가리키며 말했다.

"저 서른두 번째가 진짜일세."

"그걸 어떻게 알지?"

"못 믿겠거든 잘 보라고. 내가 시험해 보지."

그가 방천극을 들어 서른두 번째 왕 신녀의 허벅지를 찌르자, 그녀가 땅에 털썩 쓰러졌다가 발딱 일어나 대성통곡을 하며 소리쳤다.

"아이고, 아파! 이것들 봐요, 벼슬아치가 남의 편의를 봐주지 않

---

9 가(家, jiā)'는 '가(假, jiǎ)'와 바름이 통하므로, 이 인물은 거짓으로 착실한 체하는[假老實] 자임을 암시한다.

으면, 보물 산에 들어갔다가 빈손으로 돌아오는 꼴이 된다고요. 내가 오늘 불행하게도 여기 붙잡혀 왔는데, 자비를 베푸는 사람은 하나도 없고 오히려 해치려고만 드는군요!"

그녀의 다리에서 피가 철철 흐르자 착실한 가씨가 말했다.

"이렇게 피가 철철 흘러야 진짜인 게지."

"그래도 자네 말이 더 맞는 것 같구먼."

그런데 그 군인들 가운데는 늘 삼보태감의 측근을 지키는 부대의 병사가 있었다. 그는 원래 위구르 출신으로서 그 집안은 본래 골동품 가게를 하고 있었기 때문에 커다란 대합조개며 마노에 이르기까지 모르는 게 없었고, 보물이나 금은, 진주의 가격도 잘 알았다. 그런 그를 보며 사람들이 물었다.

"자네는 왜 고개를 내젓고 있는가?"

"감정가 복씨는 물건을 볼 줄 모르고, 착실한 가씨의 말은 거짓말이니까요."

"그게 무슨 말인가?"

"이 일흔두 명의 왕 신녀는 모두 이렇게 멀쩡하게 살아 있는데, 어째서 가짜라고 하는 겁니까?"

"이들이 모두 멀쩡히 살아 있다는 걸 어찌 아는가?"

"못 믿겠거든 잘 보시구려. 내가 보여 드리지."

"어서 보여줘."

"잠깐 비켜주시오. 대신 소리를 지르면 안 됩니다."

"알았다고!"

그는 뱃속으로 손을 집어넣어 심장과 오장을 꺼내는 척하면서 흥얼흥얼 노래를 불렀다.[10]

寶鴨香銷燭影低	향로에 향은 스러지고 촛불은 낮게 깔리는데
被翻波浪枕邊欹	이불 뒤집으며 파랑 일으키다 머리맡에 기대 눕네.
一團春色融懷抱	춘정에 겨운 표정 가슴에 녹이나니
口不能言心自知	말로는 못 해도 마음으로는 당연히 알지.

또 두 번째로 이렇게 흥얼거렸다.

臉脂腮粉暗交加	얼굴이며 볼에 남몰래 지분 발랐는데
濃露於今識歲華	이제 짙은 이슬 흐르니 나이를 알 만하지.
春透錦江紅浪涌	금강에 봄이 스며드니 붉은 물결 솟아나고
流鶯飛上小桃花	작은 복사꽃 위로 꾀꼬리 날아오르네.

세 번째로 또 이렇게 흥얼거렸다.

葡萄軟軟墊酥胸	부드러운 포도가 매끈한 가슴에 빠져 있어
但覺形銷骨節熔	어느새 기운 빠지고 뼈마디가 녹아드네.

---

10 다음의 세 노래는 모두 〈풍월십절(風月十絶)〉이라는 향염시(香艶詩)에 들어 있는 것들이다.

| 此樂不知何處是 | 이런 즐거움 어디에 있을까? |
| 起來携手向東風 | 일어나 손잡고 봄바람 쐬지. |

이렇게 세 편의 사랑 노래를 부르자 일흔두 명의 왕 신녀가 모두 바닥에서 일어나 "호호! 깔깔!" 파안대소하며 말했다.

"이봐요, 장군님. 술 마실 때는 술을 마셔야 하고, 큰소리로 노래할 때는 크게 불러야 하는 법이지요. 중국의 사랑 노래가 아주 멋진데, 한 번만 더 불러 주시면 저희는 금방 죽더라도 편히 눈을 감겠어요."

그러자 그 위구르 병사가 사람들에게 말했다.

"저것 봐요. 저렇게 춘심(春心)이 발동하고 있으니, 분명 멀쩡하게 살아 있는 게 아닙니까!"

그 바람에 모든 군사가 시끌벅적 떠들어댔다.

"왕 신녀는 몸은 죽어도 마음은 죽지 않는다는구먼."

"왕 신녀는 죽어 귀신이 되어서도 연애질을 하겠구먼."

그 소란에 막사 안에 있던 삼보태감도 깜짝 놀랐다. 원래 두 원수는 장 천사와 벽봉장로를 모시고 이 괴이한 일에 대해 의논하고 있었는데, 갑자기 막사 밖에서 병사들이 웃고 떠들고 난리를 피워대는 것이 아닌가? 삼보태감은 기패관에게 떠들고 있는 군사들을 잡아 오라고 했다. 이에 군사들은 전후 사정을 자세히 설명할 수밖에 없었다. 그러자 삼보태감이 말했다.

"직접 물어볼 테니, 그 일흔두 계집을 이리 데려오너라."

그녀들이 일제히 묶여서 막사 앞으로 오자 삼보태감이 물었다.

"감정가 복씨의 말이 맞느냐?"

"아니오."

"그의 별명이 감정가인데 어찌 틀린 말을 했단 말이냐?"

"땔감이나 팔던 사람이니 그런 하찮은 물건이나 잘 알지 사람에 대해서는 잘 모르지 않겠어요?"

"그럼 착실한 가씨의 말이 맞느냐?"

"역시 아닙니다."

"아니, 왜?"

"콧구멍이 비어 있으니 '착실'하다고 할 수 없지요."

"그렇다면 위구르 병사의 말이 맞느냐?"

"예."

"그렇다면 너희가 보물이라도 된단 말이냐?"

"그렇지요."

"무슨 보물인데?"

"일종의 세상에 바쳐진 보물[獻世寶][11]인 셈이지요."

"그런 것 같지는 않구나."

"그게 아니라면 어떻게 모두 한꺼번에 이렇게 꽁꽁 묶여서 여기에 있겠어요?"

---

11 헌세보(獻世寶)는 현세보(現世寶=現世報) 즉 추태를 부려 망신을 자초하는 변변치 못한 사람을 가리키는 뜻으로 쓰이기 때문에, 여기서는 이중적인 의미로 풍자하고 있다고 하겠다.

그때 벽봉장로가 혜안으로 살펴보고 말했다.

"저 보물들 때문에 장 천사가 아주 고생이 많았겠구려."

그러자 장 천사가 생각했다.

'저렇게 얘기하는 걸 보니, 저 가운데 분명히 진짜가 하나 있기는 한가 보구나.'

"그저 우연히 성공한 것이지 무슨 고생을 많이 했겠습니까?"

"신경을 꽤나 썼을 것 같구려."

'또 저런 얘기를 하는 걸 보니, 내가 공을 세운 게 분명해.'

"당연히 할 일을 했을 뿐입니다. 무슨 신경을 썼겠습니까?"

벽봉장로가 또 무덤덤하게 말했다.

"장 천사, 정말 고생도 많이 하고 신경도 많이 썼구려. 하지만 이런 말을 한다고 이상하게 생각하지 마시구려. 그대는 진짜 왕 신녀의 다리 하나도 잡아 오지 못했소이다."

그 말에 두 사령관은 너무 놀라 말문이 막혔고, 장 천사 역시 온몸에 식은땀이 흘렀다. 한참 후 삼보태감이 말했다.

"국사님, 무슨 말씀이신지 좀 더 자세히 말씀해 주십시오."

"말로만 해서는 모를 테니, 직접 보여 드리겠소이다."

벽봉장로가 누구를 지목하여 보여주는지는 다음 회를 보시라.

장 천사는 계속해서 요사한 술수에 미혹되고
왕 신녀는 실수로 염주를 목에 걸다

張天師連迷妖術　王神姑誤掛數珠

三賢異七聖　세 현위는 일곱 성위와 달라서[1]

靑眼慕靑蓮　현자는 우담바라[2]를 흠모한다네.

乞飯從香積　밥을 얻으려면 향적불(香積佛)을 따르고[3]

---

1 인용된 시는 당나라 때 왕유(王維)가 쓴 〈노사 원외의 저택에서 동냥하는 승려를 보고 함께 짓다[過盧四員外宅看飯僧共題]〉이다. 다만 마지막 두 구절을 원작에서는 "해 저문다고 걱정 말게나, 자연히 등불 하나 타오를지니.[不須愁日暮, 自有一燈燃]"라고 했다. 한편, 불교에서는 수행의 초보 단계를 삼현위(三賢位)로, 근본적인 깨달음을 얻은 단계를 칠성위(七聖位)로 구분한다.

2 본문의 '청련(靑蓮)'은 우담바라[優鉢羅]를 가리킨다. 불교에서는 흔히 이것으로 부처의 눈[佛眼]을 비유한다.

3 《유마힐경(維摩詰經)》〈향적불품(香積佛品)〉에 따르면 하늘나라 중향국(衆香國)에 향적불(香積佛)이라는 부처가 있는데, 그가 먹는 음식의 향기가 시방무량세계(十方無量世界)에 두루 퍼졌다. 이에 유마힐이 보살로 변신하여 그 나라에 가서 향적불에 먹고 남은 음식을 사바세계(婆婆世界)에 보시하라고 청했다. 이에 향적불이 중향발(衆香鉢)에 그 향기로운 밥을 가득 담아주

裁衣學水田	옷을 지을 때는 논밭의 모양을 따른다네.[4]
上人飛錫杖	선사는 석장 짚고 사방을 떠돌아다니면[5]
檀越施金錢	시주(施主)들이 금전을 보시해주지.
趺坐檐前日	처마 앞에서 가부좌 틀고 앉아 있을 때
焚香竹下烟	향 연기 대나무 아래에서 피어났지.
寒空法雲地	차가운 하늘은 법운지(法雲地)[6]요
秋色淨居天	가을 풍경은 정거천(淨居天)[7]이라네.
身逐因緣法	몸은 인연의 법을 따르고

니, 유마힐이 먹고 남은 것으로 땅과 허공의 신들과 색계(色界)의 모든 이들에게 배불리 먹였다고 한다.

4 승려의 가사는 사각형의 수를 놓거나 사각형 천을 이어 붙여 만들어서 그 모양이 마치 논두렁 같다고 해서 수전의(水田衣) 또는 도전의(稻田衣), 도휴피(稻畦帔)라고도 부른다.

5 불교 전설에서는 득도한 이는 석장을 짚고 허공을 날아다닐 수 있다고 하는데, 이후 '비석(飛錫)'은 승려가 사방을 떠돌아다니는 것을 비유하는 뜻으로 쓰이게 되었다.

6 법운지(法雲地)는 보살 수행의 열 단계인 대승보살십지(大乘菩薩十地) 가운데 열 번째로서, 거기에 도달하면 바라밀의 지혜를 이루어 그 지혜가 자욱한 구름처럼 모든 것을 덮을 수 있다고 한다.

7 불교에서는 수사선정(修四禪定)이라는 것을 얘기하는데 죽은 뒤에는 색계(色界)의 사선천(四禪天)에 태어날 수 있다고 한다. 이 사선천은 다시 십칠천(十七天)으로 나뉘는데 초선천(初禪天)과 이선천(二禪天), 삼선천(三禪天)이 각기 세 개씩이고 사선천(四禪天)은 여덟 개가 있다고 한다. 이 여덟 개의 사선천 가운데 가장 훌륭한 다섯 곳을 정거천(淨居天)이라고 하는데, 이곳은 오직 성인만 살 뿐 이생(異生) 즉 평범한 이는 섞여 있지 않기 때문에 그렇게 부른다고 했다.

心過次第禪	마음은 참선의 층차[8]를 지나지.
妖魔空費力	요사한 마귀는 공연히 힘을 낭비하지만
慧目界三千	지혜의 눈은 삼천세계를 꿰뚫어본다네.

그러니까 벽봉장로가 이렇게 말했다.

"말로만 해서는 모를 테니, 직접 보여 드리겠소이다."

그러자 삼보태감이 말했다.

"어떻게 보여주신다는 말씀이신지요?"

벽봉장로는 제자 비환에게 바리때에 무근수를 떠오라고 해서 그 걸 손톱에 묻히더니 일흔두 명의 왕 신녀를 향해 튕겼다. 그러자 그녀들이 일제히 땅바닥에 털썩 쓰러지면서 모조리 가루로 변해 어지럽게 하늘로 날아올랐다. 그걸 보고 장 천사가 생각했다.

'설마 국사가 아직도 도교를 흥성하게 하고 불교를 멸하려고 했던 데에 대해 화가 덜 풀려서 일부러 내 공로를 허사로 만든 건 아닐까?'

벽봉장로는 이미 그의 속내를 알아채고, 다시 손톱에 무근수를 묻혀 다시 허공으로 튕기자 일흔두 명의 왕 신녀가 살포시 날아내렸다. 두 사령관이 기패관에게 살펴보게 하니 그것들은 모두 종이를 오려 만든 인형들이었다. 두 사령관은 그제야 어찌 된 상황인지 이해했지만, 장 천사만은 아직 믿지 못했다. 이에 그는 눈살을 찌

---

8 선정(禪定)에 드는 데에는 네 개의 층차[次第]가 있는데, 이에 따라 정신의 경지가 달라진다고 한다.

푸린 채 화가 치밀었지만, 그래도 눈만 부릅뜬 채 아무 말도 하지 않았다. 그러자 벽봉장로가 말했다.

"장 천사, 못 믿는 모양인데, 아마 조금 뒤면 그 요사한 아낙이 다시 와서 싸움을 걸어올 걸세."

그 말이 끝나기도 전에 호위병이 보고했다.

"왕 신녀가 또 와서 싸움을 걸고 있습니다."

삼보태감이 탄식했다.

"이 계집이 이렇게 천변만화의 변신술을 써서 고생을 시키니, 서양 원정의 임무를 어떻게 완수한단 말인가!"

그러자 벽봉장로가 말했다.

"사령관, 너무 염려 마시구려. 이런 아낙은 걱정거리도 안 됩니다."

그러자 장수들과 벼슬아치들이 납득할 수 없다는 듯이 모두 쑤군거렸다.

"이 스님이 또 허풍을 치시는구먼. 그렇게 큰 법력을 지니신 장 천사도, 그렇게 큰 신통력을 지닌 하늘 신장도 잡지 못한 그 계집이 어떻게 걱정거리도 안 된다는 거지?"

삼보태감이 말했다.

"천사께서 많은 심력을 기울이셨지만 그게 또 허사가 되었으니, 국사님께 묘책을 청하는 수밖에 없겠습니다. 괜찮겠습니까?"

"저 아낙을 사로잡으려면 그래도 장 천사가 나서야 하오이다."

장 천사가 심드렁하게 말했다.

"제가 그 많은 하늘 신장들을 모셨지만 사로잡지 못했는데, 왜 저더러 또 나가라고 하십니까?"

"장 천사, 너무 겸양하실 필요 없소. 내가 저 아낙을 사로잡을 수 있는 보물을 하나 드리겠소."

"국사께서 그리 말씀하시니 제가 어찌 감히 사양하겠습니까? 내일 기꺼이 출전하겠습니다."

"내일 출전하실 때는 병사들이며 깃발, 영패, 짚으로 엮은 용 같은 것은 젖혀두고, 그저 내가 준 보물을 쓰도록 하시구려. 그러면 주머니에서 물건을 꺼내듯이 손쉽게 그 아낙을 사로잡을 수 있을 거요."

장 천사는 속으로 무척 기뻐했다.

'부처의 힘이 한없이 광대하니 분명 무슨 묘책이 있을 거야.'

"이 제자는 사부님의 뜻에 따르겠습니다. 그런데 그 보물을 지금 보여주실 수 없겠습니까?"

"당장 드리겠소."

말은 그렇게 하면서도 벽봉장로는 느릿느릿 왼쪽 소매를 뒤지더니 백팔 개의 구슬을 꿴 염주를 꺼냈다. 원래 동해용왕이 바쳤을 때는 구슬이 삼백육십 개였는데,[9] 불교에서는 백팔 개만 쓰기 때문에 그걸로 염주를 만든 것이었다. 장 천사가 그걸 받아들고 생각했다.

---

9 앞부분에는 이런 내용이 없으니, 아마 작자의 착오가 있는 듯하다. 제2회에서 동해용왕은 33개의 여의주를 꿰어 만든 팔찌를 바친 것으로 되어 있다.

'이 중은 정말 모자란 데가 있군! 그 요사한 계집을 사로잡을 수 있는 보물을 준다더니 왜 염주를 주는 게지? 그 계집한테 염불이라도 하라는 거야 뭐야?'

그는 어쩔 수 없이 사실대로 얘기할 수밖에 없었다.

"이걸 어디에 쓰는 겁니까?"

"그게 바로 왕 신녀를 사로잡을 보물이오."

"이렇게 길고 크기만 한데, 이걸로 어떻게 그 못된 계집을 사로잡는다는 겁니까!"

벽봉장로가 슬며시 미소를 지으며 말했다.

"정말 답답한 사람이구면. 염려 말고 그냥 다녀오시오."

삼보태감도 말했다.

"천사님, 염려 마십시오. 국사님께서 당연히 어떤 묘책이 있을 겁니다."

이렇게 얘기를 마치고 각자 거처로 돌아갔지만, 장 천사는 옥황각으로 돌아가서도 한참 동안 고심을 했다. 무슨 고민이냐? 저번처럼 병사들을 이끌고 부적과 짚으로 엮은 용을 지니고 나가자니 그것은 벽봉장로의 체면상 보기가 좋지 않을 것 같고, 그렇다고 정말 그냥 나가자니 뭔가 실수를 해서 자기 신상에 문제가 생길 수도 있을 것 같았기 때문이다. 그렇게 한밤을 고심하고 나니 어느새 날이 밝아서, 왕 신녀가 다시 찾아와 싸움을 걸었다. 장 천사는 어쩔 수 없이 벽봉장로의 말대로 혼자서 말을 타고 나가야 했다. 떠날 무렵에 벽봉장로가 중군 막사에서 그에게 물었다.

"내가 준 보물은 어디 있소?"

"왼팔에 걸었습니다."

"아미타불! 선재로다! 그걸 왜 팔에다 건단 말인가? 그러면 자네도 견디지 못하네. 자손에게 누를 끼칠 수 있단 말일세."

'염주 몇 알을 가지고 정말 보물처럼 여기는구먼!'

그는 어쩔 수 없이 벽봉장로에게 다가가 물었다.

"그럼 이걸 어디에 걸어야 합니까?"

"목에다 걸어야 제대로 쓸 수 있다네."

장 천사는 황급히 염주를 꺼내서 목에 걸었다. 그가 출전하려 하자 벽봉장로가 다시 불러서 당부했다.

"나갔다가 왕 신녀를 만나거든 아무 말도 하지 말고 염주를 허공으로 던지시게. 그러면 그 아낙을 사로잡을 수 있네."

"설사 사로잡더라도 출전하는 때에 맞지 않으니, 또 제가 헛고생만 하는 건 아닐까요?"

"헛고생은 무슨! 그저 좀 우여곡절을 겪을 뿐이지. 그래도 틀림없이 사로잡을 수는 있을 걸세."

마침내 장 천사가 출전했다. 왕 신녀는 그가 혼자 오는 걸 보자 조금 의아했다.

'매일 병사와 장수들을 거느리고 오더니 오늘 혼자 오는 걸 보니, 분명히 무슨 보물을 써서 나를 붙잡으려는 모양이로군.'

그녀는 오로지 장 천사가 무슨 수작을 부릴까 조심하고 있었는데, 뜻밖에도 장 천사도 운수가 나빴는지 그녀를 보자 그저 멀뚱멀뚱 처다보기만 할 뿐 손을 쓰지 않았다.

"말코 도사야, 또 뭘 하려고 나왔느냐? 설마 스스로 죽을 데를 찾아온 거냐?"

"이번에는 기필코 네 진짜 몸을 사로잡고 말겠다!"

'이자가 무슨 보물이 없다면 저렇게 큰소리를 치지 않겠지. 공격이 최선의 방어라고 했으니, 먼저 손을 쓰는 게 좋겠어!'

왕신녀는 쌍비일월도를 들어 허공에 슬쩍 휘두르더니 재빨리 말머리를 돌려 달아나기 시작했다. 그제야 장 천사는 벽봉장로의 말을 떠올렸다.

'어쩐지 국사께서 아무 말도 하지 말라고 하시더라니! 이놈의 주둥이 놀리는 버릇 때문에 저년이 낌새를 알아채고 도망쳐 버리는구나. 어쩔 수 없지. 쫓아가는 수밖에!'

그가 쫓아오는 것을 보자 왕 신녀는 서두르지도 않고 느긋하게 주문을 외며 손가락으로 땅을 가리켰다. 그러자 땅바닥이 순식간에 세 길 네 자 넓이의 커다란 개울로 변해 버렸다. 그녀가 말을 타고 그 개울을 훌쩍 넘어 가 버리자, 장 천사가 대로하여 꾸짖었다.

"못된 계집! 네 말만 제대로 된 말이고, 내가 탄 것은 노새인 줄 아느냐?"

그는 즉시 푸른 갈기의 말에 채찍을 치며 단번에 그 개울을 뛰어넘으려 했다. 하지만 뜻밖에도 울타리에 뿔이 걸린 양처럼 그가 탄 말도 그 자신도 진퇴양난에 빠져 그대로 개울 아래로 떨어져 버렸다. 그 개울은 진흙이 질펀해서 말이 앞발굽을 들면 뒷발굽이 빠지고, 뒷발굽을 들면 앞발굽이 빠져들었다. 그가 깜짝 놀라 중얼거렸다.

"이걸 어쩌지? 이러다가 저년이 활이라도 쏘면 목숨을 부지하기 어렵겠구나!"

바로 그때 "휘리릭!" 하는 소리가 들리더니 개울은 온데간데없고 주변이 망망한 수평선이 일렁이는 커다란 바다로 변해 버렸다. 장 천사는 더욱 놀랐다.

'복은 쌍으로 오지 않고 재앙은 혼자 오지 않는다고 하더니! 분명히 개울에 빠졌는데 갑자기 바다 한가운데 있다니, 설마 큰 너울 파도라도 밀려온 건가?'

다시 자세히 살펴보니 수면이 넓기는 해도 깊지는 않은 것 같았고, 게다가 왼쪽에는 뭍이 보이기도 했다. 그는 말에서 내려서 고삐를 끌고 연안으로 걸어가면서 투덜거렸다.

"이게 다 그놈의 중 때문이야! 영패나 부적이 있었다면 하늘 신장을 불러서 구해 달라고 할 수 있었을 텐데 말이야!"

또 몇 걸음 옮기다가 다시 투덜거렸다.

"이게 다 그놈의 중 때문이야! 짚으로 엮은 용이 있었다면 그걸 타고 하늘로 올라가 지금쯤 좋은 곳에 도착했을 텐데 말이야!"

그는 계속 걸음을 옮기며 벽봉장로를 원망했다. 한참 걷다가 보니 멀리 높은 산이 하나 보였다.

'일단 저 산에 올라가 잠시 몸을 숨기고 다시 대책을 생각해 보자.'

그런데 가까이 다가가 보니 그 산은 사방이 깎아지른 절벽으로 되어 있어서 도저히 올라갈 길을 찾을 수 없었다. 그가 한참 망설이며 서 있는데, 산꼭대기에서 나무꾼이 하나 보였다. 그 나무꾼은 한 손에 땔감을, 다른 한 손에는 낫을 들고 큰 소리로 기분 좋게 노래를 부르고 있었다.[10]

巧厭多忙拙厭閑	재주 많으면 바빠서 싫고 재주 없으면 한가해서 싫어.
善嫌懦弱惡嫌頑	착하면 너무 나약하고 악하면 너무 우악하지.
富遭嫉妒貧遭辱	부유하면 질투를 사고 가난하면 모욕을 당하지.
勤日貪婪儉日慳	근면하면 탐욕스럽다 하고 검소하면 쩨쩨하다 하지.
觸目不分皆笑蠢	눈으로 보고도 분간하지 못하니 다들 바보 같다고 놀리고
見機而作又言奸	기회를 살펴 행하면 또 간사하다고 비방하지.
不知那件投人好	어떤 걸 해야 할지 도무지 모르겠으니
自古爲人處世難	예로부터 사람은 세상살이 어려웠지.

그 노래를 듣고 장 천사가 생각했다.

---

10 이 노래는 명나라 때 범입본(范立本: ?~?)이 편찬한 《명심보감(明心寶鑑)》 〈성심편(省心篇)〉에 들어 있는 것이다.

'알고 보니 세상을 피해 사는 군자로구나. 이 노래에는 나름대로 깊은 뜻이 들어 있어. 어쩌면 내 목숨이 아직 끊어질 때가 아니어서, 이렇게 구해 줄 보살이 나타났나 보구나.'

"여보시오, 산 위의 군자님, 저 좀 살려주시오! 여보시오, 저 좀 살려주시오!"

그런데 그 사람은 듣지 못한 듯 계속 노래를 흥얼거리며 걸어가는 것이 아닌가?

'이 사람을 그냥 또 구해 줄 사람이 나타나리라 어찌 보장하겠어?'

이에 그는 온 힘을 다해 크게 소리쳤다.

"여보시오, 산 위의 군자님, 저 좀 살려주시오!"

그러자 그 나무꾼이 황급히 짐과 낫을 내려놓고 허리를 숙여 아래를 내려다보며 물었다.

"바다에 누가 있소?"

"저는 중국 명나라 황제 폐하를 모시는 인화진인 장 천사입니다."

"보물을 찾으러 서양에 왔다는 그 장 천사란 말씀이오?"

"예. 맞습니다. 그런데 오늘 왜 바닷물이 이렇게 불었습니까?"

"아직 모르시는 모양인데, 오늘이 바로 큰 너울 파도가 몰려오는 날이라오."

"큰 너울 파도야 그렇다 치고, 우리 명나라 배들도 어디 있는지 보이지 않습니다."

"정말 멍청한 도사로군! 큰 너울 파도를 장난으로 아시오? 오늘 이 파도 때문에 우리 자바 왕국의 성과 온 나라 백성도 모두 바다에 빠져 버렸는데, 당신네 배 몇 척쯤이야 어찌 되었겠소?"

그 말을 듣자 장 천사는 걱정스럽기도 하고 기쁘기도 했다. 걱정 스러운 것은 눈앞의 이 산을 올라가 목숨을 구할 수 없었기 때문이 고, 기쁜 것은 만약 배에 있었더라면 지금쯤 벌써 물고기 뱃속으로 들어가 있을 처지였기 때문이다.

"여보시오, 사람 목숨 하나 구하는 것이 칠층 탑을 쌓는 것보다 낫다고 했소이다. 저를 구해 주시면 후하게 사례하겠소이다!"

"이 산은 사방이 대충 높이가 마흔 길쯤 되는 절벽이라 길이 없 는데, 어떻게 당신을 구해 줄 수 있겠소?"

장 천사가 다시 살펴보고 물었다.

"여보시오. 당신 짐에 있는 것은 무엇이오?"

"전부 등나무 줄기들이오."

"그럼 어쩔 수 없으니 그거라도 내려 주시구려. 구해 주신 은혜 는 절대 잊지 않겠소이다!"

그 나무꾼은 그래도 마음씨가 좋아서 얼른 등나무 줄기 찾아서 꼼꼼하게 연결했는데, 그 길이가 서른아홉 길 여덟 자 다섯 치, 그 러니까 마흔 길에서 겨우 한 자 다섯 치가 모자랐다.

"여보시오. 한 자 남짓만 더 내려 주시면 제가 잡을 수 있겠소이다."

"거 참 뭘 몰라도 한참 모르는 도사로구먼! 내가 손에 잡고 있는 것이 한 자 남짓 되는데, 그걸 전부 내려 주면 나는 빈손으로 있으라는 거요? 그러면 당신을 구할 수 없지 않소?"

"사람 목숨을 구하는 중요한 일에 무슨 그런 재수 없는 말씀을 하시오?"

나무꾼이 한참 살펴보다가 되물었다.

"당신 허리에 매고 있는 것은 무엇이오?"

"노란 끈으로 만든 허리띠라오."

"그걸 풀어서 등나무 줄기에 연결하면 되지 않소?"

"그래, 그러면 되겠구려!"

장 천사는 황급히 자기 허리띠를 풀어 등나무 줄기에 연결했다. 그는 허리띠를 네다섯 번이나 단단히 매듭을 지어 묶었으니, 이야 말로 자기의 생명줄이었기 때문이다. 그때 나무꾼이 물었다.

"다 됐소?"

"그렇소."

"이제 산으로 끌어올릴 테니 눈을 꼭 감고 무서워하지 마시오!"

"목숨이 달린 마당에 무얼 무서워하겠소? 어서 끌어올리기나 하시오!"

나무꾼은 처음에는 온 힘을 다해 스무 길 남짓 끌어올렸는데, 중간쯤 이르러서 갑자기 손을 딱 멈춰 버렸다. 그 바람에 장 천사는 공중에 매달려 올라가지도 내려가지도 못할 지경이 되고 말았다.

"여보시오, 조금만 더 힘을 써 주시오!"

"배가 고파서 도저히 더 이상은 안 되겠소."

"도중에 그만두면 지금껏 고생한 게 보람이 없지 않소!"

"흥! 사람이 천지간에 태어나 아비가 셋에 어미가 여덟이라 해도, 의붓아비하고 사는 사람도 있고 그러지 않는 사람도 있는 법이오. 당신하고 나는 우연히 만났을 뿐인데, 당신이 내 옛날 아비[11]인 줄 어찌 알겠소? 끌어올려 주지 않은 게 다행이지. 그랬더라면 우리 집으로 달려가 계모하고 상봉했을 게 아니오? 옛날 의붓아비하고 계모가 만나 버리면 우리 부부는 꼼짝없이 당신을 아비로 모셔야 할 거 아니냐는 말이오!"

그 말을 듣자 장 천사가 속으로 생각했다.

'용이 얕은 물에서 놀면 새우한테 놀림을 당하고, 호랑이가 평지에 떨어지면 강아지한테 모욕을 당하는 법이지. 이 나무꾼이 말장난하고 있는 게 분명해!'

그는 어쩔 수 없이 더욱 조심스럽게 말했다.

"여보시오, 그게 아니오! 내 말은 당신이 앞서 했던 고생이라는 뜻이지 이전의 의붓아비니 계모니 하는 뜻이 아니오."

"이놈의 도사가 그래도 제법 글공부를 했구먼!"

"삼교는 뿌리가 하나인데 어찌 글공부를 하지 않을 수 있겠소?"

"그렇다면 어디 시험을 하나 해보겠소."

"마음대로 하시오."

"그저 눈앞의 풍경일 뿐이오. 지금 등나무 줄기에 걸려 있는 당신의 상황을 놓고, 그런 처지에 있었던 옛날 사람의 이름을 대 보시오."

---

11 이것은 '지금껏 고생한 것[前功]'이라는 장 천사의 말을 '예전의 아비[前公]'라는 뜻으로 알아듣고 한 말인데, 실은 장 천사를 조롱하는 뜻이다.

장 천사가 잠시 생각해 보고 나서 대답했다.

"갑자기 생각이 나지 않소. 당신이 좀 가르쳐 주시오."

"흥! 당신처럼 이렇게 고상한 양반이 등나무 줄기에 걸려 있으니, 그건 바로 등문공(滕文公)[12]이 아니오?"

"그렇구려. 말이 되는구려!"

"그렇다면 다른 구절로 시험해 보겠소."

"여보시오. 일단 끌어올려 놓고 시험하는 게 어떻소이까?"

"시험만 통과하면 바로 끌어올려 주겠소."

"그럼 어서 문제를 내보시오."

"잠깐! 그 전에 대추를 떨어뜨려 줄 테니 입을 벌리시오."

'왕질(王質)도 바둑을 구경하고 대추 한 알을 얻어먹었지만,[13] 신

---

12 등문공(滕文公)은 전국 시기 등(滕)나라의 제후이다. 원래 등문공은 서주(西周) 등나라의 제후 착숙수(錯叔繡)의 후예로 춘추시대의 인물도 있지만, 《맹자》의 기록 때문에 전국시대의 인물이 더 알려져 있다. 다만 전국시대 등문공의 원래 시호는 등원공(滕元公)이었다. 여기서는 나라 이름인 '등(滕)'과 등나무 줄기를 가리키는 '등(藤)'이 모양새도 비슷하고 발음이 같으며, 번역에서 '고상'하다고 한 부분의 원문이 '사문(斯文)'이기 때문에 이런 수수께끼를 낸 것이다.

13 《술이기(述異記)》에 따르면 진(晉)나라 때 왕질(王質)이 석실산(石室山, 지금의 저장[浙江] 취현[衢縣]에 있음)에 나무를 하러 갔다가 몇 명의 동자(童子)가 노래를 흥얼거리며 바둑을 두는 것을 구경했는데, 그 동자들이 준 대추처럼 생긴 것을 입에 넣으니 목이 마르지 않았다. 얼마 후 동자가 그에게 돌아가야 하지 않느냐고 해서 일어나 살펴보니 도끼자루가 썩어 있었고, 집에 돌아와 보니 예전에 살았던 이들이 모두 죽어서 하나도 남아 있지 않았다고 했다.

선 세계에서 겨우 이레를 보낸 것이 인간 세상에서는 몇천 년이 지난 뒤였지. 어쩌면 오늘 내 상황도 불행 중의 다행일지 모르겠구나.'

그가 얼른 입을 쩍 벌리자 나무꾼이 대추를 하나 떨어뜨렸는데, 그것은 정확히 그의 입으로 떨어졌다. 하지만 장 천사가 맛을 보니 그것은 냄새 고약한 진흙 덩어리였다. 그는 재빨리 고개를 숙이고 입을 벌려 아래로 뱉어 버렸다. 그걸 보고 나무꾼이 껄껄 웃으며 말했다.

"여보시오, 도사 양반. 그래 글공부를 좀 하셨다니 이런 상황을 책에서는 뭐라고 했는지 알아맞혀 보시구려."

장 천사는 무척 기분이 나빴다.

"이런 냄새 나는 글귀가 어디 있겠소?"

"하하! 조금 전에 입을 벌려 내 대추를 받았으니 그건 '등문공이 위로 입을 벌렸다[滕文公張嘴上].'는 것이고, 또 그걸 아래로 뱉어 버렸으니 '등문공이 아래로 입을 벌렸다[滕文公張嘴下].'[14]는 것이 아니겠소?"

"잘 배웠소이다. 그러니 어서 끌어올려 주시구려!"

---

14 원문의 장취(張嘴)는 입을 벌려 말하는 것을 가리키기도 하지만 종종 가격을 흥정하거나 물건을 빌리는 것, 구걸하는 것을 에둘러 말하는 것이기도 하다. 한편 여기서 '등문공장취상(滕文公張嘴上)'과 '등문공장취하(滕文公張嘴下)'는 각기 발음을 이용하여 주희(朱熹)의 《사서집주(四書集注)》에 포함된 《맹자장구(孟子章句)》의 〈등문공장구상(滕文公章句上)〉과 〈등문공장구하(滕文公章句下)〉를 빗대어 비하하고 있다.

"두 개의 수수께끼를 모두 맞히지 못했으니 끌어올려 줄 수 없소."

"사람을 구하려면 끝까지 구하고, 죽이려면 피를 봐야 하는 법이 아니오? 그런데 어찌 이럴 수 있단 말이오!"

"손해를 볼지언정 배를 곯을 수는 없는 노릇 아니오? 집에 가서 밥을 먹고 와서 끌어올려 주겠소."

나무꾼은 이 말만 남기고 휘적휘적 가 버렸다. 장 천사가 몇 번이나 불렀건만 그는 쳐다보지도 않았다.

'저놈의 나무꾼 때문에 공중에 매달려 올라가지도 내려가지도 못하는 처지가 되고 말았구나.'

고개를 들고 위를 쳐다봐도 가파른 절벽밖에 보이지 않으니 도저히 올라갈 수 없을 것 같았고, 아래를 내려다보니 바다 위에는 높이가 네다섯 길이나 되는 파도가 치면서 거센 바람이 불고 있어서 내려갈 수도 없었다. 등나무 줄기가 풀리면 스무 길이 넘는 높이에서 떨어져서 크게 낭패를 볼 것 같았다. 그런데 고개를 숙이고 자세히 살펴보니 자신의 푸른 갈기 말은 이미 입에 가득 허연 거품을 머금은 채 물에 빠져 죽어 있었고, 네 다리를 하늘로 뻗은 채 물결에 이리저리 흔들리고 있었다.

'비록 저 나무꾼이 나를 곤경에 빠뜨렸지만 구해 주기는 할 거야. 그렇지 않으면 나도 저 말처럼 되고 말겠지.'

그는 아무 대책이 없이 그대로 매달려 있는 수밖에 없었다. 그때 수많은 나나니벌[黃蜂]이 떼로 몰려왔다. 여러 마리의 나나니벌이 쏘고 지나자 그가 중얼거렸다.

"이야말로 독도 없는 나나니벌의 침이로군. 이 조그마한 벌레들이 이렇게 버릇이 없다니!"

그는 한 손으로 칡넝쿨을 붙들고 다른 한 손을 이리저리 휘둘러 벌들을 쫓았다. 다행히 세찬 바람이 먹구름을 몰고 불어와서 나나니벌들을 쓸어 가 버렸다. 하지만 그 바람에 장 천사의 몸도 그네를 타듯이 이리저리 흔들리기 시작했다. 그야말로 이런 격이었다.

顚狂柳絮隨風舞   쓰러질 듯 버들 솜은 바람 따라 춤추고
輕薄桃花逐水流   가벼운 복사꽃잎 물길 따라 흘러가네.

바람이 지나고 조금 평온해지자 이번에는 두 마리 생쥐가 등나무 줄기를 타고 내려왔다. 한 놈은 눈처럼 새하얗고 다른 한 놈은 무쇠처럼 시커먼 색이었다. 하얀 놈은 등나무 줄기에 이를 갈았고, 시커먼 놈은 등나무 줄기에 이를 문질렀다. 장 천사가 욕을 퍼부었다.

"못된 짐승들! 감히 내 등나무 줄기를 물어 끊으려 하다니, 나중에 하늘 신장을 불러 묵사발을 내주마!"

그때 쥐들이 마치 사람 말을 알아들은 것처럼 번갈아 깨물어서, 두 가닥의 등나무 줄기 가운데 하나를 끊어 버렸다.

"지붕이 새니까 연일 비가 오고, 배를 모는데 맞바람을 맞는 격이로구나! 재수 없게 등나무 줄기에 매달려 있는데, 뜻밖에 저놈의 쥐들까지 와서 해코지할 줄이야! 어디, 생각 좀 해보자. 저놈들이

등나무 줄기를 끊어 떨어지기보다는 차라리 내 손으로 매듭을 풀
고 떨어지는 게 낫겠어!"

하지만 아래를 내려다보니 속으로 '아이고!' 하는 신음 소리가 연
달아 터졌다. 왜냐? 알고 보니 산발치 아래 수면에 세 마리 커다란
용들이 일제히 입을 쩍 벌리고 독기를 뿜어내고 있었던 것이다. 게
다가 그 양쪽에는 또 네 마리 커다란 뱀들이 일제히 입을 쩍 벌리고
독기를 뿜어내고 있었다. 하지만 장 천사는 그 모습을 보면서도 어
쩔 수 없이 제 손으로 매듭을 풀어야 했다. 그러면서 그는 다음과
같은 율시를 읊조렸다.[15]

_____

15 인용된 율시는 명나라 때 호문환(胡文煥:?~?, 자는 덕보[德甫] 또는 덕문[德文],
호는 전암[全庵] 또는 포금거사[抱琴居士])이 지은 〈정주 양산의 주지 곽암화상
의 십우도에 대한 칭송과 서문[住鼎州梁山廓庵和尙十牛圖頌幷序]〉에 들어
있는 노래를 변형한 것이다. 원작은 다음과 같이 몇 글자가 다르다. "藤摧
墮井命難逃, 象鼠龍攻手要牢. 自己彌陀期早悟, 三途苦趣莫敎遭. 肥甘酒肉
砒中蜜, 恩愛夫妻笑裏刀. 奉勸世人須猛省, 毋令今日又明朝."
한편 소설의 이 내용 또한 호문환의 이 글에서 착안하여 풍자에 활용한 것
인데, 호문환의 글에는 다음과 같은 내용이 들어 있다. 옛날 우전국(優塡國)
의 왕이 빈두로(賓頭盧) 존자(尊者)에게 불법의 수행이 어떠하냐고 묻자 존
자가 이렇게 대답했다.
"큰불이 난 드넓은 벌판을 가던 이가 미친 코끼리에게 쫓기다가 어떤 우물
을 발견했는데, 그 곁에는 등나무 줄기가 드리워진 나무가 있소. 이에 그
는 등나무 줄기를 잡고 우물에 매달렸는데, 그 아래는 세 마리의 사나운
용과 네 마리의 독사가 있었소. 또 나무 위에는 까맣고 하얀 두 마리 쥐가
등나무 줄기를 갉아 먹고 있었고, 사방에는 또 독침을 가진 벌들이 쏘아대
고 있소. 그때 그의 입에 꿀이 몇 방울 떨어지면 그는 달콤한 꿀맛에 취해
고통을 잊게 되오. 불교의 수행은 이와 같은 것이오."
"그 사람은 고통도 많지만 즐거움도 많겠군요?"

藤摧墮海命難逃	등나무 줄기 꺾여 바다에 떨어지면 목숨 구하기 어렵나니
蛇鼠龍攻手要牢	뱀과 쥐와 용의 공세가 나를 포위하려 하는구나.
自己彌陀期早悟	스스로 무량한 불법 일찍이 깨달아
三途苦趣莫敎遭	삼도천(三途川)[16]의 고취(苦趣)[17]를 만나지 말았으면!

"그 사람은 고통만 많을 뿐 무슨 즐거움이 있겠소?"

대개 이 이야기는 비유로 해석되는데 드넓은 벌판은 삼계(三界)를, 나무는 고통 받는 육신을, 등나무는 목숨의 뿌리를, 코끼리는 무상살귀(無常殺鬼)를, 두 마리의 쥐는 해와 달 즉 세월을, 우물은 황천(黃泉)으로 가는 길을, 세 마리의 용은 탐진치(貪嗔癡)의 '삼독(三毒)'을, 네 마리의 뱀은 이른바 '사대(四大)'인 땅[地]과 물[水], 불[火], 바람[風] 또는 '사비(四非)'인 술과 여색과 재물과 분노 또는 '사문(四門)'인 생로병사(生老病死)를, 꿀은 부부 또는 남녀 간의 사랑을 비유한다고 한다.

16 삼도천(三途川)은 삼도하(三途河), 삼뢰천(三瀨川), 도하(渡河), 장두하(葬頭河)라고도 부르며 일반적으로 내하진(奈河津)이라고 부르는 곳이다. 이것은 저승으로 가는 도중에 있다고 하는데, 사람이 죽어 이레째가 되면 반드시 이곳을 지나야 한다. 그런데 이곳에는 물살의 세기가 다른 세 개의 여울 즉 산수뢰(山水瀨)와 강심연(江深淵), 유교도(有橋渡)가 있는데 죽은 자의 영혼은 생전에 이룬 업(業)에 따라 이 가운데 하나를 건너게 된다. 이 세 개의 여울을 '삼도(三途)'라고 부른다. 또 이 강변에는 의령수(衣領樹)라고 하는 커다란 나무가 하나 있는데, 그 위에는 탈의파(奪衣婆)와 현의옹(懸衣翁)이라는 두 명의 귀신이 살면서 죽은 자의 옷을 빼앗아 그 나무에 건다. 이때 그 영혼이 생전에 저지른 죄과에 따라 나뭇가지가 휘는 정도가 달라진다고 한다. 이것은 《십왕경(十王經)》에 들어 있는 이야기인데, 일반적으로 이 경전은 위경(僞經)이라고 알려져 있다.

17 불교에서 고취(苦趣)는 지옥(地獄)과 아귀(餓鬼) 축생(畜生)의 세 가지 '악도(惡道)'를 가리킨다. 이것은 모두 윤회의 도중에 고통을 당하는 곳이다.

肥甘酒肉砒中蜜	살지고 달콤한 술과 고기는 비상(砒霜) 속의 꿀이요
恩愛夫妻笑裏刀	부부간의 사랑은 웃음 속에 숨긴 칼일세.
奉勸世人須猛省	권하노니 세상 사람들이며 어서 깨달아
毋令今日又明朝	오늘의 고통이 내일 아침에도 계속되지 않게 하라!

어느덧 해가 서쪽으로 기울어가고 있었고, 장 천사는 다시 중얼거렸다.

"그 나무꾼은 아마 오지 않을 모양인데, 계속 이렇게 매달려 있어 봐야 무슨 좋은 결과가 생기겠어?"

그가 괴로워하던 차에 갑자기 수레를 끄는 말방울 소리와 악어 가죽으로 만든 북을 울리는 소리가 들렸다.

'이번에는 지나가는 길손이 있나 보구나. 말방울 소리가 들렸으니 분명 자비로운 마음을 가진 이가 나의 이 곤경을 구해 줄 거야.'

그 생각이 끝나기도 전에 말발굽 소리가 들리더니, 누군가 묻는 소리가 들렸다.

"거기 매달린 사람은 누구인가요?"

장 천사가 자세히 들어보니 왕 신녀의 목소리였다.

'저번에 푸른 갈기 말을 타고 칠성보검을 차고 있을 때도 저 계집한테 농락을 당했거늘, 지금 이렇게 등나무 줄기에 매달려 있으니 어쩐단 말이냐? 아, 내 목숨도 끝장이로구나! 차라리 눈을 감고 저 계집의 처분을 기다리는 수밖에……'

그때 왕 신녀가 또 물었다.

"거기 매달린 사람은 누구인가요?"

장 천사가 못 들은 체하고 있자 그녀가 또 물었다.

"거기 매달린 사람은 누구인가요? 신분을 밝히면 제가 구해 드릴게요."

그래도 그가 여전히 못 들은 체하자, 그녀가 다시 말했다.

"계속 말을 하지 않으면 이 등나무 줄기를 잘라 버릴 거예요!"

그래도 그가 여전히 못 들은 체하자, 그녀가 쌍비일월도를 뽑아 등나무 줄기에 문지르며 말했다.

"정말 자를 거라고요!"

그래도 그가 여전히 못 들은 체하자, 그녀는 등나무 줄기에 칼질을 몇 번 해서 세 가닥 가운데 두 가닥 반을 잘라 버리니, 등나무 줄기가 끊어질 듯 "뿌지직!" 소리를 냈다.

'이걸 자른다 해도 기껏 죽기밖에 더하겠어? 저 계집이 요사한 술법을 조금 부릴 줄 안다 해도 결국 계집에 지나지 않아. 내 비록 잠시 곤경에 처해 있다고는 하지만, 당당한 사내대장부로서 대대로 천사의 직위를 이어받은 몸인데 어떻게 저년에게 굴복할 수 있겠어?'

이야말로 죽는 것쯤이야 자잘한 일이요 절개를 잃지 않는 것이 중요하다는 것이었다. 그는 두 눈을 꼭 감고 그저 계속 못 들은 체하고 있었다. 왕 신녀는 장 천사가 계속 그렇게 버티자 대책이 없어 난감했다.

'과연 명성 그대로구나. 죽음을 앞두고도 절개가 변하지 않다니, 정말 완강하고 자부심이 강해! 이런 사람을 해칠 수 없지! 어쩔 수 없이 이 계책은 거두고, 저자가 어찌 나오는지를 보고 다음 대책을 세워야겠어.'

그녀는 뭔가를 잠시 웅얼거리더니 이렇게 말했다.

"이봐요, 구해 주러 왔는데 아무 말도 하지 않으니, 저는 이제 떠날 거예요. 언제쯤 산 위로 올라오는지 봅시다."

그 말을 끝으로 말방울 소리가 점점 멀어지고 악어가죽으로 만든 북소리도 점점 희미해졌다. 장 천사는 눈을 감고 있다가 그녀가 떠나는 소리를 듣자 다시 눈을 떴다. 그런데 하루 내내 고생한 게 모두 한바탕 꿈인 듯, 그렇게 고심했던 걱정들이 모두 허망하게 변해 버린 것이었다. 주위에는 산이며 바다, 등나무 줄기 따위는 보이지 않고 그는 그저 자신의 노란 허리띠를 홰나무에 묶은 채 매달려 있는 것이 아닌가! 그는 너무 화도 나도 우습기도 했다.

'어찌 이리 황당한 일이! 나 혼자라면 모를까 저 말까지 엉터리였다니! 저놈은 분명히 물에 빠져 죽었는데?'

그가 다시 눈을 들어 살펴보니 푸른 갈기의 말은 황량한 풀이 우거진 언덕 앞에 느긋하게 서 있었다. 그는 황급히 허리띠를 풀어 내리고, 말을 끌고 와서 훌쩍 올라타고 열심히 말을 달려 배로 돌아갔다. 그런데 한창 가는 도중에 누군가 말을 타고 칼을 휘두르며 가로막았다.

"어딜 도망치느냐? 말코도사 놈아, 당장 말에서 내려 항복해라.

안 그러면 칼맛을 보여주마!"

그가 고개를 들어 살펴보니 상대는 바로 왕 신녀였다. 그는 원수를 만난 듯이 눈자위가 벌게져서 고함을 질렀다.

"못된 계집! 네 농간에 충분히 당했다. 이제 외나무다리에서 만났으니 둘 중에 하나만 살아서 돌아가게 될 것이다!"

그가 푸른 갈기 말을 치달리며 칠성보검을 휘두르자 왕 신녀가 대로하여 꾸짖었다.

"말코도사 놈아, 무례하기 짝이 없구나! 짐승은 제도하기 쉬워도 사람은 제도하기 어려우니, 차라리 짐승을 제도하지 사람은 제도하지 않겠다. 조금 전에 풀어주었더니 안면을 바꾸고 오히려 칼을 휘두르다니!"

그녀는 즉시 일월쌍도를 들어 맞섰다. 둘은 대여섯 차례 격전을 벌였는데, 장 천사는 비록 종일토록 고생하긴 했지만 용맹한 기세를 가진 그가 왕 신녀를 두려워할 리 없었다. 왕 신녀는 그의 용맹함과 정교한 검법을 보자 생각이 달라졌다.

'이 자는 도술과 학문, 무예까지 모두 뛰어나니 예사롭게 볼 인물이 아니구나. 이걸 어쩌지? 게다가 날까지 저물었으니 이렇게 격투를 할 때 아니지. 차라리 다시 그걸 써서 처리하는 게 낫겠어.'

그러면서 그녀는 웅얼웅얼 주문을 외며 손가락으로 땅을 가리켰다. 그러자 땅바닥에 다시 세 길 넉 자 넓이의 도랑이 생기면서 장 천사는 다시 말과 함께 그 속으로 빠져 버렸다. 그러자 장 천사가 껄껄껄 웃음을 터뜨렸다. 그가 왜 웃었을까? 그의 얘기를 들어

보자.

"내가 지금 가수가 되어서 〈이범강아수(二犯江兒水)〉[18]를 부르는 구나!"

그 말이 끝나기도 전에 그가 타고 있던 푸른 갈기의 말이 사람의 말로 버럭 고함을 질렀다.

"장 천사! 당장 말에서 내려 항복하는 게 좋을 게다. 조금이라도 거역할 기미가 보이면, 그 진흙탕에 빠뜨려서 영원히 벗어나지 못하게 만들어 줄 테다!"

장 천사가 대로하여 소리쳤다.

"권세가 기우니까 종놈이 주인을 기만하고, 시세가 기우니까 귀신이 사람을 우롱하는구나. 세상에 어찌 말이 사람의 말을 한단 말이냐!"

그는 홧김에 칠성보검을 들어 푸른 갈기 말의 머리를 내리쳤다. 사실 그 얘기는 말이 한 것이 아니라 왕 신녀가 말머리의 굴레로 변신해서 했던 것인데, 하필이면 장 천사의 그 칼이 왕 신녀의 머리로 날아왔다. 도랑도 깊고 날도 어두운 데다가 다름대로 대담한 왕 신녀는 미처 방비하지 못하고 있다가 왼쪽 이마에 살가죽이 뭉텅 잘려나가는 바람에, 만면에 피범벅이 되어서 말조차 제대로 하지 못했다. 장 천사도 어둠 속에서 그저 말을 내리쳤다고만 생각했다. 그때 왕 신녀가 정신을 차리고 욕을 퍼부었다.

---

18 〈이범강아수(二犯江兒水)〉는 남곡(南曲)의 곡패(曲牌)인데, 여기서는 강물에 두 번 빠졌다는 뜻으로 쓰였다.

"내 이놈의 말코도사를! 네가 감히 내게 상처를 입혀?"

장 천사도 그제야 상황이 어찌 된 것인지 파악하고 후회했다.

"이 기회에게 칼질을 몇 번 더해서 저놈의 재앙의 뿌리를 없애 버렸어야 했는데, 정말 아깝구나!"

한편 왕 신녀는 깊은 원한 때문에 장 천사에게 독한 손속을 쓰려 다가, 그가 하늘나라 별신이 강림한 몸이라는 것을 알고 손을 쓰지 못했다. 하지만 그냥 두고 떠나자니 칼에 다친 상처가 너무 아파서 화가 치밀었다.

"이렇게 된 이상 끝장을 보자! 말코도사 놈아, 네놈을 가만둘 줄 아느냐? 일단 네놈 모자하고 옷만 벗겨 놓고, 다시 맛을 보여주마!"

장 천사는 말과 함께 도랑에 갇힌 신세인지라 속수무책으로 당할 수밖에 없었다. 그녀가 정말 그의 구량건을 벗겨 버리자 장 천 사가 말했다.

"무례하기 짝이 없구나! 나중에 너를 사로잡으면 몸뚱이를 만 조 각으로 쪼개서 기름에 튀겨버리고 말겠다! 그때는 후회해 봐야 늦 어!"

"아직도 주둥이가 살아 있구나! 이번엔 네 옷을 벗겨 버릴 테니, 잘 봐라!"

그러더니 그녀는 정말 구름무늬가 수놓아진 그의 학창의를 벗겨 가버렸다. 그때는 벌써 황혼도 저물고 희미한 달빛이 비치고 있었 다. 그런데 장 천사의 학창의를 벗기고 나자, 그의 목에서 찬란한 노을빛과 함께 상서로운 기운이 가득 피어나는 것이었다. 왕 신녀는 그걸 보고 깜짝 놀랐다.

'어쩐지 이 말코도사 놈이 주둥이가 사납더라니! 알고 보니 이런 보물을 지니고 있었구나. 그런데 이런 보물을 갖고 있으면서도 왜 한 번도 쓰지 않았지? 이상하군. 어쨌든 일단 저걸 빼앗아 버리자. 그러면 어찌 됐든 저놈이 농간을 부릴 수단이 없어지는 셈이니까 말이야.'

왕 신녀는 곧 두 손을 뻗어 그의 목 아래를 쓱 훑어 염주를 낚아챘다. 알고 보니 그것은 백팔 개의 구슬이 꿰인 염주였다. 그걸 들고 있으니 염주에서 피어나는 자줏빛 기운이 너무나 사랑스러웠다.

'이건 틀림없이 보물이야! 하지만 내겐 승리의 전리품이지. 승자가 늘 가지는 법이니까 이건 내가 걸고 다녀야겠어.'

그녀는 장 천사가 그 염주를 목에 걸고 있었던 것을 보았기 때문에 자기도 목에 걸었다. 그런데 그 염주는 살아 있는 것처럼 "휙!" 하는 순간 구슬 하나하나가 됫박 열 개를 합친 것만큼 커지면서 그녀를 압박했다. 그 바람에 그녀는 칠공(七孔)에서 피를 흘리며 땅바닥에 쓰러져 고함을 질렀다.

"장 천사, 살려줘요!"

이 염주가 어떻게 저절로 커질 수 있었는지, 그리고 장 천사가 그녀를 구해 주었는지는 다음 회를 보시라.

제40회

벽봉장로는 경솔하게 왕 신녀를 용서해 주고
왕 신녀는 화모에게 구원을 청하다

金碧峰輕恕神姑　王神姑求援火母

燦爛金輿側	궁궐 옆에서 찬란히 빛나고[1]
玲瓏玉殿隈	화려한 전각 모퉁이에서 영롱하게 빛나네.
崑池明月滿	곤명지(崑明池)에 달빛 가득할 때
合浦夜光廻	합포(合浦)에 야광주(夜光珠) 돌아왔지.[2]
彩逐靈蛇轉	광채는 신령한 뱀을 쫓아 휘돌고
形隨舞鳳來	모양은 춤추는 봉황을 따라 왔지.

---

1 인용된 시는 당나라 때 이교(李嶠: 644~713, 자는 거산[巨山])가 지은 〈진주[珠]〉
를 변형한 것이다. 원작의 마지막 두 구절은 "감천궁 짓고 나니, 아름다운
미녀 풍대를 바라보네.[甘泉宮起罷, 花媚望風臺]"라고 했다.

2 합포(合浦)는 지금의 광시[廣西] 장족자치구(壯族自治區) 남부, 북부만(北部
灣) 동북쪽 연안에 있는 허푸현[合浦縣]에 해당한다. 《후한서》〈순리전(循
吏傳)〉〈맹상(孟嘗)〉에 따르면 당시 품질 좋은 진주의 산지로 유명한 이곳
에서 탐관오리들의 착취가 심해서 진주를 품은 조개가 그곳 해안을 떠날
지경이었는데, 맹상이 이곳 태수로 부임하여 정치를 개혁하고 진주의 남획
을 금지하자 조개들이 다시 돌아왔다고 한다.

| 誰知百零八 | 누가 알았으랴, 백팔 개의 구슬이 |
| 壓倒潑裙釵 | 못된 아낙을 쓰러뜨릴 줄을! |

그러니까 왕 신녀가 염주를 목에 걸자 구슬 하나하나가 됫박 열 개를 합친 것만큼 커지면서 그녀를 압박했고, 그 바람에 그녀는 칠 공에서 피를 흘리며 땅바닥에 쓰러져 고함을 질렀다.

"장 천사, 살려줘요!"

장 천사가 고개를 들어 살펴보니 개울이며 진흙은 온데간데없고, 자신은 황량한 풀 우거진 언덕 위에 있었다. 알고 보니 앞서 보았던 높은 산이며 바다, 두 번이나 빠졌던 개울, 나무꾼, 용, 뱀, 벌들은 모두 왕 신녀의 술법에 의해 만들어진 것들이었다. 그런데 그런 그녀가 지금 보물에 붙잡혀 있었다. 그제야 모든 상황을 파악한 장 천사는 분노를 참을 수 없었다. 왜냐? 그 보물에 이런 묘용이 있다는 것을 진즉 알았더라면 하루 내내 이런 고생을 하지 않아도 되었을 것이기 때문이다. 그때 왕 신녀가 또 소리를 질렀다.

"장 천사, 살려줘요!"

"그러고 싶어도 재간이 없다! 그냥 죽여 버리면 증인이 없을 테고, 묶어 가자니 오랏줄이 없구나. 일단 우리 중군에 보고부터 하자니 네가 빠져나갈까 걱정이다."

장 천사가 왕 신녀를 쳐다보고 있노라니, 마치 도둑이 놀림을 당하는 꼴을 보는 듯했다.

원래 벽봉장로는 진즉부터 낌새를 알아채고 이렇게 말했다.

"이런! 뜻밖에도 장 천사가 거꾸로 곤욕을 치르는구나!"

그는 황급히 게체신(揭諦神)들을 불렀다. 그러자 금두게체(金頭揭諦)와 은두게체(銀頭揭諦), 바라게체(波羅揭諦), 마하게체(摩訶揭諦) 등의 게체신들이 일제히 찾아와 부처님을 보자 그 주위를 세 바퀴 돌고 여덟 번의 절을 올리며 물었다.

"부처님, 무슨 일로 저희를 부르셨사옵니까?"

"지금 자바 왕국의 여장군이 내 보물을 지닌 채 황량한 풀 우거진 언덕에 쓰러져 있네. 자네들이 가서 그의 진짜 몸을 잡아 오도록 하게. 몰래 도망치지 않도록 조심하고, 또 그 여자를 해쳐서도 안 되네."

네 명의 게체신들이 명을 받고 달려가자 벽봉장로가 속으로 생각했다.

'게체신들은 그 아낙의 진짜 몸을 붙잡아 둘 수는 있어도 중군으로 압송해 올 수는 없어. 장 천사 혼자서도 압송해 올 수 없으니, 차라리 내가 직접 사령관을 한 번 만나봐야겠구나.'

그는 중군 막사로 찾아가 삼보태감을 보자마자 대뜸 이렇게 말했다.

"축하합니다, 축하해요!"

두 사령관은 시름에 겨워 눈살을 찌푸린 채 말했다.

"등잔이 다 타고 있는데도 천사께서 돌아오지 않고 계시는데, 국사님께서는 무얼 축하하신다는 말씀입니까?"

"장 천사가 하루 내내 전력을 다해 그 여자를 생포하여 큰 공을 세웠으니 특별히 축하하러 온 게지요."

"그렇다면 왜 여태 돌아오시지 않는 걸까요?"

"혼자 몸이니 어쩔 수 없어서 그런 게지요. 사령관께서 군사 몇 십 명을 선발해서 그를 도와 그 아낙을 포박해 오도록 하십시오."

"밤중이라 파견할 병사와 장수가 부족하니 일을 그르칠까 걱정 입니다."

그는 즉시 백 명의 친위군을 선발하여 각 부대의 대장에게 차례 로 출발하여 장 천사를 도우라고 분부했다.

백 명의 친위군은 등롱을 들고 황량한 풀이 우거진 언덕으로 향 했다. 그곳에는 왕 신녀가 땅바닥에 쓰러져 있고, 장 천사는 길지 도 짧지도 않아서 아무리 애를 써도 그녀를 묶기 곤란한 띠를 하나 들고 어쩔 줄 몰라 하고 있었다. 그러다가 백 명의 친위군들이 일 제히 도착하자 장 천사가 반색을 하며 말했다.

"어떻게 오셨는가?"

"국사님께서 사령관께 말씀하셔서 저희더러 천사님을 도우라고 보내셨습니다."

"과연 국사께서는 신통한 안목을 갖고 계시는구먼. 과연 내 사부 님다워! 어서 저 요사한 계집을 포박하게!"

그러자 왕 신녀가 말했다.

"천사 어른, 부디 자비를 베푸셔서 살살 묶게 해 주셔요!"

"못된 계집! 살살 묶어 달라고? 이제 너를 잡아가면 반드시 몸뚱이를 만 조각으로 쪼개서 기름에 튀기고 말 테다. 그러지 않으면 내가 사람도 아니야!"

왕 신녀는 두 줄기 눈물을 줄줄 흘렸지만, 어쩔 수 없이 백 명의 병사들에 의해 단단히 포박되어 그대로 중군 막사로 끌려갔다. 벽봉장로는 그녀에게서 염주를 벗기고 백팔 개의 구슬을 확인하고 나서 장 천사에게 말했다.

"어찌 이리 어렵게 성공했소? 설마 내 보물이 영험하지 않았던 것은 아니겠지요?"

장 천사는 벽봉장로에게 연신 허리 굽혀 절하며 말했다.

"보살펴주셔서 감사합니다! 제 잘못으로 일이 이렇게 어렵게 되었습니다."

"잘못이라니요?"

장 천사가 전후 사정을 자세히 들려주자 벽봉장로가 말했다.

"정말 고생이 많았구려."

두 사령관은 왕 신녀의 생김새가 앞서 보았던 일흔두 명과 똑같은 것을 보고 이렇게 말했다.

"저번 일흔두 명은 전부 가짜였는데, 이 계집은 진짜일까요?"

벽봉장로가 염주와 게체신들에 대해 자세히 얘기해 주자 두 원수가 말했다.

"그렇군요. 국사님께서 노고가 많으셨습니다."

장 천사가 말했다.

"이 요사한 계집은 온갖 속임수와 간사한 계책을 쓰니, 사령관께서는 속히 그 죄를 처벌하시기 바랍니다. 살가죽을 벗기고 살을 바르고 뼈를 가루로 만들어 기름에 튀겨야 합니다. 그러지 않으면 제 가슴에 맺힌 한이 풀리지 않을 것입니다!"

홍 태감이 말했다.

"천사님, 어찌 이리 한이 깊으십니까?"

"이건 공적인 한이지 사적인 게 아니오."

삼보태감이 말했다.

"천사님, 노여워하지 마십시오. 제가 공정하게 처분하겠습니다."

그리고 즉시 망나니를 불러 분부했다.

"이 왕 신녀를 막사 밖으로 끌고 나가 먼저 참수를 하고 나서, 살가죽을 벗기고, 살을 바르고, 뼈를 부숴서 기름에 튀기도록 하라. 순서대로 어김없이 행하라!"

망나니들이 일제히 "예!" 하고 대답하자 왕 신녀는 깜짝 놀라 온몸에 식은땀을 흘리며 다리에 맥이 풀려 대성통곡하며 아우성을 쳤다.

"나리들, 살려주세요! 목을 베시더라도 살가죽을 벗기고, 살을 바르고, 뼈를 부숴서 기름에 튀기는 것만은 하지 말아 주세요. 살가죽을 벗기고, 살을 바르고, 기름에 튀기더라도 최소한 뼈는 남겨 주세요!"

그러자 망나니들이 호통을 쳤다.

"시끄럽다! 목을 치면 그만인데 또 무얼 애걸하고 난리를 피우느냐!"

그래도 왕 신녀는 울고불고 애원했다.

"봐줄 만한 것은 봐주어야 하는 거 아닌가요?"

그 말에 자비심이 발동한 벽봉장로가 말했다.

"사령관, 제 체면을 봐서 그 아낙을 용서해 줍시다."

"이 요사한 계집은 심보가 고약하니, 오늘 살려준다면 내일 또 와서 해코지할 것입니다. 그건 그야말로 호랑이를 키워 스스로 우환을 만드는 격이 아닙니까? 그 말씀은 따를 수 없겠습니다."

"허허, 선재로다! 그저 한낱 여자일 뿐인데 무슨 심보가 고약하겠으며, 또 무슨 해코지를 하겠소이까? 제가 보기에 이 아낙을 잡는 것은 주머니의 물건을 꺼내는 것처럼 손쉬운 일입니다. 그리고 용서해 주어도 다시 문제를 일으키게 하지 않을 방법이 있소이다."

장 천사는 벽봉장로가 이렇게 간절히 설득하자, 혹시 삼보태감이 정말로 왕 신녀를 놓아줄까 걱정스러워 황급히 나서서 말했다.

"이 요사한 계집을 잡는 일은 너무나 어려웠는데, 이렇게 쉽게 놓아주다니요? 국사님께서야 자비심을 바탕으로 삼고 계시지만, 그것도 베풀어야 할 때와 그렇지 않을 때가 있습니다. 그리고 국사께서는 사람의 사정에 따라 교화하는 것을 원칙으로 삼으시지만, 그 또한 상황을 고려해서 택해야 할 방법입니다. 예를 들어서 천지가 사물을 낳아 살리려는 마음을 갖고 있지만, 그렇다고 죽여 거두는 일을 그만두지는 않습니다. 이 요사한 계집이 애걸하는 것은 모두 거짓이니, 저도 국사님의 말씀에 절대 동의할 수 없습니다!"

"하찮은 벌레도 목숨을 아까워하는 법인데 사람이야 오죽하겠소! 저 여인이 비록 오늘 장 천사의 심기를 건드렸다고는 하나 무례한 짓을 하지는 않았으니, 이것만 보더라도 그리 나쁜 여자는 아니라는 것을 알 수 있지 않소? 장 천사, 어찌 그리 원한을 잊지 못하시오?"

그때 왕 신녀가 또 아우성을 쳤다.

"살려주세요! 제발 살려주세요!"

벽봉장로가 말했다.

"사령관, 부디 제 체면을 봐서 그 여자를 살려주기 바라오!"

"국사님께서 그리 말씀하시지 제가 어찌 감히 어기겠습니까?"

삼보태감은 즉시 망나니들에게 분부하여 그녀를 풀어주라고 했다. 그러자 벽봉장로가 왕 신녀를 불러 막사 앞에 무릎을 꿇리고 물었다.

"자네가 이 나라의 여장군인가?"

"예."

"우리 사령관께서 위대한 명나라 황제 폐하의 명을 받아 천 척의 배와 천 명의 장수, 백만 명의 정예병을 거느리고 서양에 온 것은 오랑캐를 위무하고 보물을 찾기 위해서일세. 여러 나를 찾아가 우리나라의 전국옥새가 있는지 알아보려는 것이지. 옥새가 없다면 그저 항서 한 장과 통관문서 한 장만 써 주면 되네. 그러면 우리 사령관께서는 그 나라의 성을 점거하지도 않고 사직을 무너뜨리지도 않을 걸세. 자네 나라처럼 이렇게 작은 나라에 군대가 얼마나 있다고 이리 무례하게 저항하는 겐가? 자네도 어리석긴 마찬가지일세.

그까짓 신통력이 얼마나 대단하다고 감히 요사한 술수를 부렸단 말인가? 오늘 자네를 생포했지만, 내가 사령관께 재삼 간청해서 돌려보내게 되었다는 것은 알고 있는가?"

왕 신녀가 몇 번이나 고개를 조아리며 말했다.

"사령관님, 참수형을 면하게 해 주셔서 감사합니다! 국사님, 목숨을 구해 주셔서 감사합니다! 제 나라로 돌아가 국왕을 알현하면 즉시 항서와 통관문서를 준비해 바치고, 천자의 군대에 감히 저항하여 죄를 자초하는 짓을 다시는 저지르지 않겠습니다!"

"자네를 풀어주었는데 지금 한 말을 지키지 않는다면, 그때는 다시 붙잡아 몸뚱이를 만 조각으로 쪼개고 살을 발라 기름에 튀길 걸세. 그렇게 되면 그건 모두 자네 탓이 될 게야!"

"명심하겠습니다."

벽봉장로는 군정사에 분부하여 그의 외투와 말을 모두 돌려주라 하고, 또 술과 안주를 내주어 은혜를 베푼 다음 돌려보내라고 했다. 왕 신녀는 흡사 조롱을 깨고 날아오른 봉황처럼, 자물쇠를 부수고 달아나는 교룡처럼 막사를 빠져나와 자기 나라를 향해 꽁무니가 빠져라 내달렸다.

그런데 그녀가 떠나고 나자 마 태감이 말했다.

"오랑캐들은 항복하고 반란 일으키기를 밥 먹듯이 하는데, 하물며 여자 따위가 어찌 '신뢰'라는 걸 알 수 있겠습니까? 아무래도 놓아주지 말았어야 했습니다. 결국 후환이 될 겁니다."

그러자 벽봉장로가 말했다.

"사람이 초목도 아닌데 어찌 오늘 목숨을 살려준 은혜를 모르게 훗날 또 배반하겠소!"

"훗날 얘기는 할 것 없이 지금 당장 저년에게 돌아오라고 해보십시오. 그러면 어떻게 해야 할지 아시게 될 겁니다."

"아미타불! 선재로다! 지금 돌아오라고 하는데 저 여인이 거절한다면, 내가 사람이 아니오!"

"국사님께서 믿지 못하시는 모양이니, 사령관님께 말씀드리겠습니다. 장수나 관리, 또는 오랑캐 병사 하나를 보내 저 계집을 불러오라고 해보십시오. 그러면 저 계집이 돌아오는지 안 오는지 바로 알 수 있을 것입니다."

벽봉장로가 말했다.

"벌써 한밤중이 되었는데, 어디로 부르러 보낸다는 말씀이오?"

"그런 일을 할 사람도 없다면 어찌 야전(夜戰)에서 승리할 수 있겠습니까?"

"그렇다면 사령관, 병사 하나를 보내 그 여자를 불러오도록 하시구려."

삼보태감은 즉시 호위병에게 왕 신녀를 쫓아가 돌아오라고 얘기하고 즉시 결과를 보고하라고 분부했다. 이에 호위병이 황급히 그녀를 쫓아가 소리쳤다.

"왕 신녀, 잠깐 멈추시오! 우리 국사께서 분부하실 말씀이 있다고 돌아오라고 하셨소!"

왕 신녀는 한참 말을 달리다가 갑자기 뒤쪽에서 부르는 소리에 깜짝 놀라 말을 멈추고 귀를 기울였다. 그러다가 벽봉장로가 분부할 말이 있으니 돌아오라고 한다는 얘기를 듣고 속으로 생각했다.

'돌아가 봐야 별다른 얘기도 없을 거야. 이건 분명히 어느 소인배가 이간질해서 시험해 보려고 부르는 것일 테지. 돌아가지 않으면 그 소인배의 계책에 걸려들 테니, 돌아가서 무슨 말을 하든 그저 예예 하면 더는 의심하지 않을 거야. 그런 다음 나중에 일을 도모하면 성공할 수 있겠지.'

그렇게 생각을 정하고 그녀가 급히 되물었다.

"정말 국사님께서 분부하신 건가요?"

"군대에서는 농담하지 않는 법이니, 어찌 거짓으로 명을 전할 리 있겠소?"

왕 신녀는 즉시 말머리를 돌려 막사 앞에 엎드려 고했다.

"국사 나리께서 하늘 같은 은혜를 베푸시고 부모보다 큰 덕으로 저를 돌려보내 주셔서 가고 있던 차에, 다시 돌아오라는 전언을 들었습니다. 무슨 분부가 계시온지요?"

이에 벽봉장로가 말했다.

"방금 생각났는데, 자네는 서양 변방의 한낱 여인에 지나지 않고 나는 큰 나라의 국사 신분일세. 자네가 내일 군사를 이끌고 또 반란을 일으키지 않는다고 누가 보증을 서겠는가? 그래서 다시 부른 것이니, 여러 사람 앞에서 뭔가 증명할 만한 것을 보여 줘야 이치에 맞을 것 같네."

"문서를 써 올리고 싶어도 제가 글을 모르니 어쩔 수 없습니다.

그냥 맹세만 하더라도 마땅한 증거가 없습니다. 그저 제가 걸친 물건이나 안장 따위에서 하나를 보증으로 나리께 맡겨 놓는 것은 어떠하온지요?"

"그런 얘기가 아닐세. 그저 자네의 진심을 보여 달라는 얘기라네."

"그렇다면 하늘에 대고 맹세하는 수밖에요!"

"그럼 그렇게 하게."

왕신녀는 돌아서서 하늘을 향해 몇 번 머리를 조아리며 맹세했다.

"서양 자바 왕국의 여장군인 저는 오늘 전쟁에 패해 포로가 되었다가 국사 나리의 은혜를 입어 사형을 면하게 되었사옵니다. 이제 제 나라로 돌아간 뒤에는 신하의 나라로서 조공을 바칠 것이며, 반란을 일으키지 않을 것을 맹세합니다. 만약 이를 어기면 이 몸은 전쟁에서 곱게 죽지 못하고 수만 마리의 말발굽에 짓이겨질 것입니다!"

벽봉장로가 그 맹세를 듣고 말했다.

"아미타불! 선재로다! 그 정도 맹세했으면 됐네."

왕 신녀가 다시 머리를 몇 번 조아리고 떠나자, 마 태감이 말했다.

"저 계집은 정말 심계가 깊구면!"

그러자 벽봉장로가 말했다.

"돌아오라고 하니까 바로 돌아오지 않았소? 그런데도 그리 말씀하시는구려."

"그러니 심계가 깊다고 한 것입니다."

"저렇게 맹세까지 했는데 또 무슨 심계를 쓴다는 말이오?"

"요즘은 다들 스물네 개의 가족을 부양하는 주문[養家呪]을 준비하고 있으니, 쉽게 믿을 수 없지요."

"만약 맹세를 어기면 내 반드시 그 여인을 수만 마리의 말발굽에 짓이겨지게 할 것이오."

벽봉장로는 자기 배로 돌아가자 주문을 관장하는 신을 불러 왕신녀의 맹세를 기록해 두게 했다. 두 사령관은 매일 자바 왕국에서 항서를 가져오기만을 고대하고 있었다.

한편 왕 신녀가 자기 나라로 돌아가 교해건을 만나자 그가 물었다.

"어쩌다가 장 천사에게 사로잡혔소? 또 사로잡혔는데 어떻게 돌아올 수 있었소?"

그녀는 일부러 이렇게 대답했다.

"적군의 동정을 정탐하기 위해 거짓으로 사로잡힌 거예요."

그리고 조정에 들어가자 국왕이 물었다.

"어쩌다가 장 천사에게 사로잡혔소? 또 사로잡혔는데 어떻게 돌아올 수 있었소?"

"적군의 동정을 정탐하기 위해 거짓으로 사로잡힌 것이었사옵니다."

"적군의 동정을 정탐했다면 신위를 보여서 그 승려와 도사를 사로잡아 여러 나라에 짐의 위세를 보여주었어야 하지 않소? 그러지 않은 무슨 이유라도 있소?"

"명나라 승려 김벽봉이라는 자가 정말 대단해서 사로잡기 어려웠사옵니다."

"그럼 어쩔 작정이오?"

"제 사부님이 갑룡산(甲龍山) 비룡동(飛龍洞)에서 천 년이 넘게 수행하셔서 도력이 대단히 높고 정과를 이루셨사옵니다. 이미 인간세계의 곡식을 잡수지 않고, 배가 고프면 쇠 구슬을 잡수고, 목이 마르면 구리 녹인 것을 마시십니다. 키는 석 자인데 목의 길이가 한 자 남짓 됩니다. 머리는 됫박 열 개를 합쳐놓은 것만큼 크고 손은 쇠칼 같습니다. 그분의 목이 길어서 다들 아경조사(鵝頸祖師)라고 부릅니다. 또 그분은 머리 위에 바람의 부채를 얹고 불의 수레바퀴를 밟은 채 왼손에는 불창과 불화살을, 오른손에는 불을 뿜는 까마귀와 역시 불을 뿜는 뱀을 들고 계십니다. 이렇게 온몸이 불덩어리이기 때문에 사람들은 또 화모선사(火母禪師)라고도 부르고 있사옵니다."

"수행하시는 분이라면 이런 살벌한 싸움에 관여하려 하시겠소?"

"그분은 양면성을 가지신 분이옵니다."

"그게 무슨 말씀이오?"

"사부님께서 수행하실 때는 땅바닥을 쓸 때 개미 한 마리의 목숨도 다칠까 염려하시지만, 불같은 성질이 폭발하시면 하늘의 별자리도 뒤집어 버릴 정도이십니다."

"그럼 어떻게 해야 그 성질을 폭발시킬 수 있소?"

"돌도 두드려야 불꽃이 튄다고 하지 않사옵니까?"

"거기는 여기서 얼마나 떨어져 있소? 짧은 시간 안에 다녀오기는 힘들 것 같구려."

"제가 어떻게든 빨리 다녀오겠사옵니다."

"그럼 그렇게 해 주시오. 공을 세우는 날 성대한 상을 내리겠소."

왕 신녀는 곧 국왕 및 교해건과 작별하고 일보슬운(一步膝雲)에 올랐다. 그 구름은 하루에 천 리를 갈 수 있었기 때문에, 사흘 밤낮이 채 되지 않았을 때 이미 갑룡산 비룡동에 도착할 수 있었다. 그녀가 구름을 내리고 동굴 입구에 도착하자 대문 앞에 있는 어린 동자가 보였다. 그녀가 다가가 가볍게 고개를 숙이며 말했다.

"사형, 안녕하셨어요?"

"아니, 자바 왕국의 장군으로 계시는 사제가 아닌가?"

"네. 맞아요."

"여긴 무슨 일로 왔는가?"

"사부님을 뵐 일이 있어서요."

"사부님은 출타 중이시네."

"어디 가셨는데요?"

"대라천(大羅天) 화퇴궁(火堆宮)에 제사를 지내러 가셨네."

"언제 가셨어요?"

"이제 막 삼칠 이십일 일이 되었네."

"제사는 얼마 동안 지내나요?"

"칠칠 사십구 일 동안 지낼 걸세."

"급한 일인데 어떻게 돌아오실 때까지 기다릴 수 있을까!"

"하늘의 일은 사람 마음대로 되는 게 아니지."

"지금 사부님을 뵙지 못하면 세상사도 마음대로 할 수 없어요."

왕 신녀는 어쩔 수 없이 그곳에서 기다릴 수밖에 없었다. 하루, 이틀, 사흘이 지나고 마침내 사십구 일째가 되자 붉은 구름이 허공에서 내려왔다. 그녀는 사부가 왔다는 것을 알고 동굴 문밖에서 무릎을 꿇고 앉아 기다렸다. 화모(火母)가 구름에서 내렸다가 옛날의 제자를 발견하고 놀랍고도 기쁜 마음에 물었다.

"얘야, 어떻게 왔느냐?"

왕 신녀는 대뜸 험한 말로 사부의 심기를 건드리면서 또 울먹이는 목소리로 말했다.

"제가 올해 운수가 사나워서 일 년 내내 재난에 시달렸는데, 아직도 벗어나지 못하고 있습니다. 그래서 어쩔 수 없이 먼 길을 달려 사부님께 도움을 청하러 왔습니다."

"대체 누가 너를 이렇게 궁지에 몰아넣었다는 말이냐!"

왕 신녀가 울먹이며 말했다.

"중국 명나라 황제의 무슨 사령관이 천 척의 배와 천 명의 장수, 백만 명의 정예병을 거느리고 우리 서양에 왔습니다. 무슨 오랑캐를 위무하고 보물을 찾는다는 명목인데, 지금 저희 자바 왕국에서 반년이 넘도록 소란을 피우고 있습니다."

"너는 어쩌다가 그들한테 당했느냐?"

"먼저 총사령관인 교해건이 출전했다가 오백 명의 어안군을 잃고, 또 삼천 명의 보병도 모두 솥에 삶아져서 저들의 뱃속으로 들어가 버렸습니다."

"아니, 세상에 이런 일이! 아무리 잘못했다 한들 사람을 쪄 먹어서는 안 될 일이지! 그럼 너는 어떻게 싸웠느냐?"

"제가 나설 때는 설마 패배하리라는 것은 생각조차 못했습니다. 그런데 그쪽에 아주 무시무시한 중이 있어서, 저의 일흔두 가지 변신술을 깨버렸습니다. 또 제 진짜 몸을 사로잡아 중군으로 압송했는데, 사부님께 배운 탈출의 술법이 없었더라면 저도 다시는 사부님을 뵐 수 없게 되었을 것입니다."

"그자에게 내 제자라는 얘기를 하지 않았느냐?"

그러자 왕 신녀는 거짓으로 둘러댔다.

"그 얘기는 차라리 안 하는 게 나았습니다."

"아니, 그게 무슨 말이냐?"

"사부님 얘기를 하니까 오히려 더 괴롭혔거든요."

"어떤 식으로 괴롭혔다는 것이냐?"

"우리까지 쪄 먹으려 하더라고요!"

그 말에 화모가 대노했다.

"세상에 어찌 이런 중이 있을 수 있다는 말인가! 경전을 읽어 부처를 보지 못했다 하더라도, 어찌 내 제자를 쪄 먹으려 한단 말인가! 얘야, 먼저 가도록 해라. 내가 바로 따라가서 네 분풀이를 하고 원수를 갚아 주마. 그놈한테 내 진정한 능력을 보여주고 말겠다!"

왕 신녀가 희희낙락 자기 나라로 돌아가자 국왕이 물었다.

"왜 이리 늦으셨소?"

"사부님께서 대라천 화퇴궁에 제사를 지내러 가시는 바람에 기다려야 했사옵니다."

"사부님은 어찌 되셨소?"

"금방 오실 것이오니, 저는 병사들을 이끌고 먼저 가서 기다리겠사옵니다."

"그러시구려. 개선하는 날 한꺼번에 공적에 대해 상을 내리겠소."

왕 신녀는 곧 군사를 이끌고 교해건을 만나 물었다.

"요즘 중국 군대의 상황은 어떻던가요?"

"우리가 항서를 바치기만을 기다리고 있소. 게다가 날씨가 너무 더워서 나다니기 불편한지라, 재촉하러 오지도 않았소. 당신 사부님은 어디 계시오?"

"금방 황량한 풀 우거진 언덕 앞에 도착하실 거예요."

그 말이 끝나기도 전에 화모가 벌써 불꽃이 일렁이는 구름을 내리고 제자를 기다리고 있었다. 왕 신녀는 두 무릎을 꿇고 말했다.

"사부님, 벌써 오셨군요. 영접이 늦었습니다."

"얘야, 내가 온 것은 명예를 위해서도 이익을 위해서도 아니고, 그저 제자인 너를 위해서이다. 내 그놈의 중을 사로잡아 네 원한을 풀어주마. 다만 한 가지, 너는 절대 천기를 누설해서는 안 된다. 일단 네가 먼저 출전하도록 해라. 저쪽에서 어떤 장수가 나오는지 보고 내가 대책을 마련하겠다."

이때 오십 명의 중국 정탐꾼들이 이미 왕 신녀가 출전한 사실을 중군에 보고했다.

"왕 신녀가 갑룡산 비룡동에서 천 년이 넘도록 수련한 자기 사부를 데려왔습니다. 그 사부는 배고프면 쇠 구슬을 먹고, 목마르면 구리를 녹인 물을 마셨다고 합니다. 키는 석 자인데 목의 길이는 한 자가 넘어서 아경조사라고 불린다고 합니다. 또 머리 위에 바람의 부채를 얹고 불의 수레바퀴를 밟은 채 왼손에는 불창과 불화살을, 오른손에는 불을 뿜는 까마귀와 역시 불을 뿜는 뱀을 들고 있어서 화모선사라고도 불린답니다. 지금 저 앞에서 진을 치고 승려와 도사를 사로잡겠다고 연신 떠들어 대고 있습니다."

삼보태감이 말했다.

"이게 다 불교에서 자비를 근본으로 삼고 상대에 따라 교화하는 온건한 방법을 쓰기 때문이야!"

왕 상서가 말했다.

"저 계집이 이렇게 배신할 줄 누가 알았겠습니까!"

마 태감이 말했다.

"국사님께 출전하셔서 저 계집을 수만 마리의 말발굽에 짓이겨 주시라고 청하십시오."

"지금은 그런 얘기를 할 때가 아니니, 어서 장 천사께 출전해 달라고 청하도록 합시다. 천사께서 거절하신다면 그때 국사님께 청해야지요."

그 말이 끝나기도 전에 막사 안의 장수들이 일제히 아뢰었다.

"천 일 동안 군사를 양성한 것은 하루아침에 쓰기 위한 것입니다. 저희가 재주는 미흡하지만 먼저 출전하여 이 요사한 계집을 사로잡겠습니다. 만약 저희가 성공하지 못하면, 그때 다시 천사님과 국사님께 청해도 되지 않겠습니까?"

"그게 아니라 이 요사한 계집이 요사한 이단의 술법을 쓰기 때문에, 정상적인 군대의 전투로는 상대할 수 없소. 장 천사의 정일문 도력으로도, 국사님의 법력으로도 저 계집을 어찌할 수 없는 상황이 아닙니까? 장군들께서는 이 점을 이해하시고, 제가 여러분을 홀대했다고 여기지 말아 주시기 바라오!"

"저희가 어찌 감히 그런 생각을 하겠습니까? 다만 대장부란 전장에서 죽어 말가죽에 시신이 싸여 돌아가야 하는 법이니, 미흡하나마 저희가 먼저 출전하여 상황을 알아보는 게 어떠냐는 말씀입니다."

왕 상서가 말했다.

"장군들의 뜻이 확고하니 먼저 출전하도록 허락해 주십시오. 다만 선봉장들과 오영대도독, 그리고 사방 정찰부대는 함대를 방어해야 하니 함부로 움직일 수 없습니다. 어쨌든 상대를 경시하지 말고 조심하시기 바랍니다!"

이에 장수들이 일제히 출전했다. 좌우 선봉장들은 날개를 펼치듯 진세를 펼쳤고, 오영대도독들은 영채를 방어했다. 장수들은 전후좌우로 동서남북의 방위에 따라 진세를 펼쳤는데, 포성이 한 발울리고 세 번의 북소리가 울리면서 여섯 명의 장수가 일제히 나섰다. 오랑캐 진영에는 키가 석 자 남짓 되는 장수가 서 있었는데, 얼굵은 솥 바닥처럼 시커멓고 손은 마치 쇠칼 같았다. 중국군 진영에서는 세 번의 북소리와 함께 동쪽에서 한 명의 장수가 나섰다. 머리카락을 질끈 동여매고, 소매를 묶고, 사자머리가 장식된 허리띠를 차고, 천리마 유금호(流金弧)를 탄 채 한 길 여덟 자 길이의 창을 들고 있는 그는 바로 전영대도독 왕량[3]이었다. 그가 고함을 질렀다.

"앞에 서 있는 자는 왕 신녀의 사부인가?"

이에 그 오랑캐 장수는 "그렇다!" 하는 대답과 함께 피처럼 벌겋게 빛나는 입을 쩍 벌렸다. 그러자 서너 자 길이의 불길이 입안을 드나들었다.

"그대가 화모인가?"

"그렇다!"

이번에도 그녀가 피처럼 벌겋게 빛나는 입을 쩍 벌리자 서너 자 길이의 불길이 입안을 드나들었다.

"너의 쟁쟁한 명성은 익히 들었는데, 알고 보니 이처럼 목이 긴 괴물이었구나. 너는 왜 이 전장에 나왔느냐? 감히 우리 명나라 군대에는 인재가 없는 줄 알았느냐?"

그는 즉시 한 길 여덟 자 길이의 신창을 휘두르며 화모를 공격했다. 하지만 화모는 아무 말도 하지 않고 손도 까딱하지 않았는데, 창이 그녀의 몸에 가까이 가자 갑자기 한 줄기 불빛이 폭발했다. 왕량이 이리저리 아무리 찔러 봐도 그녀의 온몸에서는 불길이 치

---

3 여기에는 작자의 착오가 있다. 제15회에 따르면 제사영 대도독의 이름은 왕명(王明)이라고 했고, 제23회에 따르면 왕량(王良)은 그의 아들의 이름이다.

솟을 뿐, 상대는 여전히 입을 열지도 않고 손을 까딱하지 않았다.

왕량이 어쩌지 못하고 있을 때, 이번에는 서쪽에서 중국군 장수가 하나 나타났다. 은빛 찬란한 투구를 쓰고, 황금 갑옷을 입고, 꽃무늬가 장식된 옥 허리띠를 두른 채 융단으로 된 전포를 입고, 새하얀 은빛 갈기의 말에 탄 채 붉은 수실이 달린 곤룡창을 휘두르는 그는 바로 후영대도독 무장원 당영이었다.

"왕 장군, 이쪽으로 오시오. 내가 저자에게 화살을 몇 대 먹여 주겠소!"

당영은 통에 담긴 화살들을 연달아 쏘았으나 효과가 없었다. 머리에 맞으면 머리에 불길이 솟구치고 눈에 맞으면 눈에, 코에 맞으면 코에, 입에 맞으면 입에, 얼굴에 맞으면 얼굴에, 손에 맞으면 손에, 발에 맞으면 발에, 다리에 맞으면 다리에 불길이 솟구쳤다. 그동안에도 그녀는 줄곧 입도 열지 않고 손도 까딱하지 않았다.

당영이 다시 화살을 쏘려 하는데, 이번에는 남쪽에서 중국군 장수가 하나 나섰다. 붉은 두건을 매고, 초록색 전포에 환금 허리띠를 두른 채 울퉁불퉁 쇠가 박힌 각반을 차고, 붉은 털이 난 명마 금질발(金叱撥)을 탄 채, 세 길 여덟 자 길이의 귀신도 보면 눈물을 흘릴 질뢰추(疾雷鎚)를 든 그는 바로 좌영대도독 황동량이었다.

"당 장군, 이쪽으로 오시오. 제가 저자에게 망치질을 몇 번 해 주겠소!"

그는 연속해서 칠팔십 번이나 질뢰추를 휘둘렀지만 그만큼 많은 불덩이만 일으켰을 뿐, 상대는 여전히 입도 열지 않고 손도 까딱하지 않았다.

황동량이 다시 질뢰추를 휘두르려 하는데, 이번에는 북쪽에서 중국군 장수가 하나 나타났다. 키는 석 자 정도에 어깨가 두 자 다섯 치나 되는데 투구도 쓰지 않고, 갑옷도 입지 않은 채 구름이라도 탈 것 같은 명마 자질발(紫叱撥)을 타고, 무게 백오십 근의 귀신도 보면 울고 갈 임군당을 들고 있는 그는 우영대도독 김천뢰였다.

"황 장군, 이쪽으로 오시오. 내가 상대해 보겠소!"

김천뢰는 당번에 칠팔십 번을 후려쳤지만, 그 역시 칠팔십 개의 불덩어리만 피워 냈을 뿐이었다.

"정말 이상하군. 내가 종이라도 두드린 건가? 아니면 구리를 때린 건가?"

그 말이 끝나기도 전에 화모가 "슉!" 하고 한 줄기 불길을 내쏘아 김천뢰를 붙들어 버렸다. 김천뢰가 당황하여 소리쳤다.

"이보시오, 사부! 나는 놓아주고 다른 사람을 잡으시오!"

"이미 있는 종도 치지 못하는데, 또 구리를 두드리러 가란 말이냐?"

김천뢰가 뭐라 말하기도 전에 중군군의 좌우 선봉장이 나타났다. 한 사람은 키가 아홉 자에 어깨가 떡 벌어졌고, 다른 한 사람은 키가 열 자에 허리둘레가 열 아름이나 되었다. 한 사람은 시커먼 얼굴에 구불구불 말아 올린 수염이 덥수룩하고, 호랑이 같은 머리에 고리처럼 둥근 눈을 하고 있었으며, 다른 한 사람은 위구르족처럼 높다란 코에 퉁방울눈을 하고 있었다. 그들은 각기 말에 탄 채

칼을 들고 있었다. 알고 보니 이들은 각기 좌선봉 장계와 우선봉 유음이었다.

"김 장군, 이쪽으로 오시오. 우리가 저자에게 칼맛을 보여주겠소!"

둘은 좌우에서 열심히 칼을 휘둘렀지만, 잠시 후 장계의 칼은 이가 다 나가버렸고 유음의 칼은 끝이 부러져 버렸다. 장계는 너무 놀라 아무 말도 못 했고, 유음은 온몸에 식은땀을 흘렸다. 화모가 그제야 입을 열고 껄껄껄 웃으며 말했다.

"고생 많았구먼! 어제 오는 도중에 감기가 조금 걸렸는데, 자네들 덕분에 한바탕 수양을 하고 나니 감기가 반쯤 나은 것 같구먼."

여섯 명의 장수들이 눈을 멀뚱멀뚱 뜨고 쳐다보자, 화모가 말을 이었다.

"그렇게 쳐다보지만 말고, 어서 돌아가서 그 말코도사 놈하고 까까머리 중놈한테 나오라고 하게."

화모가 장 천사와 벽봉장로에게 무슨 도술을 쓰는지는 다음 회를 보시라.

삼보태감三寶太監
서양기西洋記 통속연의通俗演義 {3권}

초판 인쇄 2021년 6월 23일
초판 발행 2021년 6월 30일

저 자 | (명) 나무등
역 자 | 홍상훈
발행자 | 김동구
디자인 | 이명숙·양철민
발행처 | 명문당(1923. 10. 1 창립)
주 소 | 서울시 종로구 윤보선길 61(안국동)
         우체국 010579-01-000682
전 화 | 02)733-3039, 734-4798, 733-4748(영)
팩 스 | 02)734-9209
Homepage | www.myungmundang.net
E-mail | mmdbook1@hanmail.net
등 록 | 1977. 11. 19. 제1~148호

ISBN 979-11-91757-03-3 (04820)
ISBN 979-11-91757-00-2 (세트)

20,000원